贵州警察学院学术著作出版基金资助项目

  本书是2023年贵州省教育科学规划一般课题"大学语文课程实施中华优秀传统文化教育研究"(编号:2023B066)和2023年贵州省高等学校教学内容和课程体系改革项目"大学语文课程实施中华优秀传统文化教育研究"(编号:20230246)的阶段性成果。

古代文学经典与中华优秀传统文化研究

张进科 著

西北大学出版社
·西安·

图书在版编目(CIP)数据

古代文学经典与中华优秀传统文化研究 / 张进科著.
西安：西北大学出版社，2024.10. -- ISBN 978-7-5604-5520-4

I.I206.2;K203

中国国家版本馆CIP数据核字第2024023JU7号

古代文学经典与中华优秀传统文化研究
GUDAI WENXUE JINGDIAN YU ZHONGHUA YOUXIU CHUANTONG WENHUA YANJIU

张进科　著

出版发行	西北大学出版社
地　　址	西安市太白北路229号
邮　　编	710069
电　　话	029-88303940
经　　销	全国新华书店
印　　装	西安奇良海德印刷有限公司印刷
开　　本	787毫米×1092毫米　1/16
印　　张	13.25
字　　数	290千字
版　　次	2024年10月第1版　2024年10月第1次印刷
书　　号	ISBN 978-7-5604-5520-4
定　　价	58.00元

如有印装质量问题，请与本社联系调换，电话029-88302966。

目 录

第一章　中华优秀传统文化与古代文学经典概述／1

第一节　文化概说／3
一、什么是文化／3
二、文化的结构／6

第二节　中国文化与中华优秀传统文化／10
一、中国文化／10
二、中国传统文化／11
三、中华优秀传统文化／13

第三节　古代文学经典：中华优秀传统文化的重要组成／15
一、什么是经典／15
二、古代文学经典举隅／16
三、古代文学经典的文化精神／20

第二章　《诗经》与中华优秀传统文化／25

第一节　《诗经》的文化内涵及审美风格概说／27

第二节　西周至春秋社会与《诗经》的雅俗文化／31
一、礼乐制度与《诗经》的雅文化／32
二、分封制社会形态与《诗经》的俗文化／34

第三节　《国风》与优秀传统文化／37
一、中和之美：《周南》《召南》内容分析及文化解读／39
二、讽世忧生：《邶风》《鄘风》《卫风》内容分析和文化解读／54
三、真诗在民间：《郑风》内容分析和文化解读／74
四、刚柔兼济：《秦风》内容分析和文化解读／85
五、以农为本：《豳风》内容分析和文化解读／92
六、《秦风·蒹葭》诗旨变迁及文化成因论／96

第四节　二《雅》与优秀传统文化／103
一、《雅》诗的时代、地域、名称问题／103

二、崇德敬祖的颂赞诗 / 106
三、尚礼重和的宴饮诗 / 108

第五节 本章小结 / 115

第三章 《庄子》《离骚》与中华优秀传统文化 / 117

第一节 庄子其人与《庄子》其书 / 119
一、庄子其人 / 119
二、《庄子》其书 / 121

第二节 《庄子》的思想世界 / 122
一、"无待"与精神自由：庄子的逍遥之境 / 122
二、法天贵真，复归于朴：庄子的美学思想 / 128

第三节 《庄子》的艺术世界 / 131
一、意出尘外，怪生笔端：《庄子》的想象与虚构 / 131
二、嬉笑怒骂，皆成文章：《庄子》的讽刺与幽默 / 134

第四节 《离骚》的文化渊源及艺术特质 / 137
一、文化渊源 / 137
二、艺术特质 / 139

第五节 《离骚》的文化精神 / 141
一、至死不渝的爱国精神 / 142
二、锐意图强的美政理想 / 143
三、注重内美的高洁品质与独立人格 / 143
四、不畏艰险的上下求索精神 / 144

第四章 《牡丹亭》与中华优秀传统文化 / 147

第一节 汤显祖的生平与戏曲创作 / 149
一、汤显祖的生平 / 149
二、汤显祖的戏曲创作 / 149

第二节 《牡丹亭》剧情及本事探源 / 151
一、《牡丹亭》剧情概述 / 151
二、《牡丹亭》本事探源 / 154
三、《牡丹亭》对本事的继承与创造 / 157

第三节 《牡丹亭》的至情理想及社会批判 / 160
  一、《牡丹亭》的至情理想 / 160
  二、《牡丹亭》对晚明社会的讽刺与批判 / 166

第四节 《牡丹亭》艺术特征论 / 173
  一、《牡丹亭》的结构艺术 / 173
  二、《牡丹亭·惊梦》诗意论 / 181

第五节 《才子牡丹亭》评点论析 / 188
  一、批判昔氏贤文,认同《牡丹亭》的以情抗理 / 188
  二、从自然人性论角度,以情色解读《牡丹亭》 / 190
  三、广征博引,以丰富的史料文献论曲 / 192

第六节 《牡丹亭》在明清女性中的接受与传播 / 194
  一、明清女性对《牡丹亭》的阅读 / 194
  二、明清女性对《牡丹亭》的评点 / 197
  三、明清女性对《牡丹亭》的搬演 / 199

◆ 后　记 / 202

第一章

中华优秀传统文化与古代文学经典概述

第一章　中华优秀传统文化与古代文学经典概述

中华优秀传统文化,是世代中国人的集体创造,凝聚着无数华夏子孙的心血和汗水,积淀着中华民族几千年的思想智慧与历史经验,是中华文明的智慧结晶和精华所在,是中华民族的精神命脉和共同的精神家园,是我们在世界文化激荡中站稳脚跟的根基。挖掘和阐发作为中华优秀传统文化重要组成部分的中国古代文学经典所蕴含的思想观念、人文精神、艺术表现等,是我们继承和弘扬中华优秀传统文化的重要内容。本章将对中华优秀传统文化与中国古代文学经典的概念、内容予以概述。

第一节　文化概说

一、什么是文化

这是我们学习中华优秀传统文化时必须首先解决的一个问题。对于文化的理解可谓见仁见智。据美国人类学家克鲁伯和克拉克在1952年合著的《文化,关于概念和定义的检讨》一书统计,学者们给文化所下的定义有160多种。这些关于文化的定义,有的从"文化内容"角度,有的从"文化传承"角度,有的从"文化效用"角度,有的从"文化差异"角度,有的从"文化普遍性"角度,不一而足,莫衷一是。① 在这之后,关于"文化"的新定义仍在不断产生。我们需要从中外关于"文化"定义的比较中来理解文化的内涵。

先说"文化"一词在中国的内涵及变化。"文化"一词在中国古代早已有之。西汉以前,"文"与"化"分开为用,西汉开始,"文化"开始整合为一个词。

"文"最初的本义是指各色交错的纹理。《周易·系词下传》中记载:"物相杂,故曰文。"②《礼记·乐记》记载:"清明象天,广大象地,终始象四时,周旋像风雨。五色成文而不乱,八风从律而不奸,百度得数而有常。小大相感,终始相生,唱和清浊,迭相为经。"③东汉许慎在《说文解字》中解释说:"文,错画也,象交文。凡文之属皆从文。"④ 上述材料中的"文"都是纹理、纹饰、花纹之义,使用的是"文"的本义。在此基础上,"文"

---

① 参见韦政通著:《中国文化概论》,岳麓书社2003年版,第1—8页。
② 周振甫:《周易译注》,中华书局1991年版,第103页。
③ 《礼记·乐记》,《十三经注疏·礼记正义》,卷三十九,明嘉靖时期李元阳福建刻本。
④ [汉]许慎:《说文解字》,中华书局影印,中华书局1963年版,第185页。

又有若干引申义。其一,引申为包括文字在内的各种象征性符号。《左传·昭公元年》记载晋国赵孟与秦医和的话:"赵孟曰:'何谓蛊?'对曰:'淫溺惑乱之所生也。于文,皿虫为蛊。'"杜预注:"文,字也。"①其二,由文字进一步引申为文书典籍、文章、礼乐制度。《尚书·序》说:"古者伏羲氏之王天下也,始画八卦,造书契,以代结绳之政,由是文籍生焉。"②《论语·雍也》载:"君子博学于文,约之以礼,亦可以弗畔矣夫。"③这里的"文"都指文书典籍。《论语·子罕》中记载孔子话:"文王既没,文不兹乎?"朱熹解释说:"道之显者谓之文,盖礼乐制度之谓。"④这里的"文"指礼乐制度。其三,引申为文治、文事、文职,与"武"对应。《尚书·武成》:"厥四月,哉生明,王来自商,至于丰。乃偃武修文,归马于华山之阳,放牛于桃林之野示天下弗服。"⑤其四,引申为文学才能,与"德行"对应。如《论语·学而》:"弟子入则孝,出则弟,谨而信,泛爱众而亲仁。学有余力,则以学文。"⑥其五,引申为修饰、文采、纹饰、人为加工,与"质""实"对应。如《论语·雍也》:"质胜文则野,文胜质则史,文质彬彬,然后君子。"⑦这里的"文"是修饰、装饰义。其六,引申为德行、美、善。如《尚书·大禹谟》:"文命敷于四海,祗承于帝。"⑧这里的"文"是文德义。《礼记·乐记》说:"乐也者,动于内也;礼也者,动于外也。故礼主其减,乐主其盈。礼减而进以为文,乐盈而反以反为文。"郑玄注曰:"文犹美也,善也。"⑨以上是古代关于"文"的含义。

"化"的本义是变易、生成、造化。如《周易·系辞下传》说:"天地絪缊,万物化醇。男女构精,万物化生。"⑩《庄子·逍遥游》:"化而为鸟,其名为鹏"⑪《礼记·中庸》:"可以赞天地之化育。"⑫"化"由本义进一步引申出教化、教行、感染、化育诸义。如《周易·乾》"善而不伐,德博而化"⑬,这里的"化"是教化。《礼记·乐记》:"乐者,天地之和也。

---

① 杨伯峻:《春秋左传注》,中华书局1990年版,第1223页。
② 《尚书·序》,见江灏、钱宗武译注:《今古文尚书全译》,贵州人民出版社1990年版,第2页。
③ [宋]朱熹:《四书章句集注·论语集注》,卷一,中华书局1983年版,第91页。
④ [宋]朱熹:《四书章句集注·论语集注》,卷一,中华书局1983年版,第110页。
⑤ 《尚书·周书·武成》,见江灏、钱宗武译注:《今古文尚书全译》,贵州人民出版社1990年版,第224页。
⑥ [宋]朱熹:《四书章句集注·论语集注》,卷一,中华书局1983年版,第49页。
⑦ [宋]朱熹:《四书章句集注·论语集注》,卷一,中华书局1983年版,第49页。
⑧ 《尚书·虞典·大禹谟》,《今古文尚书全译》,贵州人民出版社1990年版,第37页。
⑨ 《礼记·乐记》,《十三经注疏·礼记注疏》,卷四十,明嘉靖时期李元阳福建刻本。
⑩ 周振甫:《周易译注》,中华书局1991年版,第265页。
⑪ 陆永品:《庄子通释》,社会科学文献出版社2006年版,第3页。
⑫ [宋]朱熹:《四书章句集注·中庸章句》,中华书局1983年版,第33页。
⑬ 周振甫:《周易译注》,中华书局1991年版,第5页。

礼者,天地之序也。和,故百物皆化;序,故群物皆别。"①这里的"化"是化育的意思。要之,"化"指事物形态和性质的改变。

"文"和"化"配合连在一起使用,较早的应该是《周易·贲卦·彖传》:

> 刚柔交错,天文也。文明以止,人文也。观乎天文,以察时变;观乎人文,以化成天下。

这句话是说,日月运用变化形成了"天文",也就是天体的运行规律。文明礼仪构成了"人文",即人类社会的运行规律。通过观察天文来明了时序变化,通过观察人文来教化天下大众,让人们遵从人伦规范和文明礼仪,行有所止。天象有"文"(即条理)可循,比拟人伦也有"文"可循,观察"人文"(人间条理),用以教化世人,便可成就平治天下的大业。这种"人文化成"的思想,是中华先哲们对"文化"的理解,可以看作是中国先哲对"文化"的原始提法,已有从观念形态谈文化的意味。

"文化"合成一个整词使用,应该是从西汉开始的。西汉的刘向在《说苑·指武》中说:"圣人之治天下也,先文德而后武功。凡武之兴,为不服也;文化不改,然后加诛。"②这里的"文化"指文德教化,与武力征服相对应。晋代的束皙在《补亡诗》中说:"文化内辑,武功外悠。"梁昭明太子萧统注曰:"言以文化辑和于内,用武德加于外远也。"③南朝齐的王融奉齐武帝之命所作的《三月三日曲水诗序》中说:"设神理以景俗,敷文化以柔远。"④这两例中的"文化"指的文治教化,与"武力""武功"对举。作为整词的"文化"在中国古代是"人文化成""文治教化"的意思,与今天所说的"文化"含义大不相同。

今天我们所用的"文化"概念,是19世纪末从日文转译过来的。日本在19世纪后半叶的明治维新时期,大规模地译介西方学术著作,多借助汉字词义翻译西洋术语。用"文化"翻译英语及法语的"Culture"便是这样。Culture 是从拉丁语的 Cultura 转化而来。拉丁语的 Cultura 原为动词,有耕种、练习、居住、动植物培育、留心、注意等含义,多与物质生产相关,略涉精神生产。这种用法今天在 agriculture(农业)和 horiticulture(园艺)中依然保留着。16世纪,英语和法语的 Culture 在"耕种""栽培"的基础上,引申出性情陶冶、品德教化、神明祭拜等含义,从侧重物质生产向侧重精神生产转变。

从以上词源学关于"文化"的中西比较中可以看出,中文的"文化"一开始就专注于

---

① 《礼记·乐记》,《十三经注疏·礼记注疏》,卷三十九,明嘉靖时期李元阳福建刻本。
② [汉]刘向:《说苑·指武》,《说苑》曾巩校,明嘉靖二十六年何良俊刊本。
③ [梁]萧统编:《文选》,卷十九,《补亡诗》,六臣注,明嘉靖二十八年钱塘洪楩刊本。
④ [梁]萧统编:《文选》,卷四十六,六臣注,明嘉靖二十八年钱塘洪楩刊本。

人文的精神领域,主要指文德教化、人文教化。拉丁语的"Cultura"是从物质生产活动开始,逐渐引申到精神和人文领域,比中国的"文化"范围要广。

给"文化"下定义是一件很困难的事,文化学研究者提供了上百种不同的定义,但我们依然可以从文化发生学的角度来确定文化的本质。文化总是和人紧密地联系在一起的,不过是人创造出来的现象世界。在没有人类以前,世界是一个自然的世界。人类产生后,就开始了改造自然的社会实践活动,在这一活动过程中,人从自然中独立出来,能够按照自己的意志、观念改造自然,让自然深深地打上了人的烙印,这就是"人化的自然",文化就产生了。所以,文化的主体是人,客体是自然界。文化是人与自然界相互作用的结果。简言之,"人化的自然"或者"自然的人化"就是文化世界。

二、文化的结构

文化作为内涵丰富、外延差异很大的多维概念,在长期使用的过程中,有广义、狭义之分。

广义的文化着眼于人与自然的区别。美国文化人类学者拉尔斐·比尔斯指出:"文化概念是19世纪、20世纪的一个科学大发现,其内容是,人类的行为之所以不同于其他种类动物的行为,是因为他受文化传统的影响和制约。"[1]在西方,文化研究的古典进化论学派、文化结构学派、文化历史学派、文化功能学派、文化传播学派、文化心理学派等竞相定义文化。

从文化内容(结构)的定义,如克拉克(Kluckhon)说,"当我们把一般的文化看作一个叙述的概念时,意即人类创造所积累起来的宝藏:书籍、绘画、建筑等。除此以外,还有我们适应人事和自然环境的知识、语言、风俗、成套的礼仪、伦理、宗教和道德,都在文化的范围内";从文化的传承历史来定义,如萨皮尔(Sapir)说,"文化是人类的物质生活及精神生活之任何由社会传衍而来的要素";从文化的功能来定义,如克鲁伯说,"文化是人类在宇宙间特有的性质……文化同时是社会人的全部产品,而且也是影响社会与个人的巨大力量";从文化的普遍性来定义,如汤玛斯(Thomas)说,"文化是任何一群人之物质价值,无论野蛮或文明人都有文化"[2]。美国人类学家拉尔夫·沃顿说:"文化指的是任何社会的全部社会生活,而不仅仅是被社会公认为更高雅、更令人心旷神怡的那部分生活方式,当把文化一词用到我们的生活方式上时,它与弹钢琴和谈勃朗宁的诗没有任何关系。……没有无文化的社会,甚至没有无文化的个人。每个社会,无论它的文化多么简陋,总是一种文化。从个人跻身于一种或几种文化的意义上看,每个人都是有

---

[1] [美]拉尔斯·比尔斯:《文化人类学》,骆继光、秦文山等译,河北教育出版社1993年版,第31页。
[2] 韦政通:《中国文化概论》,岳麓书社2003年版,第2—8页。

文化的人。"①

从上述西方学者关于文化的定义可以看出,大部分学者所理解的广义的文化,是着眼于人与自然的区别,包括了物质生产和精神创造活动在内的人类所有的活动及其结果。

再看中国学者对文化的定义。梁漱溟认为:"文化就是人民生活所依靠的一切。如吾人生活必依靠于农工生产,农工如何生产,凡其所有器具技术及其相关之社会制度等便都是文化之一大重要部分。……文化是极其实的东西。文化之本义,应在经济、政治乃至一切无所不包。"②钱穆认为:"文化即是人类生活之大整体,汇集起人类生活之全体即'文化',文化即是长时期的大群体公共人生。"③任继愈认为:"文化有广义狭义的区别。广义的文化,举凡文学艺术创作,哲学著作,宗教信仰,风俗习惯,饮食器服之用,都包括在内。它既包括高文典册的圣贤经传,也包括布帛菽麦的制获方式以至举止言谈的风度。本文所说的文化,没有采用这样广泛的意义,而是专指能够代表一个民族特点的精神成果。"④

上述中国学者对文化的理解也是从广义文化的角度进行的。与西方文化学者对文化的理解有相同之处。张岱年先生认为广义文化是"大文化",它着眼于人与一般动物、人类社会与自然界的本质区别,着眼于人类卓立于自然的独特生存方式,其涵盖面非常广泛。

要更深入地理解广义的文化,分析其结构就成为必然。广义的文化,有学者将之分为物质文化与精神文化两类,如韦政通⑤。有的将之分为物质文化、制度文化、心理文化,如庞朴,他认为"文化,从最广泛的意义上说,可以包括人的一切生活方式和为满足这些方式所创造的事事物物,以及基于这些方式所形成的心理和行为。它包含着物的部分、心物结合的部分和心的部分"⑥。庞朴把物的部分称为文化的外层,把隐藏在外层物质里的人的思想、感情和意志称为文化的中层,把文化心理状态包括价值观念、思维方式、审美趣味、道德情操、宗教情绪、民族性格等称作文化的里层或深层。

余英时把文化分成四个层次。首先是物质层次,其次是制度层次,再次是风俗习惯

---

① [美]拉尔夫·沃顿(Ralph Linton):《个性的文化背景》,转引自[美]C·恩伯-M·恩伯:《文化的变异》,杜杉杉译,辽宁人民出版社1988年版,第29页。
② 梁漱溟:《中国文化要义》,载侯杰主编:《民国中国文化史要籍汇刊》,第二卷,南开大学出版社2019年版,第17—18页。
③ 钱穆:《中国文化精神》,台湾三民书局1973年版,第2页。
④ 任继愈:《民族文化的形成与特点》,载丁守和、方行:《中国文化研究集刊》(第二辑),复旦大学出版社1985年版,第1页。
⑤ 见韦政通《中国文化概论》,岳麓书社2003年版,第11—13页。
⑥ 庞朴:《文化结构与近代中国》,载庞朴:《文化的民族性与时代性》,中国和平出版社1988年版,第78—108页。

层次,最后是思想与价值层次。① 还有把文化更细分为物质、社会关系、精神、艺术、语言符号、风俗习惯六个类别。为了更好地理解广义的文化,本书采用文化四分法。

(一)物质文化

物质文化是人类改造自然、从事生产劳动的结果,是人的生产活动及其产品的总和。物质文化是物化的文化,是具体的、可感知的,它主要为满足人们的衣、食、住、行等生活所需,如人所创造的劳动工具、满足物质需要的生活资料、经过人改造了的自然界。物质文化直接反映人与自然的关系,反映人类改造、利用自然的程度和结果,反映人类生产力的发展水平。物质文化的表现多种多样。如,中国古建筑富有中国特色,是中国建筑文化代表;中国各地丰富的美食,形成了不同的饮食文化;各少数民族的服饰,富有各自的民族特色,形成了各自民族的服饰文化。由于人们在创造这些物质生活资料的过程中,倾注了人的精神因素,才使得这些产品具有了"文化"的内涵。

(二)制度文化

制度文化是人类在社会实践过程中形成的各种社会规范、准则的总和。制度文化体现了人类社会群体与群体、个人与群体、个人与个人的相互关系与准则,这种关系和准则逐渐规范化为政治制度、经济制度、法律制度、婚姻制度等,形成国家、民族、家族、家庭、宗教团体、教育、科技、艺术等各种组织。制度文化产生的根源在于人是社会性的生物,人在从事社会生产和创造时必须结合成一定的团体集体行动,才能应对自然的挑战。团体的运行必须有一定的秩序才能保障协作顺畅有序。伴随社会生产进行的集体协作就产生了调节人们相互关系的规范,逐渐形成了制度文化。

(三)行为文化

行为文化是人们在进行人际交往中逐渐形成的约定俗成的习惯。它主要以民风民俗的形态保留在人们的日常生活中。谚语有"十里不同风,百里不同俗"之说。《汉书·王贡两龚鲍传》也记载了王吉上书汉宣帝陈说当时吏治:"是以百里不同风,千里不同俗,户异政,人殊服,诈伪萌生,刑罚无极。"② 风俗习惯作为文化的一部分,有很强的社会性,它的形成要经过社会整体的反复履行和认同,是一种集体无意识的选择。风俗习惯等行为文化是类型化的、具有民族性与地域性的行为模式,在时间上是传承的。如中国传统节日春节、元宵节、端午节、重阳节,云南傣族等少数民族每年的泼水节,贵州侗族、苗族每年的鼓藏节,民间的婚丧礼仪等都是典型的行为文化,具有很强的民族性与地域性、传承性、地域传播性。

(四)观念文化

观念文化也可称为精神文化,是文化的核心部分,是人类全部精神创造活动及其结

---

① 见余英时《从价值系统看中国文化的现代意义》,台湾学生书局1984年版,第126页。
② [汉]班固:《汉书》,卷七十二,[唐]颜师古注,中华书局2005年版,第2293页。

果。庞朴所说的"心理文化"、余英时所说的"文化的思想与价值层面"都是指观念文化。文化的主要特征是精神性的,它是人类理论思维水平的精神风貌、心理状态、思维方式、价值取向、审美情趣等精神成果的总和。人主要以观念文化作为主要研究对象,基本原因就在这里。

观念文化是人在社会实践过程中产生的,它包含着两种关系。一种是人与外部世界的认识关系,观念文化总是力求反映客观世界的真实本质、运动规律,它体现的是文化的工具理性。另一种是人与外部世界的价值关系,观念文化是为了满足人的精神生活需要,体现了文化的价值理性。观念文化的工具理性和价值理性经常存在着矛盾。有些对人有价值和意义的观念文化,如宗教观念等不一定符合世界的规律。有些符合世界规律的、具有工具理性的文化,如基因编辑等科技常常存在伦理困境。现代社会,科技文明的高度发达是一把双刃剑,带给人们方便的同时也产生了社会、生态问题,使文化的合规律性与合目的性之间的矛盾更为突出。

观念文化作为文化的核心部分,可分为社会心理和社会意识形态。社会心理是人们日常的思想面貌和精神状态,表现为人们在社会中的愿望、要求、情绪等,它是未经过理论加工和艺术升华的社会心态,是一种社会集体无意识状态。社会意识形态是系统化、理论化的社会意识,它经过了政治学家、文学家、哲学家、历史学家、文化学者等的理论归纳、逻辑整理、艺术完善,最终表现为政治意识、法律意识、道德意识、文学、史学、哲学思想、宗教观念等的物化形态的著作和艺术作品,从而固定下来,世代传承,流播四海。其中,政治意识、法律意识、道德意识等属于基层的社会意识形态,更容易受到经济基础的制约和影响。文学、史学、哲学、宗教、艺术等属于高级的社会意识形态,正如恩格斯所言,"文学是更高的悬浮于空中的意识形态",它们是距离经济基础更远的上层建筑中的那一部分,具有更强的独立性。

狭义的"文化"是排除了人类文化中物质性成分的文化。英国文化学家泰勒1871年对"文化"定义是:"从广义的人种论的意义上说,文化或文明是一个复杂的整体,它包括知识、信仰、艺术、道德、风俗以及作为社会成员的人所具有的其他一切能力和习惯。"①泰勒定义的"文化"侧重文化的精神性内容,可以看作对狭义"文化"的经典表述。中国古代的"文化"是以文教化,也是狭义文化的范围。毛泽东1940年1月在延安《中国文化》创刊号上发表的《新民主主义论》中指出,"我们要建立新民主主义的文化。一定的文化(当作观念形态的文化)是一定社会的政治和经济在观念形态上的反映,又给予伟大影响和作用于一定社会的政治和经济"②,所谈的就是作为观念形态的狭义的文化。中国的诸多文化学者也是从狭义"文化"来定义文化的,如李宗桂说:"我倾向于接受从观念形态的角度来定义'文化'的观点。从这个认识出发,我认为,文化是代表一定

---

① [英]泰勒:《原始文化》,浙江人民出版社1988年版,第1页。
② 毛泽东:《毛泽东选集》,第三卷,人民出版社1966年版,第655—704页。

民族特点的,反映其理论思维水平的精神风貌、心理状态、思维方式和价值取向等精神成果的总和。"①

文化在现实生活中的地位以及大量民族文化的累积,都使人们看到了文化的双重性。一方面,即使是最落后的习俗,但在维持正常社会生活方面有自己的积极功能,超前的异族文化反而造成正常生活的破坏;另一方面,传统文化又是巨大的传统保守力量,阻抑着更高文化的产生。人们在向着现代化迈进的同时,会不断更强烈地反思和深刻地理解传统文化。传统和现代化两类文化的对立和互补从来未像当前这样尖锐。

第二节　中国文化与中华优秀传统文化

一、中国文化

世界上所有的文化都是生活在一定地域范围内的群体的人所创造的。中国文化,表明了文化的地域性(或者说国度性)和民族性。文化的地域性、民族性是文化的基本属性。中国文化既是一个地理概念,也是一个民族概念。从地理概念上说,中国文化是指中华民族在中国这片广袤的大地上所创造的文化;从民族概念上说,中国文化是指生活在中华大地上的以汉族为主体的56个民族共同创造的文化。

中国文化有什么特点？著名文化学者柳诒徵从三个方面进行了概括:"中国文化为何？中国文化何在？中国文化异于印、欧者何在？此学者所首应致疑者也。然有一语须先为学者告者,即吾中国具有特殊之性质,求之世界无其伦比也。就今日中国言之,其第一特殊现象,即幅员之广袤,世罕其匹也。第二,则种族之复杂,至可惊异也。第三,则年祀之久远,相承勿替也。"②所以,中国文化的特征可从地域、民族、时间三个维度探寻。

首先,中国文化是在华夏广袤大地上生成的。上古时期,华夏族建国于黄河流域,自认为居天下之中央,故将自己的国家称为中国,将周边称为四方。在先秦典籍中有明确记载。如《诗经·大雅·民劳》中写道:"民亦劳止,汔可小康。惠此中国,以绥四方……民亦劳止,汔可小休。惠此中国,以为民逑……民亦劳止,汔可小愒。惠此中国,俾民忧泄……民亦劳止,汔可小安。惠此中国,国无有残。"③这是一首西周厉王时期召穆公劝告周厉王安民防奸的诗。周厉王在公元前877年—前840年执政,可见在三千年前,中国的概念就已产生。秦汉实现统一后,以黄河流域为中心的中国版图不断扩

---

① 李宗桂:《中国文化概论》,中山大学出版社1998年版,绪论第8页。
② 柳诒徵:《中国文化史》(上),中国和平出版社2014年版,序言。
③ 陈俊英、蒋见元:《诗经注析》(下),中华书局2007年版,第837—840页。

大,历代虽时有损益,但总的趋势是中国版图不断拓展。至近现代和新中国成立,中国960多万平方公里的广袤最终确立。中国文化在这片广袤大地上不断继承创新。

其次,中国文化是中华民族集体智慧的结晶。中华民族是汉族及55个少数民族的总称。漫长的历史进程中,建国于黄河流域的华夏族逐渐融合其他民族成为汉族,并与其他民族交流交融,形成了华夏文化。从《尚书》《史记》等所记历史可以看出,自远古至先秦,虽有华夷之分,春秋战国时期居于中原大地的民族自称华夏族,称四周民族为东夷、南蛮、西戎、北狄,历经民族融合,在汉代形成了以华夏族为基础的汉族。直至清代,以汉族为主体、各民族的交融交流不断深入,形成了中华民族多元一体的格局。作为民族共同体诸要素的共同语言、共同地域、共同经济生活、共同心理素质在各民族交流中逐渐形成。所以,元人王元亮说:"中华者,中国也。亲被王教,自属中国,衣冠威仪,习俗孝悌,居身礼仪,故谓之中华。"(《唐律疏议释文》)

最后,中国文化一脉相承从未中断。在世界四大古代文明中,古埃及、古巴比伦、古印度都中断了,中华文明一直传承延续了下来。英国历史学家汤因比一生从文明形态的角度研究历史。他总结了人类历史上出现过的26个文明形态,如印度文化、埃及文化、希腊文化、罗马文化等,这些文化大多因异族入侵而导致文化断裂,只有中国文化体系长期延续从未中断①。中国文化绵延不绝,一个非常重要的表现是中国的文字从未中断。中国文化一脉相承,多元与一统并存。夏商时期的神性文化至周代转变为崇德重人的礼乐文化。春秋时代儒、墨、道、法等思想流派百家争鸣,交相争胜,被称为人类历史的"轴心时代"②。到西汉武帝时,罢黜百家,独尊儒术,儒家思想被确立为国家的意识形态,直至清末,儒家文化一统天下的格局都没有改变。儒家文化的礼乐制度、宗亲观念、等级意识、伦理规范等,构成了中国古代社会的文化支撑并一直发挥作用。在儒家文化一统格局下,中国文化也展现了强大的兼容并包精神。东汉时期佛教文化的传入,魏晋时期玄学的兴起、道教的创立,至隋唐时期,形成了儒、释、道文化相互融合、相互激荡的局面,中国文化由一统走向多元。宋明理学的兴起,儒家文化又得到强化。中国文化就在以儒家文化为主体,道家、佛教等文化互相交融中一直延续。

总之,中华民族在广袤的中国大地上所创造的文化,表现为"独具特色的语言文字,浩如烟海的文化典籍,嘉惠世界的科技工艺,精彩纷呈的文学艺术,充满智慧的哲学宗教,完备深刻的道德伦理,共同构成了中国文化的基本内容"③。

二、中国传统文化

我们在明确了中国文化概念与内容的基础上,应如何理解中国传统文化?中国传

---

① [英]阿诺德·汤因比:《文明经受考验》,王毅译,上海人民出版社2016年版。
② [德]卡尔·雅斯贝斯:《历史的起源与目标》,李夏菲译,漓江出版社2019年版,第8—32页。
③ 张岱年、方克立:《中国文化概论》(修订版),北京师范大学出版社2004年版,第9页。

统文化是什么？它包含哪些表现形态？这又是我们必须解决的问题。理解中国传统文化，首先必须理解什么是"传统"。《现代汉语词典》中，文化作为名词，指世代相传、具有特点的社会因素，如文化、道德、思想、制度等；作为形容词、属性词，指世代相传或相沿已久并具有特点的，如传统剧目。由此可见，"世代相沿、世代相传"是"传统"的基本含义和基本特点。从时间的维度来说，"传统"不仅仅指过去的事物，亦指从过去相沿到现在依然存在的事物，也指从现在相传到未来的事物。所以，"传统"并不是过去的、死的东西，而是有很强大的生命力的活的东西，它既是过去的，又是今天依然存在的，更是会流传到明天的。庞朴认为："传统当然是历史上形成的东西。所谓传统，是从历史上得到的，并经过选择的这样一种东西……既然是这样从过去传到现在，那么必然影响着未来，因为未来就是现在的发展。因此，如果考虑时间因素，那么传统实际上包括时间的全部，就是说，过去发生了，然后经过选择传到现在，而且影响着未来的那些东西。简单说，传统不简简单单是个遗产，而是遗产又投入再生产了。"①

在明确了"传统"含义的基础上，我们理解"中国传统文化"就相对容易了。

中国传统文化是我们先辈传承下来并相沿于今天，被我们所继承、所发扬的文化。中国传统文化是历史的结晶，它有着活的生命。中国传统文化所蕴含的世代相传的思维方式、价值观念、行为准则，既具有强烈的历史性、遗传性，又具有鲜活的现实性、变异性。中国传统文化无时无刻影响、制约着今日中国人的思想与行为方式，又为我们开创新文化提供了历史根据和现实基础。

中国传统文化在表现形态上，有传统物质文化，如传统建筑、传统民居、传统手工艺；有传统制度文化，如传统法律、科举制度；有传统行为文化，如传统民俗、传统风习；有传统观念文化，如仁爱观念、和而不同思想。在传统文化的不同表现形态中，最核心的是传统观念文化，我们也称之为传统精神文化，这是中国传统文化最基本、最核心的内容，它是支撑传统物质文化、传统制度文化、传统行为文化的地基。所以，本书所讨论的中国传统文化，主要从观念形态的传统精神文化层面切入展开。

尽管我们从精神文化层面讨论中国传统文化，但中国传统文化仍然可分为两种存在形态。第一种是客体化的文化形态，主要表现为文艺作品、历史典籍、文物古迹等可视化的客观外化的文化形态；第二种是主体化的文化形态，主要表现为文化心理、生活方式、风俗习惯、价值观念、审美趣味等主体内容的文化形态。这两种形态的中国传统文化是紧密相连、互相影响的。文艺作品、历史典籍、文物古迹等总是传递着其所蕴含的思想观念、文化心理，不断地影响、塑造着人们的主体化的精神世界；同理，人们主体化的价值观念、审美取向、文化心理总是不断地重新解读、重新解构、重新建构客体化的文化形态，使文艺作品、历史典籍等客体化的文化形态常读常新。

---

① 庞朴：《文化的民族性与时代性》，中国和平出版社1988年版，第121页。

三、中华优秀传统文化

中国传统文化是先辈流传下来、相沿到今天的文化。它里面的成分既有精华,也不乏糟粕。庞朴说:"传统就是立足于今天来讲,是历史上得到的并经过选择的东西。也就是说,能够传到今天,传到现代的这些东西。当然,好的坏的都会传下来,泥沙俱下,鱼龙混杂。人并不是聪明到那样一个程度,说我只选好的;社会非常复杂,人们的需要非常多样,好坏的标准也在变化,可能把许许多多坏的也选下来了,那么也叫传统。也可能选择一些好的,也可能选择一些坏的,也可能选择一些不好不坏的中性的东西。"① 所以,对中国传统文化,我们必须继承弘扬其中好的、优秀的成分,摒弃其中不适应时代发展要求、不好的成分。简言之,我们应该传承和弘扬中华优秀传统文化。

中华传统文化里的"优秀传统文化"的标准是什么?这是我们理解中华优秀传统文化必须首先解决的问题。关于中国传统文化中的优秀文化,讨论者甚多。大多采用列举式的方法举例予以说明,如张岱年先生说:"中国文化的优秀传统有丰富的内容,其中最主要的是两个基本思想观点:一是人际和谐,二是天人协调……这类优秀传统文化在今天应该得更进一步阐扬。"② 罗豪才说:"文化是民族之根,民族之魂。中华民族在长期的社会生活实践中,在各民族之间不断的交融与碰撞中,逐渐形成了以天下为一统的国家观、人伦和谐的社会观、兼容并蓄的文化观、勤俭耐劳的生活观等为特征的中华优秀传统文化。中华优秀传统文化为中华民族的生存发展提供了心灵支撑和强大的内驱动力,在中华民族五千年文明史上发挥了重要作用。"③ 采用列举法阐述中华优秀传统文化的标准,优点是直观、易理解,不足是列举法难以穷尽所有,难免挂一漏万。所以对中华优秀传统文化的"优秀"标准从内涵出发揭示其本质是较好的做法。

学界有人尝试从内涵角度来阐述中华优秀传统文化。如"中华优秀传统文化,是指中国传统文化中所包含的对提高人民的思维能力,促进社会主义物质文明和精神文明的发展,推动社会进步的一切有重大价值的优秀精神成果的总和"④;"中华优秀传统文化,是指那些经过了实践检验、时间检验和社会择优继承检验而保留下来并能传之久远的文化"⑤。这两个对中华优秀传统文化的概括,各有侧重。前者是从功用的角度来概

---

① 庞朴:《文化的民族性与时代性》,中国和平出版社1988年版,第121页。
② 张岱年:《传统文化的发展与转变》,《光明日报》1996年5月4日。
③ 罗豪才:《弘扬中华优秀传统文化 增强民族认同感和凝聚力》,《中央社会主义学院学报》,2007年第4期,第5—7页。
④ 张继功、李反修、李森:《中国优秀传统文化概论》,陕西师范大学出版社1998年版,第18页。
⑤ 李申申等:《传承的使命:中华优秀传统文化教育问题研究》,人民出版社2011年版,第92页。

括，后者是从传承的角度来概括。所以，在综合上述学界采用列举法和内涵揭示法对中华优秀传统文化的阐述，我们可以大致给出中国传统文化的"优秀"标准：一是对社会发展有促进作用；二是经过了历史和实践的选择检验；三是能够传之久远，是传统文化的精华。据此，我们可以说，中华优秀传统文化是指中华民族长期发展过程中经过历史检验、实践检验、社会选择检验而传承下来的，对促进社会发展进步有积极作用和重要价值的文化。中华优秀传统文化是中国传统文化的精华所在，体现了中国文化和中华民族最核心的价值内涵和精神追求。

中华优秀传统文化表现形态有物质形态的优秀传统文化，如传统建筑、传统民居、传统手工艺；更主要的指观念形态的优秀传统文化，如核心思想理念、中华传统美德、中华人文精神。观念形态的优秀传统文化又可分为两类，一类是以经典作品、历史典籍为代表的客体化的优秀传统文化，另一类是以价值观念、人文精神、行为习惯为代表的主体化的优秀传统文化。客体化形态的优秀传统文化蕴含着优秀的思想理念和人文精神，两者互相交融，不断发展。

观念形态的文化是中华优秀传统文化最核心的内容，内涵极为丰富，如天下为公、天下大同的社会理想，民为邦本、为政以德的治理思想，九州共贯、多元一体的大一统传统，修齐治平、兴亡有责的家国情怀，厚德载物、明德弘道的精神追求，富民厚生、义利兼顾的经济伦理，天人合一、万物并育的生态理念，实事求是、知行合一的哲学思想，执两用中、守中致和的思维方法，讲信修睦、亲仁善邻的交往之道……概括起来，主要表现为三个方面：

一是核心思想理念。中华民族和中国人民在修齐治平、尊时守位、知常达变、开物成务、建功立业过程中培育和形成的基本思想理念，如革故鼎新、与时俱进的思想，脚踏实地、实事求是的思想，惠民利民、安民富民的思想，道法自然、天人合一的思想等，可以为人们认识和改造世界提供有益启迪，可以为治国理政提供有益借鉴。传承发展中华优秀传统文化，就要大力弘扬讲仁爱、重民本、守诚信、崇正义、尚和合、求大同等核心思想理念。

二是中华传统美德。中华优秀传统文化蕴含着丰富的道德理念和规范，如天下兴亡、匹夫有责的担当意识，精忠报国、振兴中华的爱国情怀，崇德向善、见贤思齐的社会风尚，孝悌忠信、礼义廉耻的荣辱观念，体现着评判是非曲直的价值标准，潜移默化地影响着中国人的行为方式。传承发展中华优秀传统文化，就要大力弘扬自强不息、敬业乐群、扶危济困、见义勇为、孝老爱亲等中华传统美德。

三是中华人文精神。中华优秀传统文化积淀着多样、珍贵的精神财富，如求同存异、和而不同的处世方法，文以载道、以文化人的教化思想，形神兼备、情景交融的美学追求，俭约自守、中和泰和的生活理念等，是中国人民思想观念、风俗习惯、生活方式、情感样式的集中表达，滋养了独特丰富的文学艺术、科学技术、人文学术，至今仍然具有深刻影响。传承和发展中华优秀传统文化，就要大力弘扬有利于促进社会和谐、鼓励人们向上向善的思想文化内容。

第三节 古代文学经典：
中华优秀传统文化的重要组成

文学是对社会生活的形象反映。中国古代文学在三千多年的发展历程中取得了辉煌的成就，留下了极其丰富多彩的文学作品，成为中华优秀传统文化中的瑰宝。中国古代文学以诗、词、散文、赋、小说、戏曲等多种体裁样式，形象生动地记载了中国古代社会不同时代的生活和精神风貌，深刻地体现着中国文化的基本精神，成为中华优秀传统文化的重要组成部分。中国古代文学卷帙浩繁、灿如星辰。

一、什么是经典

经典，是一个常说常新的话题。在中国古代，经典就是圣人的著作。班固在《汉书·儒林传》中说："古之儒者，博学乎六艺之文。六艺者，王教之典籍，先圣人所以明天道，正人伦，致至治之成法也。"① 这里的"六艺"，唐代的颜师古解释为《诗》《书》《礼》《易》《乐》《春秋》。西汉宣帝时大臣翼奉在给汉宣帝奏事中说："臣闻之于师曰，天地设位，悬日月，布星辰，分阴阳，定四时，列五行，以视圣人，名之曰道。圣人见道，然后知王治之象，故画州土，建君臣，立律历，陈成败，以视贤者，名之曰经。贤者见经，然后知人道之务，则《诗》《书》《易》《春秋》《礼》《乐》是也。"② 翼奉认为，天地显示规律给圣人，叫作"道"；圣人了解天地之"道"，懂得治国理政之法，显示给贤者，就成为"经"；贤者见到圣人之"经"，就知道了人道之关键，这些"经"就是《诗》《书》《易》《春秋》《礼》《乐》。从这两则可以看出，关于"经"，从西汉起，被认为是圣人所作，而且内容是相对固定的。刘勰《文心雕龙·原道》："道沿圣以垂文，圣因文而明道，旁通而无滞，日用而不匮。"③ 唐代刘知幾在《史通》中说："自圣贤述作，是曰经典，句皆《韶》《夏》，言尽琳琅，秩秩德音，洋洋盈耳。"④ 金圣叹在《批评第五才子书水浒传·序一》中说："原夫书契之作，昔者圣人所以同民心而出治道也。其端肇于结绳，而其盛殷而六经。其秉简载笔者，则皆在圣人之位而又有期德者也。在圣人之位，则有其权；有圣人之德，则知其故。有其权而知其故，则得作而作，亦不得不作而作也。是故《易》者，导之使为善也；《礼》者，坊之不

---

① [汉]班固：《汉书·儒林传》，中华书局2005年版，第2663页。
② [汉]班固：《汉书·眭两夏侯京翼李传第四十五》，中华书局2005年版，第2373页。
③ [梁]刘勰：《文心雕龙·原道》，载郭晋稀：《文心雕龙注释》，甘肃人民出版社1982年版，第9页。
④ [唐]刘知幾：《史通·叙事》，载姚松、朱恒夫译注：《史通全译》，贵州人民出版社2008年版，第335页。

为恶也;《书》者,纵以尽天运之变;《诗》者,衡以会人情之通也。"①

从上述例子可以看出,古人认为,经典出自圣人之手,是圣人宣扬天地大道之文。经典之作大都以《诗》《书》《礼》《易》《春秋》等经书为代表。所以,朱自清先生在《经典常谈》所解读的经典有《说文解字》《周易》《尚书》《诗经》《战国策》《史记》《汉书》《诸子》《辞赋》和"三礼""四书"等十三种。他在《序》中说:"本书所谓经典是广义的用法,包括群经、先秦诸子、几种史书、一些集部;要读懂这些书,特别是经、子,得懂'小学',就是文字了,所以《说文解字》等书也是经典的一部分。"②朱自清先生的《经典常谈》本是为中学生编写的普及性读物,他对经典的认识,在古人的五经基础上,增加了史书、诸子、文字等书。

关于经典,詹福瑞总结了经典的五个特性:传世性,普适性,权威性,耐读性,累积性。③ 从传世性来说,经典是能够经得住时间检验和历史检验的传世之作,它作为优秀文化遗产,不是死的标本,而是活在当代,有着强大的活力,有其传世的价值,能参与当代文化建设。从普适性来说,经典有超越地域、阶级、种族、族群的普适性价值和意义,对于读者具有普遍启示意义。从权威性来说,人文类经典是指得到大家一致认可的作品。从耐读性来说,经典能够超越历史在读者中得到长久流传,并且还能跨越不同地域、不同民族而获得不同读者的认同,具有常读常新的永久魅力。从累积性来说,经典有漫长的传播与阅读史,在传播过程中,历代读者对经典发表了各种各样的评价,并同经典文本一同流传。经典在其原生的文本层之外,又累积成了经典的次生层。我们所接受的经典,并不是经典文本的个体——经典文本本身,而是一个历史的整体。经典积淀了历代读者阅读经典所留下的文化痕迹,形成了厚厚的累积层,这些累积层也构成了一部经典的实体,因此经典具有了历史文化的累积性。

二、古代文学经典举隅

(一)《诗经》与《楚辞》

1.《诗经》

《诗经》是中国最早的一部诗歌总集,收录了自西周初年至春秋中叶(约公元前1000年—公元前500年)五百多年间的作品。它是中国上古时期周代政治、社会生活的生活记录。《诗经》按风、雅、颂分为三类,共305篇,另有6篇笙诗,有目无辞。《诗经》内容十分广泛,按内容分,有祭祖颂歌、周族史诗、农事诗、战争徭役诗、婚姻爱情诗、燕飨诗、怨刺诗等。《诗经》采用赋、比、兴的表现手法,使用重章叠句,富于韵律。《诗经》的现实主义精神和抒情诗传统,奠定了我国诗歌的优良传统,哺育了一代又一代诗人,

---

① [清]金圣叹:《金圣叹批评第五才子书水浒传》,天津古籍出版社2006年版,序一。
② 朱自清:《经典常谈》,华文出版社2023年版,序言。
③ 参看詹福瑞《论经典》,人民文学出版社2015年版。

牢笼千载,衣被后世,是中国古代诗歌的光辉起点。

2.《楚辞》

《楚辞》是战国时期南方楚文化的代表,它和《诗经》共同构成中国诗歌的源头。《楚辞》以屈原的作品为主。宋代洪兴祖的《楚辞补注》收录了屈原的二十三篇作品,另收入战国宋玉的《九辩》、西汉东方朔的《七谏》、王褒的《九怀》、刘向的《九叹》、东汉王逸的《九思》等楚辞体作品。宋人黄伯思《翼骚序》云:"屈宋诸骚,皆书楚语,作楚声,纪楚地,名楚物,故可谓之《楚辞》。"楚辞是以具有楚国地方特色的乐调、语言、名物而创作的诗歌,它的直接渊源是以《九歌》为代表的楚地民歌,在形式上与以《诗经》为代表的北方诗歌具有较明显的区别。

(二)先秦两汉散文与辞赋

1.《左传》《国语》《战国策》:先秦叙事散文的代表

这三部书是先秦叙事散文的代表。《左传》中的战争描写非常生动。《国语》以记言为主,通过记言来叙事。《战国策》对纵横之士等人物形象的塑造极为生动。这三部书的叙事传统和语言艺术对后世的史传文学、散文和小说创作的滋养,尤为明显。

2.《论语》《孟子》《庄子》《荀子》《韩非子》:先秦说理散文的代表

这几部书是先秦说理散文的代表。《论语》采用语录体形式,以在对话中说理的形式,直接影响了先秦说理文的体制。《论语》的文学色彩在于表现了孔子及其弟子的形象、性格以及深刻平实、含蓄隽永的语言。《孟子》共七篇,每篇又分为上篇、下篇。长于论辩、长于譬喻是《孟子》的主要语言特征。气势浩然是孟子散文的重要特征。《庄子》是先秦说理文最有文学价值的一部书,它大量采用寓言故事说理,想象丰富,语言如行云流水,跌宕跳跃。《荀子》《韩非子》都说理严密,是先秦说理散文的集大成者。

先秦说理散文以其深邃的思想,在中国文化史上有着崇高的地位,成为中国传统文化的重要源泉,它成熟的说理文体制,形象化的说理方式,丰富多彩的创作风格和语言艺术,深刻影响着后世的文学创作。

3.《史记》:史传文学的经典

司马迁创作的《史记》共一百三十篇,分为十二本纪、十表、八书、三十世家、七十列传。《史记》开创了以人物为中心的史书编写体例,所叙写的人物形象生动,体现了历史与逻辑的统一、史学与文学的共存。鲁迅评价《史记》是"史家之绝唱,无韵之离骚"[①]。《史记》是纪传体史书的奠基之作,同时也是古代传记文学的开端,是传记文学的典范,也是古代散文的楷模。《史记》渗透了多方面的人文精神,主要有:以立德、立功、立言为宗旨,以求青史留名的积极入世精神;忍辱含垢、历尽艰辛而百折不挠、自强不息的进取

---

① 鲁迅:《汉文学史纲要》,春风文艺出版社2014年版,第44页。

精神;舍生取义、赴汤蹈火的勇于牺牲精神;批判暴政酷刑、呼唤世间真情的人道主义精神;立志高远、义不受辱的人格自尊精神。《史记》标志着中国古代史传文学的发展已经达到高峰。

4.辞赋:赋体文是两汉文学的一大创举

汉代君臣多为楚地人,他们自觉不自觉地采用《楚辞》所代表的文学样式写自己的喜怒哀乐,形成了"骚体赋"这一样式。西汉辞赋以司马相如的《子虚赋》《上林赋》、扬雄的《甘泉赋》《长杨赋》等汉大赋为代表,铺张扬厉,有恢宏壮丽之美。东汉辞赋以张衡的《西京赋》《东京赋》为代表,抒情赋也在东汉兴起。两汉辞赋对唐宋时期散文的影响是促进欧阳修、苏轼等文赋的产生,如苏轼的《赤壁赋》就是典型的文赋。

(三) 唐诗与宋词

唐诗宋词是中国古代文学的两个经典样式。王国维在《宋元戏曲史》中说:"凡一代有一代之文学:楚之骚,汉之赋,六代之骈语,唐之诗,宋之词,元之曲,皆所谓一代之文学,而后世莫能继者也。"①

诗是中国古代最早的成熟文体。唐诗是中国诗歌的高峰。唐诗题材广泛,风格多样。王维、孟浩然为代表的盛唐山水田园诗,具有静逸明秀之美。王昌龄、崔颢为代表的诗歌创作,表现出豪爽俊丽、风骨凛然的风貌,具有清刚劲健之美。高适、岑参、王之涣等诗人,大量创作边塞诗,具有慷慨奇伟之美。

李白、杜甫更是唐代诗人的旗帜。李白的诗歌创作,主观色彩强烈,想象奇特丰富。李白在诗歌中所表现的"天生我材必有用"的非凡自信,"安能摧眉折腰事权贵"的独立人格,"戏万乘若僚友,视俦列如草芥"的凛然风骨,与自然合为冥一的潇洒风神,对后来的士人有很大吸引力。李白诗歌豪放飘逸的风格、变化莫测的想象、清水芙蓉的美,代表了唐诗的魅力。

杜甫与李白不同,他经历了安史之乱,在战火中四处漂泊,没有李白那般的风神潇洒。杜甫早期的诗如《望岳》还有一点浪漫色彩。历经动乱后,杜甫大量的诗主要反映民生疾苦,忧国忧民,"三吏""三别"《北征》《秋兴八首》诗风沉郁顿挫,饱含了诗人浓浓的家国情怀。杜甫以格律严整的律诗取胜,是集六朝、盛唐诗歌之大成者。中、晚唐时期,白居易的《长恨歌》《琵琶行》等歌行体诗,李贺、杜牧、李商隐的诗也都各呈风采,但和盛唐相比,已不能追踪前贤。总之,唐诗的成就,可以说空前绝后,是古代文学经典的精品。

词是宋代文学的灵魂。宋人继唐人之后,在诗的领域难与唐人争胜,宋人在诗的基础上,开拓出"词"这一新的文体,并且大放光彩。宋词的代表性词人,北宋前期有以柳永、范仲淹、欧阳修为代表的词派,中后期有以苏轼、周邦彦、黄庭坚为代表的词派。柳

---

① 王国维:《宋元戏曲史》,中国和平出版社2014年版,自序。

永、苏轼是北宋词坛的两个代表性词人。柳永的词主要写男女离别相思和个人流落江湖的羁旅之愁,在当时市民中极为流行,如《雨霖铃》《望海潮》等,"凡有井水处,即能歌柳词"。苏轼的词从学习柳词而来,既有婉约词,又开拓出豪放词,突破了词为"艳科"的传统格局,提高了词的文学地位。

南宋代表性词人是辛弃疾、李清照。辛弃疾继承苏轼豪放词的风格并加以发展,其词是豪放词的典型。辛弃疾词的内容有英雄形象的自我展示,有苦闷忧患和对社会的理性批判,也有对乡村风景人物的描写,词风刚柔相济、亦庄亦谐。李清照词作前期大多抒写少女、少妇的情怀,情感细腻绵长,词风清丽婉转,后期历经国破家亡之痛,将国破家亡的身世之悲与漂泊流离的伤痛生活融入词中,词风哀痛凄苦。

(四)元明清戏曲

曲是元代文学的代表,分为散曲和戏曲。其中的戏曲从元代开始,历明清两代都有经典名作。戏曲在元代被称为杂剧。元杂剧一般是四折演一个完整的故事,它是融汇了歌唱、舞蹈、道白、音乐等多种艺术形式为一体的综合艺术。明代戏曲被称为"南戏",也称作"传奇",一本戏往往有四五十出,情节较复杂,剧中人物较多。清代戏曲也是经典之作。

1.《西厢记》

《西厢记》是元杂剧的代表,作者是元代的王实甫。清代的金圣叹有"六才子书"之说,分别是《庄子》、《离骚》、《史记》、杜诗、《水浒传》、《西厢记》。《西厢记》被金圣叹列为"第六才子书"。《西厢记》叙述崔莺莺与张生的爱情故事,经过与老夫人坚决斗争,张生与崔莺莺最终"有情人终成眷属"。戏中人物张生、崔莺莺、红娘等性格鲜明,戏曲语言本色与文采相生,对明清戏曲产生了很大影响。

2.《牡丹亭》

《牡丹亭》是明代戏曲的代表作。本书第四章对此剧有详细阐述,兹不赘述。

3.《长生殿》

《长生殿》是清代戏曲的代表作,作者是明末清初的杭州人洪昇。本剧写唐玄宗与杨贵妃的故事,长达五十出,以唐玄宗杨贵妃的故事为主线,以朝政军国之事为副线,纺织进唐以来文人记述过的、诗人咏叹过的人和事,既有爱情故事,也有历史主题,更有国家兴亡之恨。

4.《桃花扇》

《桃花扇》是清代戏曲的代表作,作者是清初山东曲阜人孔尚任。本剧是最接近历史真实的历史剧,全剧以明末复社文人侯方域和秦淮名妓李香君的离合之情为线索,展示了明末南明小朝廷的历史面目,"借离合之情,写兴亡之感"。孔尚任在《桃花扇小引》中自述创作宗旨:"《桃花扇》一剧,皆南朝新事,父老犹有存者。场上歌舞,局外指点,知三百年之基业,隳于何人?败于何事?消于何年?歇于何地?不独令观者感慨涕零,亦惩创人心,为末世之一救矣。"①

(五)明清小说

明代时,随着城市商业经济的繁荣、市民阶层的壮大,商人经济实力提升,文人与商人的关系密切。文人的市民化和市民化读者群形成,为适应文化娱乐的需要,除戏曲的勃兴外,小说在明代也开始昌盛。至清代,小说种类、题材更加多样。明清小说经典除人们熟知的长篇章回小说《三国演义》《水浒传》《西游记》《红楼梦》这四大名著外,明代冯梦龙编的短篇小说集《喻世明言》《警世通言》《醒世恒言》和凌濛初编的《初刻拍案惊奇》《二刻拍案惊奇》,明代世情小说《金瓶梅》,清代蒲松龄的文言短篇小说集《聊斋志异》、吴敬梓的《儒林外史》等也是明清小说的经典之作。兹对《聊斋志异》稍加详述。

《聊斋志异》全书共有495篇文言短篇小说。多写狐鬼花妖世界,绝大部分篇章叙写神仙狐鬼精魅故事,有的是人入幻域,有的是异类化入人间,也有人、物互变内容,具有超现实的虚幻性、奇异性。《聊斋志异》是一部孤愤之书。蒲松龄在《聊斋自志》中写道:"才非干宝,雅爱搜神;情类黄州,喜人谈鬼。闻则命笔,遂以成篇。久之,四方同人,又以邮筒相寄,因而物以好聚,所积益夥……集腋为裘,妄续幽冥之录;浮白载笔,仅成孤愤之书。寄托如此,亦足悲矣!"②蒲松龄的"孤愤"在《聊斋志异》中表现为通过谈狐说鬼来言志抒情:一是写书生科场失意,嘲讽科场考官;二是表现自己在落寞生活处境中的梦幻;三是刺贪刺虐,抨击和批评官场;四是关注家庭伦理与社会风气,讽刺生活中的丑陋现象,颂扬美好德行。《聊斋志异》是蒲松龄在大半生中陆续写成的,由于写作时的境遇不尽相同,关心的事情有所变化,写作旨趣也有抒忧愤、寄闲情、写谐趣、记见闻之别,思想境界也不尽一致,可以说是崇高与庸俗并存。

三、古代文学经典的文化精神

中国古代文学经典深深根植于中华传统文化的沃土之中,深受中华传统文化的长期熏陶,是中华优秀传统文化形象具体的展示,生动而深刻地体现着中华民族的文化精神,也是我们学习和了解中华优秀传统文化精神的一个重要途径。

(一)以人为本,关注现实的理性精神

中国文化的一个突出特点是以人为本、关注现实,始终充满了对人的关怀。《易·系辞下》:"有天道焉,有人道焉,有地道焉。兼三才而两之,故六。六者非它也,三才之道也。"③《尚书》:"天矜于民,民之所欲,天必从之。天视自我民视,天听自我民听。"④

---

① [清]孔尚任著:《桃花扇·小引》,王季思、苏寰中、杨德平合注,人民文学出版社1984年版。
② [清]蒲松龄:《聊斋志异》,中华书局2009年版,《聊斋自志》。
③ 周振甫:《周易译注》,中华书局1994年版,第271页。
④ 《尚书·泰誓》,载江灏、钱宗武:《今古文尚书全译》,贵州人民出版社1992年版,第207、212页。

《老子》:"故道大,天大,地大,人亦大。域中有四大,而人居其一焉。"①《论语》:"樊迟问知,子曰:'务民之义,敬鬼神而远之,可谓知矣。'"②《左传》:"夫民,神之主也。是以圣王先成民而后致力于神。"③中国从先秦时期开始,就重视人的作用,认为人有和天地一样崇高的地位,像天地一样伟大,人在世界上具有其他物类无可比拟的意义和价值。在处理神与人的关系方面,人是神之主,神处于从属地位。中国文化中的人文主义精神,反映在古代文学经典中,就是具有特别鲜明的人文色彩和理性精神。《诗经》中的诗作,大多写爱情婚姻,写战争徭役,写宴饮宾朋,写农业生活,都是人生社会生活,即使是《颂》诗中的祭祀诗歌,也主要是颂扬先祖的功德,很少有谈神说鬼之作。《楚辞》中的《九歌》《九章》虽有楚地巫祭文化的影子,但屈原心系家国的爱国主义精神贯穿如一。《聊斋志异》里写了许多狐鬼故事,但并非为写狐鬼而写狐鬼,狐鬼与人相杂、幽冥与人世相间的故事深刻地反映了现实社会生活与矛盾。狐鬼世界是人间世界的影射。

(二) 文以载道,以文化人的教化传统

中国古代从先秦起就有"诗教"传统,后经儒家进一步发挥,诗教传统更为系统完善,进而反映在古代文学经典中。中国古代文学的主流是诗和文。对诗的功用问题,《尚书·舜典》记载:"诗言志,歌咏言,声依咏,律和声。八音克谐,无相夺伦,神人以和。"④孔子对"诗言志"的思想作了发挥,诗教理论更为成熟:"兴于诗,立于礼,成于乐"(《论语·泰伯》),"诗三百,一言以蔽之,曰:'思无邪'"(《论语·为政》),"小子何莫学夫诗?诗可以兴,可以观,可以群,可以怨。迩之事父,远之事君"(《论语·阳货》)。到了汉代,儒家被立为官学,汉儒把诗歌教化功能进一步推衍:"治世之音安以乐,其政和。乱世之音怨以怒,其政乖。亡国之音哀以思,其民困。故正得失、动天地、感鬼神,莫近于诗。先王以是经夫妇,成孝敬,厚人伦,美教化,移风俗。"⑤汉儒把诗的功能抬到了治国安邦、教化风俗、规范人伦的高度。到唐代,白居易更是提倡诗文要反映现实:"文章合为时而著,歌诗合为事而作"⑥,"为君、为臣、为民、为物、为事而作,不为文而作"⑦。散文领域,唐宋时期提出了"文以载道"的理论。唐代的李汉在《昌黎先生集序》中说:

---

① 《老子·第二十五章》,载陈鼓应:《老子注译及评介》,中华书局2009年版,第159页。
② 《论语·雍也第六》,载杨伯峻:《论语译注》,中华书局1980年版,第61页。
③ 《左传·桓公六年》,载杨伯峻:《春秋左传注》,中华书局1990年版,第111页。
④ 《尚书·舜典》,载江灏、钱宗武:《今古文尚书全译》,贵州人民出版社1992年版,第33页。
⑤ 《毛诗正义·诗大序》,明嘉靖时期李元阳福建刻本,隆庆二年重修刊本,卷一。
⑥ [唐]白居易:《与元九书》,载郭绍虞:《中国历代文论选》(第二册),上海古籍出版社2001年版,第98页。
⑦ [唐]白居易:《新乐府序》,载郭绍虞:《中国历代文论选》(第二册),上海古籍出版社2001年版,第108页。

"文者,贯道之器也,不深于斯道,有至焉者,不也?"①韩愈、柳宗元提倡古文,大力创作古文,而且在理论上提出"文以明道","气,水也;言,浮物也;水大而物之浮者大小毕浮。气之与言犹是也,气盛,则言之短长与声之高下者皆宜"②。韩愈所说的"气"就是写文章的思想内容、主旨和为文者的思想修养。柳宗元同样提倡"文以明道":"始吾幼且少,为文章,以辞为工。及长,乃知文者以明道,是固不苟为炳炳烺烺、务采色、夸声音而以为能也。"③北宋时,理学家周敦颐提出"文以载道":"文所以载道也。轮辕饰而人弗庸,徒饰也,况虚车乎。"(《通书·文辞》)

由上述可以看出,无论在诗歌领域的"诗教"传统,还是散文领域的"文以贯道""文以明道""文以载道"说,中国古代文学都注重通过诗文来教化百姓,治国安邦。所以,从《诗经》《楚辞》到唐诗宋词,再到明清诗歌,从《尚书》《左传》《国语》《战国策》到唐宋古文运动,再到明清小品文,都注重诗文的教化功能。南朝齐梁间独炫词句、软媚缠绵的宫体诗因其思想的贫弱而缺乏持久的生命力。元明清之际,以娱乐为目的小说和戏曲,也都注重伦理教化。如《三国演义》《水浒传》《西游记》等,剥去历史的、传奇的、神魔的外壳后,其内里依然不脱离忠奸、正邪、善恶之间的斗争。戏曲中,元代关汉卿的《窦娥冤》抨击官府司法不公,高明的《琵琶记》宣扬孝道,清代孔尚任《桃花扇》写兴亡之感,洪昇《长生殿》演历史事实。这些戏曲都是借舞台实现教化万民。即使像王实甫《西厢记》、汤显祖《牡丹亭》这样提倡至情的剧作,也忘不了在其中穿插反映现实的内容。

(三)抒情写意,含蓄蕴藉的艺术手法

中国古代文学中抒情文学特别发达。诗歌作为中国古代文学经典中最早成熟的文体,绝大多数诗歌是抒情诗。从《诗经》起直到清末,绝大多数诗歌是"言志"的抒情诗。叙事诗在中国诗歌史上只有如汉乐府中的《孔雀东南飞》、北朝民歌《木兰诗》、白居易的《长恨歌》、清代吴伟业的《圆圆曲》等数得出来的几首。这与西方早期诗歌大都是叙事诗形成了鲜明对比。中国诗歌的抒情传统反映在散文领域,抒情散文和说理散文都很发达,如战国时代的诸子散文,都是以文说理。即使以叙事为主的史传散文,如《史记》,也有很强的抒情性,《项羽本纪》《留侯世家》《伯夷列传》《屈原贾生列传》《刺客列传》《李将军列传》等,既是写人物的叙事文,也融入了司马迁自己的人生感慨,有浓烈的抒情性。直到元明清时期,小说和戏曲两种叙事文学才开始发达。所以说,重抒情是中国古代漫长的岁月中文学的基本特征。

---

① [唐]李汉:《昌黎先生集序》,载郭绍虞:《中国历代文论选》(第二册),上海古籍出版社2001年版,第121页。

② [唐]韩愈:《答李翊书》,载郭绍虞:《中国历代文论选》(第二册),上海古籍出版社2001年版,第116页。

③ [唐]柳宗元:《答韦中立论师道书》,载郭绍虞:《中国历代文论选》(第二册),上海古籍出版社2001年版,第144页。

与重抒情的方式相应,古代文学经典抒情时大都采用写意手法,情景交融。古代诗歌讲究"意境""神韵""味外之旨",因而大都以景传情,借景写意,不一定追求景的逼真,贵在创造有意之境。所以古代诗歌追求"言有尽而意无穷"的含蓄蕴藉。诗歌重写意、贵含蓄的手法也影响到了古典小说和戏曲。古典小说,如四大名著在描写场景时,形式上多用诗词,手法上多用白描,就是受诗词影响。古典戏曲更是写意运用的典范。舞台上划几下船桨,就意味着过江;挥几下马鞭,转几个圈,就已翻山越岭;做推门、关门的动作,就代表进屋或出屋……戏曲充分吸收了诗歌的写意手法。

(四)中庸和谐,尚中贵和的美学追求

中庸、中和、和谐是中国传统文化的重要文化精神。中和之美也是中国传统美学的追求。中和、中庸思想是儒家所提倡的,《礼记·中庸》:"喜怒哀乐之未发,谓之中,发而皆中节,谓之和。中也者,天下之大本也;和也者,天下之达道也。致中和,天地位焉,万物育焉。"①喜怒哀乐的感情没有表现出来就是"中",表现出来合时宜就是"和",能达到"中和",天地会有序,万物会生长,可见先哲对"中和"极为重视。《礼记·中庸》记载:"仲尼曰:'君子中庸,小人反中庸','中庸其至矣乎,民鲜能久矣!'"②北宋理学家程颐解释"中庸"说:"不偏之谓中,不易之谓庸。中者,天下之正道;庸者,天下之定理。"经过长期的历史积淀,儒家中和、中庸思想与和谐精神逐渐泛化为中华民族普遍的社会心理习惯,在中国文化的各个领域都有明显的体现。反映在古代文学领域,诗歌创造方面,孔子说"《关雎》,乐而不淫,哀而不伤",就是说《诗经》的中和之美,这是孔子哲学理论在文艺思想上的反映,即主张在文学作品中要有节制地宣泄情感,而不要把感情表达得过分强烈。这种思想直接促成了后来以"温柔敦厚"为基本内容的"诗教"的建立。汉儒更进一步发挥了孔子的中和思想,在《毛诗序》中说:"故变风发乎情,止乎礼义。发乎情,民之性也;止乎礼义,先王之泽也。"③在这种中和之美思想指导下发展起来的中国古代文学,少有狂喜或狂怒的作品,多数古代诗人都自觉不自觉地遵循着"诗教"的传统,诗作往往写得含蓄深沉、委婉曲折,以"怨而不怒""婉而多讽"的方式来批判现实。没有西方诗歌那种"酒神型"的迷狂。在古代的小说、戏曲中很少有彻底的悲剧,如《红楼梦》以贾府"兰桂齐芳"来表示其起死回生,戏曲常以"大团圆"结局来结束等,都是尚中贵和思想在文学上的反映。

---

① 朱熹:《四书章句集注·中庸章句》,中华书局2012年版,第18页。
② 同①。
③ 《毛诗序》,见郭绍虞《中国历代文论选》(第一册),上海古籍出版社2001年版,第63页。

第二章

《诗经》与中华优秀传统文化

《诗经》作为产生于两千多年前的古老诗歌总集,收集了从西周初年至春秋中叶约五百年间的诗歌作品。这五百年间,周代社会经历了由盛而衰的变化,作为那时先民们的心灵倾诉,《诗经》丰富多彩的内容,赋、比、兴的表现技巧,成为我国诗歌文学的辉煌开端。《诗经》对现实生活的关注和它丰厚的文化内容,使其成为一部古代文化的百科全书。

第一节 《诗经》的文化内涵及审美风格概说

从汉代至今,对于《诗经》的研究大致分为两类:宏观研究和微观研究。宏观研究主要是对《诗经》的艺术特征、文化精神、社会作用和《诗经》对后世的影响等的研究;微观研究主要是对《诗经》的文字训诂、名物考订等的研究。《诗经》的微观研究,前人已经做了扎实的工作,取得了丰硕的成果,很少有开拓的空间。《诗经》的宏观研究,特别是《诗经》的文化研究是 20 世纪以来的一个亮点。《诗经》的文化研究以闻一多用民俗学方法的研究为代表——比如闻一多的《说鱼》即是从文化学角度研究《诗经》的经典性文章,后继学者从文化人类学、文化精神、地域文化、礼乐文化等角度对《诗经》做了深入细致的开拓性研究工作。本文拟在已有研究基础上,将宏观研究与微观研究相结合,从《诗经》的雅俗文化角度切入,对《诗经》中的《雅》诗和《国风》进行解读,进而辨析《雅》诗和《国风》在内容、形式方面表现出来的文学审美风格。

《诗经》中蕴含的政治思想、伦理道德、社会礼俗等内容,是研究民族文化心理和文化传统的重要资源。《诗经》中崇德敬祖、敦友睦亲、恋故土、重邦国的思想,尚实际、美自然的审美价值取向影响了后世的民族心理和文化传统,也影响了后世的文学发展。《诗经》由于作者身份、地位、境遇的不同,诗歌反映的生活面的不同,体现的社会观念的不同,诗歌表现形式的不同,从审美角度看具有雅、俗之别。《诗经》中的《颂》诗和大部分《雅》诗,属于当时的雅文化。《颂》诗和《雅》诗的作者大多数为中上层贵族,内容主要是颂扬祖先、赞扬周天子、批评时政等有关周王朝政治礼仪之事,体现了礼乐文化下西周至春秋的官方正统观念,其审美价值取向是尚礼重和、重华贵、重享乐,这种审美价值取向使得《颂》诗和《雅》诗在风格上呈现出庄严肃穆、舒徐典雅的特征,代表了西周到春秋时期的官方文化。《国风》中绝大部分诗属于当时的俗文化。《国风》的作者大多数为中下层贵族和劳动人民,内容多写爱情婚姻、战争行役、农事田猎等世俗生活,《国风》又因来自不同的地域,受不同地域文化的影响,其审美价值取向是尚情重义、重自然、重自由,这种价值取向使得《国风》在文学审美风格上有率真自然、典雅中正、刚健质朴、飘逸柔婉等不同特点。

《诗经》的文化内涵及审美风格,必须阐明文学审美风格的内涵。文学审美风格包括文学的时代风格、民族风格、地域风格等,其"核心主要指作家和作品的风格"。时代风格主要是指从历史和社会高度把握的、只属于这个时代而不属于其他时代的文学的总体特征。文学的时代风格是该时代的精神特点、审美要求和审美理想在作家作品中的表现。文学风格的形成都离不开它所产生的时代,文学本身反映了时代的兴衰荣辱、人们的歌哭悲欢,深深地印上了时代的烙印。文学时代风格随着时代的发展而发展,并随着时代的变化而变化。刘勰在《文心雕龙·时序》篇中阐述了文学与时代的关系,他说:"时运交移,质文代变,古今情理,如可言乎!昔在陶唐,德盛化钧,野老吐'何力'之谈,郊童含'不识'之歌。有虞继作,政阜民暇,'薰风'诗于元后,'烂云'歌于列臣,尽其美者何?乃心乐而声泰也。至大禹敷土,九序咏功,成汤圣敬,'猗欤'作颂。逮姬文之德盛,《周南》勤而不怨;太王之化淳,《豳风》乐而不淫。幽、厉昏而《板》《荡》怒,平王微而《黍离》哀。故知歌谣文理,与世推移,风动于上,而波震于下者也。春秋以后,角战英雄,六经泥蟠,百家飙骇。方是时也,韩魏力政,燕赵任权;五蠹六虱,严于秦令,唯齐楚两国,颇有文学。齐开庄衢之第,楚广兰台之宫,孟轲宾馆,荀卿宰邑,故稷下扇其清风,兰陵郁其茂俗,邹子以谈天飞誉,驺奭以雕龙驰响,屈平联藻于日月,宋玉交彩于风云。观其艳说,则笼罩《雅》《颂》。故知炜烨之奇意,出乎纵横之诡俗也……故知文变染乎世情,兴废系乎时序。"①由刘勰的论述可以看出,文学面貌和时代是密切相关的。《时序》篇中的"文变染乎世情,兴废系乎时序"扼要地指出文学的盛衰变化与时代的紧密关系。根据刘勰的阐述,对文学发生影响的时代社会因素有三点:一是政治的兴衰和社会的治乱,如刘勰在《文心雕龙》中论西周诗歌时说:"逮姬文之德盛,《周南》勤而不怨;太王之化淳,《豳风》乐而不淫。幽、厉昏而《板》《荡》怒,平王微而《黍离》哀";二是学术思想状况,如论曹魏后期文学和东晋文学在玄学盛行的影响下,玄言诗大盛,"诗必柱下之旨归,赋乃漆园之义疏"②;三是君主的提倡,如论汉武帝提倡文学使得汉代文学盛行,曹操父子礼遇文人使得建安文学成就辉煌。对于第一条,刘勰得出的结论是:"故知歌谣文理,与世推移,风动于上,而波震于下者","故知文变染乎世情,兴废系乎时序,原始以要终,虽百世可知也"③。说明诗歌的内容和风格是随着时代的推移而变化,在上者有怎样的政治,在下者就有怎样的反映。正因为文学发展受时代影响,时代发生变化,文学的形式、内容、风格也会发生变化,现实的世情有了新的面貌,文学的发展也就有新的姿态。刘勰在论述时代对文学的影响时,看到了时代各个方面的因素,比如政治、经济、

---

① [梁]刘勰著,王运熙、周锋译注:《文心雕龙译注》,上海古籍出版社2010年版,第211页。
② 同①,第218页。
③ 同①,第542页。

文化、思想、艺术对文学发展都有极为深刻的影响。

《诗经》体现出明显的时代风格。它收集了从西周初年至春秋中叶长达五百年间的诗歌作品,在这五百年中,周王朝经历了由盛到衰的变化,在诗歌上,表现为《诗经》中的《雅》诗和《颂》诗歌颂祖先功德、赞美周天子和贵族的诗,如《颂》诗中的《清庙》《维天之命》,《大雅》中的《文王》《大明》《绵》《生民》等,反映了周王朝强盛时期的时代风貌,这些诗歌大多以昂扬的基调、完整的叙事、饱满的内容,显示出厚重的风格;而《雅》诗和《颂》诗中那些忧时伤乱、抨击时政的诗作,如《小雅》中的《小旻》《青蝇》《宾之初筵》,《大雅》中的《板》《荡》《桑柔》等,以怨愤的感情,显示出劲健激切的风格。这两种诗风显然是受西周至春秋社会盛衰变化的影响,是考察西周至春秋社会的一面镜子。

文学审美风格还与地域有密切的关系。不同的地域有不同的文化,产生于相应地域中的诗作必然受地域风俗的影响,渗入地域文化的因素,从而表现出地域性。清末学者刘师培认为中国文学有南北之分,他在《南北文学不同论》中指出:"大抵北方之地,土厚水深,民生其间,多尚实际。南方之地,水势汪洋,民生其间,多尚虚无。民尚实际,故所作之文,不外记事、析理二端。民尚虚无,故所作之文,或为言志、抒情之体",阐述了自然环境对文学风格的作用。南朝梁钟嵘在《诗品》中论述诗歌产生受环境影响时说:"气之动物,物之感人。故摇荡性情,形诸舞咏,照烛三才,辉丽万有。灵祇待之以致飨,幽微借之以昭告;动天地,感鬼神,莫近于诗。"①指出诗歌的产生是由于人们受到外物的感召和激发而抒情达意的。他又说:"若乃春风春鸟,秋月秋蝉,夏云暑雨,冬月祁寒,斯四候之感诸诗者也。嘉会寄诗以亲,离群托诗以怨。至于楚臣去境,汉妾辞宫;或骨横朔野,魂逐飞蓬;或负戈外戍,杀气雄边;塞客衣单,孀闺泪尽;或士有解佩出朝,一出忘返;女有扬娥入宠,再盼倾国;凡斯种种,感荡心灵,非陈诗何以展其义,非长歌何以骋其怀? 故曰:'《诗》可以群,可以怨',使穷贱易安,幽居靡闷,莫尚于《诗》矣。故词人作者,罔不爱好!"②这里说明变化不居的自然景物和不同寻常的社会生活,使身临其境的人们产生了激动的感情,不能不形之吟咏,从而产生"可以群、可以怨"的作用。钟嵘认为,诗歌内容只有表现人们在自然环境和社会环境中所激发的思想感情,才能够产生"可以群、可以怨"的感染力。刘勰在《文心雕龙·情采篇》的"《风》《雅》之兴,志思蓄愤,而吟咏性情,以讽其上,此为情而造文也"也是主张因情而作诗的。

文学的地域风格除了与自然环境密切相关外,还与在此环境中发展起来的社会环境有关,即与生产力、社会制度有关。清代魏源在《诗古微》中说"三河为天下之都会,卫都河内,郑都河南……据天下之中,河山之会,商旅之所走集也。商旅集则财货盛,财货盛则声色辏"③,即从经济发展的角度来说明郑地诗歌和卫地诗歌受经济影响而情诗特

---

① [梁]钟嵘:《诗品》,陈延杰点校,人民文学出版社 1986 年版,第 10 页。
② 同上,第 11—12 页。
③ [清]魏源:《诗古微》,《魏源全集》,何慎怡点校,岳麓书社 1989 年版,第 125 页。

多的状况。刘勰在《文心雕龙·物色》篇中也详细论述了文学的产生、发展与环境的关系：

> 春秋代序，阴阳惨舒；物色之动，心亦摇焉。盖阳气萌而玄驹步，阴律凝而丹鸟羞；微虫犹或入感，四时之动物深矣。若夫珪璋挺其惠心，英华秀其清气，物色相召，人谁获安？是以"献岁发春"，悦豫之情畅；"滔滔孟夏"，郁陶之心凝；天高气清，阴沉之志远；霰雪无垠，矜肃之虑深。岁有其物，物有其容；情以物迁，辞以情发。一叶且或迎意，虫声有足引心，况清风与明夜共夜，白日与春林共朝哉！①

刘勰指出自然景物和文学创作的关系是"情以物迁，辞以情发"，物、情、辞三者的关系是自然景物的变化触动、激发了人的内在感情，在感情的驱使下，用言辞把感情表达出来就成为辞章。

《诗经·国风》来自不同的地域，其地域风格是非常明显的。《邶风》《鄘风》《卫风》《郑风》产生于中原大地，当时在西周至春秋时期为政治、经济、文化中心，生产力发展较其他地域先进，且有山河之利，交通便利，诗作多写男女之情，民风自由，诗风率真明快。《周南》《召南》产生于长江、汉水、汝水之间，诗中多写水、草、鸟等景物，风格明媚清丽。《魏风》《唐风》主要产生于山西中部、南部一带，在西周至春秋时期经济相对中原落后，统治者盘剥较重，诗中多讽刺、鞭挞统治者盘剥搜刮的内容，诗风犀利激切，如《伐檀》《硕鼠》即此类诗歌。《秦风》《豳风》产生于北方关中平原和黄土高原及甘肃天水一带，这些地方以农业耕作为主，又接近戎狄，多受戎狄侵扰，征战频繁，诗中多写农事和战争。

《诗经》审美风格还与语言表现形式有关。诗作为抒情性的文学作品，"其风格的形成，不仅借助于情感表现这些内容性的因素，还要受诗歌文本独特的写作方式的种种限制和约束，像语词的繁冗和精炼，节奏的明快或迟缓，音调的高昂与低沉等，都是构成诗作风格的有机组成部分"。②《诗经》中《雅》诗和《颂》诗大多篇幅较长，语词繁复，重章叠句相比《国风》中的重章叠句比例小，音韵节奏响亮度比《国风》稍弱，使得《雅》诗和《颂》诗整体上以雄浑厚重风格为主，适应了表现周王室贵族正统文化的需要，带有更多的雅文化色彩。《国风》大多篇幅简短精练，语词简洁，诗中大量运用重章叠句的形式，音韵铿锵响亮，节奏明快，使得《国风》具有浓厚的民歌情调，适应了表现普通世俗生活的需要，带有更多的俗文化色彩。

诗的审美风格类型是多种多样的。关于诗的风格类型，刘勰在《文心雕龙·体性》

---

① ［梁］刘勰：《文心雕龙》，王运熙、周锋译注，上海古籍出版社2010年版，第221页。
② 陆文忠：《文学理论》，安徽大学出版社2002年版，第170页。

篇中将文学风格归纳为八体:典雅、远奥、精约、显附、繁缛、壮丽、新奇、轻靡。① 唐司空图在《二十四诗品》中提出诗歌风格的二十四个分类:雄浑、冲淡、纤秾、沉著、高古、典雅、洗炼、劲健、绮丽、自然、含蓄、豪放、精神、缜密、疏野、清奇、委曲、实境、悲慨、形容、超诣、飘逸、旷达、生动。②《诗经》中《国风》和《大雅》《小雅》在风格上也是不同的。《诗经》雅俗文化和审美风格的形成受时代、民俗和地域的影响。《国风》因产生于不同的地区,受地域习俗的影响较多,大多反映中下层民众的世俗生活,带有更多的俗文化色彩,而呈现出风格的多样性,所以对《国风》的研究主要是从地域文化入手,结合《国风》内容、语言表现形式,研究《国风》的俗文化特征和审美风格。主要有以《邶风》《鄘风》《卫风》《郑风》尚情为特征的自然率真风格;以《周南》《召南》《王风》重礼为特征的含蓄清雅风格;以《陈风》崇巫为特征的超诣风格;有以《豳风》《秦风》重农尚武为特征的豪放慷慨风格。《大雅》和《小雅》主要是贵族上层或者与中上层政治生活有关系的人物的创作,创作地域集中在宗周(就现有文献及考古资料而言,宗周究竟在何处尚有争议,此不在本书探讨范围之内),集中反映了西周礼乐制度下的雅化生活,带有更多礼仪性。所以对《大雅》和《小雅》的研究主要着眼于时代,研究其审美风格。刘熙载在《艺概》中评大小雅说:"穆如清风,肃雍和鸣,《雅》《颂》之懿,两言可蔽。"③这是从风格的角度评论《雅》诗和《颂》诗,即《雅》诗和《颂》诗的主导风格是肃穆。他又说:"《大雅》之变,具忧世之怀;《小雅》之变,多忧生之意。"④《大雅》和《小雅》的主导风格是以尚礼重和为特征的肃穆典雅风格。

如上所述,《大雅》和《小雅》的审美风格与时代密切相关,《国风》的俗文化特征也多与时代和地域有关,所以对《诗经》雅俗文化与审美风格的考察必须还原于当时的历史语境,所以阐述清楚西周至春秋的历史与《诗经》雅俗文化形成关系是进行研究的前提。

第二节 西周至春秋社会与《诗经》的雅俗文化

文学产生于现实社会的母体之中,每一个历史阶段的文学,并不是孤立的存在,而是和历史紧密相连。都是该历史阶段人们所创造的社会文化的一部分,是当时社会文化最直接最感性的显现,一定阶段的民族文化,既是该民族在特定历史时期社会政治、经济、思想文化的反映,也是该民族在特定历史时期民族心理的反映和一定时期审美情

---

① [梁]刘勰:《文心雕龙》,王运熙、周锋译注,上海古籍出版社2010年版,第508页。
② [唐]司空图:《诗品》,郭绍虞集解,人民文学出版社1963年版,第3—44页。
③ [清]刘熙载:《艺概·诗概》,上海古籍出版1978年版,第50页。
④ 同③,第50页。

趣的反映。这里,文学和历史的关系,不单纯是历史如何影响文学,文学以何种面貌反映历史那么简单,因此,对文学的研究应当以当时的社会历史实际为基础,《诗经》也不例外。《诗经》作为先秦时期的存世文献,其本身是有文字记录的中国传统文学的开始,也是当时历史的真实记录。《诗经》从产生、采集到编订,是受西周至春秋礼乐文化影响的产物。对西周、春秋社会的认识关系着对《诗经》的文化内涵和审美风格的理解。清人章学诚在《文史通义》中提出"六经皆史"的观点,就基于《诗经》文史一体的事实。因此,深入理解《诗经》所深深根植的社会母体,就成为理解《诗经》雅俗文化和审美风格的基本前提。

一、礼乐制度与《诗经》的雅文化

西周从公元前1064年至公元前771年,历时约三百年,春秋从公元前771年至公元前476年,历时约三百年。西周礼乐制度的建立和巩固是我国古代社会文化发展中的重要一环,它影响了中国后世的文化走向。西周建立前相当长的历史时期里,夏、商两朝社会处于早期国家形态,部落联盟是社会结构的基本形态,还没有形成统一的民族国家的概念。各个部落联盟如繁星般分布于中华大地,不同部落联盟文明发展程度各不相同。开发较早、文明程度较高的是中原大地上的商部落族群。从现有考古资料来看,商代的青铜文化特别发达,青铜铸造技术在当时处于领先水平。商代产生了较为成熟的文字,1895年在河南安阳小屯村发现的甲骨文即商代文字水平的最好证明。在经济发展水平上,殷商也高于其他部族。所以商部族在当时能够居于统治地位。但是商代并不是完整意义上的国家,而是部族林立、各自为主的松散国家联盟。《尚书·周书》记载周武王伐纣时孟津之会有八百诸侯,可见当时部族之多,商代只是一个部落联盟的初期国家形态。周部族是商代众多部族中的一个。相对于中原大地的商族,周族当时还比较弱小。周族崛起于岐山一带,以农业起家、长于稼穑的周族在历经从周的始祖后稷弃至周文王十几代的发展,势力渐渐强大,谋求向东发展,但在向东发展的过程中遭到了商族一定程度的打压。司马迁在《史记·太史公自序》中说"盖文王拘而演周易",可以推测周族在想入主中原进行扩张的过程中遭到了商族的抵抗。但商王朝因统治者的暴虐昏聩,大势已去,这种打压收效甚微。周族在商王朝无力回天的形势下,大败商王而实现了入主中原的愿望,建立了西周。

周族虽建立了西周,但在初期的文化发展上比商族落后,其经济发展水平、文化发达程度都相对于商族落后。周王朝建国后,殷商文化的优越性在周代得以延续。作为一个与周人同时存在的部族,殷人即使在失去政权以后,仍然蔑视他们的征服者,认为他们粗野、没有文化。周王曾对臣民说:"殷小腆,诞敢纪其叙。天降威,知我国有疵。民不康,曰:'予复。'反鄙我周邦。"①从周王的话可以看出,殷人是看不起周人的。殷人

---

① [唐]孔颖疏:《十三经注疏·尚书正义》,北京大学出版社2000年版,第405页。

对其西部地区的敌手表现出来的傲慢和优越感,有着各种各样的文化根源。考古调查以及文献和文字学的研究对此都有所反映。

西周初期的文明程度赶不上殷人首先反映在青铜器的铸造上。考古资料揭示出殷人在青铜器艺术品和青铜冶炼技术方面的先进程度。在青铜时代,青铜主要用来制作两面三刀类器具——礼器和武器。因此,它们与祭祀和战争密切相关,而祭祀和战争是最重要的两件国家大事,所谓"国之大事,在祀与戎"。"周人在建国之前的冶炼术,仍然不太为人所知,至今没有令人瞩目的考古发现,但在商王朝统治的地区——商都周围发现了不少考古遗址。"① 据此推断,周人在军事征服殷人之前,并没有发达的青铜冶炼技术。西周的青铜器在很多方面与商代的青铜器相似,它们可能是殷人的青铜器在周人灭商之后被运到了周人的统治区。研究者认为,在西周建立前的周人统治区,没有任何大规模的青铜器冶炼场,周人完全掌握殷人的青铜冶炼技术,是在征服、占有商朝的领土以后。"因为他们俘获了商朝的冶炼工匠和奴隶。"② 从发掘的青铜器来看,"商代的青铜器数量大,器型上花纹多样,图案夸张,显示出以壮大为美的审美倾向"。③ 西周早期青铜器从现有发掘来看则数量相对较少,器型铸造相比商代青铜器为粗糙,青铜器上花纹也较少,带有明显的向商代青铜器模仿的痕迹。到了西周中期以后,青铜器渐多,这与周人俘获了商族大量青铜器铸造工匠和获取了商人的青铜冶炼技术有关。其次反映在音乐上。居于中原大地的商族有了相对成熟的音乐。《礼记·乐记》记载商代的音乐比较多样,而在西周建立前,周人的音乐鲜见于文献。最后反映在文字上。甲骨文创制于殷商时期,而后来西周在青铜器上的金文则是在继承商代甲骨文的基础上的进一步发展。在周族的发祥地并没有发掘出周人独创的文字。

农业兴起、文明发展程度稍逊于商人的周族在推翻了商族统治入主中原成为各部族的盟主后,最先考虑的是巩固自己的统治地位、维护来之不易的统治权。周人是在继承了商人已有的文明成果和制度文化的基础上创制出一整套礼乐制度和严格的分封制来解决这一问题的。分封制是巩固周族统治的基础性等级制度,而礼乐制度是对等级制度的进一步强化。二者共同构成了西周王朝的统治基础,特别是礼乐制度的建立对于西周至春秋社会乃至后世的文化和制度影响巨大。《诗经》的渐次生成深受礼乐制度的影响,它是西周王朝制礼作乐下的文化产品,礼乐作为维护当时等级秩序的一种手段,深深根植于社会生活之中,成为当时官方文化的象征,因而《诗经》中流淌着周代礼乐文化精神的血液。

礼的主要内容有祭礼、燕礼等,用于区别不同的等级而有不同的规格,这可以说是西周维护统治秩序的一种独创。乐在商代已有了比较成熟的形式,西周在继承商代音

---

① 马承源:《中国青铜器》,上海古籍出版社1988年版,第516—518页。
② 宋新潮:《殷商文化区域研究》,陕西人民出版社1991年版,第428—426页。
③ 陈炎主编:《中国审美文化史》(先秦卷),山东画报出版社2000年版,第143—144页。

乐形式的基础上对音乐进行了更为系统化和细密化的更新,并与礼紧密配合,以等级形式的音乐来表明等级制度的不同。《论语·述而》记载孔子对于鲁国大夫在用乐时的不合规格的评价:"八佾舞于庭,是可忍,孰不可忍也。"八佾是周天子在演奏音乐时才可以用的音乐舞蹈形式,表演时为六十四人。诸侯用六佾、卿四佾、大夫二佾。这里鲁国大夫在奏乐时用天子之乐,孔子认为是一种严重的僭越,是一种无法容忍的行为,对于鲁大夫不合礼制的行为表示极大的愤慨。可见西周至春秋社会,礼乐制度在人们思想观念中的深厚。处于春秋时期的孔子在当时礼崩乐坏的局面下仍然坚持礼乐的规范,由此可以推测西周时期礼乐文化的强大影响力。

西周制礼作乐的文化制度的建立,使得礼和乐成为西周文化的代表,也成为正统的官方雅文化的象征。《诗经》中的《雅》诗和《颂》诗大部分是有关祭祀、赞美天子、诸侯的诗,是礼乐文化的产品。在这里,作为制度文化的礼乐已不单单影响着《大雅》《小雅》和《颂》诗以何种方式映射社会,更决定着《诗经》以何种面貌开始文学的抒情。《诗经》三百零五首诗作中,《雅》诗一百零五首,《颂》诗四十首,《风》一百六十首,分十五国,平均每国《风》诗作约十一首。《大雅》《小雅》和《颂》诗作为周王朝的正统用乐诗,从数量上看比各国《风》占有绝对的优势,这充分说明当时正统的诗乐力量的强大。在当时虽然有采诗、献诗制度,如《国语·周语》中记载有《召公谏厉王弭谤》时说"使天子至于列士献诗,瞽献曲,师箴、瞍赋、蒙诵",说明当时就有成熟的采诗、献诗制度,用来观风俗的盛衰,明政治的得失。这些从各地所献的诗作收入了《风》,但《诗经》中大量的诗依然是周王朝卿士大夫和有文化的史官、音乐人所创作改编的诗歌。这些诗主要用于祭祀、宴饮,另有一部分诗则用于抨击朝政,警诫统治者,《大雅》《小雅》和《颂》诗明确反映了这一点。这些诗所写内容主要有祭祖颂祖诗、赞美周天子和诸侯的诗、宴饮诗、战争诗。祭祖诗在《周颂》中占了绝大部分,如《清庙》《维天之命》《维清》《烈文》《天作》《昊天有成命》《执竞》《思文》《丰年》《有瞽》《雍》等即此类诗歌;《大雅》和《小雅》中也有大量祭祖诗,如《文王》《大明》《绵》《旱麓》《皇矣》《灵台》《生民》《既醉》《公刘》等诗即此类诗。宴饮诗也大量见于其中。《大雅》《小雅》和《颂》诗中祭祖诗和宴饮诗都是西周重视礼乐的直接反映。虽然由于时代久远音乐失传,无法了解当时的音乐,但从当时诗、乐、舞一体的事实和诗、乐合在一起表演的形式,并结合诗的内容,可以推知,当时的音乐和诗歌必是以能调动、激发、唤起人们对祖先的敬慕之情、君臣之间的团结之义、宗族之间的和睦之情为目的,带有西周典型的官方雅文化性质。

二、分封制社会形态与《诗经》的俗文化

西周、春秋社会是怎样一个社会形态呢?它是建立在血缘宗法制基础上的父系家长制的社会。夏、商、周三代社会,基本上属于早期国家形态。夏代因缺少可靠的文献与留存,今天已很难推知。商代从留存的青铜器和甲骨文字来看,带有相当的原始性。殷商甲骨文反映的殷商社会仍然停留在氏族制阶段,血缘宗法家族制度也在

发展之中。① 但总体而言，殷商还处于早期国家形态，是松散的部落联盟形式。商王朝以处于中原大地上强大的商族为中心，其他相对弱小的氏族和四方族群对商族表示臣服，这包括处于关中一带的周族。周人革殷人之命，取得了对中原大地的统治权，在继承殷商原有的氏族联盟的社会结构形式的基础上，必须考虑如何更有效地维护自己的统治。因此周人创立了分封制和嫡长子继承制。

对殷商到西周制度变化的论述，至为重要的是王国维的《殷周制论》。在其见解深刻、持论坚实的《殷周制度论》中，王国维先生对于西周的制度与文化阐述说："中国政治与文化之变革，莫剧于殷、周之际。殷周间之大变革，自其表言之，不过一姓一家之兴亡与都邑之转移；自其里言之，则旧制度废而新制度兴，旧文化废而新文化兴。"②这里的旧制度新制度确指什么？王国维提出了三点："欲观周之所以定天下，必自其制度始矣。周人制度之大异于商者，一曰立嫡子之制，由是而有宗法及丧服之制，并由是而有封建子弟之制，君天子臣诸侯之制；二曰庙堂之制；三曰同姓不婚之制。此数者，皆周之所以纲纪天下，其皆在纳上下于道德之团体。周公制礼之本意，实在于此。"王国维从殷周制度的巨大差异出发，构建了自己对殷周之间从制度到文化上的巨大变化的认识。他认为西周王朝的制度变革，开始于周代的早期，特别是受到周公的积极推动，建立了有别于殷商的"以弟及为主，以子及为辅"的以"父死子继"为主的"嫡长子继承制"，并改进丧葬和祭祀，将男子和妇女分作不同的层次给予不同的待遇。

分封制主要是分封周族同姓贵族和分封异姓贵族。据《史记·周本纪》记载，周武王夺取政权后，分弟弟周公旦于鲁，分管叔、蔡叔于宋，封姜姓贵族于齐，召公奭和周公旦分陕而治。这样分封的结果是形成了以王国都城丰、镐（考古界对丰、镐是否为西周都城尚有争议，此不在本书探讨范围内）为中心，各个诸侯封国相拱卫的众星拱月之势的社会形态。与商代较为松散的部族联盟形式相比，周王室与诸侯方国的联系更为紧密。

嫡长子继承制规定嫡长子为大宗，非嫡长子为小宗；小宗中的嫡长子又为大宗，非嫡长子为小宗，这样层层下推，形成了从上到下的金字塔形的稳定统治结构。周天子是地位最高、权力最大的大宗。嫡长子继承制的确立，在西周、春秋社会建立了一套等级明确、层级清楚的宗法制度。

同姓不婚之制是西周王朝为巩固统治的又一制度创新。通过同姓不婚，周族把姬姓女子嫁往殷商后裔及其他部族，并接纳其他部族的女子到周族，这样不同部族之间通过婚姻纽带，形成了姻亲关系。周人以血缘关系加强了部落联盟国家的融合。

西周的制度创新从早期国家形式的发展上比殷商前进了一大步，加强了国家各部

---

① 丁山：《甲骨所见氏族及其制度》，科学出版社1956年版，第54—56页。
② 王国维：《观堂集林·殷周制度论·说周颂》，中华书局1956年版，第451—480、第111—115页。

分间的联系,促进了西周文化的进一步发展,这种文化发展的结果就是《诗经》的创作和收集,特别是《颂》诗和《大雅》《小雅》的产生。

西周至春秋时期是"点"与"面"、"国"与"野"的形态布局。周天子在名义上享有最高的统治权,但各诸侯国仍享有较大的自治权,这就是西周时期"点"与"面"、"国"与"野"的社会布局形态造成的。这种形态的结果是产生了多样化的诗作《国风》。西周、春秋社会属于上古社会,与欧洲上古社会相比较,无论在思维方式、社会文化或是在社会组织结构上都存在着较大差异。对于周公获得对西周政权的实际掌握,以及南征平服殷商遗民之后的情形,自王国维以来不少学者指出:"周公东征之前,商族和周族是两个并存的部族,大概是在同一时候从原始共同体发展成为两个大国。周人物质和文化的特征,有考古发现和铭文记载可以证明,其地域性特征保持了相当长的时间,可能要持续到西周早期。"①仔细研究夏、商、周三代国家形态的发展,可以发现他们都呈一种明显的点与面的分布。夏代的点便是文献中记载的夏都,商代的点最主要的有安阳的大邑商、沁阳田猎区的衣和商丘的商;西周的点有丰、镐、成周及各诸侯国所在的大邑等,点与点之间存在着广大的面。"点就是国,面就是野"②。殷商时期,"商人主要采用部落联盟的形式,商人直接控制着殷商周围的狭小区域,对分布于其他地区的部族和氏族政权,商人主要采用部落联盟的形式,而绝非直接的行政统治"③。这种状况在中国历史上一直延续到西周晚期。部落联盟的早期国家形态在商代如此,在武王克商以后,也依然占据主要地位。周天子在名义上是最高统治者,只要其他部族向周天子表示臣服即可,各部族之间仍有较大的自治权。周代同商一样也明显带有许多早期国家的原始特征,主要有:"一、领土国家的概念远未出现;二、国与野的居民成分十分复杂;三、宗法家族在社会上占主导地位;四、家庭公有制占主导地位,私有制的发展极不完备;五、社会、阶级、集团关系松散、复杂多样,生产力水平低下。"④所以在周公摄政期间,平定了东方殷商旧族与周族管叔、蔡叔合谋的叛乱之后,为了稳定政局,又实行了封邦建国的分封制。大封姬姓亲族到原来的殷商旧地、齐鲁大地建立同姓诸侯国,实行同姓不婚制度以加强同姓诸侯与异姓诸侯之间的联系。

国与野的形态布局为《诗经·国风》的产生提供了条件。《诗经》中的许多诗篇所提出的"国",是指周的旧都丰、镐和东都洛邑,如《大雅·民劳》中"惠此中国"是指周京,《邶风·击鼓》中的"土国城漕"是指卫君所在地大邑。从考古发掘资料来看,"国"中不仅有居住区,还有手工业区、墓葬区,一旦战争发生,在"国"内即可自给自足。正因为这一点,"国"还可以用来指非周族的其他部落所修建、居住的城邑,而并非后世领土

---

① 刘起钎:《古史续辨》,中国社会科学出版社 1991 年版,第 342—357 页。
② 杨宽:《先秦史十讲》,复旦大学出版社 2006 年版,第 154—189 页。
③ 徐中舒:《先秦史十讲》,中华书局 2009 年版,第 354—355 页。
④ 雒启坤:《诗经散论》,商务印书馆 2002 年版,第 16—36 页。

意义上的"国家"。周人将自己居住的城邑称为"国",城邑以外的地区称为"野",其中便包括了非周族的土著或其他族人所聚居的城邑村落。"野"指的是国都以外的广大的荒远之地。从今天所发现的金文材料来看,一些同姓或异姓方伯皆在王都附近立国,但他们并不是王畿之内的采邑。因此,所谓周王朝,不过是由遍布于中原各地的同姓、异姓诸侯为代表的众点所拱卫的松散的政治联合体,远未形成具有完整领域边界的大一统的成熟国家。正是由于西周至春秋社会的这种结构,决定了西周文化上有以中心统治区为主的雅文化和以各个方国为中心的地方性文化的区别,促使了《国风》的收集和编定。周王朝出于维护统治的需要,建立了采诗、献诗以"观民风之得失"的制度。这一制度从主观上为周天子了解各地的民风提供了便利,从客观上起到了保存文化的作用,由此而形成的十五《国风》是对当时社情民俗的最高规格记录。《邶风》《鄘风》《卫风》《郑风》产生于郑、卫之地,这是殷商故地,情诗居多,感情表达率真自由;《周南》《召南》产生于秦岭以南、长江以北的江汉流域,诗中多写水草、花鸟,明丽鲜艳;《魏风》《唐风》产生于今天山西一带,统治者盘剥较重,居民多有怨愤之情,抨击统治者的讽刺诗较多,诗显得辛辣、犀利,同时也有较多的弃妇诗;《秦风》《豳风》产生于关中以及向西的甘肃天水、庆阳一带,迫近戎狄,战争多发,又农业发达,诗中多写战争与农事。因此可以说,一部《国风》,就是一部西周至春秋时期的民俗民风史。

综上所述,西周的礼乐制度促使了具有雅文化性质的《大雅》《小雅》和《颂》诗的诞生,西周分封制建立的点与面结合、国与野结合的社会形态促成了具有俗文化性质的《国风》的产生,使《诗经》成为西周至春秋社会文化的全面反映。

第三节 《国风》与优秀传统文化

西周末至春秋初,周天子的地位一落千丈,各诸侯国逐渐崛起,强并弱、众凌寡,征战不断,历史由统一走向瓦解。所以在西周春秋之际,存在着一个以抒发个人爱恨、悲欢、哀怨,表达对时政愤懑之情的抒情诗歌高涨的时代。这些诗歌,记录着王朝从废弛、败坏到最终瓦解的沉痛历史记忆,反映了有见地的士人在王朝走向衰落溃败时对未来的忧虑和他们起弊振衰的努力,表现了丰富多彩的世俗生活。诗歌在这个时代开始了一种精神转型——从强盛时代的集体精神转而更多地关注个人命运。这种转向表现在《国风》中,诗歌成为个人的抒情和吟唱,个体的生命意识得到觉醒,从这一点而言,历史在断裂中持续前进。一百六十篇《国风》诗成为西周至春秋时期普通民众的心灵记录。与《颂》《雅》以反映王朝政治和贵族生活为主不同,《国风》对中下层民众生活的反映使之更具广泛性,并以其高水准的艺术表现力成为《诗经》中的精华,深刻影响了后世的文学。相比《大雅》《小雅》和《颂》中称颂功德的祭祀诗和赞美称扬的宴饮诗的肃穆雍容、抨击时政的怨刺诗的哀怨不平,《国风》中的诗显得更为多姿多彩,风神摇曳。从内容来说,《国风》比《大雅》《小雅》反映的生活面更为广阔,婚姻、爱情、战争、农事、田猎等都是其表现的对象,且这些内容大多是从中下层民众的世俗生活角度予以表现,倾向于个人生命体验,使《国风》带有更多的世俗化色彩。从作者来说,《国风》大多数诗出自中下层作者之手,或在民间诗作的基础上经过《国风》收集、整理者的加工,但无论哪种情况,《国风》的大部分作者是熟悉世俗生活并且用诗的形式给予了世俗生活极有艺术力的表现,读来更有生活的真实感和情感的真挚性,让人能产生更多的情感共鸣,这是《国风》至今为人称道的原因,也是《国风》世俗文化的魅力所在。从用乐来说,《国风》是各地的土风歌谣,音乐带有各地的特点,如《战国策》中说秦声是"击缶搏髀,其声呜呜",即说明不同的地域音乐具有不同的特点。从艺术表现形式来说,在以"赋"为主要表现手法的基础上,《国风》中比兴手法的运用更为灵活多样,使得《国风》诗的风格显得更为活泼、灵动,成为《诗经》中的精华而被代代传颂,深刻地影响了后世文学。因上述四点原因,《国风》表现出"尚情重义、重反抗、重自由"的审美倾向,同时,由于《国风》采自不同的地域,带有各地不同的文化因子,形成了《国风》的不同地域特色,具体表现在,"尚情"有轻与重之别,有含蓄与直率之分,"反抗"有坚决与温和的不同。因而《国风》表现出比较浓厚的世俗文化色彩。

《国风》的不同,古人早有注意。《毛诗序》中说:"土风歌谣为之风。"①《左传·襄公二十九年》记载吴公子季札入鲁国被请观鲁太师奏乐:

> 使工为之歌《周南》《召南》,曰:"美哉!始基之矣,犹未也,然勤而不怨矣。"为之歌《邶》《鄘》《卫》,曰:"美哉,渊乎!忧而不困者也。吾闻卫康叔、武公之德如是,是其《卫风》乎!"为之歌《王》,曰:"美哉!思而不惧,其周之东乎!"为之歌《郑》,曰:"美哉!其细已甚,民弗堪也,是其先亡乎!"为之歌《齐》,曰:"美哉,泱泱乎,大风也哉!表东海者,其大公乎!国未可量也。"为之歌《豳》,曰:"美哉,荡乎!乐而不淫,其周公之东乎!"为之歌《秦》,曰:"此之谓夏声。夫能夏则大,大之至也。其周之旧乎!"为之歌《魏》,曰:"美哉,沨沨乎!大而婉,险而易行,以德辅此,则明主也。"为之歌《唐》,曰:"思深哉!其有陶唐氏之遗民乎!不然,何忧之远也?非令德之后,谁能若是?"为之歌《陈》,曰:"国无主,其能久乎?"自《郐》以下无讥焉。②

季札从音乐与内容结合的角度来评论《国风》的不同风格,因为春秋时期诗、乐、舞一体的表演形式仍在延续,《国风》中的诗大都可以被之管弦,音乐节奏的快慢、繁促都有不同,使得不同地域的诗歌风格也各异。

---

① [清]马瑞辰撰:《毛诗传笺通释》(上册),陈金生点校,中华书局1989年版,第3页。
② 杨伯峻:《春秋左传注》,中华书局1995年版,第1160—1164页。

一、中和之美:《周南》《召南》内容分析及文化解读

(一)《周南》《召南》产生的地域与时间

《周南》《召南》是《诗经》十五《国风》的开头两部分。《周南》十一篇,《召南》十四篇,共二十五篇。因被列在《诗经》之首,古人治《诗经》尤其重视对二南的解读,为《诗经》的提纲挈领。

《周南》《召南》产生的时间在西周末至东周初,即周王室东迁洛阳前后。但历来治毛诗的学者一般认为二南是歌颂"文王之化""后妃之德"的,往往把二南产生的时间上推到西周初年的文王时代,其实这是受了《毛诗序》中所说的"《周南》《召南》,正始之道,王化之基"①说的影响。这种时间推断被后人证明是错误的。现在一般认为,二南产生于周王室东迁洛阳前后的一段时间里。

《周南》《召南》是以地域命名的《国风》诗篇。周南,在今洛阳以南,汝水、汉水、长江一带,湖北、河南之间;召南,在周南之西,包括陕西南部和湖北西北一部分。这都是古代南国的地域。这从《周南》《召南》诗中多写汉水、汝水、江水等可以得到确证。此外,关于二南的地域,历代也有记载。司马迁在《史记·太史公自序》中说:"是岁天子始建汉家之封,而太史公留滞周南,不得与从事。故发愤且卒。而子迁适使返,见父于河洛之间。"②这个记载大意是说,汉武帝在东巡时封禅泰山,司马迁的父亲司马谈作为太史官却留滞在了周南,不能参与封禅之事,感到非常遗憾并且得病;恰逢司马迁奉命出使西南夷返回长安,便赶到河洛之间看望父亲。从司马迁的记述可以知道,周南就在河洛一带。宋人裴骃在《史记集解》中说:"古之洛阳,今之周南。"唐人司马贞在《史记索隐》中说:"张晏云:'自陕已东,皆周南之地也。'"清代的马瑞辰解释周南、召南的来历时说:"周、召分陕,以今陕州之陕原(现河南三门峡市陕州区)为断,周公主陕东,召公主陕西。乃诗不系以陕东陕西而各系以南者,南盖商世诸侯之国名也。《水经·江水注》引《韩诗序》曰:'二南其地在南郡、南阳之间。'是《韩诗》以二南为古国名矣。周、召二公分陕,盖分理古二南国之故地,故周、召各系以南……其属周公者为周南,属召公者为召南。周、召皆为采邑,不得名为《国风》,故编《诗》必系以南国之旧名也。"③清代的方玉润在《诗经原始》中解释说:"窃谓南者,周以南之地也。大略所采诗皆周南诗多,故命之曰《周南》。何以知其然耶?周之西为犬戎,北为豳,东则列国,唯南最广,而及乎江、汉之间。其地又多文明象,且亲被文王之化,故其为诗也,融浑含蓄,多中正和平之音,不独与他国异,即古豳朴茂淳质之见,亦不能与之并赓而迭和。"④通过这几个文献记载,

---

① 《十三经注疏·毛诗注疏·诗序》,明嘉靖时期李元阳福建刻本,隆庆二年重修刊本。
② [汉]司马迁:《史记》,卷一百三十,《太史公自序》,中华书局1982年版,第3295页。
③ [清]马瑞辰:《毛诗传笺通释·周南召南考》,陈金生点校,中华书局1989年版,第11页。
④ [清]方玉润:《诗经原始》,中华书局1986年版,第70页。

我们可以确定《周南》《召南》产生的地域就在陕西南部、河南洛阳以南、南阳、湖北荆州及襄阳、宜昌之间。

(二)《周南》《召南》的内容分析

《周南》《召南》二十五篇诗作中反映妇女们恋爱、婚嫁、思夫、拒暴、劳动等生活和思想感情的诗居多。此外,还有一些礼俗诗,表达了贺新婚、祝多子等主题。

1.吟唱爱情的恋爱诗

《周南》《召南》中此类诗有《关雎》《汉广》《野有死麕》三首。这三首按内容又可分为两类:一类是写贵族青年的爱情,另一类是写民间青年的爱情。

先看写贵族青年爱情的诗作《关雎》:

> 关关雎鸠,在河之洲。窈窕淑女,君子好逑。
> 参差荇菜,左右流之。窈窕淑女,寤寐求之。
> 求之不得,寤寐思服。悠哉悠哉,辗转反侧。
> 参差荇菜,左右采之。窈窕淑女,琴瑟友之。
> 参差荇菜,左右芼之。窈窕淑女,钟鼓乐之。

这是一首写贵族青年爱情的恋歌。诗以河中小洲上雎鸠的关关鸣叫声起兴,贵族青年听见河中小洲上雎鸠雌雄相和的鸣叫声,唤起了他追求淑女的思绪。青年又看到有女子在河水中一左一右地采摘长短不齐的荇菜,他更加思念心中的淑女。他日日夜夜地想啊想啊,翻来覆去地难以入睡。他想象着与淑女相聚,弹琴拨瑟取悦她;他想象着与淑女成婚,敲钟击鼓迎娶她。说《关雎》写的是贵族青年的爱情,原因是诗中的"君子"在西周至春秋时期一般指有身份、有地位的人;琴瑟、钟鼓按当时的礼乐制度只有贵族才能享用,庶民百姓一般是不能享用的。"琴瑟友之、钟鼓乐之"在诗中虽然是想象的场景,但说明想象这个场景的青年一定是一个贵族青年。他在想象中以"琴瑟友之""钟鼓乐之"表达追求到日思夜想的女子后的愉快心情。至于他的爱情是如何变成现实的,诗是略而不谈的,留给人们去想象了。诗人要向世人展现的,是那让青年男子辗转不眠的心灵震撼。他对心仪女子的感情是强烈的,但也是含蓄的。

这首诗从艺术上来说,采用了比兴手法和重章叠句的章法,关雎在河洲鸣叫、女子在河水采摘荇菜的自然场景,营造了优美的意境。诗中的君子想念淑女而辗转反侧的场景,又极其形象。重章叠句的章法、整齐的音节,使全诗朗朗上口,极富音乐美。

《关雎》作为《诗经》开篇的第一首诗,历来最受重视。我们今天认为《关雎》是一首优美的爱情诗,但古人的解读却不是这样的。孔子评价说:"《诗三百》,一言以蔽之,曰:'思无邪。'"(《论语·为政》)"《关雎》乐而不淫,哀而不伤"(《论语·八佾》)。孔子对于《诗经》的理解对后世影响极大。汉武帝尊崇儒家,列《书》《诗》《礼》《易》《春秋》为五经,并设立五经博士。当时解释《诗经》的学者有鲁人申生、齐人辕固生、燕人韩生,这三家被列入了官学。这三家解读《诗经》时过于脱离诗意,后世流传中断。未列入官学的赵人毛亨、毛苌解释《诗经》较为平实,最终流传下来。无论哪家,汉儒言诗大都脱离不了美刺二说。如《毛诗序》说:"《关雎》,后妃之德,风之始也,所以风天下而正夫妇。故用之乡人焉,用之邦国焉。""《周南》《召南》,正始之道,王化之基。是以《关雎》乐得淑女,以配君子,忧在进贤,不淫其色;哀窈窕,思贤才,而无伤善之心焉。是《关雎》之义也。"①毛氏把《关雎》中贵族青年男子想念淑女解释为"后妃之德""忧在进贤",作诗的目的是用后妃之德来教化天下,治国安邦。《毛序》把《关雎》的诗旨提高到了政治的高度,比孔子"《关雎》乐而不淫,哀而不伤"的评价更进一步体现了儒家通经致用的立场。朱熹在解释《关雎》发挥了孔子和汉儒的说法:"《关雎》乐而不淫,哀而不伤。愚谓此言为此诗者、得其性情之正、声气之和也。盖德如雎鸠,挚而有别,则后妃性情之正则可见其一端矣。至于寤寐反侧、琴瑟钟鼓,极其哀乐而皆不过其则焉。则诗人性情之正又可以见其全体矣。"②朱熹认为《关雎》内容上体现了后妃的性情之正,创作方法上体现了诗人的性情之正。他从诗作内容的选择和创作方法的运用两方面对《关雎》作出的评价体现儒家通经致用的立场。孔子、汉儒和朱熹对《关雎》的解读对后人解读《诗经》产生了很大影响。

再看反映民间男女爱情的诗。有《周南·汉广》《召南·野有死麕》。

《周南·汉广》:

> 南有乔木,不可休思。汉有游女,不可求思。汉之广矣,不可泳思。江之永矣,不可方思。
> 翘翘错薪,言刈其楚。之子于归,言秣其马。汉之广矣,不可泳思。江之永矣,不可方思。
> 翘翘错薪,言刈其蒌。之子于归,言秣其驹。汉之广矣,不可泳思。江之永矣,不可方思。

这是江、汉间一位男子爱慕女子,而又不能如愿以偿的民间情歌。第一章以南国有高大的乔木却不能靠着休息起兴,引出汉水边有那出游的女子我却不能追求的爱情主旨。然后以"汉水太宽了,不能游过去啊,江上的浪太大了,不能渡过去啊"的感叹表达求而不得的爱恋心情。第二、三章写男子想象和所爱的女子结婚,他想象砍柴作火把、喂马喂驹前去亲迎的情景。但是这种愿望无法实现,男子反复吟唱着"汉之广矣,不可泳思。江之永矣,不可方思",表达自己求而不得、力不从心的苦闷心情。这首诗每章末尾四章

---

① 《十三经注疏·毛诗注疏·诗序》,明嘉靖时期李元阳福建刻本,隆庆二年重修刊本。
② [宋]朱熹:《诗集传》,中华书局1958年版,第2页。

迭唱,将游女恍惚迷离的形象、江上烟波浩渺的景色、诗人心中思慕痴迷的心情,都融于长歌浩叹中。

《召南·野有死麕》写一位青年猎人和女子的爱情:

> 野有死麕,白茅包之。有女怀春,吉士诱之。
> 林有朴樕,野有死鹿,白茅纯束,有女如玉。
> 舒而脱脱兮!无感我帨兮!无使尨也吠!

诗中的青年猎人在郊外的丛林里遇见了一位温柔如玉的少女,他把猎获的小鹿、砍来的木材用洁白的茅草捆起来作为礼物送给少女,终于获得了爱情。此诗前二章还显得平平无奇,第三章忽作少女的口吻写两人的爱情,马上变得生动活泼。少女对青年猎人说:"你慢些呀,不要动我的围裙呀!不要惊动那大狗呀!"这些话语,表面看似告诫,实则包含着少女善意的、甜蜜的希望和害怕恋情被发现、幽会因此被打断的担忧,表现出少女举袂掩面、偷眼相窥的羞涩心情。少女丰富的感情、娇羞的形态通过这些话语被刻画得非常传神,求爱的场面变得戏剧化,显得风神摇曳、姿态横生。诗写得如此传神生动,根本原因是其内容来自生活,诗作者有对生活的细心观察和深刻体验。

2.表现婚姻的祝婚诗和拒婚诗

此类诗有《周南》中有《樛木》《桃夭》,《召南》中有《鹊巢》《摽有梅》《何彼襛矣》《行露》。我们先看《周南·樛木》:

> 南有樛木,葛藟累之。乐只君子,福履绥之。
> 南有樛木,葛藟荒之。乐只君子,福履将之。
> 南有樛月,葛藟萦之。乐只君子,福履成之。

这是一首在新婚仪式上唱的祝贺新郎的诗。诗的第一章以"南国有那樛木呀,葛藤攀缘着它啊"起兴,引出"那快乐的君子呀,福履安定着他啊"的祝贺。二、三章只变换个别词,反复咏唱。细细品味,诗的调子很是欢快的。诗中以葛藟附樛木比喻女子嫁君子,写的肯定是上层人物的婚礼场面。

再看《周南·桃夭》:

> 桃之夭夭,灼灼其华。之子于归,宜其室家。
> 桃之夭夭,有蕡其实。之子于归,宜其家室。
> 桃之夭夭,其叶蓁蓁。之子于归,宜其家人。

这是一首祝贺新娘的诗。诗的大意是说,桃树少壮又茂盛啊,看那桃花多鲜艳。这个新娘要出嫁呀,和顺夫家人和事。桃树少壮又茂盛啊,看那桃子红又白。这个新娘要出嫁呀,和顺夫家人和事。桃树少壮又茂盛啊,看那桃叶多茂密。这个新娘要出嫁呀,和顺夫家人和事。这首诗最精彩的地方是以物喻人。清人姚际恒说评论说:"桃花色最艳,故以取喻女子,开千古辞赋咏美人之祖。"①咏桃树和桃花在春光里的娇艳之状,对芳龄女子的婚嫁起了烘云托月的作用。后人诗文中形容少女的姿色,多用杏脸、柳眉、樱唇、柳腰等词,实滥觞于此。刘勰在《文心雕龙·物色篇》中说"诗人感物,连类不穷。流连万象之际,沉吟视听之区。写气图貌,既随物以婉转;属采附声,亦与声而徘徊"②,是对《桃夭》以物写人的理论说明。唐代诗人崔护的诗《题都城南庄》"去年今日此门中,人面桃花相映红。人面不知何处去,桃花依旧笑春风",也是以桃花比喻女子的美貌,与《桃夭》有异曲同工之妙。陕西地方戏曲"碗碗腔"用"人面桃花"的意象创作了"碗碗腔"《人面桃花》,戏里面的人面桃花唱段成为非常优美动听的经典唱段,广受欢迎,传唱不衰。可见《桃夭》以物喻人的巨大艺术魅力和持久影响力。

《召南·鹊巢》也是一首颂新娘出嫁的诗:

> 维鹊有巢,维鸠居之。之子于归,百两御之。
> 维鹊有巢,维鸠方之。之子于归,百两将之。
> 维鹊有巢,维鸠盈之。之子于归,百两成之。

这首诗三章开头都以鹊有巢、鸠居之起兴,联想到女子出嫁。然后说,这女子出嫁啊,用许多车去迎她,用许多车去送她,用许多车成其礼。诗中写迎送车辆之众,可见新娘是个贵族。朱熹解释此诗说:"诸侯之子嫁于诸侯,送御皆百辆也。南国诸侯被文王之化,能正心修身以齐其家,其女子被后妃之化,而有专静纯一之德,故嫁于诸侯,而其家人美之曰:维鹊有巢,则鸠来居之,是以之子于归,而百两迎之也。"③

再看《召南·摽有梅》:

> 摽有梅,其实七兮。求我庶士,迨其吉兮。
> 摽有梅,其实三兮。求我庶士,迨期今兮。
> 摽有梅,其顷筐塈之。求我庶士,迨其谓之。

这是写一位待嫁女子的诗。女子望见梅子落地,引起了青春将逝的伤感,希望马上同未婚男子结婚。诗以树上的梅子剩下七成、剩下三成、梅子落尽,层层递进,烘托女子的青

---

① [清]姚际恒:《诗经通论·国风》,台湾中国文史哲研究所筹备处1994年版,第30页。
② [南朝·梁]刘勰:《文心雕龙》,郭晋稀译注,甘肃人民出版社1982年版,第479页。
③ [宋]朱熹:《诗集传》,中华书局1958年版,第8页。

春易逝。又以女子希望未婚男子趁着吉日、趁着今日、趁着现在来迎娶，一层递进一层，刻画了女子待嫁的急迫心理。这首诗与《桃夭》都是反映女子婚嫁的诗篇。《桃夭》充满了对妙龄女子及时婚嫁的赞美，诗的情调欢快。《摽有梅》流露了待嫁女子唯恐青春被耽误的怨思，情意急迫，情调有些许伤感。孔子说"诗可以观"，这两首诗反映的风俗人情，了然可见。

《何彼襛矣》也是一首描写女子出嫁的诗：

> 何彼襛矣？唐棣之华。曷不肃雝？王姬之车。
> 何彼襛矣？华如桃李。平王之孙，齐侯之子。
> 其钓维何？维丝伊缗。齐侯之子，平王之孙。

这首诗所写的出嫁女子是周平王的外孙、齐侯的女儿，是典型的贵族。诗侧重描写女子出嫁车辆服饰的侈丽和女子打扮的华贵。连用设问句表达诗意。为何打扮得那么艳丽？像唐棣之花。为何打扮得那么艳丽？像桃李之花。那送行王姬的车辆呀，怎么没有严肃和睦的气象？那钓具是什么做的？是用丝线做的钓绳。诗人以旁观的立场、比兴的手法、问答的形式，描绘女子容貌的浓艳、车服的侈丽、出身的高贵。"曷不肃雝"是全诗的枢纽，以车代人，隐含讽刺之意。

与上面赞美、祝贺新婚的祝婚诗相反，《召南》中有一篇写女子拒婚的诗——《行露》，很特别，与祝婚诗对比鲜明：

> 厌浥行露，岂不夙夜？谓行多露。
> 谁谓雀无角？何以穿我屋？谁谓汝无家？何以速我狱？虽速我狱，室家不足！
> 谁谓鼠无牙？何以穿我墉？谁谓汝无家？何以速我讼？虽速我讼，亦不汝从！

这首诗中的女子严词拒绝了一个已有妻室而又欲骗她成婚的男子。诗用行露比喻那个男子。那个男子以打官司来要挟女子成婚，女子以雀穿屋、鼠破墙做比，质问男子，你已有家室，为何骚扰我？为何要让我吃官司？即使让我吃官司，我也不听从你。拒绝男子的威逼，态度坚决。朱熹评价说："南国之人遵召伯之礼自守，而不为强暴所污者，自述己志，作诗以绝其人。"[①]诗中连用反诘的口气谴责对方，比起直斥其恶，更能显示出对方行径的不可容忍和女子心中愤慨得无法遏制。

---

① [宋]朱熹：《诗集传》，中华书局1958年版，第8页。

3.表现妇女家庭生活的思妇诗与弃妇诗

《周南》《召南》还有表现妇女婚后家庭生活的诗。这类诗有两方面内容,一是描写在家妇女思念远行在外丈夫的思妇诗,《周南》中有《卷耳》《汝坟》,《召南》中有《草虫》《殷其雷》;二是表现妇女被抛弃的弃妇诗,是《召南·江有汜》。

先看《周南·卷耳》:

> 采采卷耳,不盈顷筐。嗟我怀人,寘彼周行。
> 陟彼崔嵬,我马虺隤。我姑酌彼金罍,维以不永怀。
> 陟彼高冈,我马玄黄。我姑酌彼兕觥,维以不永伤。
> 陟彼砠矣,我马瘏矣,我仆痡矣,云何吁矣。

这是一首妇女想念远行丈夫的诗。诗的第一章用妇女采卷耳却采不满一浅筐的事情起兴,点出"嗟我怀人"的主旨。后面三章全是这位妇女的想象之辞。它不写妇女如何思念在外的丈夫,却转而想象在外远行的丈夫如何思念家人:"我骑着马儿登土山,我的马儿腿软了,我且斟满铜酒杯,希望不要长久思念呀;我骑着马儿上高冈,我的马儿病了啊,我且斟满牛角杯,希望不要长久伤感呀;我骑着马儿上石山,我的马儿病了啊,我的仆人太疲劳,我是多么忧愁呀。"这首诗旨在表达在家妇女的思念之情,但诗着重表现的是被思念对方的劳苦之状。明代的杨慎说:"盖身在闺门,而思在道途,若后世诗词所谓'计程应说到梁州''计程应说到常山'之意耳。"① 刘勰在《文心雕龙·神思》谈想象时说:"寂然凝虑,思接千载;悄焉动容,视通万里。"② 本诗中的思妇真是"视通万里"了。采用想象对方的方式不仅能摆脱时空的限制,而且有寄托和激发感情的作用。想象越丰富,感情越深;想象越周到,感情越细腻。尽管诗中想象的丈夫在外场景是虚构的,但通过想象表达的感情却是真挚的。不直写妇女的思念之情,但思念之情却如桃花潭水,越见深长。从诗中远行在外的男子骑着马,带着仆人,用着铜酒杯,可以看出,这是一个贵族。

再看《汝坟》,也是一首思妇诗:

> 遵彼汝坟,伐其条枚。未见君子,惄如调饥。
> 遵彼汝坟,伐其条肄。既见君子,不我遐弃。
> 鲂鱼赪尾,王室如燬。虽则如燬,父母孔迩。

诗中的思妇沿着汝水岸边砍柴时,想起了在外远役的丈夫,如同早晨饥饿了一样。她想

---

① 引自陈俊英、蒋见元:《诗经注析》,中华书局1991年版,第9页。
② [南朝·梁]刘勰:《文心雕龙》,郭晋稀译注,甘肃人民出版社1982年版,第318页。

象见到丈夫的情景:丈夫不会再抛下我。她挽留丈夫,虽然王室暴虐,徭役不断,你难道不想想近在身边的父母也需要赡养吗?这是反映社会乱离的思妇诗。清代的崔述在《读风偶识》中说:"此乃东迁后诗,'王室如燬'即指骊山乱亡之事",确实言之成理。

三章诗都用结尾的转折来表达感情变化。"惄如调饥",写出了对丈夫的无限思念之情。"不我遐弃",想象见到丈夫的喜忧交集之情。"父母孔迩"想挽留丈夫的委婉之情。寥寥数语,写尽了心中的酸甜苦辣。

《召南·草虫》,也是公认的思妇诗:

> 喓喓草虫,趯趯阜螽。未见君子,忧心忡忡。亦既见止,亦既觏止,我心则降。
> 陟彼南山,言采其蕨。未见君子,忧心惙惙。亦既见止,亦既觏止,我心则说。
> 陟彼南山,言采其薇。未见君子,我心伤悲。亦既见止,亦既觏止,我心则夷。

这首诗的主人公是一位采菜的女子。第一章以秋季时节蝗鸣虫跳的情景起兴,写采菜的女子因思念在外行役的丈夫而忧心忡忡,接写她想象与丈夫团聚的欢乐场景。二、三章叙述女子在第二年春季时节登上南山采蕨、采薇,思念在外行役的丈夫,仍旧幻想着与丈夫欢聚的情景。这首诗与《卷耳》相比,有相同处,也有不同处。两首诗的主旨都是思念行役的丈夫,都有借想象寄托心中愁思的内容。不同处在于,《草虫》采用了对比手法。诗的三章都是先写未见君子时女子的忡忡、惙惙的忧心,然后平添上一段既见君子的喜悦之情。这本是女子无奈的自我安慰。前忧后喜,形成了鲜明的对照。

再看《殷其雷》,也是一首思女诗:

> 殷其雷,在南山之阳。何斯违斯?莫敢或遑。振振君子,归哉归哉!
> 殷其雷,在南山之侧。何斯违斯?莫敢遑息。振振君子,归哉归哉!
> 殷其雷,在南山之下。何斯违斯?莫或遑处。振振君子,归哉归哉!

这首诗三章开头都以殷殷的雷声起兴。女子听到隆隆的雷声,不由自主地想起远行从政的丈夫,她发问道:你为何这时候离开这里?不能闲暇歇息。奋发有为的君子,回来吧,回来吧! 这首诗的格调比较明快。女子盼望丈夫回来,但又赞美丈夫是个振奋有为之人,与上面几首思妇诗伤感惆怅的心境不同。此诗用雷声在南山之阳、南山之侧、南山之下的转移不定兴丈夫的在外奔波,非常形象。清人胡承珙解释说:"细绎经文,三章皆言雷而屡易其地,正以雷之无定在兴君子不遑宁居"①,非常确切。

《江有汜》是"二南"中唯一一首弃妇诗:

江有汜,之子归,不我以。不我以,其后也悔。
江有渚,之子归,不我与。不我与,其后也处。
江有沱,之子归,不我过。不我过,其啸也歌。

这首诗写一位弃妇的哀怨自慰。大意说,长江有支流,这个女子嫁来了,丈夫不再理我了。丈夫不理我,后面他会悔过的。长江有小洲,这个女子嫁来了,丈夫不与我同居了。不与我同居,后面会重在一起的。长江有沱水,这个女子嫁来了,丈夫不到我这里来。不到我这里来,我且对江长啸吧。诗中的丈夫喜新厌旧,另娶新欢。弃妇开始还以长江有支流安慰自己,原谅丈夫另有新欢,幻想着丈夫能悔过,破镜重圆。但最后她绝望了,明白丈夫心意无可挽回,只能对江长啸咏歌,宣泄心中的悲愤了。

4.展现劳动生活的劳作诗

这类诗有《周南·芣苢》《召南·采蘩》《周南·兔罝》《召南·采蘋》《召南·驺虞》。前三首写妇女的劳作生活,后两首写男子的打猎场景。

先看《芣苢》:

采采芣苢,薄言采之。采采芣苢,薄言有之。
采采芣苢,薄言掇之。采采芣苢,薄言捋之。
采采芣苢,薄言袺之。采采芣苢,薄言襭之。

这是一首妇女们在采摘车前子时随口所唱的短歌。妇女们边采车前子边唱,展现了采摘车前子的劳动过程。"采""有",是采的动作,"掇"是拾起来,"捋"是从茎叶上把车前子成把地抹下来,"袺"是捏着衣襟端起来,"襭"是把衣襟角系在衣带上兜回来。整个劳动过程展现得很完整,同时也表现了妇女们劳动时的心理发展过程。她们边采边唱,不断地采,不停地唱,越采越多,越唱越高兴。语言的反复,篇章的重叠,表现了对劳动的热爱。每章只变换两个字,篇章重叠反复,但毫无累赘之感,读来却宛转如辘轳,流利似弹丸,体现了民歌天然朴拙、不假雕琢的韵味。方玉润在《诗经原始》中评论说:"读者似平心静气,涵咏此诗,恍听田家妇女,三三五五,于平原绣野、风和日丽中,群歌互答,余音袅袅,若远若近,不知其情之何以移,而神之何以旷,则此诗不必细绎而得其妙焉。……今世南方妇女,登山采茶,结伴讴歌,犹有此遗风焉。"②方玉润对此诗的体味可

---

① [清]胡承珙:《毛诗后笺》,北京大学出版社2023年版,第78页。
② [清]方玉润:《诗经原始》,中华书局1986年版,第85页。

说是精到细微,得诗之真味。

再看《采蘩》:

> 于以采蘩?于沼于沚。于以用之?公侯之事。
> 于以采蘩?于涧之中。于以用之?公侯之宫。
> 被之僮僮,夙夜在公。被之祁祁,薄言还归。

这是一首描写蚕女为公侯养蚕的诗。"蘩"是白蒿,用来编织养蚕的大盘子。诗的前二章连用四个设问句说明采蘩的地点和目的。在哪里采蘩啊?在池塘边,在山涧里。采蘩干什么啊?为公侯养蚕,在公侯蚕室。第三章写从事养蚕的妇女众多,劳作很忙碌的场景。妇女们发髻高耸啊,早早晚晚在公侯的桑田。妇女们发髻众多啊,干完活就一起回去了。诗的主题是写蚕事,但具体的养蚕过程诗人却轻轻带过,侧重描写蚕妇的头饰、形态、数量。从中可以推知,从事蚕事的妇女众多,场面很隆重。《礼记·祭仪》记载:"古者天子诸侯必有公桑蚕室,近川而为之,筑宫仞有三尺,棘墙而外闭之……盖蚕方兴之始,仆妇众多,蚕妇尤甚,僮僮然朝夕往来,以供蚕事。不辨其人,但见首饰之招摇往还而已。蚕事既卒,以皆各言归"①,可作为此诗的进一步说明。

再看《采𬞟》:

> 于以采𬞟?南涧之滨。于以采藻?于彼行潦。
> 于以盛之?维筐及筥。于以湘之?维锜及釜。
> 于以奠之?宗室牖下。谁其尸之?有齐季女。

这首诗写少女祭祖。全诗采用一问一答的形式展开。第一章说采𬞟采藻。在南涧之滨,在沟水和雨水中。第二章写装𬞟藻、煮𬞟藻。用筐、筥装,用锜、釜煮。第三章写祭祖形式和主祭者。把煮好的祭物放在宗庙窗下,由端庄美好的少女主祭。全诗把劳动过程和祭祖融合在一起写。此诗的主旨,朱熹认为是"南国被文王之化,大夫妻能奉祭祀,而其家叙其事以美之"②。朱熹其实是受了汉儒解释的影响,大夫妻能奉祭祀与诗最后的"谁其尸之?有齐季子"是不相符的。清代的方玉润倒是一语中的:"《采𬞟》,女将嫁而教之,以告于其先也。"③

除上面三首写妇女采芣苢、采蘩养蚕、从事祭祖活动的诗外,还有两首赞美男子的打猎的诗。先看《周南·兔罝》。这是一首描写猎人捕猎并加以赞美的诗:

---

① 《十三经注疏·礼记注疏·祭仪第二十四》,明嘉靖时期李元阳福建刻,隆庆二年重修刊本。
② [宋]朱熹:《诗集传》,中华书局1958年版,第9页。
③ [清]方玉润:《诗经原始》,中华书局1986年版,第100页。

> 肃肃兔罝,椓之丁丁。赳赳武夫,公侯干城。
> 肃肃兔罝,施于中逵。赳赳武夫,公侯好仇。
> 肃肃兔罝,施于中林。赳赳武夫,公侯腹心。

诗中的"兔罝"就是兔网,"椓"是敲打,"逵"是路口。这首诗每章先写猎人敲打木桩,在路口、在林中布置兔网。然后赞美猎人雄赳赳,英武壮健,是公侯的好盾牌、好伙伴、腹心人。

再看《召南·驺虞》:

> 彼茁者葭,壹发五豝,于嗟乎驺虞!
> 彼茁者蓬,壹发五豵,于嗟乎驺虞!

诗很简短,赞美猎人打野猪。"驺虞"本是天子掌马兽的官,这里代指猎人。"豝"是两岁的母猪,"豵"是一岁的小猎。全诗的意思是,在刚长出的芦苇丛里,发箭射中几头大母猪。多勇敢啊,驺虞! 在刚长出的蓬蒿丛里,发箭射中几头小猪。多勇敢啊,驺虞! 本诗善于用语气词来表达感情。连用"于嗟乎"三个语气词,抒发对猎人的强烈赞叹之意。正如《诗序》所说:"情动于中而形于言,言之不足,故嗟叹之;嗟叹之不足,故咏歌之;咏歌之不足,不知手之舞之,足之蹈之也。"①

5.表达良好祝愿的颂赞诗

这类诗有《周南·螽斯》和《周南·麟之趾》两篇。

先看《螽斯》:

> 螽斯羽,诜诜兮。宜尔子孙,振振兮。
> 螽斯羽,薨薨兮。宜尔子孙,绳绳兮。
> 螽斯羽,揖揖兮。宜尔子孙,蛰蛰兮。

这是一首祝人多子多孙的诗。螽斯是蝗虫一类。诗的大意是,螽斯飞,多又多。多生子孙,要努力。螽斯飞,群集起。多生子孙,要谨慎。螽斯飞,一群群。多生子孙,很安静。全诗三章,只换六个字,反复吟唱。在变换中,诗意层层加深。读来不觉其烦,反觉有无穷余味流于齿间,有一唱三叹之妙。

再看《麟之趾》:

---

① 《十三经注疏·诗经注疏·诗序》,明嘉靖时期李元阳福建刻,隆庆二年重修刊本。

>麟之趾,振振公子。于嗟麟兮!
>麟之定,振振公姓。于嗟麟兮!
>麟之角,振振公族。于嗟麟兮!

这首诗赞美统治者子孙繁盛。麒麟是我国古代传说的仁兽。公子、公姓、公族分别指诸侯的儿子、孙子、曾孙。三章诗分别以麟的趾、麟的顶、麟的角起兴,赞美诸侯的儿子们、孙子们人数众多,振奋有为。

除过上面所分析的五类诗之外,《召南·羔羊》讽刺统治阶级官僚的尸位素餐,《召南·小星》写小官吏出差赶路,怨恨自己的不幸。

(三) 中和之美:《周南》《召南》文化解读

通过上面对《二南》诗作内容较为系统地分析,我们可以发现《周南》《召南》所蕴含的文化精神,大致有如下几方面:

1. 重视爱情、婚姻与家庭

《周南》《召南》二十五首诗中,爱情诗有三首,新婚诗五首,拒婚诗一首,思妇诗四首,弃妇诗一首。总起来,《周南》《召南》中表现爱情、婚姻与家庭的诗共有十四首,占了二十五首诗的百分之五十六。从这一比例可以看出,《周南》《召南》的产生地江、汉、汝水一带,在当时是很重视爱情、婚姻与家庭的。爱情、婚姻是人类的生活非常重要的组成部分,家庭是社会的基本单元。从《诗经》时代就高度关注爱情、婚姻与家庭,说明诗歌作为社会生活的反映,它以生活为基础,它是要记录生活、反映社会的。《周南》《召南》中写爱情、婚姻和家庭的诗较多,也是自然而然、顺理成章的事情。爱情、婚姻与家庭既是生活的永恒主题,也是文学创作的永恒主题之一。

爱情、婚姻和家庭在生活的重要性,《诗经》时代的人们认识到了,也体会到了,所以诗人们用诗来表现爱情、婚姻和家庭生活。儒家认识到了。孔子对伯鱼说:"女为《周南》《召南》矣乎! 人而不为《周南》《召南》,其犹正墙面而立也与?"(《论语·阳货》)为何孔子认为不学习《周南》《召南》,就像人面对着墙站立? 朱熹对此话有很好的解释:"所言皆修身齐家之语。正墙面而立,言即其至近之地,而一物无所见,一步不可行。"① 孔子认为,《周南》《召南》诗中所写的男女爱情、婚姻家庭是人伦日常,懂得人伦日常才懂得修身,进而才能齐家治国平天下。所以,孔子强调要学《周南》《召南》。汉儒在解释《诗经》时,对《周南》《召南》里的爱情、婚姻和家庭诗做了进一步的发挥。如,《毛诗序》的作者认为,《关雎》的主旨是赞美"后妃之德",是"乐在淑女以配君子,忧在进贤。哀窈窕,思贤才,而无伤善之心焉",其作用是"风天下而正夫妇。故用之乡人也,用之邦国焉"。汉儒通过把诗的内容与周文王、后妃相联系,《关雎》从一首爱情诗立马变成了

---

① [宋]朱熹:《四书章句集注·论语集注》,中华书局2012年版,第179页。

教化百姓、治国安邦的经典。在此基础上，汉儒解释诗歌产生的原因说，"诗者，志之所之也。在心为志，发言为诗。情动于中而形于言"，诗歌的作用是"正得失，动天地，感鬼神，莫近于诗。先王以是经夫妇，成孝敬，厚人伦，美教化，移风俗"①。汉儒以《关雎》为范本，构建了自己的诗教理论。在汉儒的眼里，诗不单单是"情动于中而形于言"的抒情达意之作，更是君王后妃教化万民的范本。因此，汉儒在解释《周南》《召南》中的其他诗时也脱离不了"文王教化，后妃之德"这一中心。如，汉儒认为，《葛覃》是"后妃之本。后妃在父母家则志在于女功之事"，《卷耳》是"后妃之志。当辅佐君子求贤审官，知臣下之勤劳"，《樛木》是"后妃之逮下也。言能逮下而无嫉妒之心焉"，《桃夭》是"妃之所致也。不妒忌，则男女以正，婚姻以时，国无鳏民也"，《汉广》是"德广所及也。文王之道，被于南国，美化行乎江汉之域。无思犯礼，求而不可得也"。汉儒高度强调《诗经》的政治作用，就是他们看到了爱情、婚姻和家庭是人伦之始，是"正始之道，王化之基"。

2.重视生育，追求多子多孙

人们出于生存与发展的需要，希望多子多孙是普遍心理。尤其在生产力不发达的情况下，人为了生存发展需要经受更多的环境考验。所以，重视生育、追求多子多孙就成为必然选择。这不仅是生物本性，更是社会发展的需要。在西周至春秋时代也是这样。《周南·螽斯》就是一首典型的祝福他人多子多孙的诗。螽斯是蝗虫一类的虫，吃庄稼，属于害虫，应该是人们厌恶的对象。但蝗虫的特点是繁殖迅速，数量众多，这又符合西周至春秋时期人们希望子孙众多的心理。所以，诗人在祝贺时就以蝗虫的多子来比喻人的多子，表达对对方多子多孙的祝贺之意。

《芣苢》虽然是写妇女劳作的诗，但里面也隐含有祈求多子的意思。芣苢就是车前草。这是北方地区和江汉流域很常见的一种草。车前草有一个特点，产籽多。车前子快成熟时，长长的茎上密密麻麻地排列着细小的车前子。"采采芣苢，薄言捋之"，写的就妇女采车前子时顺着长长的茎往下捋的动作。当时的妇女们采车前草和车前子来干什么呢？一大功用就是入药。车前草和车前子都是中药，有利水通淋、渗湿止泻、清热明目的功能，是中药里很常用的一种药。当然，《诗经》时代的人们对车前草药用功能的认识不一定有今人这么深刻和科学。"古人以为其籽可治妇女不孕和难产"②，已经与今人的认识已经很接近了。车前草的药用和多籽两大功能，成为《诗经》时代江汉流域的人们关注的对象，妇女们采摘它，诗人也用诗歌表现它。闻一多也认为《芣苢》反映了妇女求子的心愿。它考证出"芣苢"与"胚胎"同音，"先从生物学的观点看去，芣苢既是生命的仁子，那么采芣苢的习俗，便是性本能的演出，而《芣苢》这首诗便是那本能的呐喊了。这是何等的神秘！这无名的迫切，渺茫的敕令，居然能教那女人们热烈地追逐着自身的毁灭，教她为着'秋实'，甘心毁弃了'春华'！""再借社会学的观点看。宗法社会

---

① 《十三经注疏·诗经注疏·诗序》，明嘉靖时期李元阳福建刻，隆庆二年重修刊本。
② 程俊英、蒋见元：《诗经注析》，中华书局1991年版，第21页。

里没有个人的,一个人的存在是为他的宗族而存在的,一个女人是在为宗族传递并繁衍生机的功能上而存在着的。如果她不能实现这种功能,就会被侪类贱视,被她的男人诅咒以至驱逐,而尤其令人胆战的是据说还得遭神——祖宗的谴责。"①闻先生从生物学和社会学角度解读《芣苢》祈求多子,虽然有较浓的文学化语言,但基本的道理是站得住脚的。

《麟之趾》也是一首祝福贵族子孙繁盛的诗。麒麟是我国古代传说中的瑞兽,被描述为鹿身、牛尾、马蹄、头上有一角,古人认为麒麟是吉祥福贵的象征。所以,诗人在祝贺贵族时就以麒麟起兴,祝福对方家族昌盛,子孙有为。

3.重视劳动

中国古代经历了漫长的农业社会。西周至春秋时期还是中国农业社会的早期。所以,重视生产劳动、从事生产劳动是当时人们的生活必需,描写生产劳动、歌唱生产劳动也成为诗歌的重要内容。《周南》《召南》里的诗有直接写生产劳动的,有写其他内容而与生产劳动有关的。直接写生产劳作的,如《兔罝》《驺虞》写猎人捕猎,《采蘩》写妇女养蚕,《芣苢》写妇女采车前子,《采蘋》写妇女采水草祭祖。写其他内容而涉及生产劳动的,如《卷耳》本是写女子思念远行的丈夫,诗却以写女子采摘卷耳开头,引出思念之情。《汝坟》也是思妇诗,诗也是以描写妇女"遵彼汝坟,伐其条枚""伐其条肄"的劳动生活开头,引出思夫之情。在劳动过程中因某件事或某个物的触发而思念他人是生活中很常见的现象,《周南》《召南》的作者从生活规律出发创作诗歌,也是自然而然的事。

4.重视婚俗礼仪

我们能从《周南》《召南》里写爱情、婚姻和家庭的诗歌中看出周代对爱情与婚姻的重视。与之相应,周代重视婚姻礼俗也是自然而然的事了。关于周代的婚姻礼俗,根据《仪礼·士昏礼》和《礼记·昏义》的记载,可分为六个环节:纳采、问名、纳吉、纳征、请期和亲迎。纳采,就是男方派媒人向女方提亲,"昏(婚)姻必先使媒氏下通其言,女氏许之乃后,使人纳其采,择之礼""下达纳采,用雁"。问名,就是询问女方的姓名、生辰八字。纳吉,就是男方根据女方的生辰八字在祖庙占卜,将卜婚的吉兆通知女方,"纳吉用雁,如纳采礼"。纳征,就是男女双方订婚,"纳征,玄纁、束帛、俪皮。如纳吉礼",男方派使者送财物给女方,表示订婚。请期,就是确定结婚日期,"请期,用雁。主人辞,宾许,告期,如纳征礼"②。男方占卜了结婚的吉日后,派使者告诉女方吉日,女方认同后,双方确定结婚日期。亲迎,就是结婚的当天,由男方到女方家亲迎新娘,以成婚礼。周代为何如此重视婚姻礼俗?《礼记·昏义》说明了原因:"昏礼者,将合二姓之好,上以事宗庙,而下以继后世也。故君子重之。是以昏(婚)礼纳采、问名、纳吉、纳征、请期,皆主人筵几于庙,而拜迎于门外,入,揖让而升,听命于庙,所以敬慎重正昏(婚)礼也……敬慎

---

① 闻一多:《诗经研究》,巴蜀书社2002年版,第43—44页。
② 《十三经注疏·仪礼注疏·士昏礼第二》,明嘉靖时期李元阳福建刻,隆庆二年重修刊本。

重正而后亲之,礼之大体,而所以成男女之别,而立夫妇之义也。男女有别,而后夫妇有义;夫妇有义,而后父子有亲;父子有亲,而后君臣有正。故曰:昏礼者,礼之本也。"①周代把婚姻看作是上事宗庙、下继后世、成男女之别、立夫妇之义、和父子亲情、正君臣关系的大事。

《周南》《召南》中写新婚的诗有四首,《樛木》《桃夭》《鹊巢》《何彼襛矣》,从中可以窥当时的婚礼习俗和对婚仪的重视。《樛木》是祝贺新郎的诗。祝贺的人在婚礼上说,快乐的君子啊,福禄永远跟随你。《桃夭》是祝贺新娘的诗。祝贺的人说,新娘你今天真漂亮,嫁到夫家万事顺。由此可见,在婚礼上说祝福之语,在《诗经》的时代就存在了。《鹊巢》和《何彼襛矣》都写的是贵族女子出嫁。《鹊巢》中的女子出嫁时,"百两御之""百两将之",迎亲的车子很多,送嫁的车子也很多。《何彼襛矣》是诸侯的女儿出嫁,车子打扮得很豪华,女子打扮得很艳丽。由此可见,当时贵族嫁女的仪式感很强,场面很是盛大隆重。至于迎亲之前的纳采、问名、纳吉、纳征、请期,那就更不用说了。从周代开始的婚姻礼俗在今天的社会里依然保留着某些成分,可见其影响之大,时间之持久。

5.具有中和之美

孔子评价《关雎》说:"《关雎》乐而不淫,哀而不伤。"(《论语·八佾》)孔子此说是中国最早的关于中和之美的明确论述了。孔子对《关雎》的评价,可能基于两个原因:一是演奏或歌唱《关雎》时的音乐疾徐自如,二是《关雎》的内容。《左传·襄公二十九年》记载吴公子季札在鲁国观乐,季札首先听乐工唱《周南》《召南》,听后评论说:"美哉!始基之矣,犹未也。然勤而不怨矣!"季札观乐的这一年是公元前五四四年。据考证,孔子生于公元前五五一年,卒于公元前四七九年。季札观乐的这一年,孔子已经八岁。由此推断,在孔子的时代,《诗经》的音乐还未失传,孔子是可以听到人们歌唱或者演奏《诗经》的。孔子和季札一样,在听了《关雎》的歌唱或演奏后,有"乐而不淫,哀而不伤"的感觉。我们再从《关雎》的内容看。贵族青年对心中的女子"寤寐思服",最多也就是"辗转反侧",只有淡淡的忧愁,却并不悲伤,这符合孔子所说的"哀而不伤"。青年想象着与女子相见,很高兴,于是"琴瑟友之""钟鼓乐之",心情很快乐,行动又很优雅,这又符合孔子所说的"乐而不淫"。由此可见,孔子对《关雎》"乐而不淫,哀而不伤"的评价与吴公子季札"勤而不怨"的评价是相近的。《关雎》具有中和之美。这是孔子哲学理论上的中庸之道在文艺思想上的反映,这种思想直接导致了后来以"温柔敦厚"为基本内容的"诗教"的建立。

《周南》《召南》整体上是否也具有中和之美呢?我们试作分析。"二南"中有四篇思妇诗——《卷耳》《汝坟》《草虫》《殷其雷》。这四首诗虽然在表达思念之情的方式上各有特点,但都没有悲悲戚戚的伤感。有一篇弃妇诗——《江有汜》。诗中被抛弃的女子开始还满怀希望地盼望丈夫回心转意。当她意识到事情不可挽回时,用对着江水"其

---

① 《十三经注疏·礼记注疏·昏义第四十四》,明嘉靖时期李元阳福建刻,隆庆二年重修刊本。

啸也歌"的方式宣泄悲愤,并没有呼天抢地的诅咒。《召南·小星》里的小官吏感叹自己辛苦奔波,也只是用"实命不同"的感叹表达郁闷的心情。这些诗从内容上都具有"哀而不伤"的特点。

写爱情诗、贺新婚的《汉广》《摽有梅》《野有死麕》《鹊巢》《桃夭》《何彼襛矣》,祝多子、赞劳动的《兔罝》《麟之趾》《螽斯》等诗,在表达感情时调子明快,但都不过于放纵自己的感情。《野有死麕》的"有女如玉",非常准确地描绘出青年女子温婉和顺的形象。当青年猎人用白茅包着猎来的小鹿献给她时,女子用"舒而脱脱兮!无感我帨兮!无使尨也吠!"传达自己的娇羞之情。诗写得快乐,表达感情很含蓄。这些诗从内容上都有"乐而不淫"的特点。

《周南》《召南》的二十五首诗,颂赞内容的诗占绝大多数,怨讽诗很少,只有一首弃妇诗、一首拒婚诗、一首讽刺诗、一首哀怨诗,合计四首。从这一比例来看,相比《国风》里的其他诗,《周南》《召南》多颂赞、少怨讽,有中和之美。孔子说:"《诗三百》,一言以蔽之,曰:'思无邪。'"①郑玄延续了毛诗的说法,把《周南》《召南》看成周文王、武王、成王时期的作品,虽然牵强,但他说"有颂声与焉",倒是比较符合《周南》《召南》中颂赞诗较多的实际。他认为从《邶风》以下的其他十三风,不尊贤,多怨讽,是"变风"。如果剥去郑玄把《周南》《召南》与西周历代君主比附的外壳,他所说的《周南》《召南》多颂声,其他风诗多怨讽,还是符合实际的。也就是说,《周南》《召南》具有中和之美。

二、讽世忧生:《邶风》《鄘风》《卫风》内容分析和文化解读

(一)《邶风》《鄘风》《卫风》产生的地域与时间

邶、鄘、卫都是卫地。卫原来是殷商的首都,叫作朝歌。牧野在商都朝歌南七十里,今河南淇县南。商的都城就在今天河南淇县。周武王即位九年后,率军伐纣,集结军队于牧野,商纣军队倒戈畔纣。纣王自焚而死。《史记·卫康叔世家》和《史记·管蔡世家》记载:"武王已克殷纣,复以殷馀民封纣子武庚禄父,比诸侯,以奉其先祀勿绝。为武庚未集,恐其有贼心,武王乃令其弟管叔、蔡叔傅相武庚禄父,以和其民。武王既崩,成王少。周公旦代成王治,当国。管叔、蔡叔疑周公,乃与武庚禄父作乱,欲攻成周。周公旦以成王命兴师伐殷,杀武庚禄父、管叔,放蔡叔,以武庚殷馀民封康叔为卫君,居河、淇间故商墟。"②周武王攻下朝歌后,为安定殷都民心,三分殷商故地,朝歌北边是邶,东边是鄘,南边是卫。封商纣王之子禄父及殷都百姓居于卫地,封自己的弟弟管叔鲜、蔡叔度辅佐禄父,分别居于邶、鄘,实际起了监视禄父的作用。周武王去世后,周成王继位。因周成王年少,周初定天下,成王的叔父周公害怕诸侯叛周,便代替成王摄政。周公有管叔、蔡叔等同母弟十人,管叔、蔡叔群弟怀疑周公要夺成王的权力,便联合殷纣王之子

---

① 《论语·为政》,见杨伯峻《论语译注》,中华书局1980年版,第11页。
② [汉]司马迁:《史记·卫康叔世家》《史记·管蔡世家》,中华书局1982年版,第1565、1589页。

禄父叛乱。周公奉成王命讨伐叛乱。诛杀了禄父、管叔,流放了蔡叔。把殷商遗民收集起来分为二部分:一部分封给纣王的哥哥微子启,迁居于宋地,成为春秋时的宋国,另一部分封给弟弟康叔,占据卫地,称卫康叔,国为卫国。《邶风》《鄘风》《卫风》实际都是卫地的诗歌。《左传·襄公二十八年》记载吴公子季札到鲁国观太师奏乐时听到演奏《邶风》《鄘风》《卫风》时说:"美哉!是其乎《卫风》?"由此可证明,在春秋中期,人们就已把《邶风》《鄘风》《卫风》合称为《卫风》。卫地主要以今天河南淇县为中心,包括河北磁县,山东东明,河南濮阳、安阳、汲县、开封、中牟等地。

《邶风》十九篇,《鄘风》十篇,《卫风》十篇,共三十九篇。其中可考而最早的是《硕人》。《左传·隐公三年》记载:"卫庄公娶于齐东宫得臣之妹,曰庄姜,美而无子,卫人所为赋硕人也。"①卫庄公是公元前七五〇年前后的人,《硕人》应产生于此期间。《左传·闵公二年》记载,卫懿公在位时,淫乐奢侈好鹤,让鹤乘轩车,国人不满。狄入侵卫,卫懿公欲发兵敌,国人及士兵说:"使鹤,鹤实有禄位。"卫败,卫懿公死,狄人入卫。卫戴公即位后于漕。戴公的姐姐是许穆夫人,"许穆夫人赋《载驰》"②这一年是公元前六六〇年。《载驰》被公认为卫国最晚的诗。据此,可以大致推断《邶风》《鄘风》《卫风》的创作时间在公元前六六〇年前。

(二)《邶风》《鄘风》《卫风》内容分析

《邶风》《鄘风》《卫风》共三十九首诗,按内容大致可分为八类:怨刺诗、爱情诗、弃妇诗、思妇诗、思归诗、赞美诗、爱国诗、其他诗。

1.表达不满的怨讽诗

这类诗中在《邶风》《鄘风》《卫风》中是最多的,有《新台》《鹑之奔奔》《墙有茨》《君子偕老》《相鼠》《式微》《北门》《旄丘》《北风》《芄兰》《蝃蝀》。

一是讽刺统治者的荒淫无耻。先看《邶风·新台》:

> 新台有泚,河水弥弥。燕婉之求,蘧篨不鲜。
> 新台有洒,河水浼浼。燕婉之求,蘧篨不殄。
> 鱼网之设,鸿则离之。燕婉之求,得此戚施。

这首诗讽刺卫宣公劫夺儿媳。《毛序》说:"刺卫宣公也。纳伋之妻,作新台于河上而要之,国人而作是诗也。"《毛序》的说法是有史实依据的。《左传·桓公十六年》记载:"卫宣公烝于夷姜,生急子,属诸右公子。为之娶于齐,而美,公取之。生寿及朔。属寿于左公子。夷姜缢。宣姜与公子朔构急子。"③司马迁在《史记·卫康世家》对此事也有详细

---

① 杨伯峻:《春秋左传注》,中华书局1990年版,第30页。
② 同①,第265—267页。
③ 杨伯峻:《春秋左传注》,中华书局1990年版,第145页。

记载。可见卫宣公荒淫至极。诗的大意是,新台很鲜明,黄河水很盛大。本来想求个好配偶,结果得了个丑陋的癞蛤蟆。新台很高峻,黄河水很平缓。本来想求个好配偶,结果得了个不善的癞蛤蟆。设网去捕鱼,蛤蟆来附着。本来想求个好配偶,结果得了个癞蛤蟆。诗用对比的手法、辛辣的语言,鞭挞了像卫宣公这样的人世间"蘧篨"的无耻,表达了人们与丑恶现象不能相容的愤怒心情。

再看《鄘风·墙有茨》:

墙有茨,不可埽也。中冓之言,不可道也。所可道也,言之丑也。
墙有茨,不可襄也。中冓之言,不可详也。所可详也,言之长也。
墙有茨,不可束也。中冓之言,不可读也。所可读也,言之辱也。

这首诗也是揭露、讽刺卫国统治者淫乱的。诗的大意是,墙上有蒺藜不能扫除啊,宫廷里的话不能说,说出来的话太丑陋啊。《毛诗序》说:"墙有茨,卫人刺其上也。公子顽通于君母,国人疾之而不可道也。"①朱熹也同意此说,"理或然也"。毛序和朱熹的说法是有史实依据的。《左传·闵公二年》记载:"初,惠公之即位也少,齐人使昭伯烝于宣姜。不可,强之。生齐子、戴公、文公、宋桓夫人、许穆夫人。"昭伯就是卫惠公的庶兄公子顽。宣姜本被聘为公子伋的妻子,卫宣公夺子妻以为己有。宣公的庶子公子顽又与宣姜通。乱伦至盛。方玉润评论说:"盖廉耻至是而尽丧,有诗人不忍道、不忍详、不忍读者,而圣人犹录之以著于经也,使后世为恶者,知虽闺中之言,亦无隐而不彰也。其为训戒深矣。"②诗的讽刺意味极为强烈。此外,《君子偕老》也是一首讽刺卫宣姜的不道德的诗。

二是痛斥统治者的苟且偷安,暗昧无礼。最典型的是《鄘风·相鼠》:

相鼠有皮,人而无仪。人而无仪,不死何为?
相鼠有齿,人而无止。人而无止,不死何俟?
相鼠有体,人而无礼。人而无礼,胡不遄死?

这首诗斥责卫国的统治者不遵礼仪,暗昧无耻。《毛序》以为"刺无礼"。朱熹申述了《毛序》的解释:"言视彼鼠而犹必有皮,呆可以人而无仪乎。人而无仪,则其不死亦何为哉。"③此诗三章都以老鼠有皮、有齿、有身体起兴,引出人却无威仪、无节制、无礼仪,最后发出灵魂拷问,为何不死去,不死还在等什么,为何不马上死,反问强烈。诗人的愤激之情难以自抑,斥责可谓痛快淋漓,与《新台》《墙有茨》采用委婉的讽刺完全不同。这

---

① 《十三经注疏·诗经注疏·鄘第四》,明嘉靖时期李元阳福建刻,隆庆二年重修刊本。
② [清]方玉润:《诗经原始》,中华书局1986年版,第156页。
③ [宋]朱熹:《诗集传》,中华书局1958年版,第32页。

首诗是《诗经》中少有的情辞激愤、直吐怒骂之作,完全不类"温柔敦厚"的《周南》《召南》诗,被汉儒称为"变风"。明代的王世贞在《艺苑卮言》评价说:"以述情切事为快,不尽含蓄也。讥失仪而曰'人而无仪,胡不遄死',怨谗而曰'豺虎不食,投畀有昊'。"①

再看《鄘风·鹑之奔奔》:

> 鹑之奔奔,鹊之彊彊。人之无良,我以为兄!
> 鹊之彊彊,鹑之奔奔。人之无良,我以为君!

这一首是痛斥、责骂卫国君主的诗。诗的大意是,鹌鹑在飞,喜鹊在飞。这个人不善,我却把他当长辈。诗中的"我"谁,"人"是谁,历来有争议。《毛序》认为:"刺宣姜也。卫人以为宣姜鹑鹊之不如也。"清人姚际恒认为:"盖刺卫宣公也。"方玉润辨析说,把诗中的"人"看作宣姜,则"我"是只能是卫惠公。宣姜是卫惠公的亲生母亲,万万没有亲生儿子宣扬母恶之理。所以,《国风》中多民歌,这首诗应该看作是卫国人民痛斥卫国君主而作,似更为贴切。

三是人民或官吏倾诉怨苦之情。先看《邶风·式微》:

> 式微,式微,胡不归?微君之故,胡为乎中露?
> 式微,式微,胡不归?微君之躬,胡为乎泥中?

这是苦于劳役的人所发出的冤声。诗的意思是说,天黑了,天黑了,为什么还不回去?不是你的缘故,为何还在露水中?天黑了,天黑了,为什么还不回去?不是你本身的原因,为何还在污泥里?简短的二章感叹,全用反问句式,劳役者的辛苦之情、怨愤之意跃然而出。

再看《邶风·北风》:

> 北风其凉,雨雪其雱。惠而好我,携手同行。其虚其邪?既亟只且!
> 北风其喈,雨雪其霏。惠而好我,携手同归。其虚其邪?既亟只且!
> 莫赤匪狐,莫黑匪乌。惠而好我,携手同车。其虚其邪?既亟只且!

这首诗写卫国人民不堪忍受虐政,招呼朋友共同逃亡。诗的大意是,北风寒凉,雨雪很大。你赞同我的话,快携手同行。你还犹豫不决吗?事情已经很急了!无非都是红狐狸、黑乌鸦。你赞同我的话,快携手同车。你还犹豫不决吗?事情已经很急了!诗的前两章以北风寒凉、雨雪盛大比喻国家危机将至,而气象愁惨。用景物描写渲染悲惨气

---

① [明]王世贞:《艺苑卮言》卷二,见丁福保辑《历代诗话续编》,中华书局1983年版,第972页。

氛,写得凛凛有寒意。第三章的红狐狸、黑乌鸦,人们认为是不祥之物,象征暴虐的统治者,预示国将危乱。方玉润评论此诗说:"愚观诗词,始则气象愁惨,继则怪异频兴,率皆还祥兆,所谓国家将亡,必有妖孽时也。"①

此外,《邶风·北门》写一位官吏因贫穷艰难但王事繁重,发出无可奈何的诉苦之声。《邶风·旄丘》写一位流亡到卫国的人,盼望贵族救济而不得。《卫风·芄兰》,讽刺贵族少年。《蝃蝀》,讽刺一个女子争取婚姻自由。

2.颂扬人物的赞美诗

与上面所述大量的怨刺诗相比,《邶》《鄘》《卫》三风中有四首赞美人物的诗,有《鄘风·定之方中》《鄘风·干旄》《卫风·淇奥》《卫风·硕人》。先看《定之方中》:

> 定之方中,作于楚宫。揆之以日,作于楚室。树之榛栗,椅桐梓漆,爰伐琴瑟。
>
> 升彼虚矣,以望楚矣。望楚与堂,景山与京。降观于桑,卜云其吉,终焉允臧。
>
> 灵雨既零,命彼倌人。星言夙驾,说于桑田。匪直也人,秉心塞渊。騋牝三千。

这首诗是歌颂赞美卫文公从漕邑迁到楚丘(今河南滑县东)重建国家的。《左传·闵公二年》记载,二年冬,狄人入侵卫,卫懿公与狄人战于荥泽而败,狄人灭卫。宋桓公迎卫国遗民渡过黄河,立卫戴公以庐于漕。戴公立一年而卒。鲁僖公二年,"诸侯城楚丘而封卫焉",是为卫文公。"卫文公大布之衣,大帛之冠,务材、训农,通商、惠工,敬教、劝学,授方、任能。元年,革车三十乘;季年,乃三百乘。"②这段记载可以证明,《定之方中》是赞美卫文公无疑。这是一首叙事诗。第一章叙卫文公在楚丘建宗庙、造房屋、种树木、制乐器。第二章叙述卫文公登上小山望楚丘,下到田地观桑田,占卜一切都吉祥。第三章叙述好雨降临时,卫文公清晨命人驾车,停于桑田劝农桑。不仅是人民,文公也用心诚实。公马母马三千匹。这首诗是叙事诗,纯用赋法,少比兴,无重章叠咏,不似他诗生动形象。但细致而不累赘,质朴而不滞涩。《干旄》也是一首赞羡卫文公招致贤士,复兴卫国的诗。

再看《卫风·淇奥》:

> 瞻彼淇奥,绿竹猗猗。有匪君子,如切如磋,如琢如磨。瑟兮僴兮,赫兮咺兮。有匪君子,终不可谖兮。

---

① [清]方玉润:《诗经原始》,中华书局1986年版,第146页。
② 杨伯峻:《春秋左传注·闵公二年》,中华书局1990年版,第273页。

瞻彼淇奥,绿竹青青。有匪君子,充耳琇莹,会弁如星。瑟兮僩兮,赫兮咺兮。有匪君子,终不可谖兮。

瞻彼淇奥,绿竹如箦。有匪君子,如金如锡,如圭如璧。宽兮绰兮,猗重较兮。善戏谑兮,不为虐兮。

这首诗赞美卫国一位有才华的君子。这位君子一般认为是卫武公。《左传·昭公二年》记载,晋国派韩宣子出使各国,"自齐聘于卫。卫侯享之。北宫文子赋《淇奥》,宣子赋《木瓜》。杜序注:'《淇奥》,美武公也。言宣子有武公之德。'"①《毛诗序》也说"《淇奥》,美武公之德"②。卫武公是一位既狠毒又贤能的君主。《史记·卫康叔世家》记载,卫武公贿赂武士杀了已做卫国国君的哥哥,卫人立卫武公为国君,"武公即位,修康叔之政,百姓和集。四十二年,犬戎杀周幽王,武公将兵往佐周平戎,甚有功,周平王命武公为公"③。这首诗三章,分别从学问、威仪、品德三方面赞美武公。首章赞学问。淇水边绿竹多美啊,有才华的君子啊,研究学问切磋琢磨不停止。庄严威武,心胸宽广。永远不能忘啊。二章赞威仪。用充耳晶莹莹、皮帽缝间的玉石像星星表君子的尊严之象,饰君子的光昌之容。三章赞品德。君子的品德像金锡般精纯,像圭璧一样温润。君子宽宏又柔和,靠着车轼,开开玩笑不过分。本诗用虚实相生的手法赞美人,摹神绝妙,比喻生动,是写人名篇。与上面对昏庸淫佚的卫宣公等人或痛加斥责或辛辣讽刺的怨刺诗,这首诗对卫国贤能君子的衷心赞美,对比强烈鲜明。

此外,《硕人》是赞美卫庄公夫人庄姜美而贤能的诗。从高贵的出身、漂亮的外貌、迎接车马之盛、体恤卫君、陪嫁女子之多几方面赞美卫庄姜美而贤能。

3.内容多样的爱情诗

《邶风》《鄘风》《卫风》中描写青年男女爱情的诗有五首,分别是《邶风·匏有苦叶》《邶风·简兮》《邶风·静女》《鄘风·柏舟》《鄘风·桑中》《卫风·木瓜》。同是爱情诗,但描写的角度各有不同。

先看《邶风·匏有苦叶》:

匏有苦叶,济有深涉。深则厉,浅则揭。
有瀰济盈,有鷕雉鸣。济盈不濡轨,雉鸣求其牡。
雍雍鸣雁,旭日始旦。士如归妻,迨冰未泮。
招招舟子,人涉卬否。人涉卬否,卬须我友。

---

① 杨伯峻:《春秋左传注·闵公二年》,中华书局1990年版,第1228页。
② 《十三经注疏·诗经注疏·卫第五》,明嘉靖时期李元阳福建刻,隆庆二年重修刊本。
③ [汉]司马迁:《史记·卫康叔世家第七》,中华书局1982年版,第1591页。

这是一首女子在济水岸边等待未婚夫时所唱的诗。诗的意思是，葫芦叶枯了，济水渡口的水涨了。水深连着上衣渡，水浅提起下衣渡。盈盈济水边，雉鸟在鸣叫。济水稍涨起，渡河不湿车轮子，雉鸟鸣叫求其雄。大雁在鸣叫，旭日刚升起。男子如要娶妻子，乘着冰未融化时。那个招手的船夫呀，别人渡河我不渡。我要等我的未婚夫。"匏"是葫芦，叶枯成熟后可以挂在腰间渡河。雉鸣求其牡是求偶的象征。雁是周代婚姻礼俗中的常用物。冰未泮，是秋冬农闲时节，古人常在这个时段结婚。即使在今天的北方农村，青年男女也多选择在秋冬农闲季节结婚。所以，这首诗应看作一首爱情诗。但《毛诗序》说："刺卫宣公也。公与夫人并为淫乱。"朱熹也说："此刺淫乱之诗。"这两说都因为诗中有"雉鸣求其牡"句。其实，这是女子在济水边等待时听到的，自然而然地写入了诗中。如果单就这一句便认定全诗是刺淫乱之诗，显得有点牵强附会，与后面的内容就相矛盾了。方玉润在《诗经原始》中说："刺世礼仪澌灭也……以愚所见，直是一篇讽世座右铭。"①

再看《邶风·静女》：

> 静女其姝，俟我于城隅。爱而不见，搔首踟蹰。
> 静女其娈，贻我彤管。彤管有炜，说怿女美。
> 自牧归荑，洵美且异。匪女之为美，美人之贻。

这首诗写一对青年男女在城隅的约会。诗以一位青年男子的口吻写来。诗的大意是，善良的姑娘很漂亮，等我在那城角上。隐藏不见我心焦，又是搔首又徘徊。善良的姑娘很美丽，赠我彤管表心意。彤管红色闪闪亮，喜爱彤管美又红。姑娘采荑赠予我，荑草美丽又可爱。不是荑草很美丽，它是姑娘赠送的。从内容可以看出，这首诗写的是民间青年男女的爱情。诗在表达上语言浅显，形象生动，气氛欢快，情趣盎然，活泼可爱，自然淳朴，富有民歌风味。"爱而不见"写出了少女故意藏着不见的活泼俏皮神态。"搔首踟蹰"刻画了男子心急如焚的心理状态。"说怿女美"，语含双关，表面说喜爱彤管，实际上喜欢的是赠送彤管的女子。"匪女之为美，美人之贻"，更是情意绵绵，细腻入微刻画出男子爱人及物的心理状态。这首诗用通俗易懂、人人所能说话，道出了人人难以表达之情，自然生动，一片天籁。明代李梦阳在《诗集自序》中说："曹县盖有王叔武云，其言曰：'夫诗者，天地自然之音也。今途咢而巷讴，劳呻而康吟，一唱而群和者，其真也，斯谓之风也。孔子曰：礼失而求之野。今真诗乃在民间。'"又云："诗有六义，比兴要焉。夫文人学子，比兴寡而直率多，何也？出于情寡而工于词多也。"②李梦阳的"真诗乃在民间"之说，用在《静女》诗上，诚不为过。

---

① [清]方玉润：《诗经原始》，中华书局1986年版，第134页。
② 引自程俊英、蒋见元《诗经注析》，中华书局1991年版，第115页。

对于这样一首表现男女爱情的"真诗",古人的看法却有分歧。《毛序》认为:"刺时也。卫君无道,夫人无德。"方玉润在说:"《静女》,刺卫宣公纳伋妻也。"他们都认为《静女》是刺诗,讽刺卫宣公事。其实,从诗中并看不出约会的青年男女与卫宣公、宣姜有什么瓜葛。朱熹倒是看得准确:"此淫奔期会之诗也。"①虽然免不了道学气,但说出了此诗的内容与爱情有关。

再看《鄘风·桑中》:

爰采唐矣?沬之乡矣,云谁之思?美孟姜矣。期我乎桑中,要我乎上宫,送我乎淇之上矣。

爰采麦矣?沬之北矣。云谁之思?美孟弋矣。期我乎桑中,要我乎上宫,送我乎淇之上矣。

爰采葑矣?沬之东矣。云谁之思?美孟庸矣。期我乎桑中,要我乎上宫,送我乎淇之上矣。

这首诗写一位男子和心爱女子的幽期密约。"唐"是菟丝,蔓生植物,籽可入药。"葑"是芜菁。"沬"是卫国的都城朝歌,在今河南淇县。"孟"是长。"姜"是齐女,贵族。"弋"是"姒",杞女,夏后氏,贵族。"庸",也是贵族。"桑中"是地名,指桑间,在今河南滑县东北。"上宫"指楼。"淇之上"指淇水口。诗中的男子回想起恋人曾经数次邀请他到桑中的楼上相会,临别时送他到淇水渡口的情景。诗人便兴之所至,顺口而歌。三章诗只是一个意思:我与喜欢的女子相会。诗中的地点变换了三次,沬之乡、沬之北、沬之东,所采之物也变换了三次,采唐、采麦、采葑。这应该看作是诗的兴句,是先以他物以引起所诵之物。男子所会之人是"孟姜""孟弋""孟庸",好像是三个女子。其实,这应该是"美女"的代称,犹后世用"西施"代指美女一样。三章诗反复诵唱,传达出内容是一样的,情绪也是欢快的。《毛序》认为,"《桑中》,刺奔也。卫公室淫乱,男女相奔。至于世族在位,相窃妻妾,期于幽远。政散民流而不可止"。朱熹说:"卫俗淫乱,世族在位,相窃妻妾。故此人自言将采唐于沬,而与其所思之人相期会迎送如此也。"《毛序》和朱熹把此诗看作讽刺贵族男女互相偷情的诗。其实,诗人以"我"的身份在诗中出现,哪有自己讽刺自己的道理。

方玉润对此诗的评论有两点:一是诗人自咏其事,事为虚构,是无题诗;二是刺淫,从中能反映出世风。先看方玉润说的第一点:"谓之为自咏事也者何哉?赋诗之人既非诗中之人,则诗中之事亦非赋诗人之事,赋诗人不过代诗中人为之辞耳。且诗中事未必如是之巧且奇,同期于一日之中,即同会于一席之地。是诗中人亦非真有其人,真有其事,特赋诗人虚想。怕采之物,不外此唐与麦与葑耳;所游之地,不外此沬之乡、沬之北、

---

① [宋]朱熹:《诗集传》,中华书局1958年版,第26页。

沬之东耳；即所思之人，亦不外此姜之孟、弋之孟与庸之孟耳。则尚在神灵恍惚、梦想依稀之际。即所谓期我、要我、送我，又岂真姗姗其来，冉冉而逝乎？此后世所谓无题诗也。李氏商隐云：'来是空想去绝踪'，又云：'画楼西畔桂堂东'，若真有其人在，则又何必为此疑是疑非、若远若近之词，使人猜疑莫定也。"再看方玉润说的第二点："然则淫奔之诗又谓之亡国之音者，则又何故？夫音由心生，诗随时变。故必有是心而后成是俗，亦必因是俗而后为是诗。诗与风为转移，时因心为隆替。闻其音而知政治之得失，读其诗尚不知其国之将亡乎？古来亡国之音，桑间濮上动乱并称，虽未必专指此诗，而此诗亦其类也。"①方玉润的第一点认为，《桑中》是代言体，是他人代替诗中之人而作，是虚构。这一点为我们解读《桑中》提供了另一种视角，值得借鉴。第二点认为，《桑中》是通过代言体来刺淫，是亡国之音。这一点是自相矛盾的。既然是代言体，诗人作诗目的是刺淫，是为了警世，为何就成了亡国之音？如果看作亡国之音，那就只能是诗人的自作诗，而不是代言体。

再看《卫风·木瓜》：

> 投我以木瓜，报之以琼琚。匪报也，永以为好也！
> 投我以木桃，报之以琼瑶。匪报也，永以为好也！
> 投我以木李，报之以琼玖。匪报也，永以为好也！

这是一首男女互相赠答的定情诗。对方赠我的是木瓜、木桃、木李等常见的普通果实，我回赠对方的却是琼琚、琼瑶、琼玖等精美贵重的珍宝。赠送与回赠并不对等。如果诗就此打住，只能给人以炫富耀贵之感，诗也没有什么余味了。但后面的"匪报也，永以为好也"，让前面的回赠陡然翻新，别开生面。原来我在情而不在物，是用琼琚、琼瑶、琼玖表达爱慕之情。全诗三章，每章只改变个别字，重章叠咏，一往情深。此诗，也可作表达朋友之间友好之情的诗来看。朱熹对《木瓜》的主旨就有两种理解："言人有赠我以微物，我常报之以重宝，而犹未足以为报也，但欲其长以为好而不忘耳。疑亦男女相赠答之词，如《静女》之类。"②方玉润也认为，"此诗本朋友寻常馈遗之词"。由此可见，对《木瓜》的理解可以有两种：男女相赠，朋友相赠。

与上面几首正面表现爱情的诗相反，《鄘风·柏舟》从反面写一位女子婚姻自由受到限制向家庭表示抗争：

> 泛彼柏舟，在彼中河。髧彼两髦，实维我仪，之死誓靡它。母也天只！不谅人只！

---

① ［清］方玉润：《诗经原始》，中华书局1986年版，第160—161页。
② ［宋］朱熹：《诗集传》，中华书局1958年版，第26页。

> 泛彼柏舟,在彼河侧。髧彼两髦,实维我特,之死誓靡慝。母也天只!不谅人只!

这是一位少女要求婚姻自由,向家庭表示抗议的诗,表现了爱情专一,坚决反抗的精神。诗的大意是,柏舟在河中飘荡,那头发两侧下垂的男子,就是我的配偶,我发誓到死不嫁他人。母亲啊、父亲啊!不体谅人呀!柏舟在河边飘荡,那头发两侧下垂的男子,就是我的配偶,我发誓到死不变心。母亲啊、父亲啊!不体谅人呀!此诗表现女子为争取婚姻自由的反抗精神在《国风》的爱情诗中是独树一帜的。

此外,《邶风·简兮》写一位女子观看男子舞狮,对男子产生爱慕之情。

4.倾诉幽怨的弃妇诗

在《邶风》《鄘风》《卫风》中,反映妇女遭弃命的弃妇诗较多,共有五首:《邶风·柏舟》《邶风·日月》《邶风·终风》《邶风·谷风》《卫风·氓》。与《周南》《召南》里只有一首弃妇诗相比,《邶》《鄘》《卫》三风中的弃妇诗数量大增。

先看《邶风·柏舟》:

> 泛彼柏舟,亦泛其流。耿耿不寐,如有隐忧。微我无酒,以敖以游。
> 我心匪鉴,不可以茹。亦有兄弟,不可以据。薄言往诉,逢彼之怒。
> 我心匪石,不可转也。我心匪席,不可卷也。威仪棣棣,不可选也。
> 忧心悄悄,愠于群小。觏闵既多,受侮不少。静言思之,寤辟有摽。
> 日居月诸,胡迭而微?心之忧矣,如匪浣衣。静言思之,不能奋飞。

这是一位妇女自伤被丈夫抛弃,并见伤于众妾的诗。第一章自述深忧。以柏舟在水中漂荡起兴,喻自己无所依靠。忧心难入眠,如同有深忧。不是无酒与遨游,忧非酒与遨游所能解。第二、三章表自己坚定的心志。我心不是铜镜,容不下那坏人。我心不是石,不可随便转。我心不是席,不可随意卷。仪容端庄美,不能数得尽。第四章交代深忧原因。受侮于群小,遭受陷害多。认真细细想,醒来拍胸响。第五章表达无奈之情。太阳月亮啊,为何变昏暗。心中忧伤多,如同不洗衣。认真细细想,恨不能远飞。俞平伯在《葺芷缭蘅室读诗杂说》中说:"这诗五章一气呵成,娓娓而下,将胸中之愁思、身世之飘零,婉转中申诉出来。通篇措辞委婉幽抑,取喻起兴细巧工密,在素朴的诗中是不易多得之作。全诗字字掩抑,声声凄怨,极沉郁痛切。"①

这首诗的主旨和作者,古人有分歧。朱熹说:"妇人不得于其夫,故以柏舟自比。言以柏为舟,坚致牢实,而不以乘载、无所依薄,但泛然于水中而已。故其隐忧之深如此,非为无为无酒遨游以解之也。《列女传》以此为妇人之诗。今考其辞气,卑顺柔弱,且居

---

① 程俊英、蒋见元:《诗经注析》,中华书局1990年版,第61页。

变风之首,而与下篇相类,岂亦庄姜之诗欤?"①朱熹认为此诗是妇人之诗,是对的。但他又具体到"卫庄姜"之诗,史无证据,不免牵强。方玉润认为,"《柏舟》,贤臣忧谗悯乱,而莫能自远也",诗是写邶地的贤臣,非妇人之诗。

再看《邶风·日月》：

> 日居月诸,照临下土。乃如之人兮,逝不古处。胡能有定？宁不我顾。
> 日居月诸,下土是冒。乃如之人兮,逝不相好。胡能有定？宁不我报。
> 日居月诸,出自东方。乃如之人兮,德音无良。胡能有定？俾也可忘。
> 日居月诸,东方自出。父兮母兮,畜我不卒。胡能有定？报我不述。

这也是一首弃妇申诉怨愤的诗。四章诗的开头都以日月出自东方,照临下土起兴,以日月之运行尚有定处,兴已结婚的丈夫却心志不专,"胡能有定",使人伤感。"逝不古处",指丈夫的恩爱不能及时到旧日的处所。"宁不我顾",怎么不顾念我。"报我不述",对待我不循常道。诗人反复咏日月,就是为了陪衬后面反复强调的"胡能有定"。末章在无可奈何之际,痛呼父母,沉痛又无可奈何之情和神态并出。方玉润评论说："一诉不已,乃再诉之；再诉不已,乃三诉之；三诉不听,则惟有自呼父母而叹其生我之不辰。盖情极则呼天,痛极则呼父母,如舜之号泣于旻天、于父母耳。此怨极也,而篇终乃云'报我不述'",

《邶风·终风》,是写一位妇女被丈夫玩弄嘲笑后遭遗弃的诗：

> 终风且暴,顾我则笑。谑浪笑敖,中心是悼。
> 终风且霾,惠然肯来。莫往莫来,悠悠我思。
> 终风且曀,不日有曀。寤言不寐,愿言则嚏。
> 曀曀其阴,虺虺其雷。寤言不寐,愿言则怀。

诗的前四章开头分别以风吹着暴雨、风刮起尘飞、刮风天阴沉、阴天绵绵起兴,象征丈夫对自己的狂暴不定。接着,第一章写丈夫对自己的轻薄狂暴,第二章却思念起这个不顾念自己的丈夫来,第三章写自己醒着思念睡不着,希望丈夫打喷嚏,第四章由自己及对言,希望丈夫想念她。全诗刻画了弃妇对丈夫又恨又恋和复杂心理。

这首诗的主旨,《毛序》以为"《终风》,卫庄姜伤己也。遭州吁之暴,见侮慢不能正也"②。卫庄姜是卫庄公夫人。卫庄公是周平王时的诸侯。州吁是卫庄公的儿子。《毛序》所说的"卫庄姜遭州吁之暴",并没有史实依据。《左传·隐公三年》和《左传·隐公

---

① [宋]朱熹：《诗集传》,上海古籍出版社 1980 年版,第 15 页。
② 《十三经注疏·诗经注疏·邶第三》,明嘉靖时期李元阳福建刻,隆庆二年重修刊本。

四年》记载:"卫庄公娶于齐东宫得臣之妹,曰庄姜,美而无子,卫人所为赋《硕人》也。又娶于陈,曰厉妫,生孝伯,早死。其娣戴妫,生桓公,庄姜以为己子""公子州吁,嬖人之子也。有宠而好兵""四年春,卫州吁杀桓公而立……州吁未能和其民……九月,卫人使右宰丑涖杀州吁于濮"①。《左传》所记,只有州吁弑卫桓公而自立一事,并无侮慢卫庄姜之事。从诗作本身的内容看,"顾我则笑,谑浪笑敖",不切合母子之间情事,也不支持《毛序》的说法。朱熹认为《终风》是写卫庄公与庄姜的事:"庄公之为人狂荡暴疾,庄姜盖不忍斥言之,故但以终风且暴为比。言虽其狂暴如此,然亦有顾我而笑之时。但皆出于戏慢之意,而无爱敬之诚,则又使我不敢言而心独伤之耳。"②朱熹的解释与诗意较为切合,可备一说。

《卫风·氓》是最典型的、最有代表性的弃妇诗:

> 氓之蚩蚩,抱布贸丝。匪来贸丝,来即我谋。送子涉淇,至于顿丘。匪我愆期,子无良媒。将子无怒,秋以为期。
>
> 乘彼垝垣,以望复关。不见复关,泣涕涟涟。既见复关,载笑载言。尔卜尔筮,体无咎言。以尔车来,以我贿迁。
>
> 桑之未落,其叶沃若。于嗟鸠兮,无食桑葚。于嗟女兮,无与士耽。士之耽兮,犹可说也。女之耽兮,不可说也。
>
> 桑之落矣,其黄而陨。自我徂尔,三岁食贫。淇水汤汤,渐车帷裳。女也不爽,士贰其行。士也罔极,二三其德。
>
> 三岁为妇,靡室劳矣。夙兴夜寐,靡有朝矣。言既遂矣,至于暴矣。兄弟不知,咥其笑矣。静言思之,躬自悼矣。
>
> 及尔偕老,老使我怨。淇则有岸,隰则有泮。总角之宴,言笑晏晏。信誓旦旦,不思其反。反是不思,亦已焉哉!

这是一首带有抒情性的叙事诗。"氓"指流亡的平民。诗中的氓是个小商人,家境贫寒。诗作叙述了女子与氓恋爱、结婚、婚后劳作、被弃的整个过程,表达了自己的悔恨和决绝。第一、二章叙述女子与氓恋爱、同居的经历。两人私下相会,商量婚事,因无媒妁之言,约定秋天结婚。女子坠入爱河,盼望与氓相见,时忧时喜。最终不待媒妁,带着嫁妆与氓同居。第三、四两章抒情,用"桑之未落、桑之落矣"比喻女子从年轻美貌到容颜渐老的变化,抒发对氓负心、自己被弃的怨恨心情。第五章写女子夙兴夜寐辛苦劳作,但在丈夫生活安定之后被凶暴对待,并被抛弃。第六章表达决绝态度。女子回忆起往日氓所说的"及尔偕老"之语和童年时在一起的欢乐,没想到氓却违反誓言,那就算了吧。

---

① 杨伯峻:《春秋左传注·隐公三年、四年》,中华书局1990年版,第30—38页。
② [宋]朱熹:《诗集传》,上海古籍出版社1980年版,第18页。

诗中的弃妇是一个天真、坚贞、多情、勤劳的平民女子,也是一个刚毅、坚强的劳动妇女。与此相对,氓作为一个流亡到卫国的小商人,假温情、假忠诚,是个只能共苦、不能同甘的忘恩负义之人。这首诗可以让人们深刻认识当时平民社会的现状,深刻认识当时平民社会中妇女所处的地位。

关于此诗的主旨,《毛序》说:"《氓》,刺时也。宣公之时,礼仪消亡,淫风大行,男女无别,遂相奔诱;花落色衰,复相弃背。或乃困而自悔,丧其妃耦,故序其事以风焉。美反正,刺淫泆也。"朱熹说:"此淫妇为人所弃,而自叙其事以道其悔恨之意也。"《毛序》所说的诗作产生的社会环境有一些道理,但说成是"刺时"则有点牵强。朱熹认为是妇女自叙其事,见解深刻。淫妇之语,则未免有道学气。

《邶风·谷风》与《卫风·氓》类似,也是一首弃妇诉苦的诗。此诗以一个妇女的口吻,诉说往日的辛劳和今日被弃的悲愤。此诗与《氓》的共同特点是叙事和抒情结合,抒情以叙事为基础,叙事中又抒发了弃妇的哀怨之情,事因情而愈显,情以事而愈真。

5. 思家念别的思妇诗和行役诗

思家念别一般与行役、流浪、远嫁等有关。思妇诗和行役诗是紧密相连的,它是同样事情的两面。在《邶风》《鄘风》《卫风》中,这类诗有七首:《邶风·击鼓》《邶风·雄雉》《邶风·泉水》《鄘风·载驰》《卫风·竹竿》《卫风·伯兮》《卫风·有狐》《卫风·河广》。这些诗思家念别的诗分三种情形:一是妇女思念在外行役或流浪的丈夫,二是征戍行役的男子思家,三是远嫁女或流浪男子思家。

第一,妇女思念在外行役或流浪的丈夫,有《邶风·雄雉》《卫风·伯兮》《卫风·有狐》。先看《卫风·伯兮》:

> 伯兮朅兮,邦之桀兮。伯也执殳,为王前驱。
> 自伯之东,首如飞蓬。其无膏沐?谁适为容!
> 其雨其雨,杲杲日出。原言思伯,甘心首疾!
> 焉得谖草,言树之背?原言思伯,使我心痗!

这首诗写一位女子思念远征的丈夫。"伯",周代女子称呼丈夫为伯,如同今日南方乡间称夫为阿哥。"伯也执殳",马瑞辰解释说:"执殳先驱,为旅贲之职。"① 旅贲是天子的侍卫,其首领是中士级别。旅贲披甲执殳,守卫在统帅的战车两旁。伯的妻子当然也是上层人物。诗的第一章叙事,写丈夫为王前驱,出征打仗去了。第二、三、四章抒情,写对远征丈夫的思念之情。方玉润评论说:"此诗妇之怨切矣。始则'首如飞蓬',发已乱矣。然犹未至于病也。继则'甘心首疾',头已痛矣,而心尚无恙也。至于'使我心痗',则心更病矣,其忧思之苦何如哉!使非为王从征,胡以至是?后之帝王读是诗者,其亦穷兵

---

① [清]马瑞辰:《毛诗传笺通释》,中华书局 1989 年版,第 220 页。

黩武为戒欤？"①此诗对后世的闺怨思远之作影响很大。

此外，《雄雉》是妇女思念远役丈夫。《有狐》写女子忧念流离失所的丈夫无衣无裳。

第二，征戍行役的男子思家。《邶风·击鼓》：

> 击鼓其镗，踊跃用兵。土国城漕，我独南行。
> 从孙子仲，平陈与宋。不我以归，忧心有忡。
> 爰居爰处，爰丧其马。于以求之？于林之下。
> 死生契阔，与子成说。执子之手，与子偕老。
> 于嗟阔兮，不我活兮。于嗟洵兮，不我信兮。

这首诗写卫国戍卒思归不得。清代乔亿说此诗是"征戍诗之祖"。诗的大意是，击鼓咚咚响，踊跃挥兵器。他人国内服土工、漕邑筑城墙，独我出征向南行。跟从公孙文仲子，调解陈与宋纠纷。不让我归家，我忧心忡忡。如何居呀如何停，如何丧其马。哪里寻找人与马？当于山中林之下。想起离别结誓言，死死生生在一起。执子之手不分离，与子同老去。可惜道路远，不让我聚会。可叹离别久，不守归期约。诗中提到"从孙子仲，平陈与宋"，应该是卫穆公时事。《左传·宣公十二年》《左传·宣公十三年》记载："晋原谷、宋华椒、卫孔达、曹人同盟于清丘，曰：'恤病，讨贰。'宋为盟故，伐陈。卫人救之。""清丘之盟，晋以卫之救也，讨焉。"②宋国因有青丘之盟，讨伐陈国。卫国背盟，出兵救陈国。第二年，晋国以卫国背盟约救陈国，出兵又讨伐卫国。卫国战国不断。戍卒辛苦，难以按期归家，故有此诗表达思归不得的心情。

第三，远嫁女子或流浪男子思家，有《邶风·泉水》《鄘风·载驰》《卫风·竹竿》《卫风·河广》。

《泉水》，是写卫国贵族女子嫁到别国的思归不得：

> 毖彼泉水，亦流于淇。有怀于卫，靡日不思。娈彼诸姬，聊与之谋。
> 出宿于泲，饮饯于祢，女子有行，远父母兄弟。问我诸姑，遂及伯姊。
> 出宿于干，饮饯于言。载脂载舝，还车言迈。遄臻于卫，不瑕有害？
> 我思肥泉，兹之永叹。思须与漕，我心悠悠。驾言出游，以写我忧。

这首诗的第一章由眼前的泉水从淇水流出起兴，引出女子的思乡念国之情。"有怀于卫，靡日不思"是全诗的主旨。女子因思家便与身边陪嫁过来的女子商量。第二章回忆

---

① ［清］方玉润：《诗经原始》，中华书局1986年版，第186页。
② 杨伯峻：《春秋左传注·宣公十二年、十三年》，中华书局1990年版，第750—752页。

出嫁时的情形。在沸地停宿,在祢地饯别。告别诸姑和长姐。第三章想象回卫国探亲情形。在干地停宿,在言地饯别。油脂膏车辆,驾车就出发。马上到卫国,会有什么害?第四章再次抒发思家归卫之情。

与《泉水》相似,《卫风·竹竿》写一位卫国女子出嫁别国后思归不得,《载驰》写许穆夫人因卫国之难,想回卫国吊唁,被许国臣子阻拦,愤而作此诗,表达对故国的忧思之情。许穆夫作《载驰》在《左传·闵公二年》有明确记载。这三首诗因都是写卫国女子思归卫国,魏源的《诗古微》认为这三首诗都是许穆夫人所作,方玉润在《诗经原始》中评论《竹竿》时予以辩驳:"《载驰》《泉水》与此篇,虽皆思卫之作,而一则遭乱以思归,一是无端而念旧,词意迥乎不同。此不惟非许夫人作,亦无所谓'不见答'意。盖其局度雍容,音节圆畅,而造语之工,风致嫣然,自足以擅美一时,不必定求其人以实之也。诗固有以无心求工而自工者,迨至工时,自不能磨,此类是矣。俗儒说诗,务求确解,则三百诗词,不过一本记事珠,欲求陶情寄兴之作,岂可得哉?"①"陶情寄兴之作"确实道出了类似《泉水》《竹竿》的创作之由。

此外,《卫风·河广》写住在卫国的一位宋人思归不得。

除以上所分析的五类诗外,还有其他诗,因单篇独支,难以归类。《邶风·绿衣》是睹物怀人、思念故妻的悼亡诗,《邶风·燕燕》是写送人远嫁的送别诗,《邶风·凯风》是写儿子颂母并自责,《卫风·考槃》是抒写隐居生活的隐逸诗。

(三)忧生忧世:《邶风》《鄘风》《卫风》文化解读

通过以上分析卫地三风的内容,我们可以发现,表达不满的怨刺诗、倾诉幽怨的弃妇诗、思家念别的思妇诗和行役诗是最多的,共计二十六首。在《邶风》《鄘风》《卫风》三十九首诗中,占比达三分之二。如此高的比例,说明了一个问题,卫地三风多具讽世之意、忧生之情。

1.强烈的忧世之情

卫地三风中多怨刺诗,主要讽刺、批判卫国统治者的荒淫无耻。同时,也有赞美卫武公重建卫国的诗。这一反一正的内容对比,突出卫风作者和卫地百姓强烈的批判精神和鲜明的爱情感情。《邶风·新台》讽刺卫宣公劫夺儿媳,把卫宣公比作一只丑陋的蟾蜍,形象生动,讽刺异常辛辣。《鄘风·墙有茨》揭露卫宣姜与公子顽的乱伦之事,用"中冓之言,不可道也。所可道也,言之丑也"的对比手法,以厌恶、斥责的语气讽刺公子顽与卫宣姜不知羞耻的行为。《鄘风·君子偕老》讽刺卫宣姜的不道德,先写君子的服饰的华贵和美丽:"副笄六珈""鬒发如云""象服是宜""蒙彼绉绤"。君子的头上戴着假发、簪子和垂玉,高高挽起的头发又黑又密,身上穿着画着羽毛的华服,还罩着鲜丽的绉纱,打扮得艳丽异常,高贵无比。最后用"子之不淑,云如之何""胡然而天也,胡然而帝

---

① [清]方玉润:《诗经原始》,中华书局1986年版,第182页。

也"反问,表达委婉讽刺之意。意思是,你本身不善,怎么办呀?你怎么能成为天仙、成为帝女呢?《卫风》中的这些讽刺诗鲜明地表达了诗作者和卫地百姓对统治者丑陋行径的极端厌恶之情。

如果说用讽刺的方式表达诗人和卫地百姓对丑恶事物的批判还算有点委婉的话,那么,《卫风》中有些诗就不是用讽刺,而是诗人直接站出来痛斥了。"相鼠有皮,人而无仪。人而无仪,不死可为?""不死何俟?""胡不遄死?"(《鄘风·相鼠》)诗人对卫国统治者不遵礼仪、不知节制的无耻行为愤怒到了难以遏制的地步,胸中的怒火在燃烧,必须一吐为快。所以,诗人便采用直面痛斥、责骂的方式表达自己的感情,真是痛快淋漓。"人之无良,我以为兄""人之无良""我以为君"(《鄘风·鹑之奔奔》),也是诗人直接站出来,毫从不拐弯抹角地痛斥、责骂卫国君主。

与上面讽刺诗相反,《卫风》中有些诗对贤能的国君是不吝赞美之情的。《鄘风·定之方中》赞美卫文公带卫国百姓从漕邑重返卫国故都朝歌,重建卫国。《鄘风·干旄》赞美卫文公招贤纳士,复兴卫国。《卫风·淇奥》赞美卫武公学问好,有威仪,品德好。卫武公虽然是杀国君而自立,但那是统治者内部的权力斗争,百姓的感受并不深切。卫武公做国君后,能和集百姓,有平戎之功,获得了百姓的爱戴。诗人作诗以赞美。由上面述可以看出,《卫风》中的怨刺诗和赞美诗具有强烈的批判精神和鲜明的爱憎感情。这反映了卫国百姓的忧世之心。

2.浓浓的忧生之意

《卫风》中还许多诗还哀叹人生际遇,充满浓浓的忧生之意。这主要表现在弃妇诗、思妇诗和行役诗中。《周南》《召南》里的弃妇诗只有一首《江有汜》,但《卫风》里的弃妇诗比较多。

《卫风》的忧生之意表现之一,是弃妇的哀叹与悲愤。表现形式各有不同。《邶风·柏舟》中的妇女受众妾的欺侮,愤懑不已,想离开夫家却"不能奋飞"。《邶风·日月》中的妇女反复哭诉,极为沉痛。《邶风·终风》中的妇女遭丈夫轻薄狂暴,却还希望丈夫回心转意。《卫风·氓》中的女子与丈夫辛勤操劳家业,被丈夫抛弃后,表现得决绝而坚强。每首诗中的妇女形象虽有不同,但都有共同一点,就是对个人遭际的沉痛倾诉,有浓浓的忧生之意。

卫风的忧生之意表现之二,是思妇怀人。思妇诗的表现角度也各有不同。《卫风·伯兮》写女子的个人情形来表现思念之情。"自伯之东,首如飞蓬。其无膏沐?谁适为容""原言思伯,甘心首疾""原言思伯,使我心痗",女子在丈夫出征后,不愿再打扮妆容了,想念丈夫想得头痛,想得心痛,可见这女子对丈夫的深情。《卫风·有狐》通过想象丈夫远行在外的困苦生活来表达思念之情。"心之忧矣,之子无裳""心之忧矣,之子无带""心之忧矣,之子无服",女子挂念远行在外丈夫的冷暖,表现夫妻情深。《邶风·雄雉》从女子埋怨丈夫远出行役的角度写思念之情。"我之怀矣,自诒伊阻",我如此思念夫君啊,给自己带来忧伤。"百尔君子,不知德行。不忮不求,何用不臧?"所有的君子啊,不知道修其德行。如果不害人、不贪求,做什么不好呢?女子称丈夫为"君子",她的丈夫是有一定的社会地位的。埋怨丈夫仕于乱世,为了寻求官位远出行役。虽是埋怨,实则担忧与挂念。

《卫风》的忧生之意表现之三,是卫国远嫁女子思归卫国,或流落到卫国的男子思归故国。《邶风·泉水》和《卫风·竹竿》中的女子思归卫国探亲而难得,只能"驾言出迈,以写我忧"。《鄘风·载驰》中的许穆夫人忧虑卫国的艰难处境,想回卫国看看却被许国大臣阻止,只能发出"我行其野,芃芃其麦。控于大邦,谁因谁极"的无奈呐喊。这些女子都急着回故国去,是担忧遭遇狄人之难的卫国亲人的生活,挂念卫国安危。诗中既有浓浓的忧生意,也有浓浓的爱国情。

如果把卫地这些诗与《周南》《召南》中祝贺婚嫁的诗相比,《卫风》中这些诗的忧生之意更加明显。《周南·桃夭》《召南·鹊巢》《召南·何彼襛矣》都是祝贺新娘出嫁,诗中的新娘打扮艳、华贵,迎送车辆众多。诗的情绪欢快,毫无忧生嗟叹。但在《卫风》中,无一首祝婚诗,都写卫女远嫁之后想返卫探亲而不得,其中的忧生之意至为明显。

为何《卫风》中有这么多的诗忧生忧世?班固在《汉书·地理志》中分析了原因:"河内本殷之旧都,周既灭殷,分其畿内为三国,《诗》《风》邶、鄘、卫国是也。邶,以封纣子武庚;鄘,管叔尹之;卫,蔡叔尹之;以监殷民,谓之三监。故《书序》曰'武五崩,三监畔',周公诛之,尽以其地封弟康叔,号曰孟侯,以夹辅周室;迁邶、鄘之民于雒邑,故邶、鄘、卫三国之诗相与同风。康叔之风既歇,而纣之化犹存,故俗刚强,多豪杰侵夺,薄恩礼,好生分。"①班固说卫地"俗刚强,多豪杰侵夺,薄恩礼,好生分",反映在《卫风》,就是产生了许多的弃女诗、思归诗。

3.困苦中的乐观与真情

忧世忧生之叹让后世人们感到卫国百姓的困苦,生活的暗淡。但卫地诗歌在暗淡中还有一抹亮色,这就是《邶风》《鄘风》《卫风》中内容多样的爱情诗所体现出来的卫国百姓在困苦中的乐观与坚韧。如《邶风·静女》写一对民间青年男女在城角相会。女子故意藏起来,急得男子搔首踟蹰。场面写得很形象。男子看着女子赠送给他红红的彤管、柔嫩的荑草,不由自主地想起了心中的女子。整首诗写得情调很欢快。卫地百姓对美好生活的向往、多难生活中的乐观精神蕴含其中。《卫风·木瓜》写男女互赠礼物。一方赠以木瓜、木桃、木李,对方回赠以琼琚、琼瑶、琼玖。双方并不看重礼物贵重与否,而是为了"永以为好也"。情感价值永远大于物品的价值,这首诗所体现的真情无论过去、现在,还是未来,永远不会过时。《邶风·简兮》中的女子在公庭看跳万舞,领队的男子身材高大,"左手执籥,右手秉翟""有力如虎,执辔如组",令观舞的女子倾倒,心中爱慕。女子观舞的地点在"公庭"。万舞一般是贵族之家才能表演的舞蹈。诗对领舞男子的力与美的描写、对女子"云谁之思?西方美人。彼美人兮,西方之人"的赞美,体现了

---

① [汉]班固:《汉书·地理志第八下》,中华书局2005年版,第1314页。

卫国一部分贵族阶层健康的审美情趣和对待生活的乐观精神。

4.多样的艺术创造

从艺术角度来说，《邶风》《鄘风》《卫风》中的有些诗表现出丰富多样的艺术创造力。

一是高超的讽刺艺术。关于讽刺，黑格尔说："一种高尚的精神和道德的情操无法在一个罪恶和愚蠢的世界实现它的自觉的理想，于是带着一腔怒火的愤怒或是微妙的巧智和冷酷辛辣的语调去反对当前事物，对和他的关于道德与真理的抽象概念起直接冲突的那个世界不是痛恨，就是鄙视。""以描绘这样有限的主体与腐化堕落的外在世界之间矛盾为任务的艺术形式就是讽刺。"①《邶风》《鄘风》《卫风》中的讽刺有两类，一类是正面讽刺，一类是反面讽刺。正面讽刺，如《邶风·新台》把卫宣公比作"蘧篨"，即癞蛤蟆，用比喻式方式，从正面讽刺。这首诗运用的讽刺手法，已开我国古代讽刺诗的先声。反面讽刺，如《鄘风·相鼠》中把人和鼠对比，"相鼠有皮，人而无仪""相鼠有齿，人而无止""相鼠有体，人而无礼"，人还比不上老鼠，情辞愤激。

二是多样的诗作内容。除过上面所分析的怨刺诗、赞美诗、爱情诗、弃妇诗、思妇诗与行役诗之外，还有中国最早的悼亡诗、隐逸诗。

悼亡诗是《邶风·绿衣》：

> 绿兮衣兮，绿衣黄里，心之忧矣，曷维其已！
> 绿兮衣兮，绿衣黄裳。心之忧矣，曷维其亡！
> 绿兮丝兮，女所治兮。我思古人，俾无訧兮。
> 絺兮绤兮，凄其以风。我思古人，实获我心。

诗人睹物思人，借一件在外人看来极普通，而于诗人看来极珍贵的绿衣睹物生感、触目伤心，表达对亡人的悼念之情。《绿衣》是后世悼亡诗之祖。

隐逸诗是《卫风·考槃》：

> 考槃在涧，硕人之宽。独寐寤言，永矢弗谖。
> 考槃在阿，硕人之薖。独寐寤歌，永矢弗过。
> 考槃在陆，硕人之轴。独寐寤宿，永矢弗告。

诗的意思是，扣盘山涧里，贤人心中宽。独自睡醒言，誓不忘此乐。扣盘山坡上，贤人居山窝。独自睡醒歌，誓不与人交。扣盘平地里，贤人游环中。独自睡又醒，誓不诉此乐。《孔丛子》说："孔子曰：'吾于《考槃》，见士之遁世而不闷也。'"②古代诗歌中，隐逸诗是

---

① [德]黑格尔：《美学》（第二卷），朱光潜译，商务印书馆2004年版，第156页。
② 程俊英、蒋见元：《诗经注析》，中华书局1991年版，第160页。

一个诗歌流派,历世不衰。陶渊明被称为"古今隐逸诗人之宗",但推隐逸诗的源头,非《考槃》莫属。《考槃》可说是隐逸诗之祖。

三是富有创造力的语言。《邶风》《鄘风》《卫风》中的许多诗,创造了非常有生命力的语言,有些语言到今天也在用。如《卫风·淇奥》"有匪君子,如切如磋,如琢如磨",切、磋、琢、磨,都是制作器物的动作。《尔雅·释器》说:"金谓之镂,木谓之刻,骨谓之切,象(象牙)谓之磋,玉谓之琢,石谓之磨。"①《淇奥》用切、磋、琢、磨形容君子做学问反复研究,追求精进。这一用法在今天也用,并且意义有所扩大。如切磋学问,切磋武艺,琢磨工作,琢磨人。《邶风·静女》"搔首踟蹰"、《卫风·木瓜》"琼瑶"、《卫风·伯兮》"首如飞蓬",在今天的书面语中依然在用。由此可见《邶风》《鄘风》《卫风》语言的创造力和强大生命力。

5.强烈的现实主义精神

与《周南》《召南》相比,《邶风》《鄘风》《卫风》最显著的特点是怨刺诗、弃妇诗的增多。诗的内容多怨苦哀叹之情,诗的格调或激切或感伤,缺少《周南》《召南》雍容和雅之气。这些变化,古人也早已看出来了。西汉毛亨、毛苌在为《诗》作传时就初次提出了"变风""变雅"的问题:"诗者,志之所志也,在心为志,发言为诗。情动于中而形于言,言之不足故嗟叹之,嗟叹之不足故永歌之,永歌之不足,不知手之舞之、足之蹈之也。情发于声,声成文谓之音。治世之音安以乐,其政和;乱世之音怨以怒,其政乖;亡国之音哀惟思,其民困。""诗有六义焉:一曰风,二曰赋,三曰比,四曰兴,五曰雅,六曰颂。上以《风》化下,下以《风》刺上,主文而谲谏,言之者无罪,闻之者足戒,故曰风。至于王道衰,礼义废,政教失,国异政,家殊俗,而变风、变雅作矣。国史明乎得失之迹,伤人伦之废,哀刑政之苛,吟咏情性,以风其上,达于事变而怀其旧俗者也。故变风发乎情,上止礼义。发乎情,民之性也;止乎礼义,先王之泽也。"②《毛序》把"变风""变雅"的产生归因于"王道衰,礼义废,政教失,国异政,家殊俗"。

东汉郑玄在为《诗》作笺时进一步申述了"变风""变雅"的问题:"周自后稷播种百谷,黎民阻饥,兹时乃粒,自传于此名也……文武之德,光熙前绪,以集大命于厥身,遂为天下父母,使民有政有居。其时诗:风有《周南》《召南》,雅有《鹿鸣》《文王》之属……后王稍更陵迟,懿王始受谮亨齐哀公,夷身失礼之后,邶不尊贤。自是而下,厉也,幽也,政教尤衰,周室大坏。《十月之交》《民劳》《板》《荡》,勃而俱作,众国纷然,刺怨相寻。五霸之末,上无天子,下无方伯,善者谁赏,恶者谁罚,纪纲绝矣!故孔子录懿王、夷王时诗,讫于陈灵公淫乱之事,谓之变风变雅。以为勤民恤功,昭事上帝,则受颂声,弘福如彼;若违而弗用,则被劫杀,大祸如此吉凶之所由,忧娱之萌渐,昭昭在斯,足作后王之

---

① 《十三经注疏·尔雅注疏·释器第六》,明嘉靖时期李元阳福建刻,隆庆二年重修刊本。
② 《十三经注疏·诗经注疏·诗序》,明嘉靖时期李元阳福建刻,隆庆二年重修刊本。

鉴,于是止矣。"①郑玄认为,《风》诗中的《周南》《召南》,《雅》诗中的《鹿鸣之什》《文王之什》都是"正风""正雅",写的是周文王、武王时期的事。"邶不尊贤",从《邶风》开始后的《风》诗,从《十月之交》后的《雅》诗,写的是周懿王、夷王到春秋时陈灵公期间的事,这些诗是"变风""变雅"。

毛氏、郑玄判断诗的"正""变",最主要的依据是国政与社会的变化。朱熹对《风》诗的"正""变"作了进一步的阐述:"吾闻之,凡诗之所谓风者,多出于里巷歌谣之作。所谓男女相与咏歌,各言其情者也。惟《周南》《召面》,亲被文王之化以成德,而人皆有以得其性情之正,故其发于言者,乐而不过于淫,哀而不过于伤,是以二篇独为《风》诗之正经。自《邶》而下,则其国之治乱不同,人之贤否亦异,其所感而发者,有邪正是非之不齐,而所谓先王之风者,于此焉变矣。"②朱熹认为,《周南》《召南》是《风》诗中的"正经",原因是两地"亲被文王之化""人皆得其性情之正",诗在格调上是"乐而不淫,哀而不伤";《邶风》以后的诗,各诸侯国或治或乱,人的性情或贤或否,诗内容上有邪有正,各不相同,相比《周南》《召南》是一种变化。朱熹的风有"正经""变风"说理论逻辑是,外在社会、政治的变化导致人的内在性情变化,人的内在性情变化反映在诗上,就是诗作内容的变化。

清代的刘熙载说:"变风始《柏舟》。《柏舟》与《离骚》同旨,读之当兼得其人之志与遇焉。"③《柏舟》作为《邶风》的第一篇诗,被认为是"变风"的第一篇诗作。作为一首弃妇诗,的确是幽怨至极、愤慨至极,从中可以看出弃妇的不平之气和所受的欺侮境遇。

通过以上关于风诗中"正风""变风"的梳理,可以发现,从《毛序》开始,到东汉郑玄、宋代朱熹,再到清代刘熙载,都认为"正风""变风"的产生是由于政治、社会和礼俗的变化。关于时政、社会变化影响文学内容,刘勰在《文心雕龙·时序》作了系统的理论说明:"时运交移,质文代变,古今情理,如可言乎?昔在陶唐,德盛化钧,野老吐'何力'之谈,郊童含'不识'之歌。有虞继作,政阜民暇,'薰风'咏于元后,'烂云'歌于列臣。尽其美者何?乃心乐而声泰也。至大禹敷土,九序咏功;成汤圣敬,'猗欤'作颂。逮姬文之德盛,《周南》勤而不怨;大王之化淳,《邶风》乐而不淫。幽、厉而《板》《荡》怒,平王微而《黍离》哀。故知歌谣文理,与世推移,风动于上,而波震于下也……故知文变染乎世情,兴废系乎时序。原始以要终,虽百世可知也。"④"时运交移,质文代变""文变染乎世情,兴废系乎时序",的确是这样。《邶风》《鄘风》《卫风》的变化是卫国世情变化的生动体现,这就是《诗经》的现实主义精神,也就是白居易提出的"文章合为时而著,歌诗合为事而作"的现实主义创作传统在《诗经》时代的萌芽。

---

① 《十三经注疏·诗经注疏·诗谱序》,明嘉靖时期李元阳福建刻,隆庆二年重修刊本。
② [宋]朱熹:《诗集传·诗集传序》,上海古籍出版社1980年版,第2页。
③ [清]刘熙载:《艺概·诗概》,上海古籍出版社1978年版,第49—50页。
④ [梁]刘勰:《文心雕龙·时序》,郭晋稀译注,甘肃人民出版社1982年版,第512页。

三、真诗在民间:《郑风》内容分析和文化解读

(一)《郑风》产生的地域与时间

郑地,据《左传》及《史记·郑世家》记载,西周时,周宣王封其庶弟姬友于郑,为郑桓公。当时的郑地在今天的陕西渭南市华州区。周幽王即位后,郑桓公做幽王的司徒。因幽王宠幸褒姒,王室多邪,诸侯背叛,郑桓公便向太史伯请教何处可以逃死,太史伯说:"独洛之东土,河、济之南可居","地近虢、郐,虢、郐之君贪而好利,百姓不附。今公为司徒,民皆爱之,公诚请之,虢、郐之君见公方用事,轻分公地。公诚成之,虢、郐之民皆公之民也"①。郑桓公听从了太史伯的建议,向周幽王请求后,便东迁郑地的百姓到洛东,虢、郐之君献出十邑,郑桓公以之为国。周幽王后因立太子之争,导致犬戎攻入西周都城,杀了周幽王,郑桓公也被犬戎所杀。郑桓公的儿子掘突继位,为郑武公,随周平王东迁,来至虢、郐之地,建立郑国,是为新郑。新郑即今天河南郑州一带。所以,朱熹在《诗集传》中概括道:"郑,邑名,本在西都畿内咸林之地。宣王以封其弟友为采地。后为幽王司徒,而死于犬戎之难,是为桓公。其子武公掘突,定平王于东都,亦为司徒。又得虢、郐之地,乃徙其封而施旧号于新邑,是为新郑。咸林在今华州郑县。新郑,即今之郑州是也。"②

《郑风》产生的时间大概在东周与春秋之间。《郑风》中有一首诗《清人》有据可考。《左传·闵公二年》记载:"恶高克,使帅师次于河上,久而弗召,师溃而归,高克奔陈。郑人为之赋《清人》。"③郑国为何要派高克率领军队驻扎在黄河边上,唐代孔颖达在《毛诗注疏》中解释说:"於时有狄侵卫,卫在河北,郑在河南,恐其渡河侵郑,故使高克将兵于河上,御之。"④《左传》所记的鲁闵公二年是公元前六六〇年。由此推断,《郑风》的时间上限应该是从周平王东迁雒邑的东周开始,下限虽难以断定,但应在春秋时期。

(二)《郑风》内容分析

《郑风》共二十一首诗。以写爱情和婚姻的诗最多,有十五首。此外,有三首赞美诗,一首讽刺诗,一首诗诗意难解。

1.展现美好爱情的恋歌

这类诗在《郑风》里是最多的,有《将仲子》《有女同车》《山有扶苏》《萚兮》《狡童》《褰裳》《丰》《东门之墠》《子衿》《野有蔓草》《溱洧》,共十一首。其中,既有描写贵族男女恋情的,也有描写民间青年男女爱情的,尤以后者为多。既有展现爱情的幸福与甜蜜的,也是描写相思失恋的伤感的。

---

① [汉]司马迁:《史记·郑世家》,中华书局1982年版,第1757页。
② [宋]朱熹:《诗集传》,上海古籍出版社1980年版,第47页。
③ 杨伯峻:《春秋左传注》,中华书局1990年版,第268页。
④ 《十三经注疏·诗经注疏·郑风第七》,明嘉靖时期李元阳福建刻,隆庆二年重修刊本。

第一,表现贵族男女美好爱情的恋歌。如《有女同车》:

> 有女同车,颜如舜华。将翱将翔,佩玉琼琚。彼美孟姜,洵美且都。
> 有女同行,颜如舜英。将翱将翔,佩玉将将。彼美孟姜,德音不忘。

这是一首诗写贵族男女爱情的恋歌。诗的大意是,有女和我同乘车,容貌美如牵牛花。下车出游步轻盈,佩玉是那琼和琚。美女名字叫孟姜,确实美丽又大方。有女和我同行路,容貌美如牵牛花。一同出游步轻盈,佩玉锵锵声响亮。美女名字叫孟姜,美好声誉不能忘。诗中所写的"车""佩玉"在当时是贵族才会享用的东西,"孟姜",一般是贵族女子的称呼,也被说成是齐国贵族女子。所以,这首诗写贵族男女的爱情是确定无疑的。诗人看中的那位姑娘不但容貌美丽,更难得的是品德好、内心美。这和《关雎》中的君子追求窈窕淑女一样,兼取女子的品行和容貌两方面。关于此诗的主旨,《毛序》说:"刺忽,君弱臣强,不倡而和也。"《毛序》的依据来自《左传·桓公六年》:"北戎伐齐,齐使乞师于郑。郑大子忽帅师救齐。六月,大败戎师,获其大良、少良,甲首三百……公子未与齐也,齐侯欲以文姜妻郑大子忽。大子忽辞。人问其故。大子曰:'人各有耦,齐大,非吾耦也。诗云:自求多福。在我而已,大国何为?'君子曰:'善为自谋。'及其败戎师又请妻之。固辞。"①这首诗所写的内容与公子忽不娶于齐并无关系。《毛序》总是以美、刺二说解诗,将这首诗的内容与郑庄公之子太子忽不娶齐女相连,认为是刺诗,过于牵强附会。朱熹说得很直接:"此亦疑淫奔之诗。"如果去掉"淫奔"二字的道学气,朱熹所说的写男女爱情是确实的。

第二,展现民间男女美好爱情的恋歌。有的描写恋爱的喜悦,有的展现女子的相思之情。大都写得非常活泼,民歌气息很浓。

描写恋爱喜悦的诗,有《萚兮》《溱洧》《野有蔓草》。先看《萚兮》:

> 萚兮萚兮,风其吹女。叔兮伯兮,倡予和女。
> 萚兮萚兮,风其漂女。叔兮伯兮,倡予要女。

这首诗的大意是,枯叶枯叶,风儿吹着你。叔呀伯呀,歌儿我先唱起来,你要和起来。枯叶枯叶,在风中飘荡。叔呀伯呀,歌儿我先唱起来,你要邀请我相会。"叔兮伯兮",是对男子的称呼。称叔称伯,显然是女子主动邀请男子唱歌,而且不止一两个人,是一群男女的合唱。诗以风比男,以萚比女,姑娘们希望男子能像风一样吹到她们身上,互相应和,互相期会。这种心情除了以风吹萚来起兴之外,还使用了呼告的形式来表达。"叔兮伯兮",熟悉而亲切的呼唤,直率热情,使人想见男女唱和、轻歌曼舞的场面,表现了民

---

① 杨伯峻:《春秋左传注·桓公六年》,中华书局1990年版,第113页。

歌善于渲染气氛的特色。《左传·昭公十六年》记载郑六卿饯宣子,子柳赋《萚兮》,宣子认为是"昵燕好"之词,可见《萚兮》在春秋时就被认为是男女相恋的闺房之乐。

再看《野有蔓草》:

野有蔓草,零露漙兮。有美一人,清扬婉兮。邂逅相遇,适我愿兮。
野有蔓草,零露瀼瀼。有美一人,婉如清扬。邂逅相遇,与子偕臧。

这首诗写男女在田间邂逅相会。"野有蔓草,零露漙兮""野有蔓草,零露瀼瀼"点明了相会的时间和地点。田野的草刚长出来,草叶上露水又浓又多。它勾勒出一派春草青青、露水晶莹的良辰美景,即仲春时节田间的早晨。"有美一人,清扬婉兮""有美一人,婉如清扬",一位女子长得眉清目秀,妩媚动人。使我们看见一位漂亮的姑娘正在秋波一转地微笑。四句诗俨然一幅春日丽人图。"邂逅相遇,适我愿兮""邂逅相遇,与子偕臧",男子与女子不期而遇,一见钟情,双方都很满意书。与《萚兮》从女子视角写爱情不同,这首诗是从男子的视角写爱情的。

展现女子的相思之情的诗,有《东门之墠》《子衿》。先看《东门之墠》:

东门之墠,茹藘在阪。其室则迩,其人甚远。
东门之栗,有践家室。岂不尔思?子不我即。

这首诗也是女子思念男子的恋歌。这首诗中的"墠"是宽阔的平地,"茹藘"是茜草,可染色,"阪"是山坡。诗的大意是,东门外边有平地,茜草长在山坡上。你的家是那么近,你的人是那么远。东门外边有板栗,板栗树下好人家。难道我不思念你?你呀,不来接近我。《毛序》说:"《东门之墠》,刺乱也。男女不待礼而相奔者也。"郑笺说:"此妇欲奔男之辞。"朱熹说:"门之外墠,墠之外有阪,阪之上有草,识其所淫者之居也。室迩人远者,思而未得见之词也。"《毛序》、郑玄、朱熹在这首诗的解读上倒是比较一致,认为是写男女爱情。此诗反复诵之,诗中的女子并不是一个大胆泼辣的女子,而是有些矜持。

再看《子衿》:

青青子衿,悠悠我心。纵我不往,子宁不嗣音?
青青子衿,悠悠我思。纵我不往,子宁不来?
挑兮达兮,在城阙兮。一日不见,如三月兮!

这首诗写得非常形象生动。"青青子衿"代指男子。"悠悠我心""悠悠我思",写出了女子对心仪男子的绵绵深情。"纵我不往,子宁不嗣音?""纵我不往,子宁不来?"写女子因绵绵思念而产生的淡淡幽怨。即使我不去看你,你难道都不捎个信儿来吗?你难道都不来看我吗？第三章写女子在城墙楼上等待相会的情形。来来回回地观望，一日不见，如隔三月。用夸张的手法把女子等待情人而不见时的焦灼心理刻画了出来。钱锺书说这首诗中的女子"薄责己而厚望于人也，已开后世小说言情心理描写绘矣"①。

2.描写失恋情形的恋歌

有《将仲子》《狡童》《褰裳》《山有扶苏》。这些诗都写的是女子失恋或拒绝情人的情形。

先看《将仲子》，这首诗形象刻画了女子拒绝情人时又思念又担忧的心理活动：

> 将仲子兮！无逾我里，无折我树杞。岂敢爱之？畏我父母。仲可怀也，父母之言，亦可畏也！
>
> 将仲子兮！无逾我墙，无折我树桑。岂敢爱之？畏我诸兄。仲可怀也，诸兄之言，亦可畏也！
>
> 将仲子兮！无逾我园，无折我树檀。岂敢爱之？畏人之多言。仲可怀也，人之多言，亦可畏也！

这首诗是以女子对情人讲话的形式展开的。诗中的"仲子"是女子对男子的称呼。"里"是里墙，古代二十五家为里，筑有里墙。"杞"是杞柳，生长水边。"树"是栽种。"墙"是院墙。"园"是果园。三章诗都以"将仲子兮"的呼告开头，姑娘直呼男子的小名，显示了她和仲子的关系是十分亲密的。接着，姑娘要仲子"无逾我里，无折我树杞""无逾我墙，无折我树桑""无逾我园，无折我树檀"，拒绝仲子，要求仲子不要再来与她见面。但她又怕引起仲子的误会，于是急呼呼地解释说："岂敢爱之？畏我父母""畏我诸兄""畏人之多言"。解释后还嫌不足，女子直接坦露心迹："仲可怀也，父母之言，亦可畏也""诸兄之言，亦可畏也""人之多言，亦可畏也"，将自己既想念仲子又担心舆论压力的心理和盘托出。全诗一波三折，刻画了女子既爱又畏的矛盾心理。

再看《狡童》：

> 彼狡童兮，不与我言兮。维子之故，使我不能餐兮。
>
> 彼狡童兮，不与我食兮。维子之故，使我不能息兮。

这首诗写女子的失恋。"狡童"，意思是狡猾的青年。诗的大意是，那狡猾的青年哪，不和我说话。因为你，我吃不下饭。那狡猾的青年啊，不和我吃饭。因为你，我不能喘息。这首诗写得缠绵悱恻，依恋之情，溢于言表；而失恋之意，见于言外。女子对"狡童"的痴情跃而活现。钱锺书在《管锥编》中说此诗："若夫始不与语，继不与食，则衾寒枕剩、冰

---

① 钱锺书：《管锥编》（第一册），中华书局1986年版，第110页。

床雪被之况,虽言诠未涉,亦如匣剑帷灯……习处而生嫌,迹密转使心疏,常近则渐与远,故同牢而有异志,其意初未言明,而寓于字里行间。"①

再看《褰裳》:

子惠思我,褰裳涉溱。子不我思,岂无他人。狂童之狂也且!
子惠思我,褰裳涉洧。子不我思,岂无他士。狂童之狂也且!

这是一首写女子责备情人变心的诗。"惠",爱。"狂童",痴呆愚蠢。诗的大意是,如果你爱我想念我,提起裙子过溱水。如果你不想念我,难道无有他人吗? 愚蠢的人啊真愚蠢! 同样写女子的失恋,这首诗与《狡童》中女子失恋时的缠绵悱恻不同,此诗中的女子则在失恋时表现得很爽快、泼辣。

再看《山有扶苏》:

山有扶苏,隰有荷华。不见子都,乃见狂且。
山有桥松,隰有游龙。不见子充,乃见狡童。

这首诗中,"扶苏",大树枝叶茂盛。"子都""子充",代表美男子。"狂且",疯狂愚蠢。"游龙",摆动的狗尾巴花。诗的大意是,山上有大树,洼地有荷花。不见美男子,却见到愚蠢的你。山上有高松,洼地有狗尾草。不见美男子,却见到狡猾的你。细细玩味女子的语气,此诗两种理解:一种理解是女子找不到如意对象而发牢骚,第二种理解是女子对情人在打情骂俏。这两个理解都解释得通。两章诗开头都以山上大树和乔松、洼地里荷花和狗尾草各得其所起兴,反衬自己没有得到如意的对象,对男子嘲笑戏谑的口吻很明显。

3.描写婚姻生活的诗

《郑风》中除上述恋歌之外,还有夫妻婚后日常生活的诗,也非常生动形象,非常富有生活气息。这些诗是《女曰鸡鸣》《风雨》《出其东门》《丰》。

先看《女曰鸡鸣》:

女曰鸡鸣。士曰昧旦。子兴视夜,明星有烂。将翱将翔,弋凫与雁。
弋言加之,与子宜之。宜言饮酒,与子偕老。琴瑟在御,莫不静好。
知子之来之,杂佩以赠之。知子之顺之,杂佩以问之。知子之好之,杂佩以报之。

---

① 钱锺书:《管锥编》(第一册),中华书局1986年版,第109页。

这是一首写夫妻俩对话的诗。第一章大意是,女子说:"鸡叫了。"男子说:"天没亮。""你起来看,启明星很亮了。""那我出去转转,射个野鸭和大雁。"第二章是妻子说的话,大意是,"射来鸭和雁,给你蒸熟吃。边吃边饮酒,和你共偕老。"琴瑟共合奏,岁月很静好。第三章是丈夫说的话,大意是,"知道你辛劳,杂佩送给你。知道你柔顺,杂佩慰问你,知道你爱我,杂佩报答你。"这首对话诗描绘了夫妻俩早起、射禽、做饭、对饮、杂佩表爱、相期偕老的幸福生活。画面温馨,极富生活气息。方玉润评论此诗说:"此诗人述贤夫妇相警戒之辞……此诗不惟变风之正,直可与《关雎》《葛覃》相鼎足而三。何者?《关雎》新婚,《葛覃》归宁,此则相夫以成内助之贤,房中雅乐,缺一不备也。……不意郑俗淫哇之际,乃有此中正和乐之音,堪与《关雎》《葛覃》为配。可见天理人心之善,未尝息于两间。"①方玉润认为这首诗写夫妻相助的日常生活,是恰当的。闻一多在《风诗类钞》中说:"《女曰鸡鸣》,乐新婚也。"程俊英也认为"这是一首新婚夫妇之间的联句诗"②,也可备一说。

再看《风雨》,这首诗写妻子和丈夫久别重逢:

风雨凄凄,鸡鸣喈喈。既见君子,云胡不夷。
风雨潇潇,鸡鸣胶胶。既见君子,云胡不瘳。
风雨如晦,鸡鸣不已。既见君子,云胡不喜。

关于此诗的主旨,朱熹认为:"风雨晦明,盖淫奔之时,君子,指所期之男子也。淫奔之女言当此诗见其所期之人而心悦也。"③诗中"夷"是平静,"瘳"是病愈。三章都以风雨、鸡鸣起兴,渲染出寒凉阴暗、鸡鸣四起的氛围。在这种环境中,最易勾起离情别绪。诗中的女子在此刻与丈夫久别重逢,欣喜之情抑止,凄风苦雨也可置之脑后。此诗还可理解为怀友诗。方玉润说:"夫风雨如晦,独处无聊,此时取易怀人。故友良朋,一朝聚会,则尤可以促膝谈心。虽有无限愁怀,郁结莫解,亦皆化尽,如险初夷,如病初瘳,何乐如之!此诗人善于言情,又善于即景以抒情,故为千绝调也。"④方氏可谓善说诗者。

再看《出其东门》:

出其东门,有女如云。虽则如云,匪我思存。缟衣綦巾,聊乐我员。
出其闉闍,有女如荼。虽则如荼,匪我思且。缟衣茹藘,聊可与娱。

---

① [清]方玉润:《诗经原始》,中华书局1986年版,第211页。
② 程俊英、蒋见元:《诗经注析》,中华书局1991年版,第235页。
③ [宋]朱熹:《诗集传》,上海古籍出版社1980年版,第55页。
④ [清]方玉润:《诗经原始》,中华书局1986年版,第220页。

这首诗写一位男子对妻子的忠贞不渝。"闍阇",城门外的曲城。"綦巾",绿裙。"员",友爱。"荼",白茅花。"茹藘",茜草,紫红色,诗中指围腰。诗的大意是,东门外边美女如云、美女如荼。虽然如云如荼,都不是我思念的人。只有那个白衣绿裙红围腰的女子,能让我友爱,能与我同乐。诗中的男子确实对妻子很忠贞。这在当时恋爱婚姻问题上风俗比较乱的郑国,有这样男子忠贞不渝地挚爱衣着简朴、安于贫贱的妻子,的确难能可贵。

上面三首表现夫妻日常生活的诗都写的是夫妻之间的甜蜜、恩爱。与此不同,《丰》是一首悔婚诗:

> 子之丰兮,俟我乎巷兮,悔予不送兮。
> 子之昌兮,俟我乎堂兮,悔予不将兮。
> 衣锦褧衣,裳锦褧裳。叔兮伯兮,驾予与行。
> 裳锦褧裳,衣锦褧衣。叔兮伯兮,驾予与归。

诗的前两章写男子迎亲,在大门外、厅堂上等女子。但最终没有成行,女子很后悔没有与丈夫同往夫家。后两章为想象之词。女子穿着锦缎制的衣裳,外罩麻纱制的罩衫。呼唤夫家同来迎亲的人,驾起车同归夫家。从诗所述来看,女子在迎亲之日没有成行,并不是女子不愿成亲,可能是其父母原因,导致当日迎亲不成,故而发出怨悔之词。闻一多在《风诗类钞》中说:"亲迎不行,既而悔之。"很得这首诗的主旨。至于为何男子亲迎之日而女子不行,清代的戴震说:"时俗衰薄,婚姻而卒有变志,非男妇之情,乃其父母之惑也。……悔不送,以明己之不得自主,而意终欲随之也。……凡后世婚姻变志,皆出于父母,不出于女子。诗言迎者之美,固所愿嫁也。"戴震的分析是很有道理的。三千年以前亲迎而不嫁的悔婚之事,今日也有。《诗经》的现实主义就在于此。

《遵大路》,是《郑风》唯一一首弃妇诗:

> 遵大路兮,掺执子之袪兮。无我恶兮,不寁故也!
> 遵大路兮,掺执子之手兮。无我魗兮,不寁好也!

这首诗以女子口吻写来。"袪"是袖口。"寁"是马上、迅速。诗的大意是,沿着大路走,拉着你的袖。不要厌恶我,不要马上离故人。沿着大路走,拉着你的手。不要嫌弃我,不要马上离相好。朱熹解读说:"淫妇为人所弃,故于其去也、揽其袪而留之曰:子无恶我而不留,故旧不可以遽绝也。"[①]如果去掉"淫"字,朱熹的解读是很准确的。程俊英说:"这一对男女可能不是正式的夫妻,但同居的时间比较长,所以堑中说'不寁故也'。

---

① [宋]朱熹:《诗集传》,上海古籍出版社1980年版,第51页。

他们平日可能争吵过,所以又说"无我恶兮""无我丑兮"。从这些诗句看来,诗确实反映了男子喜新厌旧、女子终被遗弃的悲剧。"①

上述《郑风》中展现美好爱情的恋歌、描写失恋情形的恋歌和描写婚姻生活的诗是《郑风》的主要内容。此外,《郑风》中其他诗有六首。其中,《叔于田》《大叔于田》都赞美猎人打猎的威武,《羔裘》赞美郑国一位官吏的高贵,《清人》讽刺郑国将军高克,《缁衣》是赠衣给人,《扬之水》主题颇难解。

(三)真诗在民间:《郑风》文化解读

《郑风》二十一首诗中,表现爱情、描写婚姻生活的诗共有十五首,占了《郑风》四分之三多。在这十五首诗中,尤其以恋歌占了绝大部分。孔子说:"放郑声,远佞人。郑声淫,佞人殆。"②《左传·襄公二十九年》记载季札在鲁国观乐,季札听到乐师演奏《郑风》和《卫风》时说:"美哉!其细已甚,民弗堪也。是其先亡乎?"③朱熹也评论说:"郑、卫之乐,皆为淫声。然以诗考之,卫诗三十有九,而淫秽之诗才四之一;郑诗二十有一,而淫奔之诗已不翅七之五。卫犹为男悦女之辞,而郑皆为女惑男之语。卫人犹多刺讥惩创之意,而郑人几于荡然无复羞愧悔悟之萌。是则郑声之淫,有甚于卫矣。"也就是说,从《诗经》时代起到孔子,再到朱熹,都认为郑声淫。对此有两种理解,一是《郑风》诗歌内容多写男妇爱情,尤其是女子追求男子多;二是演奏、演唱《郑风》的音乐比较软媚。至于音乐,今天无从得知。对《郑风》,如果我们去掉"文王之化,后妃之德""乐而不淫,哀而不伤"等的遮蔽,今天来看《郑风》,却是"真诗在民间"。

1.情感表达率真

《郑风》中的诗大部分为民间歌谣。在情感表达上最大特点是率真。如《有女同车》写贵族男子对心仪女子的爱恋,"彼美孟姜,洵美且都""彼美孟姜,德音不忘";《野有蔓草》写男子与女子邂逅相会的感觉,"有美一人,清扬婉兮。邂逅相遇,适我愿兮",表达得都很直接,不拐弯抹角。

写女子感情的诗在表达上更是直接爽利。《东门之墠》写女子的想念之情,"岂不尔思?子不我即"。《山有扶苏》写女子戏谑男子,"不见子都,乃见狂且""不见子充,乃见狡童"。《褰裳》刻画女子埋怨男子的心情,"子惠思我,褰裳涉溱。子不我思,岂无他人。狂童之狂也且""子不我思,岂无他士,狂童之狂也且",四句干净利落,毫不拖泥带水,活脱脱一个泼辣女子的声口,读来如见其人。末句突然放慢声调,以戏谑的口吻作结,寓反抗于嘲讽之中,完全是一种优胜者的姿态。所以孙鑛在《批评诗经》云:"狂童之狂也且,语势拖靡,风度绝胜。"④《风雨》写妻子和丈夫久别重逢的喜悦心情,"既见君

---

① 程俊英、蒋见元:《诗经注析》,中华书局1991年版,第234页。
② 杨伯峻:《论语译注》,中华书局1980年版,第164页。
③ 杨伯峻:《春秋左传注·襄公二十九年》,中华书局1990年版,第1162页。
④ 同①,第245页。

子,云胡不夷""既见君子,云胡不瘳""既见君子,云胡不喜"。《遵大路》写女子挽留男子不要抛弃她时用"无我恶兮,不寁故也""无我丑兮,不寁好也"。这些诗都用第一人称"我"写来,诗中女子表达情感率真自然,诗作本身都具有明朗爽快的风格。

2.心理刻画精真

《郑风》中大部分诗心理刻画既形象、生动、准确、精到。如《子衿》中写女子想念心中的男子,"挑兮达兮,在城阙兮。一日不见,如三月兮"。《将仲子》写女子对恋人又喜又忧的心情,"将仲子兮!无逾我里,无折我树杞。岂敢爱之?畏我父母。仲可怀也,父母之言,亦可畏也!"

《狡童》刻画女子的想念之情,"彼狡童兮,不与我言兮。维子之故,使我不能餐兮。彼狡童兮,不与我食兮。维子之故,使我不能息兮",缠绵悱恻,依依之情,溢于言表;而失恋之意,见于言外。钱锺书《管锥编》"若夫始不与语,继不与食,则衾馀枕剩、冰床雪被之况,虽言诠未涉,亦如匣剑帷灯……习处而生嫌,跡密转使心疏,常近则渐欲远,故同牢而有异志,如此诗是。其意初未明,而寓于字里行间,即含蓄也",这一段很透彻的剖析,可为读者指迷。

《将仲子》刻画了女子对情人又喜又忧的心理活动,"无逾我里,无折我树杞。岂敢爱之?畏我父母。仲可怀也,父母之言,亦可畏也!""仲可怀也,诸兄之言,亦可畏也!""仲可怀也,人之多言,亦可畏也!"采用层递手法,由逾里到逾墙到逾园,仲子的到来渐近而急迫。由父母到诸兄到众人,女子的担心渐远而扩大,曲尽女子喜忧交织的心理。

3.语言运用逼真

《郑风》以民间歌谣为主,大部分诗作语言逼真、生动形象,民歌味很浓。如《女曰鸡鸣》中描写夫妻俩的对话,"女曰:'鸡鸣。'士曰:'昧旦。''子兴视夜,明星有烂。''将翱将翔,弋凫与雁。''弋言加之,与子宜之。宜言饮酒,与子偕老。'琴瑟在御,莫不静好。'知子之来之,杂佩以赠之。知子之顺之,杂佩以问之。知子之好之,杂佩以报之。'"夫妻俩你一言我一语,完全是生活化的语言,非常形地刻画出了日常生活状态,温馨的生活画面跃然纸上。《溱洧》也采用男女对话的形式结构全诗,有叙事,有对话,语言生动,表情真挚,青年男女淳朴的感情通过生活化的语言得以充分表达。

4.游春会男女风俗的展现

新郑是一个大都会,民间一直流传着男女在溱水、洧水等地游春的习俗。《郑风》中能够展现这一风俗的诗有《溱洧》《出其东门》《蘀兮》。重点看《溱洧》所表现的游春风俗:

> 溱与洧,方涣涣兮。士与女,方秉蕳兮。女曰:"观乎?"士曰:"既且。""且往观乎!洧之外,洵訏且乐。"维士与女,伊其相谑,赠之以勺药。
>
> 溱与洧,浏其清矣。士与女,殷其盈矣。女曰:"观乎?"士曰:"既且。""且往观乎?洧之外,洵訏且乐。"维士与女,伊其相谑。赠之以勺药。

这首诗描写郑国三月上巳节青年男女在溱水、洧水边自由相邀、结伴游春、乘此机会谈情说爱、互表衷情的场面。溱水、洧水是郑国都城的两条河,绕都城西南向东而过。"方涣涣兮",是雪释冰消、春水上涨的景象。当此之时,恰是仲春时节。郑国都城的男男女女,手执兰花,纷纷然来到溱水、洧水边赏春游玩。一个女子与一个男子相遇。女子主动问:"到河边玩过了吗?"男子答:"已经玩过了。"女子又邀请男子说:"再去看看吧!洧水边上,确实很好玩。"溱水与洧水边上游春的男男女女,互相说说笑笑,互相赠以芍药。这首诗真实记录了春秋时郑国百姓在仲春时节的游春习俗。诗中既描写了男男女女游春的整体场景,"士与女,方秉蕳兮""维士与女,伊其相谑,赠之以勺药",也用特写镜头描写了一个女子主动邀请男子游春的画面。场面描写整体与局部结合,人物对话极为生动,格调非常欢快。

另一首诗《出其东门》也展现了郑国百姓游春的场景。"出其东门,有女如云。虽则如云,匪我思存""出其闉阇,有女如荼。虽则如荼,匪我思且"。"东门",就是郑国都城的东门,是当时游春的主要之地。诗从一个男子的视角写他在东门看到的"有女如云""有女如荼"景象。这么多游春、赏春的女子,人群杂沓,非常热闹。《萚兮》写女子邀请男子一起唱歌,"叔兮伯兮,倡予和女""叔兮伯兮,倡予要女",女子称"叔兮伯兮",诗中描写的是一群男女的合唱,可能是仲春游春时的集体歌舞。

从上述三首诗所展现的郑国游春习俗,不仅仅是为了游玩,它有两个功能:一是修禊,二是会男女。"禊",洁。"修禊",就是用水洗去身上的污秽,以求吉祥。《韩诗章句》解释说:"《溱洧》,悦人也。郑国之俗,三月上巳之辰,于两水上,招魂续魄,拂除不祥,故诗人原与所说者俱往也。当此盛流之时,士与女众方执兰,拂除邪恶。郑国之俗,三月上巳之辰,于此两水之上,招魂续魄,除拂不详。"①《汉书·地理志下》说:"郑国,今河南之新郑,本高辛氏火正祝融之虚也。……土狭而险,山居谷汲,男女亟聚会,故其俗淫。郑诗曰:'出其东门,有女如云。'又曰:'溱与洧,方涣涣兮,士与女,方秉菅兮。'此其风也。"颜师古对此注释说:"谓仲春之月,二水流盛,而士与女执芳草于其间,以相赠遗;信大乐矣,惟以戏谑也。"②《论语》中记载孔子说的"暮春者,春服既成,冠者五六人,童子六七人,浴乎沂,风乎舞雩,咏而归",反映了鲁国的习俗。魏源在《诗古微》卷九《桧郑答问》中说:"《溱洧》之诗,《薛君章句》云:郑俗,三月上巳,于溱、洧两水之上,招魂续魄,被除不详。故诗人愿与所悦者俱往焉。言三月桃花水下,方盛流沍然,众士与女执兰而被除。"③由此可见,《郑风》所反映的游春、修禊、被除风俗是确定无疑的。

除修禊之外,游春的另一重要功能是"会男女"。《周礼·地官·媒氏》记载:"媒氏

---

① [清]王先谦集疏:《诗三家义集疏》,吴格点校,中华书局1987年版,第371页。
② [汉]班固:《汉书·地理志第八下》,中华书局2005年版,第1318页。
③ 《魏源全集·诗古微·桧郑答问》,岳麓书社1989年版,第508页。

掌万民之伴。凡男女自成名以上皆书年月日名焉。令男三十而娶,女二十而嫁。凡娶伴妻入之者,皆书之。仲春之月,令会男女。於是时也,奔者不禁。若无故而不用令者,罚之。司男女之无夫家者,而令会之。凡嫁子娶妻入币纯帛无过五两。"①可见在周代,仲春会男女带有一些官方的性质,男女无配偶者,"奔者不禁"。不按照要求做,还要受罚。周代之所以有这样的规定,是为了增加人口。

游春修禊的习俗在东汉还在延续。《后汉书·志第四·礼仪上》记载:"(明帝永平二年三月),是月上巳,官民皆洁于江流之上,曰洗濯被除去宿垢疢为大洁。洁者,言阳气布畅,万物讫出始洁之矣。"②三国以后,每年的三月三成为为修禊的节日。王羲之《兰亭集序》所记"永和九年,岁在癸丑,暮春之初,会于会稽山之兰亭,修禊事也",反映了东晋时这一风俗还在流传。

5.《郑风》多情诗的原因考察

为何《郑风》中有那么多写男女之情诗歌?孔子认为"郑风淫",班固在《汉书》中说郑地"其俗淫"。从孔子到汉儒再到朱熹,"郑风淫"几乎成了一致认识。背后的原因是什么呢?班固从地理特征上做了解释:"土狭而险,山居谷汲,男女亟聚会,故其俗淫。"班固认为郑地由于"山居谷汲",男女聚会机会多,导致"其俗淫"。这是从地理环境对文学影响角度的解释。魏源给出了第二种解释——郑、卫之地商业经济的发达,导致其俗淫。魏源《诗古微·桧郑答问》:"问:郑、卫皆以弱小介强大之间,一迫于狄,一迫于霸,民岁受兵,而风俗淫佚甲诸国者何? 曰:三河为天下之都会,卫都河内,郑都河南,故齐、晋图霸争曹、卫,晋初图霸争宋、郑,战国纵横争韩、魏。曹灭于宋,郑灭于韩,卫河北故墟入赵,河内故墟入魏,皆异名同实:据天下之中,河山之会,商旅之所走集也。商旅集则财货盛,财货盛则声色辏……春秋之郑、卫,亦犹后也之吴、越,人物美秀而文,文采风流、照映诸国。……春秋时,郑、卫岁岁受兵,卒能以辞命自全于晋、楚,广谷大川异气,民生其间,刚柔异俗,不竞于武者每娴于文,宜郑、卫之诗亹亹斐斐,皆善言情,岂尽风教使然哉?"③魏源认为,郑、卫之地居天下之中,商旅辐辏,财货交易旺盛,就像后世的吴、越之地。所以,郑、卫之地的百姓,生长于广谷大川之中,文采风流、情感丰富,故多情诗,不仅仅是风俗教化的影响。

班固和魏源都从地理环境分析《郑风》情诗多的原因,可备一说。我们从《诗经》内部来看,与《周南》《召南》和《卫风》相比,《郑风》大多出自平民百姓之手,描写平民生活,所以民歌是最多的。这可能与当时郑国百姓生活相对安宁、风俗较自由有很大关系。郑国不像卫国经历了狄人入侵、国君和百姓流离四散,很少有像《卫风》那么多的弃妇诗、思归诗等悲苦之音。这是《郑风》情诗多的社会原因。

---

① 《十三经注疏·周礼注疏·地官·媒氏》,明嘉靖时期李元阳福建刻,隆庆二年重修刊本。
② [南朝·宋]范晔:《后汉书》,[唐]李贤等注,中华书局1965年版,第3110页。
③ 同②,第509—510页。

四、刚柔兼济:《秦风》内容分析和文化解读

(一)《秦风》产生的地域与时间

秦地,班固《汉书·地理志》说:"秦地,于天官东井、舆鬼之分壄也。其界自弘农故关以西,京兆、扶风、冯翊、上郡、西河、安定、天水、陇西,南有巴、蜀、广汉、犍为、武都,西有金城、武威、张掖、酒泉、敦煌,又西南有牂柯、越巂、益州,皆宜属焉。"①班固所说的秦地是秦统一六国后至汉代的秦地,范围很广。《秦风》中的秦地,主要在今天甘肃天水,陕西宝鸡、西安一带。《史记·秦本纪》记载,秦人以养马起家,逐渐壮大。朱熹根据《史记》所述在《诗集传》中总结说:"秦,国名,其地在禹贡雍州之域,近鸟鼠山。初,伯益佐禹治水有功,赐姓嬴氏。其后中潏居西戎以保西垂。六世孙大骆生成及非子,非子事周孝王,养马于汧、渭之间,马大繁息,孝王封为附庸而邑之秦。至宣王时,犬戎灭成之族,宣王遂命非子曾孙秦仲为大夫,诛西戎不克,见杀。及幽王时为西戎所杀,平王东迁,秦仲孙襄公以兵送之。王封襄公为诸侯,曰能逐犬戎,即有岐丰之地,襄公遂有周西都畿内八百里之地。至玄孙德公又徙于雍。秦,即今之秦州。雍,今京兆府兴平县(今山西兴平市)是也。"②朱熹所说"秦州"就是今天甘肃天水,"雍"应是今天陕西凤翔、扶风一带。秦地在周代经历了从甘肃天水向陕西关中逐渐东扩的过程。

《秦风》共十首诗。其中,《小戎》是写秦襄公伐西戎的事,时间在公元前八〇〇年左右;《黄鸟》写秦穆公用人殉葬的事,《左传》中有明确记载,时间在公元前六二一年左右。据此推断,《秦风》在西周末至春秋时期的作品。

(二)《秦风》内容分析

1.描写秦君的生活

有《车邻》《驷驖》《终南》三首诗。

先看《车邻》,这首诗赞美秦君:

> 有车邻邻,有马白颠。未见君子,寺人之令。
> 阪有漆,隰有栗。既见君子,并坐鼓瑟。今者不乐,逝者其耋。
> 阪有桑,隰有杨。既见君子,并坐鼓簧。今者不乐,逝者其亡。

诗中的"寺人",是当时宫中的侍从,掌管国君出入时传令的任务。《左传》中齐国有寺人貂,晋国有寺人披,都担任这一职务。"君子",应是国君。诗的大意是,车声邻邻响,白额马驾车走。未见国君时,等待寺人令。山坡有漆树,洼地有栗子。山坡有桑树,洼

---

① [汉]班固:《汉书·地理志第八下》,中华书局2005年版,第1310页。
② [宋]朱熹:《诗集传》,上海古籍出版社1980年版,第74页。

地有杨树。已经见国君,与君并排坐,鼓瑟又鼓簧。国君和蔼说,现在不行乐,将来就老了,将来就死了。全诗塑造了一个既有威仪又和蔼可亲的国君形象。《毛序》说:"《车邻》,美秦仲也。秦仲始大,有车马礼乐侍御之好焉。"《郑笺》说:"君臣以闲暇燕饮相安乐也。"朱熹《诗集传》说:"是时秦君始有车马及此寺人之官,将见者必先使寺人通之。故国人创见而夸美之也。"三家都对此诗的解读都比较一致。方玉润对此诗的分析更透彻:"秦君开创之时,法制虽备,礼数尚宽。且其人必恢廓大度,不饰边幅。如光武初见马援,袒帻而坐迎之,非复公孙述之盛陈陛卫而后见,故臣下乐其简易而叹美之,以为真吾主也。"①

再看《驷驖》:这首诗写秦君打猎:

驷驖孔阜,六辔在手。公之媚子,从公于狩。
奉时辰牡,辰牡孔硕。公曰左之,舍拔则获。
游于北园,四马既闲。輶车鸾镳,载猃歇骄。

诗的中"公",一般认为是秦襄公。三章诗分别写猎前准备、打猎过程、猎后休息。诗的大意是,四匹赤黑马很肥大,六根缰绳手中拿。秦君宠爱的驾车人,跟随秦君把猎打。兽官赶出应时兽,应时公兽很肥大。秦君要求往左追,放箭射出获猎物。猎后游逛在北园,四匹马儿很安闲。车铃挂在马嚼上,载着猎狗慢慢行。《毛序》说:"《驷驖》,美襄公也。始命,有田狩之事,园囿之乐焉。"《郑笺》说:"始命,始命为诸侯也。秦始附庸也。"②这种说法是有历史依据的。周幽王被犬戎所杀,秦襄公以兵护送周平王迁都洛阳,因功被封为诸侯,并拥有西周岐、丰八百里之地。秦开始以诸侯相称,并逐渐强大。这首诗写的就是秦襄公狩猎的事。经郭沫若考证,此诗与石鼓诗是同时期的作品,应是公元前七七七年之后的诗。

《终南》也是一首赞美、勉励秦君的诗。

2.反映秦人的征战生活

有《无衣》《小戎》两首诗。

先看《无衣》:

岂曰无衣,与子同袍。王于兴师,修我戈矛,与子同仇。
岂曰无衣,与子同泽。王于兴师,修我矛戟,与子偕作。
岂曰无衣,与子同裳。王于兴师,修我甲兵,与子偕行。

---

① 方玉润:《诗经原始》,中华书局1986年版,第267页。
② 《十三经注疏·诗经注疏·秦风第十一》,明嘉靖时期李元阳福建刻,隆庆二年重修刊本。

这首诗是秦人军中战歌。"袍",战袍,行军时白天穿,晚上盖身上。"泽",内衣;"裳",战裙。第一章的诗意是,怎能说没衣穿,同用战袍我和你。国君兴师讨敌人,整治我的戈与矛,和你共同杀仇敌。第二、三章都只变换个别字,反复吟唱,有金戈铁马、勇往直前、同仇敌忾的豪壮气势。方玉润较好地解释了这首诗的写作原因:"夫秦地为周地,则秦人固周人。周之民苦戎久矣,逮秦始以御戎有功,其父老子弟欲修敌忾,同仇怨于戎,以报周天子者,岂待言而后见哉?而无如周王之绝意西征也。"①方玉润认为这首诗是秦人征讨西戎所写,是比较准确的。

《小戎》,妇女思念她丈夫远征西戎的诗。写秦襄公伐戎事。

> 小戎俴收,五楘梁辀。游环胁驱,阴引鋈续。文茵畅毂,驾我骐馵。言念君子,温其如玉;在其板屋,乱我心曲。
> 四牡孔阜,六辔在手。骐骝是中,騧骊是骖。龙盾之合,鋈以觼軜。言念君子,温其在邑。方何为期?胡然我念之。
> 俴驷孔群,厹矛鋈錞。蒙伐有苑,虎韔镂膺。交韔二弓,竹闭绲縢。言念君子,载寝载兴。厌厌良人,秩秩德音。

这首诗写妇女思念远征西戎的丈夫。第一章前六句主要写战马,后四句写妇女对丈夫的思念。诗的大意是,小兵车后面是短横木,五根花皮条箍车辕。两边马背上皮环动,车厢下皮绳白铜连。虎皮褥子宽车毂,驾起我的青黑马。思念远征那君子,温和如玉有仁义;行军住在板屋里,扰乱我的心窝窝。第二章前六句主要写战马,后四句写妇女对丈夫的思念。大意是,四匹战马肥又壮,六根缰绳握手中。红黑马儿居中间,黄马黑马在两边。画龙盾牌车上靠,边马缰绳饰铜环。思念远征那君子,性情温和在边邑。什么时候是归期?为何这样思念你?第三章前六句主要写兵器,后四句也写妇女思念之情。大意是,无甲战马很雄壮,丈八长矛铜饰头。盾上羽纹真漂亮,虎皮弓袋正面镂。两把强弓插袋中,竹闭紧紧扎弓上。思念远征那君子,又是躺下又是起。文雅娴静好丈夫,进退有礼声誉隆。

这首诗写得很特别。每章前六句都是写君子出征的情形,后四句都写妇女对君子思念。《毛序》说这首诗:"美襄公也。备其兵甲以讨西戎。西戎方强,征伐不休。国人矜其车甲,妇人能闵其君子也。"②其实从诗中看不出有赞美秦襄公的意思。朱熹解释这首诗说:"西戎者,秦之臣子所不共戴天之仇也。襄公上承天子之命,率其国人往而征之,故其从役者之家人先夸车甲之盛如此,而后及私情。盖以义兴师,则虽妇人亦知勇

---

① 方玉润:《诗经原始》,中华书局 1986 年版,第 277 页。
② 《十三经注疏·诗经注疏·秦风第十一》,明嘉靖时期李元阳福建刻,隆庆二年重修刊本。

而赴敌无所怨矣。"①朱熹说这首诗的背景是秦襄公率兵征讨西戎,《史记·秦本纪》是有记载的:"襄公二年,戎围犬丘,世父击之,为戎所虏……七年,西戎犬戎与申侯伐周,杀幽王郦山下,而秦襄公将兵救周,战甚力,有功……十二年,伐戎,而至岐卒。"②

3.展现秦人的日常生活

有《晨风》《渭阳》《权舆》三首诗。

先看《晨风》:

鴥彼晨风,郁彼北林。未见君子,忧心钦钦。如何如何,忘我实多!
山有苞栎,隰有六駮。未见君子,忧心靡乐。如何如何,忘我实多!
山有苞棣,隰有树檖。未见君子,忧心如醉。如何如何,忘我实多!

诗中的"晨风",指鹯鸟,鹰一类的鸟。这首诗的意思较为明白,应该是一位妇女担心遭丈夫遗弃。朱熹解释这首诗说:"妇人以夫不在,而言鴥彼晨风,则归于郁然之北林矣,故我未见君子,而忧心钦钦也。彼君子者,如之何而忘我之多乎。此与扊扅之歌同意,盖秦俗也。"扊扅之歌是这样的:百里奚为秦相,堂上乐作。所赁浣妇自言知音。因援琴抚弦而歌曰:"百里奚! 五羊皮。忆别离,烹伏雌,炊扊扅。今富贵,忘我为?"问之,乃其故妻,遂为夫妇③。"扊扅",指门框。与朱熹不同,方玉润认为这首诗兼治有两义,一是定夫妻情,二是写君臣义。他说:"男女䁥与君臣义原本相通,诗既不露其旨,人固难以臆测。与其妄逞臆说,不如阙疑想存参。"④可备一说。

再看《渭阳》,这是一首送别诗:

我送舅氏,曰至渭阳。何以赠之? 路车乘黄。
我送舅氏,悠悠我思。何以赠之? 琼瑰玉佩。

这首诗一般认为是秦康公送舅舅晋文公重耳归晋。诗中的"渭阳",指渭水北岸。"路车",即辂车,大马车。"乘黄",四匹黄马。"路车乘黄,琼瑰玉佩",这些都是诸侯享用的车马。晋文公重耳出亡各国在《左传·僖公二十三年》有明确记载。朱熹说:"舅氏,秦康公之舅,晋文公重耳也。出亡在外,穆公召而纳之。时康公为太子,送之渭阳而作此诗。"⑤所论不差。

---

① [宋]朱熹:《诗集传》,上海古籍出版社1980年版,第74页。
② [汉]司马迁:《史记·秦本纪》,中华书局1982年版,第1757页。
③ 程俊英、蒋见元:《诗经注析》,中华书局1991年版,第354页。
④ 方玉润:《诗经原始》,中华书局1986年版,第276页。
⑤ [宋]朱熹:《诗集传》,上海古籍出版社1980年版,第74页。

《权舆》写一位贵族自叹生活没落而自伤:

於,我乎! 夏屋渠渠,今也每食无余。于嗟乎! 不承权舆!
於,我乎! 每食四簋,今也每食不饱。于嗟乎! 不承权舆!

"权舆",本义为草初生,诗中为引申义,当初、最初。诗只有两章,很简短。全诗今昔对比,昔日大屋高耸、每顿饭四簋,今天每顿饭没多余的,还吃不饱。人生难料。最后只能发出"再不能像当初了"的感叹。

《秦风》除上述三方面诗作外,《蒹葭》是一首风神摇曳的美诗。后有详述,兹不赘述。《黄鸟》是秦国人民哀叹秦穆公用活人殉葬的诗。

(三)刚柔兼济:《秦风》文化解读

通过对《秦风》内容的解读,我们可以发现《秦风》所反映的文化精神、蕴含的文化意义。

1.尚武力战的英勇精神

这种精神的表现之一是写征战充满豪情。《无衣》是最典型的代表,同袍同衣、同仇敌忾、慷慨从军、奋勇杀敌的精神充溢全诗。明代的钟惺说这首诗"有吞并六国气象"。清代的吴闿生说这首诗"英壮迈往,非唐人出塞诸诗所能及"[①]。吴闿生虽不免言过其实,但试看唐代高适的"相看白刃血纷纷,死节从来顾勋"(《燕歌行》)、岑参的"四边伐鼓雪海涌,三军大呼阴山动"(《轮台歌奉送封大夫出师西征》)等诗句,确实有相似之处。吴闿生认为《无衣》是边塞诗之祖,就有一定的道理。《小戎》虽是写妇女思念远征西戎的丈夫,但全诗并无哀愁忧叹。三章诗采用铺张的手法,写战车,写战马,写兵器,描绘细致,显示出军容的壮盛和昂扬的斗志。与《卫风·伯兮》的"自伯之东,首如飞蓬。岂无膏沐,谁为适容"和《王风·君子于役》的"君子于役,如之何勿思"等思妇的哀婉相比,《小戎》有雄壮之气。

尚武力战精神的表现之二是《秦风》中多写车马兵器,少燕婉之情,多慷慨之气、杀伐之音。如《无衣》中有戈矛、矛戟、甲兵、战袍。《小戎》写战车、战马、兵器,更是种繁多。写战车时,对车后横木、车辕、虎皮褥子、车毂、拉车的皮绳,细致周到。写战马时,对马缰绳、马的颜色(青黑马、黄马、黑马)、马的数量(四牡、俴驷)、马的体形(孔阜、孔群)详细铺陈。写兵器时,有画龙盾牌、画羽毛的盾牌,有长矛,有虎皮箭袋,有弓,有校正弓的工具(竹闭)。如此详细的描写,体现了出征打仗的豪迈之情。

《驷驖》《车邻》虽是赞美秦君,诗中同样写马、车、兵器。如《驷驖》中"有车邻邻,有马白颠"。《车邻》中"驷驖孔阜,六辔在手""公曰左之,舍拔则获""游于北园,四马既

---

① [清]吴闿生:《诗义会通》,中华书局1959年版,第103页。

闲。辂车鸾镳,载猃歇骄",打猎时的雄壮、英伟之气勃然而出。

秦人为何有尚武力战的勇敢精神？一个重要原因它是正义之战。秦人为反击西戎犬戎的侵扰,多次与犬戎交战。秦襄公祖父秦仲被犬戎俘获,后被放回。但最终被犬戎杀死。秦人与犬戎有不共戴天之仇。犬戎后来又侵扰西周,杀死了周幽王,国都东迁,百姓遭殃。所以,对秦西征犬戎的战争,百姓是支持的。反映在诗作中,有豪迈慷慨之气。班固在《汉书·赵充国辛庆忌传》对此解释说:"甘肃天水、陇西、安定、北地处势迫近羌胡,民俗修习战备,高上勇力鞍马骑射。故《秦诗》曰:'王于兴师,修我甲兵,与子偕行。'其风声气俗自古而然。今之歌谣慷慨,风流犹存耳。"①另一原因与地理环境有关。班固在《汉书·地理志下》中说:"天水、陇西,山多林木,民以板为室屋。及安定、北地、上郡、西河,皆迫近戎狄,修习战备,高上气力,以射猎为先。故秦诗曰:'在其板屋';又曰'王于兴师,修我甲兵,与子偕行'。及《车辚》《驷骥》《小戎》之篇,皆言车马田猎之事。"②马瑞辰说:"秦以力战开国,其以力服人者猛,故其成功也速,其延祚也短；而其弊也失于黩武而不能自安。是故秦诗《车辚》《驷骥》《小戎》诸篇,君臣相耀以武事,其所以美者,不过车马音乐之好,兵戎田猎之事耳。"③班固、马瑞辰的分析,说出了地理环境对人的影响、对诗的影响,很有见地。

2.刚柔兼济的文化性格

《秦风》多写车、马、兵器,写征战的豪情,显示了秦地秦人阳刚的一面。但是,我们从《秦风》也能体察到秦地秦人仁爱柔和的一面,可谓是刚柔兼济。朱熹在评论《小戎》时就说出了这一点。他说:"秦人之俗,大抵尚气概、先勇力、忘生轻死,故其见于诗如此。然其初而论之,岐、沣之地,文王用之以兴二南之化,如彼其忠且厚也。秦人用之,未几而一变其俗,至于如此,则已悍然有招八州而朝同列之气矣。何哉？雍州土厚水深,其民厚重质直,无郑、卫骄惰浮靡之习。以善导之,则易以兴起而笃于仁义；以猛驱之,则其强毅果敢之姿,亦足以强兵力农而成富强之业,非山东诸国所及也。呜呼,后世欲为定都立国之计者,诚不可不监乎此。而凡为国者,其于导民之路,尤其不可以不审其所之也。"④朱熹认为"雍州土厚水深,其民厚重质直",地理环境塑造了秦人的性格。又认为对秦人"以善导之,则易以兴起而笃于仁义；以猛驱之,则其强毅果敢之姿,亦足以强兵力农而成富强之业,非山东诸国所及也",点出了秦人"笃于仁义"和"强毅果敢"兼备的特点。

刚柔兼济的文化性格,我们还可以从《小戎》看出。这首诗每章前六句分别写战车,写战马,写兵器,笔意铺张,描绘细致,以显军容之壮盛,洋溢着阳刚之气。但后四句却

---

① [汉]班固:《汉书·赵充国辛庆忌传》,中华书局2005年版,第2253—2254页。
② [汉]班固:《汉书·地理志第八下》,中华书局2005年版,第1312页。
③ [清]马瑞辰:《毛诗传笺通释·秦风总论》,中华书局1989年版,第361—362页。
④ [宋]朱熹:《诗集传》,上海古籍出版社1980年版,第79页。

截然相反,写妻子对远征丈夫的怀念,缠绵温和,以见相思之深,透露出丝丝阴柔之情。这样刚柔相结合、浓淡互见地写来,恰如大羹之用盐梅,越能增加羹味之鲜。

《蒹葭》更完美地体现了秦地秦人柔美的一面:

> 蒹葭苍苍,白露为霜。所谓伊人,在水一方。
> 溯洄从之,道阻且长。溯游从之,宛在水中央。
> 蒹葭萋萋,白露未晞。所谓伊人,在水之湄。
> 溯洄从之,道阻且跻。溯游从之,宛在水中坻。
> 蒹葭采采,白露未已。所谓伊人,在水之涘。
> 溯洄从之,道阻且右。溯游从之,宛在水中沚。

方玉润评论《蒹葭》说:"此诗在《秦风》中绝不相类。以好战乐斗之邦,忽遇高超远举之作,可谓鹤立鸡群,翛然自异者矣。"①《蒹葭》不独在《秦风》中鹤立鸡群,在整个《国风》中也是鹤立鸡群。此外,《渭阳》写送别,"悠悠我思",情真意挚,往复读之,悱恻动人,故知其有无限情怀也。然此种深情,触景却生,稍移易焉已不能及。对舅舅的挂念,对逝去母亲的忆念,都蕴含其中。"诗格老当,情致缠绵,为后世送别之祖,令人想见携手河梁时也。"②

3.尊君爱国的集体观念

《秦风》十首诗中描写秦君的诗有四篇,《车邻》《驷驖》《终南》《黄鸟》,占《秦风》的百分之四十。而且《车邻》《驷驖》《终南》,都是从正面描写赞美秦君的。如《车邻》写秦君的威仪:"有车邻邻,有马白颠。未见君子,寺人之令",写秦君的和蔼可亲:"既见君子,并坐鼓瑟。今者不乐,逝者其耋""既见君子,并坐鼓簧。今者不乐,逝者其亡"。这些描写反映出臣子等人对于秦君的尊敬和爱戴。《驷驖》写秦君的狩猎活动,兽官为秦君赶出合适的猎物,秦君一发即中,猎后悠闲游逛。这些描写突出了秦君的威严和勇武。

《终南》是一首含蓄劝勉秦君的诗,也反映了周地百姓对秦君的期望与爱戴:

> 终南何有?有条有梅。君子至止,锦衣狐裘。颜如渥丹,其君也哉!
> 终南何有?有纪有堂。君子至止,黻衣绣裳。佩玉将将,寿考不忘。

诗的大意是,终南山上有什么?有那楸树和梅树。君子已经来周地,锦衣狐裘好高贵。脸色红润有光泽,大概就是国君吧!终南山上有什么?有那杞柳和棠梨。君子已经来

---

① 方玉润:《诗经原始》,中华书局1986年版,第273页。
② 同①,第279页。

周地,上穿黻衣下绣裳。佩玉鸣声响叮当,到老不忘国君样。方玉润解读此诗说:"此必周之耆旧,初见秦君抚有西土,皆应天子命以治其民,而无如何,于是作此以颂祷之。曰:崇隆者终南,其何有乎?条与梅梅耳,所以成此山之高也。君子至止,衣服之盛,容貌之美,固不待言,非将以君临一邦乎?君此邦则必德此民,如山之有木而后成山之高也。君其修德以副民望,百世毋忘周天子之赐也可。盖美中寓戒,非专颂祷。"①对这首诗中蕴含的百姓对秦君的尊崇和期许,分析甚是到位。

五、以农为本:《豳风》内容分析和文化解读

(一)《豳风》产生的地域与时间

豳地,主要在今陕西旬邑、彬州一带,可扩大至甘肃正宁县、宁县南部。朱熹在《诗集传》中说:"豳,国名,在禹贡雍州岐山之北、原隰之野。虞、夏之际,弃为后稷,而封于邰。及夏之衰,弃稷不务,弃子不窋失其官守,而自窜于戎狄之间。不窋生鞠陶,鞠陶生公刘,能复修后稷之业,民以富实,乃相土地之宜,而立国于豳之谷焉。十世而大王徙居岐山之阳,十二世而文王始受天命,十三世而武王遂为天子。武王崩,成王立。年幼不能莅阼,周公旦以冢宰摄政,后乃述后稷公刘之化,作诗一篇以戒成王,谓之豳风。而后人又取周公所作,及凡为周公而作之诗以附焉。豳,在今邠州三水县。邰,在今京兆府武功县。"②朱熹所述主要依据《史记·周本纪》记载及《诗经》中的《文王》《公刘》等,关于的豳地的历史文献记载较为零散,一直缺少实物证据。"2022年度全国十大考古新发现"揭晓,由西北大学、陕西省考古研究院等单位牵头实施的陕西旬邑西头遗址考古成果入选。该项考古成果认为,"黄土高原的腹地泾河流域,是中华文明起源与发展的核心区域,也是缔造周代礼制文明的核心地域。西头遗址邻近陕西关中盆地,周人先祖很长一段时间都在泾河中游,也就是"豳"的区域活动,这是周人早期发展非常重要的阶段。西头遗址是迄今为止泾河流域发现的规模最大的商周时期聚落之一,周人居住的"豳"地,随着西头遗址发掘的不断突破,为周文化起源研究增添了实物依据。"③

《豳风》全部是西周时期的作品,是《国风》中最早的诗。因为周平王东迁后豳地为秦所有,秦有《秦风》,豳自然有《豳风》。《豳风》中《东山》《破斧》都写的是周公东征平定管、蔡之乱。根据这两条判断,《豳风》都产生于西周时期。

(二)以农为本:《豳风》内容分析及文化解读

《豳风》共七首诗,有《七月》《鸱鸮》《东山》《破斧》《伐柯》《九罭》《狼跋》。

---

① 方玉润:《诗经原始》,中华书局1986年版,第274页。
② [宋]朱熹:《诗集传》,上海古籍出版社1980年版,第90页。
③ 《陕西旬邑西头遗址:打开泾河流域文化记忆的钥匙》,《中国文化报》2023年6月1日,第8版。

1.以农为本的务实精神

《豳风·七月》是《诗经》里最著名的农事诗：

> 七月流火,九月授衣。一之日觱发,二之日栗烈。无衣无褐,何以卒岁?三之日于耜,四之日举趾。同我妇子,馌彼南亩,田畯至喜。
> 七月流火,九月授衣。春日载阳,有鸣仓庚。女执懿筐,遵彼微行,爰求柔桑。春日迟迟,采蘩祁祁。女心伤悲,殆及公子同归。
> 七月流火,八月萑苇。蚕月条桑,取彼斧斨,以伐远扬,猗彼女桑。七月鸣鵙,八月载绩。载玄载黄,我朱孔阳,为公子裳。
> 四月秀葽,五月鸣蜩。八月其获,十月陨萚。一之日于貉,取彼狐狸,为公子裘。二之日其同,载缵武功。言私其豵,献豜于公。
> 五月斯螽动股,六月莎鸡振羽。七月在野,八月在宇,九月在户,十月蟋蟀入我床下。穹窒熏鼠,塞向墐户。嗟我妇子,曰为改岁,入此室处。
> 六月食郁及薁,七月亨葵及菽。八月剥枣,十月获稻,为此春酒,以介眉寿。七月食瓜,八月断壶,九月叔苴。采荼薪樗,食我农夫。
> 九月筑场圃,十月纳禾稼。黍稷重穋,禾麻菽麦,嗟我农夫,我稼既同,上入执宫功。昼尔于茅,宵尔索绹。亟其乘屋,其始播百谷。
> 二之日凿冰冲冲,三之日纳于凌阴。四之日其蚤,献羔祭韭。九月肃霜,十月涤场。朋酒斯飨,曰杀羔羊。跻彼公堂,称彼兕觥,万寿无疆!

这是一首规模宏大的农事诗,也是《国风》里篇幅最长的一首诗。全诗共八章,每章诗里的时间联系并不明了,很难理出明晰的思路。诗中的"七月、八月、九月、十月"用的是夏历,"一之日,二之日,三之日,四之日"用的是周历。周历的"一之日"是夏历的十一月,"二之日,三之日,四之日"则分别是夏历的十二月、正月、二月。一首诗中兼用夏历、周历,而且诗的内容有点杂乱,由这两点可以推断,《七月》应该是经历了商、周两个朝代而形成的累积型作品,最后由人整理而成。整理者大概是乐官。

这首诗的思路,朱熹大致作了划分:"此章(一章)前段言衣之始,后段言食之始。二章至五章,终前段之意,六章至八章,终后段之意。"①第一章总说"衣"与"食"。第二、三、四、五章围绕"衣"来写。第六、七、八章围绕"食"来写。这种划分方法,简洁明了,得到了后世读者的认同。先看围绕"衣"。第二章写蚕事。春月时节,女子采桑、采蘩、条桑。这些都是养蚕的工作。第三章写纺织。女子织出黑的、黄的、红的丝绸和布,为公子(贵族)做衣裳。第四章写打猎。男子打猎,用兽皮为公子做皮衣。献大猎给公族,留小猎自己吃。第五章写过冬改岁。再看围绕"食"。第六章写各季节吃的瓜果、蔬菜。

---

① [宋]朱熹:《诗集传》,上海古籍出版社1980年版,第91页。

瓜果有李子、野葡萄、苋菜、豆子、枣。蔬菜有瓜、葫芦、麻籽、荠菜。粮食有稻子。烧的柴是臭椿树枝。第七章写收获庄稼。有糜子、高粱、谷子、粟、麻、豆子、麦子。第八章写祭祀。凿冰、藏冰、献羔祭韭、聚集祝贺。《七月》对农事记录的详尽程度,后世的农事诗无出其右。这样一首诗,如果不是豳地亲耕陇亩、熟悉农事者,不能说得这样详细。所以,这一篇规模宏大的农事诗,绝不是一人之力所能完成,而是集腋成裘、日积月累的成果。其中有民谣,有豳地民歌,也有当时采集者的加工。

《七月》作为西周时期豳地农耕生活的呈现,重农耕的传统在豳地一直保持并传承着。诗中提到的李子、野葡萄、苋菜、豆子、枣等瓜果,糜子、高粱、谷子、麻、豆子、麦子等农作物,在二十世纪七八十年代的陕西旬邑、彬州,甘肃宁县、正宁等古豳地一带,是很常见的农作物。特别是"八月剥枣"这一场景,在今日的古豳地仍旧很常见。每年农历八月正是今日的古豳地秋粮成熟、小麦播种的季节,瓜果飘香,粮食满仓。

通过对《七月》内容的分析可以发现,以农为本、重农务农是豳地最基本的文化底色,农耕文明是豳地最鲜明的文明形态。从《诗经·公刘》和《七月》的记载来看,豳地是中国农耕文明的发源地之一,此说并不为过。豳地是否是中国最早的农耕文明发源地,现在还需考古证明。但从现有的史料、从《诗经》等文献来看,豳地是中国农耕文明最早成熟的地区,应该是确定无疑的。班固在《汉书·地理志》中总结豳地的特点说:"故秦地于禹贡时跨雍、梁二州,诗风兼秦、豳两国。昔后稷封邰,公刘处豳,大王封岐,文王作酆,武王治镐,其民有先王遗风,好稼穑,务本业,故豳诗言农桑衣食之本甚备。有鄠、杜竹林,南山檀柘,号称陆海,为九州膏腴。"①

除《七月》外,《东山》虽写行役作战,但诗中也有"果臝之食,亦施于宇""有敦瓜苦,烝在栗薪"的农事描写。好稼穑、务本业,重农务农、以农为本是豳民流淌在血液里的文化因子。

2.舍家为国的家国情怀

《东山》《破斧》是其代表。先看《东山》:

> 我徂东山,慆慆不归。我来自东,零雨其濛。我东曰归,我心西悲。制彼裳衣,勿士行枚。蜎蜎者蠋,烝在桑野。敦彼独宿,亦在车下。
>
> 我徂东山,慆慆不归。我来自东,零雨其濛。果臝之实,亦施于宇。伊威在室,蟏蛸在户。町疃鹿场,熠燿宵行。不可畏也,伊可怀也。
>
> 我徂东山,慆慆不归。我来自东,零雨其濛。鹳鸣于垤,妇叹于室。洒扫穹窒,我征聿至。有敦瓜苦,烝在栗薪。自我不见,于今三年。
>
> 我徂东山,慆慆不归。我来自东,零雨其濛。仓庚于飞,熠燿其羽。之子于归,皇驳其马。亲结其缡,九十其仪。其新孔嘉,其旧如之何?

---

① [汉]班固:《汉书·地理志第八下》,中华书局2005年版,第1311页。

这是一位久从征役的士兵归途中思家的诗。全诗四章。每一章都以"我徂东山,慆慆不归。我来自东,零雨其濛"起兴。前两句交代往东山服役,长久不归;后两句点明今儿开始从东山归来,细雨蒙蒙,渲染环境氛围。每章诗的后半部描写诗人的思绪。第一章回首征役的凄苦,第二章思念家中的田园,第三章想象妻子的洒扫待归,第四章追忆新婚的幸福。全诗叙述室家离合之情诚挚深切,情感的跳跃和递进构成了全诗的中心线索。四章诗仿佛由四支情调各异的曲子汇成了一首抑扬顿挫的乐章。现实与想象、感情与理智交织在一起,一颗饱经沧桑的心在收纵开阖、反复嗟叹中呈现在读者面前。这首诗绘景如画,抒情如见,情感细腻、委婉、惆怅,是风诗中不可多得的佳作。

全诗写士卒久役在外,但无厌战情绪。马瑞辰认为这首诗的背景是士兵参加周公征奄,奄在东山附近,即今天泰山。因为奄国鼓动、怂恿殷纣之子禄父、管叔、蔡叔作乱。周公率军往东山征讨。奄后为鲁国所灭。① 马瑞辰分析时论据很充分,与诗作相合。

再看《破斧》:

既破我斧,又缺我斨。周公东征,四国是皇。哀我人斯,亦孔之将。
既破我斧,又缺我锜。周公东征,四国是吪。哀我人斯,亦孔之嘉。
既破我斧,又缺我銶。周公东征,四国是遒。哀我人斯,亦孔之休。

这首诗中"周公东征",指的是征讨卫地的管、蔡之乱。此事在解读《卫风》时已有叙述,兹不赘述。全诗三章,每章只换三个字,反复叠咏,情绪比较激昂。士兵们跟着周公去征战,战兵器都砍坏了。但最后感叹,可怜我们这些人,还算是运气好的,有着东征胜利的庆幸和喜悦。全诗重章叠句,反复咏唱,读着诗,不难想象士兵们在班师凯旋的路上边走边唱的情景,粗犷、率直、欢快。与《东山》的细腻、委婉、惆怅相比,《破斧》特点鲜明。

如上所述,无论《东山》写归途战士的绵绵柔情,还是《破斧》写归途士兵的豪迈、乐观,它们有一个共同的特点,无厌战情绪。远征的将士们知道,这些战争是平定叛乱的征讨,是正义之战,是和平之战,这体现了豳人愿为和平舍家为国的爱国情怀。

3.重视礼仪的人际关系

一是重视婚俗礼仪,其代表是《伐柯》:

伐柯如何?匪斧不克。娶妻如何?匪媒不得。
伐柯伐柯,其则不远。我觏之子,笾豆有践。

---

① [清]马瑞辰:《毛诗传笺通释》(上册),中华书局1989年版,第474—477页。

这是一首写求婚访求的诗。这首诗的大意是,要砍斧柄怎么办?不用斧头砍不了。要娶妻子怎么办?没有媒人成不了。砍斧柄呀砍斧柄,斧柄的样子在手中。我遇见心爱姑娘呀,就摆宴席娶她来。该诗用伐柯比喻娶妻。砍斧柄就要用斧头,娶妻就要有媒人,以同类求同类。比喻形象、贴切。后世人们便称做媒为伐柯。可见《诗经》语言的创造力和生命力。

二是重视待客礼仪。《九罭》:

> 九罭之鱼,鳟鲂。我觏之子,衮衣绣裳。
> 鸿飞遵渚,公归无所。於女信处!
> 鸿飞遵陆,公归不复。於女信宿!
> 是以有衮衣兮,无以我公归兮,无使我心悲兮!

诗中的"九罭",指网眼细密的渔网。"鳟鲂",都指大鱼。诗的大意是,细眼渔网去捕鱼,大鱼留在渔网里。我呀今儿遇见你,你穿龙图上衣五彩裙。大鸿沿着小洲飞,你今回去无处住,就在这里住两晚!大鸿沿着陆地飞,你今回去不复来,就在这里住两晚。藏起你的黑衮衣,不能让你就回去,不要让我心独悲!诗人以"九罭"比喻自己,以"鳟鲂"比喻客人,生动形象,又不失幽默感。第二、三、四章末尾都用"兮"字句,细细读来,慢声长咏,主人的依依惜别之情和殷勤留客之状如在目前,使人深感主客之间的深情厚谊。

以上两诗反映了豳地讲礼仪、重感情的风俗,很好地展现了豳地豳人的风貌。

六、《秦风·蒹葭》诗旨变迁及文化成因论

《蒹葭》作为《诗经·秦风》里一首意境缥缈、风致摇曳的佳作,历来备受称赏。王国维评论说:"《诗·蒹葭》一篇,最得风人深致。晏同叔之'昨夜西风凋碧树。独上高楼,望尽天涯路'意颇近之。但一洒落,一悲壮耳。"[①]王国维所说"风人之致"指诗人作诗之致,即诗人在诗中表情达意的特点。《蒹葭》的风人之致在于抒情的含蓄委婉、朦胧多义。今人把《蒹葭》多解读为一首情诗,但历史上很长一段时期,人们并不把《蒹葭》看作情诗,而是仁者见仁,智者见智。探究《蒹葭》诗旨变迁的历史,寻绎变迁的原因,既有助于我们更深入地理解《蒹葭》的艺术魅力和思想内涵,也能为我们解读其他文学作品获得一定启示。

(一)《蒹葭》在历史上的主要解读

1.刺秦襄公说

这是关于《蒹葭》诗旨的最早解读。它起源于西汉,延续到清末,影响深远。现存

---

① 王国维:《人间词话》,黄霖等导读,上海古籍出版社1998年版,第6页。

《诗经》的最早注本是相传西汉人毛亨、毛苌所作的《毛诗诂训传》,东汉的经学家郑玄为《毛诗故训传》作《笺》,叫作《郑笺》,唐代的孔颖达为《毛诗故训传》作《正义》,叫作《毛诗正义》。《毛诗故训传》认为《蒹葭》是一首政治讽谏诗:"《蒹葭》,刺襄公未能用周礼,将无以固其国焉。"这里的"襄公"指秦襄公,认为《蒹葭》是秦人讽谏秦襄公不用周礼。东汉的郑玄支持《毛诗故训传》的说法:"秦处周之旧土,其人被周之德教日久矣。今襄公新为诸侯,未习周之礼法,故国人未服焉。"唐代的孔颖达也支持汉人的解读:"作《蒹葭》诗者,刺襄公也。襄公新得周地,其民被周之德教日久,今襄公未能用周礼以教之。礼者,为国之本,未能用周礼,将无以固其国焉,故刺之也。"①

到了北宋,欧阳修、严粲等人继续申述"刺秦襄公"的说法。欧阳修说:"本义曰:秦襄公虽未能攻取周地,然已命为诸侯,受显服而不能以周礼变其俗,故诗人刺之以诗。"②严粲说:"蒹葭虽苍苍然盛,必待白露凝戾为霜然后坚实,譬秦强盛劲健,必用周礼然后坚固也。"③

到了清代,王夫子、魏源、马瑞辰等人也认为《蒹葭》的诗旨与秦襄公有关。王夫之说:"天下怨秦之不仁,恶秦之不义,贱秦之无礼,而孰知其一于不智也。《蒹葭》之诗,刺之早矣。"④魏源说:"《毛诗》刺襄公不用周礼,大旨得之。襄公急霸西戎,不遑礼教,远开武灵骑射之风,近启孝公富强之渐,流至春秋,诸侯终以夷狄摈秦,故诗人兴霜露焉。"⑤马瑞辰说:"秦以力战开国,其以力服人者猛,故其成功也速,其延祚也短;而其敝也,失于黩武而不能自安。然用武而不用礼,则《蒹葭》作矣。"⑥由此可见,《蒹葭》被理解为政治讽谏诗,从西汉一直延续到清末,可谓历史悠久,影响深远。

2.诗旨不定说

此说始于南宋朱熹。朱熹在《诗集传》中解读《蒹葭》说:"言秋水方盛之时,所谓彼人者,乃在水之一方,上下求之而皆不可得,然不知其何所指也。"⑦在朱熹看来,《蒹葭》的主旨是什么,一时难以确定。朱熹反对汉人解读《诗经》一味比附政治、附会历史的做法,许多在汉代被解读为"美""刺"国政的诗,朱熹认为"此乃淫奔之诗"。朱熹"此乃淫奔之诗"的解读虽然受纲常礼教束缚,但能看出所谓的"美"诗或"刺"诗与爱情有关,确实比汉人前进了一步。朱熹《蒹葭》一诗,没有附和汉人的解说,而是以疑者存疑的平实态度,说其诗旨是"然不知其何所指也",为后人继续阐释《蒹葭》开辟了广阔空间。

---

① [唐]孔颖达:《毛诗正义》(四十卷),明嘉靖时期李元阳福建刻,隆庆二年重修刊本,卷六。
② [宋]欧阳修:《诗本义》,上海书店 1935 年版,第 574 页。
③ [宋]严粲:《诗缉》,明嘉靖居敬堂刊本,卷十二。
④ [清]王夫之:《诗广传》,中华书局 1964 年版,第 58 页。
⑤ [清]魏源:《诗古微》,岳麓书社 1989 年版,第 535 页。
⑥ [清]马瑞辰:《毛诗传笺通释》(上册),中华书局 1989 年版,第 361 页。
⑦ [宋]朱熹:《诗集传》,凤凰出版社 2007 年版,第 88 页。

3. 求贤人说

此说可以追溯到东汉郑玄。郑玄把"伊人"解释为"知周礼之贤人",开启了求贤人说的源头。北宋时,苏辙把《蒹葭》理解为"君子劝秦襄公求贤人":"《蒹葭》,刺襄公也。襄公兴于西戎,知以耕战富国强兵而不知以礼义终成之,而君子心为未成,故告之曰:有贤者于是,不远也,在水之一方,胡不求与为治哉?"①今天也有学者主张《蒹葭》是求贤人:"其一,把《蒹葭》视为好贤诗。秦君不用周礼,崇尚武力,因而诗人在诗中用想象的手法,追求和向往其理想中的贤人能够为世所闻。其二,把《蒹葭》视为情诗。"②所不同的是,今人认为是诗人求贤人,苏辙认为是君子劝秦襄公求贤人。

4. 招隐士说

此说产生于明代,延续至清代。明代的朱善在《诗解颐》中初步指出《蒹葭》与招隐士有关:"所谓伊人,虽不知何所指,然味其词,有敬慕之意,而无亵慢之情,则必指贤人之肥遯者。"③朱善用"味其词,有敬慕之意,无亵慢之情"否定了《蒹葭》是表现男女爱情的可能,他把伊人理解为"贤人之肥遯者",即有才能而避世隐居的隐士。清代的方玉润直接解读《蒹葭》是招隐士:"《蒹葭》,惜招隐难也。盖秦处周地,不能用周礼。秦之贤臣遗老,隐处水滨,不肯出仕。诗人惜之,托为招隐,作此见志。"④方氏认为伊人是秦国的贤臣遗老,隐居于水滨,诗人惜而招之。招隐士说、求贤人说、刺秦襄公说,都与政治历史有关,都没有超出从政治历史角度解读《蒹葭》的范围。

5. 爱情说

此说产生于二十世纪初,是今天被广为接受的阐释。二十世纪二十年代,顾颉刚作为"古史辨"派的中坚人物,提倡从新的角度解读《诗经》:"《诗经》是一部文学书,这句话对现在人说,自然是没有一个人不承认的。我们既知道它是一部文学著作,就应该用文学的眼光去批评它,用文学的惯例去注释它,才是正办。我们的问题不妨从这里开始。"⑤由此,从文学角度去阐释《诗经》成为新的历史趋势,对《蒹葭》的解读开始回归文学位。多数学者认为《蒹葭》是一首表现爱情的诗,如傅斯年解读《蒹葭》说:"此亦相爱者之词。辛稼轩《元夕词》云:'众里寻他千百度,蓦然回首,那人却在,灯火阑珊处',与此诗情景同。"⑥高亨解读说:"这篇似是爱情诗。诗的主人公是男是女,看不出来,叙写他(或她)在大河边追寻恋人,但未得会面。"⑦程俊英解读说:"这是一首抒写思慕、追求

---

① [宋]苏辙:《诗集传》,南宋淳熙刻本,卷六。
② 殷光熹:《诗经论丛》,线装书局2008年版,第29页。
③ 袁行霈、徐建委、程苏东:《诗经国风新注》,中华书局2018年版,第439页。
④ [清]方玉润:《诗经原始》,中华书局1986年版,第273页。
⑤ 顾颉刚:《古史辨》(第三册),上海古籍出版社1982年版,第123页。
⑥ 傅斯年:《诗经讲义》,中华书局2014年版,第104页。
⑦ 高亨:《诗经今注》,上海古籍出版社2009年版,第168页。

意中人而不得的诗。一个深秋的早晨,河边芦苇上的露水还没干。诗人在这时候、这地方寻找那心中难向人说的'伊人'。伊人仿佛在那流水环绕的洲岛上,他左右上下求索,终于可望而不可得。细玩诗味,好像是情诗,但作者是男是女却无法确定。"①即使把《蒹葭》解读为爱情诗,这些解读者也没有把表现爱情定为唯一内容,而是用"似是爱情诗""好像爱情诗"的词句,在爱情说之外,给其他可能的诠释留有余地。

6.表现理想说

有论者认为,秋水伊人是诗人的想象,并不一定实有其人,它象征的是某种理想,诗中描绘诗人追寻伊人的过程,表达的是诗人对理想的苦苦追寻:"诗文本义,只是有所倾慕而不得亲近,秋水伊人盖想象之征也。所倾慕之人明明即在水旁,亟欲与之相会,然不知何以寻得。如欲加以引申,不如以之为理想之象征耳。"②至于是何种理想,人们自可见仁见智。

以上是从古至今关于《蒹葭》诗旨的主要解读,除汉人的"刺秦襄公不用周礼说"过于晦涩,有牵强附会之嫌外,其他的解读都可谓见仁见智,有可取之处。一首《蒹葭》,为何有如此大的阐释空间,原因在哪里呢?

(二)内因:缥缈意境的营造和伊人意象的构建

《蒹葭》是《诗经·国风》中抒情诗的代表作。抒情诗讲究意境的营造和意象的构建。意境和意象的内涵越丰富,诗越有余味,这就是抒情诗所追求的含蓄蕴藉。王国维说《蒹葭》"最得风人之致",即指它抒情的含蓄蕴藉而言,这使人们对它的解读有了多种可能。

首先,是缥缈意境的营造。造"境"是抒情诗的基本功能,所造之"境"如果能传达一定的"意"、蕴含一定的"情",这样的"境"就是有"意"有"情"之境,也即诗的意境。《蒹葭》意境的营造主要由蒹葭、白露、秋水、伊人、诗人公共同组成。诗的三章分别以"蒹葭苍苍,白露为霜""蒹葭凄凄,白露未晞""蒹葭采采,白露未已"兴起,描绘了一幅秋光满眼的秦地秋景图。秦地的秋晨,天色放亮,河边青青苍苍的芦苇叶上,露水凝结为霜,晶莹洁白。太阳升起来了,芦苇叶上的白霜融化了,露珠晶莹透亮,在阳光的照耀下闪闪发光。后来啊,阳光普照大地,芦苇叶上的露珠变小了、变薄了,但还能看到点点露痕。这幅霜晨秋景图,画面清丽优美,微含萧索之意。露水从"为霜"到"未晞"再到"未已",时间在一点点地流逝,诗人在时间流逝中寻找伊人的心情也越来越迫切,渲染了诗人在深秋霜晨追求伊人的时候悸动不安的心绪,细细吟哦,余音隽永。在时间的流逝中,诗人在缈远空阔的秋水长河边,沿着崎岖的道路和湍流的河水,"溯洄从之""溯游从之",上下求索,追寻心中倾慕的伊人。虽然"道阻且长""道阻且跻""道阻且右",但诗人不怕奔波劳顿,但他追寻的那个伊人啊,却始终"宛在水中央""宛在水中坻""宛在

---

① 程俊英,蒋见元:《诗经注析》,中华书1991年版,第345页。
② 袁行霈、徐建委、程苏东:《诗经国风新注》,中华书局2018年版,第439页。

水中沚",与诗人隔水相望,看似近在眼前,却可望而不可近,多么令人惆怅啊!蒹葭、白露、秋水、伊人和诗人,共同组成了一幅缥缈朦胧、扑朔迷离的秋景图,意境飘逸,神韵悠长。

其次,是伊人意象的构建。用"象"传"意"、构建意象,是抒情诗的基本手法,如《静夜思》一诗,诗人睹月思乡,这时的"月"不再是纯客观的物,而是有"意"之"象",浸染了诗人的思乡之情,成了诗的意象。诗的意象,可以是景,也可以是人,《蒹葭》的意象是秋水伊人。这一意象的佳妙处是扑朔迷离,似真似幻。霜晨秋景里,伊人独立秋水,"在水一方""在水之湄""在水之涘",与诗人隔水相望。当诗人"溯洄""溯游"地上下求索时,伊人"宛在水中央""宛在水中坻""宛在水中沚",飘忽不定、若有若无。"'在'字上加一'宛'字,遂觉点睛欲飞,入神之笔。"①伊人似真似幻,缥缈神秘。伊人到底是谁?是友人还是恋人,是贤人还是理想?也许,伊人的倩影是诗人心中的梦幻境界,是诗人想象的再现。伊人是否真的存在,可能连诗人自己都会怀疑。伊人的朦胧多义和往复流动之美,带给读者很强的艺术张力,让读者在无限遐想中去体味、去诠释。

再次,是诗人形象和心理的刻画。《蒹葭》中的诗人是一个执着的追寻者。他在秋水长河边上下求索,与心中思念的伊人隔河相望,可望而不可近。这样的场景,怎能不令人惆怅万分,怎不令人淡淡感伤。"诗以'蒹葭'起兴,秋天之景色,不等渲染,如在目前,乃千古名句。所倾慕之人明明即在水旁,亟欲与之相会,然不知何以寻得。'溯洄从之,道阻且长。遡游从之,宛在水中央',此四句写恍惚间之错觉,十分传神。慕之深,思之切,徘徊往复,无所适从,无一字抒情,然无一字不带深情,语浅意深,天趣横生。"②诗人与伊人的距离,是诗人情感距离的影子和心灵距离的外化,它把读者带入一种邈远空灵、扑朔迷离、情思绵绵的梦幻般境界,令人思绪萦绕,余味无穷。全诗不着一个"思"字、"愁"字,却可以体会到诗人对伊人的深深企慕之情、求之不得的惆怅心境,整首诗的格调含蓄蕴藉、朦胧神秘。

(三) 外因:解读语境的变化

文学作品的意义实际上是阅读阐释史上无数读者、批评家建构的意义群集。这种意义群集不是诸种意义的简单叠加,而是在历史的维度上表现为相互的传承、丰富与充实。一部作品的产生受制于其所处的历史语境,作品的接受也被特定的历史语境所规范。同一作品,挖掘出来的是作品的"这种"内涵而不是"那种"内涵,呈现出来的是历史上的"这部"作品而不是"那部"作品,主要受历史语境的影响。不同的历史语境有着不同的问题意识,它制约着阐释者的阐释立场和当下视域,从而影响着作品意义的生成。

1.社会历史视域是古人解读《蒹葭》的主要语境

《诗经》最初的功能是乐歌。统治者在祭祀、宴会、典礼等场合通过音乐、诗歌来颂

---

① [清]姚际恒:《诗经通论》,语文出版社2020年版,第185页。
② 袁行霈、徐建委、程苏东:《诗经国风新注》,中华书局2018年版,第439页。

祖、娱乐、讽谏。春秋晚期，《诗经》的乐歌功能减弱，交际和教育功能增强。各诸侯国的使臣在外交场合赋诗言志，人们日常言谈中引诗明志，贵族也用《诗经》来教育弟子。《诗经》不仅成了学习语言的文本，也成了伦理道德修养的教科书。孔子就曾说"不读《诗》，无以言""《诗三百》，一言以蔽之，曰：思无邪"。西汉时期，《诗经》被立为"经"，汉儒为服务于大一统的政治需要，采用通经致用的立场诠释《诗经》，挖掘其中有益于治国安邦、道德教化的内涵，希望"经夫妇，成孝敬，厚人伦，美教化，移风俗"。汉儒对《蒹葭》的诠释也是如此。作为秦地民歌，《蒹葭》本身看不出有什么政治历史内涵，但由于字词内在的多义性和诗篇本义的含混性，造成了诗篇"表现的内容——作者心中之意识的活动之难以确指"①。汉儒通过解释的字句的方式，挖掘《蒹葭》的政治历史内涵。如"蒹葭苍苍，白露为霜"，《毛诗故训传》解释为"白露凝戾为霜然后岁事成，国家待礼然后兴"，东汉郑玄补充说，"蒹葭在从草之中苍苍然强盛，至白露凝戾为霜则成而黄。兴者，喻众民之不从襄公政令者，得周礼以教之则服"，通过类比解释，蒹葭结霜便有了"秦国用周礼然后兴"的政治含义。"所谓伊人，在水一方"，郑玄解读为"知周礼之贤人，乃在大水之一边，假喻以言远"，"伊人"就成了知周礼之贤人，《蒹葭》与求贤就有了关联。"溯洄从之""溯游从之"，《毛诗故训传》解释为"逆礼，则莫能以至也""顺礼求济，道来迎之"，把"溯洄""溯游"解读为顺势求礼、逆势求礼。汉儒通过类比解释挖掘《蒹葭》的微言大义，给它附会上了深厚的社会历史内容。后世的求贤人说和招隐士说，也基本是沿着社会历史的路子解读《蒹葭》。

从社会历史角度解读《蒹葭》，其缺点是给它附会了过多的政治内容，塞进了许多借题发挥的儒学道德观念，容易导致对诗义的曲解，但我们并不能因此指摘汉儒荒谬。"汉儒阐释的合法性是建立在'儒家制度化'这一历史语境的基础上，深深受制于他们经世致用的先在立场"②。从文化传承的角度考虑，"任何当代意义的生成都是对历史的意义资源的承传、选择、判断和创造的结果"③，如果没有前人从字词训诂、典章制度、文化考证方面对《蒹葭》所做的大量解释工作，我们今天要很好地认识《蒹葭》是不可能的。《诗经》本身是一部艺术化和形象化的历史，具有多方面的文化价值，需要我们进行多方面的开掘。

2.文学视域是今人解读《蒹葭》的主要语境

当《诗经》从古代经学的束缚中解放出来后，它不再承担通经致用、资政言政的政治功能。从文学反映社会生活的角度解读《诗经》成为新的历史语境。揭去社会历史语境对《蒹葭》本义的遮蔽，今人把《蒹葭》解读为一首爱情诗，"《蒹葭》是抒写思慕、追求意

---

① 叶嘉莹：《迦陵论诗丛稿》，河北教育出版社1997年版，第130页。

② 郭持华：《经典与阐释：从"诗"到"诗经"的解释学考察》，浙江大学出版社2017年版，第84页。

③ 金元浦：《文学解释学》，东北师范大学出版社1998年版，第260页。

中人而不可得的诗。细玩诗味,好像是情诗,但作者是男是女却难以确指。我们认为是情诗,也是从诗中那种难与人言的思慕情致而推测之"①,"这是一首表现怀人惆怅心情的诗。从诗人流露出的这种彷徨失望的情绪看,似乎是爱情受到挫折,具体情况很难确定。然而不管怎样,诗中所描绘的情景交融的画面,却是很动人的"②。情诗说契合了《蒹葭》的内容,是对《蒹葭》的一种正读。但由于诗中的伊人似真似幻、缥缈不定,诗的意境深邃清丽、萧索迷茫,《蒹葭》诗意有比爱情更丰富的内涵。伊也可能是诗人的友人,也可能是诗人执着追求的某种理想。伊人不过是作者想象中的理想对象。作者想象中的对象到底是指什么样的人呢?诗中没有明指,故给读者留下丰富的联想,正如殷光熹所说,"我以为这是一首'似花还似非花'式的朦胧诗,具有朦胧美。从读者的角度看,它的内涵丰富,具有多义性"③。从文学角度阐释《蒹葭》,它的丰富内涵得到充分挖掘,文学魅力得以充分释放。

《蒹葭》含蓄不尽的味外之旨和耐人寻味的韵外之致,连朱熹都说"然不知何所指也"。清代的黄中松在《诗疑辨证》说:"《蒹葭》一诗,通篇设喻,其文迩,其旨远,言不尽意,而意常在所言之外,诚未易得其旨趣之所归也。诗人之旨甚远,固执以求之抑又远矣。"④伊人在诗人心中可能是具体的,但由于表达的委婉含蓄,这个具体的人或事已融化在缥缈朦胧的伊人意象中。伊人是恋人还是隐士,是友人或是理想,我们何必去追索那曾经的具体与唯一呢?文本意义是在不断阐释的历史过程中生成的。文本一经产生,便脱离开了产生它的社会和历史条件,也脱离开了作者主体,这就意味着文本意义永远要在与当初写作环境不同的文化氛围和历史语境中重新加以解释,《蒹葭》的诗义便在不同历史语境中得以丰富。

总之,《蒹葭》写的是一种境,此境韵致飘逸,烟波万状,风神洒脱,具有象征性,也带有一点神秘感。全诗情调缠绵哀婉,情感真挚动人。诗人倔强于自己的这一份执着,读者也有感于诗人这份执着的可贵,读者与诗人以诗为媒介,实现了心灵的沟通与对话。如果真要寻绎《蒹葭》本义的话,不妨用"表现了诗人有所倾慕而不得亲近,秋水伊人是诗人的想象之词"来诠释。至于诗人倾慕什么,读者可根据自己的人生体验,表达之、丰富之。正如清人陈继揆在《读风臆补》里评论《蒹葭》说:"意境空旷,寄托元淡。秦川咫尺,宛然有三山云气,竹影仙风。故此诗在《国风》为第一篇缥缈文字,宜以恍惚迷离读之。"⑤《蒹葭》抒情含蓄蕴藉、朦胧多义,把《蒹葭》称作是我国最早的朦胧诗,似不为过。

---

① 聂石樵:《诗经新注》,齐鲁书社2000年版,第227页。
② 蒋立甫:《诗经选注》,北京出版社1986年版,第134页。
③ 殷光熹:《诗经论丛》,线装书局2008年版,第29页。
④ 刘毓庆:《诗经百家别解考》,山西古籍出版社2002年版,第1116页。
⑤ 聂石樵:《诗经新注》,齐鲁书社2000年版,第242页。

第四节　二《雅》与优秀传统文化

　　《大雅》《小雅》从内容说主要是颂扬祖先功德，或者天子、诸侯宴饮时互相称颂，或者贵族宴请同宗时互相祝贺，而且作者大多为上层贵族或者是与上层有密切接触的史官等文化人，所以《大雅》《小雅》从审美取向上说，代表了上层的雅文化和西周至春秋时期的上层正统文化，所以有必要做以研究。《大雅》《小雅》的雅文化取向表现在"崇德敬祖""尚礼重和"两个方面。前者主要表现在《大雅》《小雅》颂赞诗中，形成了雄浑厚重的风格；后者主要表现在《大雅》《小雅》的宴饮诗中，形成了雍容典雅的风格。《大雅》《小雅》中还有一部分诗是批评时世的愤激作品，前人因为它不符合"怨而不怒"的"中和"标准，把这类诗称为"变雅"。刘熙载在《艺概·诗概》中说："大雅之变，具忧世之怀；小雅之变，多忧生之意。"①本章主要是研究《大雅》《小雅》的颂赞诗、宴饮诗表现的审美取向和诗风。

一、《雅》诗的时代、地域、名称问题

　　要考察《大雅》《小雅》审美取向和风格，有必要说明《大雅》《小雅》的时代区分标准。关于时代，研究者大都认为大小《雅》是西周时期的诗。朱东润先生指出大小《雅》为西周之诗。②胡念贻先生指出："就诗的内容来看，《大雅》三十一篇，大多数是长篇，而且都是贵族作品，时代是西周。《小雅》七十四篇，篇幅长短不一，其中大部分是贵族或中等阶层作品，也可能有一部分民间作品，时代西周、东周都有。"③陆侃如在《三百篇的年代》一文中从诗本身反映的内容分析，更为具体地指出：大小《雅》主要是西周中期到末期的作品，《小雅》中有一部分东周时期的作品，并进一步指出："就理论说，中国诗歌的起源应该是很早的。我从前在《诗史》中曾假定诗歌在卜辞时代就已经相当盛行。因为原始的诗歌离不开音乐与舞蹈，而卜辞中常讲及舞，也讲及不少的乐器。我们今日所能读到的真的诗歌，当推西周青铜器上的韵文为早……从这些早期的诗里可以看出两点：第一，四言诗在周初尚未成立；第二，四言诗成立于西周末年。依文学演进的通例来看，它们可能的最早年代是公元前九世纪。"④陆侃如先生以王国维先生的《两周金石文韵读》和郭沫若先生的《金文韵读补遗》里所录的西周金文为证说明《诗经》产生之大体时代，证据有力充分，可以信服。在前人考证的基础上，孙作云先生对《雅》诗的时代

---

　　① [清]刘熙载：《艺概》，上海古籍出版社1978年版，第52页。
　　② 朱东润：《诗三百篇探故·大小雅说臆》，上海古籍出版社1981年版，第51—54页。
　　③ 胡念贻：《先秦文学论集》，中国社会科学出版社1959年版，第95—97页。
　　④ 陆侃如：《陆侃如古典文学论文集》，上海古籍出版社1987年版，第173—179页。

从诗本身入手作了很有说服力的研究。他最后得出的结论是"大小《雅》同西周晚期诗，即厉王、宣王、幽王(附东迁当时)三朝之诗。前人说《大雅》前十八篇、《小雅》前十六篇为周初诗，即文王、武王、成王时诗，皆误。近人说《大雅》中多西周初年诗，亦误"①。

以上阐述可以说明，《大雅》《小雅》的产生时代主要集中于西周中期到末期，当然，也可能有一部分西周早期的诗作。由西周金文中错综的语句到《诗经》中整齐的四言诗，从语言本身的发展规律来看，有个渐进的过程。所以，《诗经》中产生时代较早的成熟的《大雅》《小雅》在不成熟的西周金文之后。至于口头传唱的诗作，在西周时期由文字记录下来，因时代久远，其最初的产生年代只能推测，可靠的证据当是存世文献。

关于《雅》的名称由来。有以下诸说。其一，《雅》是音乐名。宋人程大昌在《考古编》首先提出这一说法。他说："《南》《风》《雅》《颂》，以所配之乐名；《邶》至《豳》，以所从得之地名。"②南宋郑樵、朱熹继承、发扬了这个观点。郑樵说："风土之音是曰《风》，朝廷之音曰《雅》，宗庙之音曰《颂》。"③朱熹说："《风》《雅》《颂》乃是乐之腔调，如'仲吕调''大石调'之类。"④其二，《雅》是"正"。这一说法最古老。《毛诗大序》中说："雅者，正也；言王政之所由废兴也。政有大小，故有《小雅》焉，有《大雅》焉。"对于《雅》是音乐名的说法朱东润先生不以为然，他说："居三千年之后，上论三千年前之著作，欲求真知灼见，的然无疑，其事绝难，然立一臆说，势不得不求其盛水不漏，而后始能取信于当世。腔调不同之说，殆亦几于盛水不漏者。何则？今人无从指出《风》、大小《雅》腔调之相同，即无从质疑于其腔调之有异，是则《风》、大小《雅》之别，不妨谓为系于腔调之不同。"并进而指出："以腔调不同之说，论《风》、大小《雅》之别，其言虽似完密，而其实不必尽合也。""雅之名称当是以地命名，周人所在的关中之地，本为夏地，周人自称夏部族，'雅''夏'相通，故把产生于周地之诗称为雅诗。"在此论断上，他进一步指出："《大雅》是岐周之诗，《小雅》是宗周沣、镐一带之诗。"⑤朱东润先生在《诗经》的分类上摒弃"义别""音别"之论，提出《风》《雅》《颂》分类以地名而不以音别，十五《国风》是十五个地方的音乐，大小《雅》是宗周与成周之音乐："余尝以为自周至豳风凡十五国，重以《小雅》《大雅》，周、鲁、商《颂》。此二十者要皆以地得名。《大雅》《小雅》为大夏，小夏。以其部族之名以名其地，更举其地之名以名其诗。周公之地曰周南，召公之地曰召南，以其皆在京周之南，故周则曰周南，召则曰召南。二地有诗，又因地而名之，周南之

---

① 孙作云：《诗经研究·论二雅》，河南大学出版社2003年版，第402页。
② [宋]程大昌：《诗论》，见《续修四库全书》，上海古籍出版社1995年版，第1065页。
③ [宋]郑樵：《通志·乐府》，中华书局1987年版，第756页。
④ 朱杰人、严佐之、刘永翔主编：《朱子全书·朱子语类·诗纲领》，上海古籍出版社、安徽教育出版社2002年版，第2736页。
⑤ 朱东润：《诗三百篇探故·诗大小雅说臆》，上海古籍出版社1981年版，第47—71页。

诗即曰《周南》,召南之诗即曰《召南》,二地有乐,亦因地而名之。"①

陈致先生根据考古资料和文献资料,从古文字与语言学的角度,结合音乐考古、民族音乐学的综合多元视角,研究《诗经》的分类和起源问题。谈到《雅》诗时,他说:"'雅'即'夏',是周人在与其宗主国商相对抗的过程中营造出来的文化概念。为了证明自身的合法性与正统性,周人每称自己是'夏人',是夏人的后代或者前朝夏的臣民,这与后世易代之际,新朝与旧朝争正统如出一辙。从商周嬗代之际到西周末年,周人总是称自己的文化为'夏'、为'雅',其所指主要是源于关中地区以宗周为中心的语言、文化、典章制度。所以,周人的音乐文化及乐器等也称作'夏'和'雅'。《诗经》中《小雅·鼓钟》中的'以雅以南',在镇江大港北山出土的春秋时期编钟的铭文中有'以夏以南',其'雅'和'夏'所指称的是源自关中地区的甬钟或钮钟,为周代贵族所专用。由此可见,《诗经》的编定在分类编排时,除了根据不同的音乐体式,同时也考虑了地域的因素。'雅''颂'的区分,反映了商周之际的政权嬗变是如何促使商周两个部族在文化上交织、融合、发展起来的过程。大体而言,商、周的音乐文化存在着鲜明的地方性和民族差异性。商的音乐文化(以'颂'为代表)原本较周的以'雅'为代表为高。然而周人武力征服殷商以后,其音乐文化并非简单的直线发展。相反的是,在两种文化交织的整个过程中,呈现出阶段性的倒退。周人的雅乐未能在短时间内超越殷人,而周人要标榜自己的独特性和正统性,因而在西周前半期逐渐形成自己的礼乐制度。在乐器、礼乐及演奏等多方面加以改造,这实际上阻滞了商代原有音乐文化的自然发展过程。"②他得出的结论是:"雅"是地名,同时兼顾了音乐的因素。

刘生良先生对于《风》《雅》《颂》的区别,在综合考察了前人说法的基础上,提出应以"来源"为依据,即来自何处的诗即应归为一类。十五《国风》因来自不同的地区,乐官按地域归为一类。《雅》诗也是按来源,因其产生于西周故地,所以归为《雅》,至于大小《雅》的区别,刘生良先生认为:"由于大小《雅》的产生地相同,因而地域的因素就大大减弱,甚至被忽略不计;二者同为朝廷乐歌,即使用乐上有区别,音乐因素也成为次要的;所谓来源,更多指作者因素。《大雅》(诗)多为高级官吏、贵族所作,归入《大雅》;《小雅》(诗)多来自下级官吏、贵族,归入《小雅》。"③刘生良先生在继承已有研究成果基础上提出了合理的解释。

综上所述,可以得出这样的结论,《大雅》《小雅》反映的是周代以关中为中心的统治阶级的官方文化,具有鲜明的时代审美取向和风格。细言之,就是颂赞诗、宴饮诗的"崇德敬祖""尚礼重和"审美取向和在这一审美取向下诗所体现出来的庄重肃穆和雍

---

① 朱东润:《诗三百篇探故·诗大小雅说臆》,上海古籍出版社1981年版,第47—71页。
② 陈致:《从礼仪到世俗化——〈诗经〉的形成·序言》,吴仰湘、黄梓勇、许景昭译,上海古籍出版社2009年版,第3—4页。
③ 刘生良:《风雅颂分类之我见》,河北师范大学学报(哲社版),2011年第1期。

容典雅风格。

二、崇德敬祖的颂赞诗

《大雅》《小雅》诗中的颂赞诗可大致分为两类：一是赞美祖先的诗，这主要在《大雅》中，《小雅》中有一小部分祀祖诗；二是《小雅》中天子诸侯互相称颂的诗。这些诗主要产生于西周王都，作者大部分是周室贵族、官吏或者上层文化人，这些诗主要用于正式的官方场合，它代表了西周的正统文化，反映了周人对天、高尚品德和祖先的尊崇。

首先是敬天崇德。敬天是殷人早已经有的观念。殷人崇尚巫风，喜好占卜，一切事情都要向上天求问。殷人由于天命至上观，把占卜视为只有巫、吏和统治者才配享有的特权。在推翻殷商的统治后，为了统治的稳定，周人也敬天。但是，周人的敬天和殷商有所不同。绝对相信"我生有天命在"的泱泱大国商被周人打败，周人在历史的反省中产生了对天命的怀疑，"我不可不监于有夏，亦不可不监于有殷。我不敢知：曰有夏服天命，惟有历年；我不敢知：曰不其延，惟不敬厥德，乃早坠厥命"①。周人的敬天跟殷人绝对相信天命而放纵自己的态度不同，他们认为天命是一切的根本，但又认为"天命靡常"，要保有天命，必须靠自己的努力去维持。所以在《大雅·文王》中说："文王在上，於昭于天。周虽旧邦，其命维新。有周不显，帝命不时。文王陟降，在帝左右。"这表明周人认为享有天下不仅是天命的赐予，也是祖先的保佑。《大雅·大明》中说："明明在下，赫赫在上。天难忱斯，不易维王。天位殷适，使不挟四方。"这是说上天让殷人的子孙后代不再享有统治权。由此可以看出，周人敬天是为了给自己的政权求一个合理的依据，使各方国臣服自己，而不像殷人那样绝对地相信天命。

周人在敬天的同时看到了天命的不可完全依靠，于是产生了崇德思想。崇德思想是周人用来取代殷人而统治天下的根据。周人强调"崇德"，强调人力、人治是保有天命的机柄："皇天无亲，惟德是辅。"② 王国维指出："周之典礼，实皆为道德而设"，"周之典礼，乃道德之器械"③。殷人的先祖和上帝是合一的。周人在获取了统治权后，要取服天下人心，就要有更合理的依据。周人如果让祖先和上帝合一，则上帝早已被殷人占有，上帝没必要再佑助周人；如果让祖先与上帝不相关，那么，上帝可以保佑殷人，也可以保佑周人。于是，周人设想出了"德"来为自己的政权合理性做解释。《大雅》《小雅》中的许多诗篇，一方面大讲"天命靡常""帝命不时"，另一方面大讲先祖德业的隆盛，以此来证明周人享国的合理性。《大雅·大明》中就大力称颂文王的德行，诗中说"维此文王，小心翼翼。昭事上帝，聿怀多福。厥德不回，以受方国"，赞美文王的品德不违背上天和

---

① 《十三经注疏·尚书正义·周书·召诰》，北京大学出版社2000年版，第471页。
② 郑师渠：《中国文化通史》（先秦卷），北京师范大学出版社2009年版，第96—97页。
③ 王国维：《观堂集林·殷周制度论》，中华书局1959年版，第451—480页。

民众的意愿,才享有四方之国。《大雅·假乐》是周王宴会群臣的时候,群臣歌颂周天子德业的诗,诗中群臣称颂周天子的品德说:"威仪抑抑,德音秩秩。无怨无恶,率由群匹。受禄无疆,四方之纲。"以德享国,成为周统治者的共识。周人敬德涵盖的范围很广,尊祖敬宗、亲亲孝友、尽心治民、不怠惰、不康逸、慎刑罚、行教化,大凡信仰道德、政治态度、政治表现、政策刑罚的各个方面都被归入了德的范畴。依据德的原则,周人坚持统治者对上天、对祖先要诚,束己要严,治政要勤,要与人为善,用刑要慎重。"皇天无亲,惟德是辅""聿修厥德,永言配命,自求多福"都是对于德的要求。在敬德的同时,为规范等级秩序,周人又制礼作乐,以礼乐这个更具有人文理性的制度来作为对殷商绝对天命的代替。

周人敬天崇德是想保民,所以要明德慎罚,要尊尊亲亲。这是周人在思想文化上的变革和创新。周人继承殷礼创建了宗法封建制度,提倡敬天,提倡保民。敬天,就是敬重天命,认为天命是一切的根本。周人能掌握天下是"皇天能宏厥德,配我有周,膺受天命"的结果。然而,周人又认为天命不是不变的。"天命不常""天畏非忱,民情大可见"①,做君主的必须保民才可能持有天命。

《雅》亦体现出了周人的敬祖重宗。《大雅》中的颂赞诗大多称颂先祖先公的功业盛绩。《生民》追述周始祖后稷诞生,并以后稷配天,诗中说"上帝居歆,胡臭亶时。后稷肇祀,庶无罪悔,以迄于今",这是周人把先祖后稷和上帝同等相待。《公刘》赞美周先祖迁豳定居的创业功劳。《绵》赞美太王古公亶父由豳迁岐开国奠基的功业。《文王》赞美文王打败商人的功绩,并告诫商旧臣要服从周人的统治。《皇矣》赞美文王伐密、伐崇。《大明》述周人从始祖后稷创业及建国的历史,突出赞美了武王伐纣之事。

除了上述六首史诗赞美祖先外,《大雅》其他诗歌也表示了对祖先的敬重和赞美。《灵台》是记述文王建成灵台及游赏奏乐诗,诗中写道:

> 经始灵台,经之营之。庶民攻之,不日成之。
> 经始勿亟,庶民子来。王在灵囿,麀鹿攸伏。
> 麀鹿濯濯,白鸟翯翯。王在灵沼,於牣鱼跃。
> 虡业维枞,贲鼓维镛。於论鼓钟,於乐辟廱。
> 於论鼓钟,於乐辟廱。鼍鼓逢逢,矇瞍奏公。

该诗写庶民很快地建成了灵台,文王在灵台观赏时,鹿鸣鸟飞,烘托出了文王的盛德,表达了对文王的崇敬赞美之情。

《思齐》赞美文王母大任及祖母大姜、妻子大姒;《下武》赞美周成王继承父、祖的功

---

① 《十三经注疏整理本·尚书正义·周书·康诰》,北京大学出版社2000年版,第428页。

业,四方来庆贺;《文王有声》赞美文王作丰、武王作镐。从上述诗可以看出,敬祖重宗、颂扬祖先的德业勋烈,是颂赞诗的一个重要内容。这些诗主要用于祭祀。祭祀起源于原始社会人类对超自然的神灵的崇拜。祭祀的目的不仅是取悦于神灵,还有祈求神灵赐福,请求神灵赦免罪行的目的。

《雅》还反映了周人亲亲爱友的思想。世界观上的敬天,在伦理观念上就延伸为崇德孝友;宗教观念上的尊祖,在伦理观念上就延伸为亲亲。《小雅·常棣》就是写兄弟之间团结亲善的诗:

> 棠棣之华,鄂不韡韡。凡今之人,莫如兄弟。
> 死丧之威,兄弟孔怀。原隰裒矣,兄弟求矣。
> 脊令在原,兄弟急难。每有良朋,况也永叹。
> 兄弟阋于墙,外御其侮。每有良朋,烝也无戎。
> 丧乱既平,既安且宁。虽有兄弟,不如友生。
> 傧尔笾豆,饮酒之饫。兄弟既具,和乐且孺。
> 妻子好合,如鼓瑟琴。兄弟既翕,和乐且湛。
> 宜尔室家,乐尔妻孥。是究是图,亶其然乎?

这首诗以棠棣之花起兴,形象鲜明。大写兄弟和睦的快乐。类似的诗《小雅》中还有《小宛》《颊弁》等。

对于朋友的友爱,是颂赞诗的又一内容。《小雅·伐木》就是一首宴飨朋友故旧的诗:

> 伐木丁丁,鸟鸣嘤嘤。出自幽谷,迁于乔木。嘤其鸣矣,求其友声。相彼鸟矣,犹求友声。矧伊人矣,不求友生?神之听之,终和且平。
> 伐木许许,酾酒有藇。既有肥羜,以速诸父。宁适不来?微我弗顾!於粲洒扫,陈馈八簋。既有肥牡,以速诸舅。宁适不来?微我有咎。
> 伐木于阪,酾酒有衍。笾豆有践,兄弟无远!民之失德,乾餱以愆。有酒湑我,无酒酤我。坎坎鼓我,蹲蹲舞我。迨我暇矣,饮此湑矣!

这首诗以鸟儿为了寻找同伴都知道不停地鸣叫起兴,来提醒人们,作为人怎么会不如鸟儿呢?人也应该彼此相友爱。

三、尚礼重和的宴饮诗

从广义上说,《诗经》中《颂》诗之外的诗都可以用于宴饮,在《左传》中就有许多赋诗用诗的记载,但那是从诗之为用的角度来说的,与诗的内容无关。本节所讨论的宴饮诗是从内容着眼。宴饮诗主要集中于《小雅》《大雅》。实际上，在西周时期，用于祭祀的颂赞诗和宴饮诗是一个事情的不同发展阶段。出于尊祖敬宗、巩固宗族血缘关系和维护家国平安的需要，周人以各种方式举行祭祀，有祭祀必有宴饮。祭祀及其所用的诗歌是周代贵族礼乐文明的内在社会基础，宴饮诗和与之相关的礼乐制度则是贵族礼乐文明的外在表现形式。西周从殷商手中夺取统御四方的权力，成为各个部落族群中最为强大的一个部族。为巩固其统治，借鉴殷商灭亡的历史教训，周人制礼作乐。礼的本质是通过一套严密的仪式框定周部族及其征服的异族上下尊卑之间的等级秩序。乐的本质是缓和周部族与异族之间的矛盾。这种目的，不仅可以通过祭祀时的用乐和礼仪来实现，而且可以通过宴饮时的用乐和礼仪来实现，所以宴饮诗是礼乐文化的结晶。

宴饮诗基本是中上层贵族的作品，且产生于西周丰、镐故都和东周洛邑，而且用周地之乐谱曲，典型地代表了正统的雅文化，其文化精神是尚礼重和，作为以二《雅》为代表的西周正统文化的一种主流精神趋向，体现在两个方面：一是通过强化宗法血缘亲情来体现人伦之和，二是通过强化贵族阶级的礼乐制度来体现邦国之和。

(一)通过强化血缘宗法亲情来体现人伦之和

西周盛行"孝""友"观念。[①]"孝""友"是西周时期一种强大的社会舆论。"孝"指对于长辈的尊敬，"友"指对于同宗族之人的友善。同宗族之人互称为友，又称朋友。西周时期的彝铭上屡有"用卿(飨)朋友"之类的说法，它表明了对于同宗族的朋友的重视。"孝""友"观念的盛行，实为周代宗法制度发展的必然结果。周人强调"孝友"，实际上是看重宗法制度所形成的宗族内部人们相互之间关系的温馨情愫。

先看孝的观念。《小雅·楚茨》中代表宗族主持祭祀者在先祖的灵位之前自称"孝孙"，诗中云："孝孙有庆，报以介福""徂赉孝孙，苾芬孝祀""孝孙徂位，工祝致告"。朱熹在《诗集传》中引吕东莱的话说："《楚茨》极言祭祀，所以事神受福之节，致详致备，所以推明。"《大雅·既醉》在祭祀完毕之后，作为祖先替身的"尸"祝福道："威仪孔时，君子有孝子。孝子不匮，永锡尔类。"说出了周代贵族在祭祀时孝的观念。

再看友的观念。《小雅·蓼萧》是一首周天子宴请诸侯，诸侯颂美周天子之诗。朱熹在《诗集传》说："诸侯朝于天子，天子与之宴，以示慈惠，故歌此诗。"[②]诗中写诸侯见到周天子时，称颂天子说："既见君子，我心写兮。""既见君子，孔燕岂弟。宜兄宜弟，令德寿岂。"诸侯与作为兄弟的天子相见，和乐平易，为兄亦宜，为弟亦宜，天子既有美德，又长寿快乐。最后在"和鸾雍雍，万福攸同"的祝福中结束宴请。《小雅·頍弁》是写周王宴请兄弟亲戚的诗，诗中反复说"岂伊异人？兄弟匪他""岂伊异人？兄弟具来""岂伊异人？兄弟甥舅"，大意是说今天来到这儿的难道会是别人吗？这些人全部是兄弟，是甥舅，不是外人，就像"茑与女萝，施于松柏"一样，兄弟甥舅们紧紧地依附在周王的

[①] 晁福林：《夏商西周的社会变迁》，北京师范大学出版社1996年版，第282页。
[②] [宋]朱熹：《诗集传》，上海古籍出版社1980年版，第111页。

周围。

《大雅·行苇》是写周统治者和族人宴会、比射的诗,体现出了孝与友的观念。《诗集传》说:"疑此祭毕而燕父兄耆老之诗。"①诗中写道:"戚戚兄弟,莫远具尔。或肆之筵,或授之几。"在筵席刚开始的时候,就向父兄耆老致以殷勤笃厚之意,诗章接下来极写宴饮的快乐,末章以"曾孙维主,酒醴为醹。酌以大斗,以祈黄耇。黄耇台背,以引以翼。寿考维祺,以介景福"的诗句,在曾孙向长辈的祝福声中作结,曾孙作为宴会的主人,用大斗来舀起味道醇厚的美酒献给长辈,祝福黄发的老人健康长寿。宴后告辞时,有人在前面为老人引路。全诗气氛融洽。

《大雅·假乐》是周王宴会群臣、群臣歌功颂德的诗。诸侯称颂周王有"令德",赞美其外表"威仪抑抑",这样的天子是"宜民宜人,受禄于天",能够得到上天的佑护,是四方的纲纪榜样:"之纲之纪,宴及朋友。百辟卿士,媚于天子。"这里的朋友即指同族的父子兄弟。

《小雅·常棣》是歌唱兄弟之间情谊的诗。朱熹说"此燕兄弟之乐歌"②,方玉润说"周公燕兄弟也"③。诗中以兄弟相亲为主题,强调"凡今之人,莫如兄弟""死丧之威,兄弟孔怀""脊令在原,兄弟急难""兄弟阋于墙,外御其侮",充满了"兄弟既具,和乐且孺""兄弟既翕,和乐且湛"的重亲情的温馨氛围。《小雅·伐木》中不仅有兄弟之亲情,更提到"诸父""诸舅"等同姓和异姓诸侯。诗以"相彼鸟矣,犹求友声,矧伊人矣,不求友生?"的比兴,引出赞颂亲情之意,"既有肥羜,以速诸父。宁适不来,微我弗顾","既有肥牡,以速诸舅。宁适不来,微我有咎",既然有了美酒佳肴,就要召请同姓的长辈和异姓的诸舅来享用,宁可他们碰巧有事不能来,也不能让他们说我不顾念他们。对于兄弟之间,更是要"笾豆有践,兄弟无远",在欢饮中和乐融融。

从以上所引诗中可以看出,借宴饮兄弟甥舅等达到宗族团结的目的,无疑是当时所能利用的最好方式。在周代以血缘宗法制为主体的社会结构中,没有其他方式能取代宴饮而达到这个目的。

(二)通过强化贵族阶级的礼乐制度来体现邦国之和

"春秋时代是以礼为中心的人文世纪。"④周代的礼最初并没有这么严密,当时卿大夫等贵族还没有从"国人"中分化出来,到西周中期以后,随着宗族人口增加和势力扩展、宗族的分化,卿大夫的地位越来越牢固,凌驾于普通族人之上成为真正的贵族。宴饮活动成为贵族实践礼的等级秩序的最好场所,它使君臣父子的血缘宗法等级涂上一层温和、诱人的色彩。有礼必有乐,"礼乐相须以为用,礼非乐不行,乐非礼不举"。有乐

---

① [宋]朱熹:《诗集传》,上海古籍出版社1980年版,第192页。
② [宋]朱熹:《诗集传》,上海古籍出版社1980年版,第102页。
③ [清]方玉润:《诗经原始》,中华书局1986年版,第332页。
④ 徐复观:《中国人性论史》,华东师范大学出版社2005年版,第40页。

必有诗。"乐以诗为本,诗以声为用。"这样,诗、乐、礼的结合,运之于宴饮,达到"和"的目的,这即宴饮诗的基本精神倾向。

礼的产生与成熟有个过程。徐灏《说文解字注笺》指出:"礼之名起于事神,引申为凡礼义之礼……'豐'字本'礼'字"。"豐"指殷人在祭祀中的仪节,是一种"宗教之礼"。殷人祭祀的仪节——礼,重在达到求得天帝的保佑,而不在仪节本身,所以在殷人那里,礼的观念不明显。到了《诗经》时代,虽然宗教的权威渐渐下降,但祭祀依然是生活中重大的传统节目。周人在殷礼的基础上进行损益,减弱了殷人礼中的神化宗教因素,增加了礼中的道德人文意义。礼在《诗经》的时代,已转化为人文的表征。礼的观念,是萌芽于周初,显著于西周之末,而大流行于春秋时代。《诗经》中所言之礼,多和仪连在一起,或多偏重于仪的意义。宴饮的时候,恰恰是施行礼、实践礼的最有效场合。君臣、父子、尊尊、亲亲等伦理观念,通过合族宴饮而得到确立和强化。《礼记·射义》云:"古者诸侯之射也,必先行燕礼。卿、大夫、士之射也,必先行乡饮酒之礼。故燕礼者,所以明君臣之义也;乡饮酒礼者,所以明长幼之序也。"①《小雅》中的许多宴饮诗就描写了天子与诸侯之间、诸侯与诸侯之间温和恭敬、彬彬有礼的情形。

《小雅·鹿鸣》是最能体现天子与诸侯之间和的精神的诗:

呦呦鹿鸣,食野之苹。我有嘉宾,鼓瑟吹笙,吹笙鼓簧,承筐是将。人之好我,示我周行。

呦呦鹿鸣,食野之蒿。我有嘉宾,德音孔昭。视民不恌,君子是则是效。我有旨酒,嘉宾式燕以敖。

呦呦鹿鸣,食野之芩。我有嘉宾,鼓瑟鼓琴。鼓瑟鼓琴,和乐且湛。我有旨酒,以燕乐嘉宾之心。

这首诗是描写贵族宴会宾客的诗。从情绪上说,是一章比一章亲近;从气氛上说,是一章比一章热烈,至末章则饮酒、奏乐齐发,达到"和乐且湛"的高潮,体现出天子、诸侯同乐,邦国和宁的目的。

礼乐文化的发展,促进了西周宗族政权的巩固和地域的发展,加速了中原文化对四方文化的同化和融合,促进了理性批判精神的发展,造就了"郁郁乎文哉"的政治局面。礼乐文化对先秦社会发展的最大贡献,一是铸造了周人家国同构的一统精神,二是开启了德治和民本思想的先驱,促进了务实崇善精神的发展。

《大雅》《小雅》颂赞诗、宴饮诗大都是周人直接统治区的诗,代表了西周正统文化,它的审美取向是崇德宗祖、尚礼重和,因而这些诗大多表现出雄浑厚重、雍容典雅的特

---

① 《十三经注疏·礼记注疏·射义第四十四》,福建刻,隆庆二年重修刊本。

点,"冲融而隽永,肃穆而沉静"①。下面分而论述之。

《大雅》《小雅》中的颂赞诗,出于敬天崇德、尊祖重宗的目的,内容上大多以称颂祖先功德、赞扬天子和诸侯的美德为主,并且诗多由上层贵族和与之有关的上层文化人写定,在诗风上表现出肃穆持重的风格。这在《大雅》中的周族史诗里表现尤其突出。《大雅·大明》是叙述周人从始祖后稷创业至建国的历史的诗:

> 明明在下,赫赫在上。天难忱斯,不易维王。天位殷适,使不挟四方。挚仲氏任,自彼殷商。来嫁于周,曰嫔于京。乃及王季,维德之行。大任有身,生此文王。
>
> 维此文王,小心翼翼。昭事上帝,聿怀多福。厥德不回,以受方国。天监在下,有命既集。文王初载,天作之合。在洽之阳,在渭之涘。文王嘉止,大邦有子。
>
> 大邦有子,俔天之妹。文定厥祥,亲迎于渭。造舟为梁,不显其光。有命自天,命此文王。于周于京,缵女维莘。长子维行,笃生武王。保右命尔,燮伐大商。
>
> 殷商之旅,其会如林。矢于牧野,维予侯兴,上帝临女,无贰尔心。
>
> 牧野洋洋,檀车煌煌,驷𫘝彭彭。维师尚父,时维鹰扬,凉彼武王。肆伐大商,会朝清明。

这首诗基本上用叙述的方式来说明周人开邦建国,很少用《国风》中常用的比兴,在平实的叙述中颂扬祖先开创基业的功劳,显示出对先祖的敬重。

《大雅·生民》是周人史诗中非常著名的一篇,追述周人始祖后稷的事迹:

> 厥初生民,时维姜嫄。生民如何?克禋克祀,以弗无子。履帝武敏歆,攸介攸止,载震载夙。载生载育,时维后稷。
>
> 诞弥厥月,先生如达。不坼不副,无菑无害,以赫厥灵。上帝不宁,不康禋祀,居然生子。
>
> 诞寘之隘巷,牛羊腓字之。诞寘之平林,会伐平林。诞寘之寒冰,鸟覆翼之。鸟乃去矣,后稷呱矣。实覃实吁,厥声载路。
>
> 诞实匍匐,克岐克嶷,以就口食。蓺之荏菽,荏菽旆旆。禾役穟穟,麻麦幪幪,瓜瓞唪唪。
>
> 诞后稷之穑,有相之道。茀厥丰草,种之黄茂。实方实苞,实种实襃。实

---

① [清]方玉润:《诗经原始》,卷十六,中华书局1986年版,第576页。

发实秀,实坚实好。实颖实粟,即有邰家室。

诞降嘉种,维秬维秠,维穈维芑。恒之秬秠,是获是亩。恒之穈芑,是任是负,以归肇祀。

诞我祀如何?或舂或揄,或簸或蹂。释之叟叟,烝之浮浮。载谋载惟,取萧祭脂。取羝以軷,载燔载烈,以兴嗣岁。

卬盛于豆,于豆于登,其香始升。上帝居歆,胡臭亶时。后稷肇祀,庶无罪悔,以迄于今。

全诗共八章,前三章写后稷出生时的灵异,充满神话色彩和浪漫情调。诗颂后稷,首章却以姜嫄领起,高唱而入,起势便觉轩敞。第四、五、六章记叙后稷善于稼穑及教会后人耕作,笔调写实为主。第七、八章铺陈祭祀场面的热烈浓重,将人的虔诚与神的感应揉捏在一起,同时闪烁着前两部分奇谲与平实的光彩。最后以"后稷肇祀"作收,结篇完整,意淳词质。不但把后稷的英雄形象托到了完美的云端,而且有承前启后的作用。"以迄于今"一句几乎可以包孕周王朝近千年的历史,笔力雄健,非同一般,诗中充溢着一股热烈昂扬的雄厚自豪之气。

《大雅·常武》是赞美宣王平定徐国叛乱的诗:

赫赫明明,王命卿士,南仲大祖,大师皇父。整我六师,以脩我戎。既敬既戒,惠此南国。

王谓尹氏,命程伯休父,左右陈行,戒我师旅。率彼淮浦,省此徐土。不留不处,三事就绪。

赫赫业业,有严天子。王舒保作,匪绍匪游。徐方绎骚,震惊徐方。如雷如霆,徐方震惊。

王奋厥武,如震如怒。进厥虎臣,阚如虓虎。铺敦淮濆,仍执丑虏。截彼淮浦,王师之所。

王旅啴啴,如飞如翰,如江如汉,如山之苞,如川之流,绵绵翼翼。不测不克,濯征徐国。

王犹允塞,徐方既来。徐方既同,天子之功。四方既平,徐方来庭。徐方不回,王曰还归。

诗的前五章叙宣王命将置副,亲征徐方,临阵指挥,出奇制胜之事。尤其是第五章,连用数句排比"王旅啴啴,如飞如翰,如江如汉,如山之苞,如川之流,绵绵翼翼。不测不克,濯征徐国",比喻一气注下,将王师的神武气概渲染得淋漓尽致,气势浩瀚,有天地开塞、风云变色之象。所以吴闿生赞曰："八句如一笔书,文势之盛,得未曾有。"① 末章"王犹允塞,徐方既来。徐方既同,天子之功。四方既平,徐方来庭。徐方不回,王曰还归",笔下一扫暴风骤雨的声势为天清气朗,多出一层跌宕,全诗显得神完气足。

  颂赞诗和宴饮诗呈现的雍容典雅风格,以宴饮诗为明显。因为宴饮的目的是加强团结,增进互信加深了解,所以这类诗从风格上就显得中和雍容,有儒家的典雅之风。《小雅·鹿鸣》曰:"呦呦鹿鸣,食野之芩。我有嘉宾,鼓瑟鼓琴。鼓瑟鼓琴,和乐且湛。我有旨酒,以燕乐嘉宾之心。"在音乐和鸣中,宾主在一起共同欢乐,是多么地惬意舒心,雍容和缓中的奏乐场面烘托出了宾主的团结友好感情。《小雅·棠棣》"宾尔笾豆,饮酒之饫。兄弟既具,和乐且孺。妻子好合,如鼓琴瑟。兄弟既翕,和乐且湛"的描写把兄弟之间亲密友爱、融洽和乐的关系表现得淋漓尽致。《小雅·伐木》通过"伐木丁丁,鸟鸣嘤嘤。出自幽谷,迁于乔木。嘤其鸣矣,求其友声。相彼鸟矣,犹求友声;矧伊人矣,不求友生?神之听之,终和且平"的描写,运用对偶的手法,表现了在宴请朋友时对友人真挚的友情。《小雅·南有嘉鱼》中"君子有酒,嘉宾式燕以乐""嘉宾式燕以衎""嘉宾式燕又思",体现了君臣一片和乐之意。

  再来看《小雅·鱼丽》,这是一首描写贵族宴会的诗:

    鱼丽于罶,鲿鲨。君子有酒,旨且多。
    鱼丽于罶,鲂鳢。君子有酒,多且旨。
    鱼丽于罶,鰋鲤。君子有酒,旨且有。
    物其多矣,维其嘉矣。
    物其旨矣,维其偕矣。
    物其有矣,维其时矣。

从内容上说,这首诗通过写君子的酒"旨且多""多且旨""旨且有",极力铺陈鱼种类的丰富,表现饮食的丰盛,显示出主人待客礼节的周全,对客人态度的殷勤。从形式上说,这首诗前两章二字句、三字句、四字句相错,吟诵起来,其间似乎跳跃着一股感谢主人盛情款待的气息。后三章变为四字句,节奏放慢,曼声怡荡,仿佛洋溢着酒足饭饱、鼓腹而歌的满意心情。再配上华丽的旋律,真可说是将贵族的生活渲染得淋漓尽致了。

  相对于周族史诗极力铺陈的雄浑厚重风格,宴饮诗的雍容平缓还体现在诗中对大量乐器的描写。宴饮诗中出现的乐器有瑟、琴、笙、簧、钟、鼓等。《小雅·彤弓》是周王赏赐有功诸侯后举行宴会时所唱的诗,其中就写了奏乐的场面:

    彤弓弨兮,受言藏之。我有嘉宾,中心贶之。钟鼓既设,一朝飨之。

---

① [清]吴闿生:《诗意会通》,中华书局限性1959年版,第240页。

彤弓弨兮,受言载之。我有嘉宾,中心喜之。钟鼓既设,一朝右之。
　　彤弓弨兮,受言櫜之。我有嘉宾,中心好之。钟鼓既设,一朝酬之。

在钟鼓齐鸣的宴会上,周天子由衷地喜爱并赏赐为国效劳的功臣。每章诗句只变换了个别字,在富有音乐性的重章叠句中,君臣和乐的氛围被生动地烘托了出来。能体现出雍容平缓风格的颂赞诗或宴饮诗,《小雅》中还有《南有嘉鱼》《颇弁》《天保》《湛露》《南山有台》《蓼萧》《菁菁者莪》《宾之初筵》《桑扈》《采菽》等,《大雅》中还有《行苇》《假乐》《卷阿》《既醉》等。

　　总之,《大雅》《小雅》中宣扬祖先德行功业的颂赞诗,极尽铺陈之事,风格大气浑厚;表达君臣团结和乐、朋友相互友善、兄弟相互亲近的宴饮诗,多写人间友情,风格雍容和缓。所以方玉润以四季来比喻《国风》和《大雅》《小雅》的风格时说:"风者,讽也,有类乎春风之风人也;雅者,大也,有类乎夏气发扬与秋令之广大而清明也"[1],指出了雅诗的风格特点。

第五节　本章小结

　　通过对《国风》《大雅》《小雅》的文化取向及诗风的分析,可以看出,作为文学经典的《诗经》的丰富多样性。这种丰富性体现在作为文化文本的《诗经》和作为审美文本的《诗经》两个方面,即两种《诗经》观念:一种是文化的《诗经》观,另一种是审美的《诗经》观。

　　首先,从文化的《诗经》观来说,《诗经》是官方雅文化和非官方的俗文化的结合体,为我们认识西周至春秋社会现实提供了真实的材料。"诗以言志""陈诗以观民风",并没有寻求《诗经》的特殊性质,而主要是关注《诗经》的一般文化意义。春秋时代,在政治、外交活动中富有风度地引用《诗经》章句被认为是真正的"君子"的标志。孔子讲的"诗可以兴,可以观,可以群,可以怨"(《论语·阳货》)[2],"兴于诗,立于礼,成于乐"[3],即强调《诗经》具有使"君子"成人的社会功能和《诗经》所具有的文化意义。丹纳在《艺术哲学》中强调说:"环境,也就是风俗习惯与时代精神,决定艺术品的种类。"[4]所以,对文学的解读,包括对《诗经》的解读,文化观念是自古就有的观念,在今天,它仍然是解读文学作品的重要方法。

---

[1]　[清]方玉润:《诗经原始》,中华书局1986年版,第8页。
[2]　杨伯峻:《论语译注》,中华书局1980年版,第185页。
[3]　聂石樵:《诗经新注》,齐鲁书社2000年版,第81页。
[4]　[法]丹纳:《艺术哲学》,曾令先、李群编译,重庆出版社2006年,第26页。

其次,从审美的《诗经》观来说,作为文学的《诗经》有它独特的审美风格。自从宋文帝建立"四学"以后,"文学正式从玄学、儒学、史学中分离出来,获得独立的发展"①,文学由以前的"尚用"逐渐转向"文质并重"。范晔说文学"情志既动,篇辞为贵"②,梁代萧子显直接说:"文章者,盖情性之风标,神明之律吕也。蕴思含毫,游心内运,放言落纸,气韵天成;莫不禀以生灵,迁于爱嗜。"③这已明确认识到文学区别于其他文化形态的特殊审美性质。从陆机提出"诗缘情而绮靡"④,到刘勰提出"文质并重":"夫水性虚而沦漪结,木体实而花萼振:文附质也。虎豹无文,则鞟同犬羊;犀兕有皮,而色资丹漆:质待文也"⑤,再到钟嵘的"滋味"说⑥,文学的审美性质获得了普遍的认可。从审美的角度看文学,也就是把文学作为审美的对象,是中国古代文学批评的重要维度,也是现代以来对文学进行解读的重要方法。《诗经》作为上古的文学经典,对其文化内涵及审美风格的认识,有助于更深入地了解中国文学的丰富性,为当代文化提供更多的营养。

---

① 罗根泽:《中国文学批评史》(一),上海古籍出版社1984年版,第121—123页。
② 范晔:《后汉书·文苑传赞》,中华书局1965年版,第2658页。
③ 萧子显:《南齐书·文学传赞》,中华书局1972年版,第907页。
④ [三国·吴]陆机:《文赋》,张少康集释,人民文学出版社2002年版,第99页。
⑤ [南朝·梁]刘勰:《文心雕龙·情采》,范文澜注,人民文学出版社1978年版,第256页。
⑥ [南朝·梁]钟嵘:《诗品》,陈延杰注,人民文学出版社1961年版,第3页。

第三章

《庄子》《离骚》与中华优秀传统文化

第一节　庄子其人与《庄子》其书

一、庄子其人

关于庄子生平的历史记载很少，家世渊源、生卒年都不明了。现在人们了解庄子生平大都依据《史记·老子韩非列传》的记载：

> 庄子者，蒙人也，名周。周尝为蒙漆园吏，与梁惠王、齐宣王同时。其学无所不窥，然其要本归于老子之言。故其著书十余万言，大抵率寓言也。作《渔父》《盗跖》《胠箧》，以诋訾孔子之徒，以明老子之术。《畏累虚》《亢桑子》之属，皆空语无事实。然善属书离辞，指事类情，用剽剥儒、墨，虽当世宿学不能自解免也。其言洸洋自恣以适己，故自王公大人不能器之。

《史记》所记庄子其人是史书中对庄子所做的最早的较详细记录，可将其作为了解庄子其人的基本线索。

从《史记》所述"与梁惠王、齐宣王同时"，可以大致确定庄子生活在战国中期，与孟子是同时代的人。在战国时期的人之中，除了荀子在《解蔽》中有"庄子蔽于天而不知人"一句批评的话之外，几乎没有其他的评论流传下来。甚至同时期的孟子对他也只字未提。《孟子》记载有孟子与梁惠王、齐宣王的对话。关于孟子生卒年，杨伯峻认为约在公元前385年—公元前304年。庄子与孟子是同时期的人，我们以这个作为旁证，可以确定庄子生活的年代大致也在公元前400—公元前300年。战国这个时期，正是各诸侯国群雄逐鹿、争战不断的时期。

关于庄子的籍贯，《史记》说庄子是"蒙人也"。但司马迁并未明指是何国之"蒙"，所以关于庄子的故里仍有争议。汉代学者一般认为，蒙在战国时期属宋国，其地大约在今河南商丘。也有人认为蒙是楚地，即今天安徽蒙城，庄子是楚国人。还有人认为蒙在山东冠县、东明、菏泽，庄子是齐人、鲁人。这些说法中，以河南商丘说影响最大。如《庄子·列御寇》中说庄子居宋；《史记·老庄申韩列传》中司马贞索隐引刘向《别录》"宋之蒙人也"；《淮南子·修务训》高诱注"庄子名周，宋蒙县人"；《汉书·艺文志》"庄子"班固自注"名周，宋人"；张衡《髑髅赋》"吾宋人也，姓庄名周"。由此看来，还是以汉代学者之说为是，庄子是宋人。

司马迁在《史记》中说庄子"尝为蒙漆园吏"，关于"漆园"有两种说法：一种是"漆园"为邑名，庄子当过漆园的邑吏；另一种是漆树之园，认为漆园吏就是管理漆树的小吏。无论哪个说法，庄子出身平民是确定无疑的。庄子生活的战国中期正是社会剧烈动荡的时代。此时期诸侯之间战争频发、生灵涂炭；但也正是百家争鸣的黄金时期，被德国的卡乐·雅斯贝斯称为人类文明的"轴心时期"。"士"这一阶层大量出现，成为战国时期思想和文化的传播者。此时，孟子正到处游说各国，墨家的门徒遍及天下，齐国的"稷下之学"也正处于鼎盛时期。庄子却主动选择了"无用"和贫困。司马迁在《史记·老子韩非列传》中曾记载楚威王欲聘庄子为相，庄子说自己"宁游戏污渎之中自快，无为有国者所羁，终身不仕，以快吾志焉"。《庄子》中描述庄子身住阴巷，以织草鞋为生，连温饱都无法解决，饿得形容枯槁，有时还得向人借米，受人讥嘲。庄子见魏王时，穿着打补丁的粗布衣服，踏着用麻绳绑着的破布鞋。可见庄子视富贵荣华如敝履的生活态度。庄子的思想来源于老子，但又发展了老子的思想。"道"是其哲学思想的基础和最高范畴，既是关于世界起源和本质的观念，又是至人的认识境界。庄子人生就是让人体"道"的人生。"天地与我并生，而万物与我为一"（《庄子·齐物论》）。庄子在精神上冲出渺小的个体，短暂的生命融入宇宙万物之间，翱翔于"无何有之乡"（《庄子·逍遥游》），突破时空的局限，进入无古今、无生死、超越感知的"坐忘"境界（《庄子·大宗师》）。庄子的体道人生，实为一种艺术人生，与艺术家所达到的精神状态有相通之处。庄子向来认为"以天下为沉浊，不可与庄语"（《庄子·天下》），因此与之来往的朋友极少，即使有门徒可能也数量不多，正如朱熹所说："庄子当时也无人宗之，他只在僻处自说。"（《朱子语类》卷一百二十五）但也有例外，惠施是庄子生平唯一的挚友。《庄子》一书中记载了庄子与惠施的几则故事，如《逍遥游》中惠子与庄子就"大瓠之种""大树"谈"大而无用"，《秋水》记载"庄子与惠子游于濠梁之上"，两人辩论鱼之乐与人之乐；《德充符》篇记载惠子与庄子谈论"人故无情"；《至乐》篇记载"庄子妻死，惠子吊之，庄子则方箕踞鼓盆而歌"，庄子与惠子谈论人之生死；《徐无鬼》记载：

> 庄子送葬，过惠子之墓，顾谓从者曰："郢人垩漫其鼻端，若蝇翼，使匠石斲之。匠石运斤成风，听而斲之，尽垩而鼻不伤，郢人立不失容。"宋元君闻之，召匠石曰："尝试为寡人为之。"匠石曰："臣则尝能斲之。虽然，臣之质死久矣。"自夫子之死也，吾无以为质矣！吾无与言之矣。

庄子以"匠石运斤"的故事表达自惠子死后，自己再无挚友的寂寞心情。庄子与惠子的友谊是建立在多次针锋相对的辩论上的。从这些记载可以看出，庄子偏于美学上的观赏，更富有艺术家的风貌，而惠子偏于知识论的判断，带有逻辑家的个性。

二、《庄子》其书

《庄子》一书,《史记》没有记载篇数,只是说"故其著书十余万言,大抵率寓言也。作《渔父》《盗跖》《胠箧》,以诋訾孔子之徒,以明老子之术"。班固在《汉书·艺文志》中说《庄子》有五十二篇。秦代的焚书坑儒浩劫后,晋时郭象在古本五十二篇的基础上,只编选了三十三篇,并为之注,流传下来,成为定体,即今本《庄子》,分为内篇七、外篇十五、杂篇十一。郭象注《庄子》时编选了三十三篇,比班固所记载的少了十九篇。他可能在注解《庄子》时出于去伪存真目的而删去那些"一曲之才,妄窜奇说"、不足为信的部分。流传至今的三十三篇《庄子》,就是郭象注本传下来的。《庄子》一书开始是没有内、外、杂篇之分的,今本《庄子》和古本《庄子》司马彪注本,都有内、外、杂篇之分。内、外、杂之划分,一般认为是郭象所为,或认为是西汉时淮南王刘安及其学者门客。也有认为是刘向,"凡一书之内,自分内外者,多出于刘向,其外篇大抵较为肤浅,或并疑为伪托者也",持此说者认为内篇七篇的篇名也出于刘向之手。①

《庄子》篇目的真伪问题,宋代以前没有人提出过。到北宋时,苏轼作《庄子祠堂记》,开始怀疑《杂篇》中的《盗跖》《渔父》《让王》《说剑》四篇非庄子所作:"然余尝疑《盗跖》《渔父》,则若真诋孔子者。至于《让王》《说剑》,皆浅陋不入于道……去其《让王》《说剑》《渔父》《盗跖》四篇,以合于《列御寇》之篇。"苏轼认为《盗跖》《渔父》篇诋訾孔子,又认为《让王》《说剑》"皆浅陋不入于道",就怀疑是伪托之作。此后,历代关于《庄子》内、外、杂篇的时代、作者争论纷纷。后来的研究者步苏轼后尘,便从不同角度指出《庄子》某篇某章为伪作,不像庄子笔意。但也有不认同苏轼的看法的。清代的章学诚就说:"《庄子·让王》《渔父》之篇,苏氏谓之伪托;非伪托也。为庄氏之学者所附益尔。"②一般认为,内篇为庄子所作,时间也早于外、杂篇。也有学者认为,内篇晚于外、杂篇,外、杂篇代表庄子思想,内篇代表庄学思想。③还有学者认为,研究《庄子》应以《逍遥游》《齐物论》为依据,打破内、外、杂篇的界限。④

---

① 崔大华:《庄学研究》,人民出版社1992年版,第52—55页。
② [清]章学诚:《文史通义·言公上》,《文史通义校注》,中华书局1994版,第158页。
③ 任继愈:《中国哲学发展史》(先秦),人民出版社1983年版,第386页。
④ 冯友兰:《中国哲学史新编》,人民出版社1965年版,第367页。

第二节 《庄子》的思想世界

一、"无待"与精神自由：庄子的逍遥之境

《逍遥游》反映了庄子在当时社会语境下对于人的生存方式的理解。庄子追求不受外在条件束缚、自由自在、无所待而逍遥无为的至高人生境界，此种人生境界成为后世追求人格完整与独立的知识分子在困苦状态下的一种心灵寄托而一直绵延不断。在现代生存语境下，庄子的逍遥精神仍有它的存在价值。本文将就庄子逍遥境界的精神内涵及在现代语境下此种精神的价值作以阐述。

（一）"有待"的相对自由和"无待"的绝对自由

庄子从"人的自然化"立场出发，提出了"逍遥游"这一审美的人生态度。"人必须舍弃其社会性，使自然灵魂不受污染，并扩而为宇宙同构才是真正的人，这种人才是自由的人、快乐的人。"[①]庄子的逍遥境界作为人存在的方式是与限定相对的，这个限定在庄子的话语体系中即是"有待"的相对自由，换言之，就是一种受限制的有所凭借的自由。《逍遥游》以大鹏的翱翔远飞形象地表明了这一相对自由的内涵："北冥有鱼，其名为鲲。鲲之大，不知其几千里也。化而为鸟，其名为鹏。鹏之背，不知其几千里也。怒而飞，其翼若垂天之云。是鸟也，海运则将徙于南冥。"大鹏形体之大，罕有其匹，气势昂扬，有一种莫可阻挡的自由和快乐，"鹏之徙于南冥也，水击三千里，抟扶摇而上者九万里"；但大鹏飞翔时却离不开风："风之积也不厚，则其负大翼也无力。"对于风的依存使大鹏高飞远举成了一种有所凭借的受外界条件限制的相对自由。与大鹏九万里高空翱翔，由北海远飞至南海的大境界相比，蜩和鸠鸟则显示了另一种小境界的生存境遇："蜩与学鸠笑之曰：'我决起而飞，抢榆枋，时则不至，而控于地而已矣，奚以之九万里而南为？'"这两种小鸟受自己狭小视域的限制，嘲笑大鹏高飞九万里是多此一举。更有斥鷃鸟嘲笑大鹏："我腾跃而上，不过数仞而下，翱翔蓬蒿之间，此亦飞之至也，而彼且奚适也"。斥鷃因其视野狭小，认为"蓬蒿之间"是"飞的极境"。如果说，大鹏的高飞九万里只是受外在的客观条件——"风"的限制，那么蜩和鸠以及斥鷃鸟不但受外在的条件限制，更受到自身的主观条件——狭小的视野的限制，它是对自身存在的一种自我限定。外在的限定与庄子提出的逍遥存在方式是一种冲突，自我的限定则是对逍遥方式的进一步否定，所以庄子说，大鹏的高飞和斥鷃鸟的"翱翔蓬蒿之间"本质上没有什么区别，不同的是前者境界阔达，后者境界狭小而已，只是"小大之辩"[②]的区别。

---

① 冯友兰：《中国哲学史新编》，人民出版社 1965 年版，第 127 页。
② ［清］郭庆藩：《庄子集释》，王孝鱼点校，中华书局 1982 年版，第 14 页。

"大鹏、蜩和鸠鸟的存在方式实质是对人的存在方式的一种隐喻。"①人的存在方式是多种多样的。庄子区分了人的几种不同的存在方式:"故夫知效一官,行比一乡,德合一君,而征一国者,其自视也,亦若此矣",也就是说,才智能胜任一官之职,行为能适合一乡人的心愿,德性合于国君心意且能取得一国人的信任,这三种人都是一类人,他们如同斥鷃、蜩和鸠鸟看待自身一样,以自己小范围的存在方式为满足,以"知效一官,行比一乡,德和一君,而征一国"为"飞之至"的最高境界。这类人政治才干的发挥,需要一定的舞台;饮誉乡里,以一定的伦理关系为背景。同时,在政治领域是否得到赏识,取决于在上者的立场、态度;是否在道德层面获得赞誉,则依存于外在的评价系统和评价过程。在此,存在背景和评价系统构成了对于个体的双重否定。

视野更为开阔的宋荣子对这一类人"犹然笑之"。宋荣子"举世誉之而不加劝,举世非之而不加沮,定乎内外之分,辨乎荣辱之境,斯已矣。彼其于世,未数数然也"。虽然外在的荣辱不能使宋荣子或喜或忧,但是在他的思想深处仍没有脱离内在与外在的纠结。"虽然宋荣子能知内外,亦为未有大树立……,故曰'犹有所待'。"②"内外之分"意味着以自我的价值取向为"内",以外在的评价系统为"外",他的行为执着于内在,拒斥外在的影响,比"知效一官,行比一乡,德和一君,而征一国"者单纯依存于外在要高出一筹。但是,内在与外在、荣与辱的分别本身就是一种界限,宋荣子虽然不汲汲于世,但仍不能忘己、忘名而自立于逍遥之途。在执着于界限的前提下,人的存在是很难达到真正的逍遥自在的存在形态。

相对于宋荣子的存在,列子的生存方式似乎更为飘逸,他"御风而行,泠然善也,旬有五日而返;彼于致福者,未数数然也",列子的存在方式实质类似于大鹏的高飞远举。列子驾驭风飘然而行,超然世外,对于求富一类的事情,也是淡定从容,不竭力寻求,代表了更高的人生境界和不同于众的价值取向。但在庄子的理解中,凭借风力而行固然飘逸、自在,不追求富贵固然脱俗;然而列子的飘逸自在和大鹏一样,都需要凭借风力而行,离开风,列子便无法"免于行"。"人之行也在地,列子之行也御风。此虽免乎行,而非风不可,故曰'有所待'。"③从这个意义上说,列子的飘然而行和大鹏的高飞远举一样,受制于外在的条件限制,是一种"有所待"的相对自由,是一种人生存在方式的受限,不合乎庄子逍遥的要求。

大鹏、蜩和鸠鸟、宋荣子、列子等的存在形态尽管方式各异,但有一个共同点,就是受到一定的限定。在受限定、被束缚的条件下,难以真正达到逍遥的境界。"逍遥"则意味着对限定的超越,真正的逍遥境界是怎样的呢?晋代郭象认为"夫小大虽殊,而放于

---

① 杨国荣:《庄子的思想世界》,北京大学出版社 2006 年版,第 221 页。
② [宋]林希逸:《南华真经口义》,陈红映点校,云南人民出版社 2002 年版,第 9 页。
③ 同②。

自得之场,则物任其性,事称其能,各当其分,逍遥一也"①。郭象认为物无论大小,只要适合于它的本性就是逍遥,这并不符合庄子的本意。"'逍遥游'的'逍遥'既不是指斥鷃的逍遥,也不是指鲲鹏的逍遥,而是指无何有之乡,广莫之野,彷徨乎无为其侧,逍遥乎寝卧其下的逍遥,是超越了量的关系的无条件的绝对的自由。"②"逍遥"就是"乘天地之正,而御六气之变,以游于无穷者",只有此种境界,才是真正的逍遥。庄子感叹地说,如果能达到这种境界,"彼且恶乎待哉"。这才是真正"无待"的绝对自由。"乘天地之正"即顺从万物的本性。也就是遵循事物存在的自身法则,避免对事物做人为的划界、分隔。"乘天地之正"不仅仅意味着自然的天性,而且表现为合乎人自身的天性。以逍遥为指向,"自然"同时被理解为合乎人性或人性化的存在形态。"御六气之变"就是顺从阴、阳、风、雨、晦、明的变化,与外界相融为一。闻一多在《庄子诂》中指出:"御,亦乘也。……上下错举,互文以成义。"③在庄子看来,人与自然相融为一体,保持人的先天的自然之性,即"保真"。"游于无穷",是游于"无始无终之境,不生不死之门",即要游于大道,忘掉始与终,忘掉生与死,与万物为一,只要达到这种境界,才是"无所待的绝对自由"。庄子所提出的"乘天地之正,而御六气之变,以游于无穷者"的核心命题,包含主体和客体、精神和物质世界两方面的因素:一是"乘""御""游",这都是从主体精神方面而言;二是"天地之正",这是从客观因素方面而言。前者为主,后者为宾。庄子哲学的核心并不在于探索什么是"乘天地之正",而是着重探索如何使主体精神"乘天地之正"以"御"以"游"。在提出核心命题后,立即转入推理性命题"故曰:至人无己,神人无功,圣人无名",以此作为理想人生逍遥境界的表述。

(二)逍遥的三种人生境界

逍遥的三种人生境界:"至人无己,神人无功,圣人无名"。

"至人、神人、圣人"指能达到任天顺物、忘怀一切境界的人,即庄子理想中修养境界最高的人。"所谓至人、神人、圣人,其实是一种人,即顺天地、忘物我而获得绝对自由的得适之人。"④这里的"至人、神人、圣人",并非指超越于人类之上的神仙,而是对掌握了宇宙真谛、达到精神境界至境的美称而已。庄子以夸张和虚构的笔法对"至人、神人、圣人"的超越境界,尤其是对"神人"的境界予以描绘:"藐姑射之山有神人居焉,肌肤若冰雪,绰约若处子;不食五谷,吸风饮露;乘云气,御飞龙,而游乎四海之外;其神凝,使物不疵疠而年谷熟。"这里的神人不仅仅是一个神话人物,更是对"乘天地之正,而御六气之变",顺应万物的本性、保持本真自我的一种象征化表述。"庄子和道家提出了'人的自然化问题',它与'礼乐'传统和孔门仁学主张的'自然的人化'恰好既对立又补充。儒

---

① [晋]郭象注,[唐]成玄英疏:《南华真经注疏》,中华书局1998年版,第1页。
② 张京华:《庄子哲学辨析》,辽宁教育出版社1999年版,第5页。
③ 闻一多:《神话和庄子研究》,巴蜀书社2002年版社,第203页。
④ 陆永品:《庄子通释》,中国社会科学出版社2006年版,第9页。

家讲'自然的人化'是讲人的自然性必须渗透和符合社会性才成为人,庄子讲人必须舍弃社会性使自然性不受污染,并扩而与宇宙同构才是真正的人。庄子认为只有这种人才是自由的人、快乐的人。他完全失去了自己的有限的存在,成为与自然宇宙同一的至人、神人、圣人。"①

"无名、无功、无己"是"逍遥游"境界的具体细分,它不是随意想象上天入地和白日做梦式的空想,它特指在观念世界中不受事物对立界限的区隔,打破自我与非我、非我与非我、自我与自我的绝对分界,破除"成心"——即受到现实环境熏染、受到知性遮蔽的世俗化了的内心。人心一旦被束缚,往往形成某种思维定势,"成心"便表现为这样一种思维定势。庄子力求人要从现实束缚和知性遮蔽中摆脱出来,从固有的思维定势中解放出来,还一个"真心""自然之心"。

"无名"指无心汲汲于名位,就是"不以天下为事"。只有"无名",才能处理好个人与社会之间的关系。庄子认为"名者,实之宾也"(《逍遥游》),人如果热衷于求名,就势必和别人发生冲突,"德荡乎名,智出乎争。名也者,相轧也;智也者,争之器也。二者凶器,非所以尽行也"(《庄子·人间世》)。在庄子看来,儒家的道德仁义之所以行不通,就在于过于追求虚名,致使人与人之间相互斗争和残杀。与此相反,庄子极力主张放弃"名"的追求,"弃世则无累,无累则正平,正平则与彼更生,更生则几矣"(《庄子·达生》)。也就是说,"无名",从人生哲学的角度讲,即要破除自我与非我的对立,洗刷内心中的功名利禄观念。如果为别人做了好事,一定要得到什么奖赏和回报,这实际上是把自我与非我对立起来了,即便是以仁人之心爱人利人,庄子也认为是求名利。因为强以仁义绳墨天下,就把自我置于与天下对立的一方,以己为是,以天下为非,这就是"葘人"。这里,我们应注意到庄子此话的语境。庄子生活的春秋时代,礼崩乐坏,人心不古,杀伐征战蜂起,诸侯兼并侵吞之剧烈是庄子在以前的历史上没有看到的现象。庄子目睹现实的纷乱,内心的焦灼并不亚于有救世理想的孔子,其"无名"的人生境界,并不是庄子个人自给自足的独语,而是有着很强的现实针对性。庄子以尧让天下与许由来说明"圣人无名",这是庄子为当时饱受纷争之苦的世人开出的心灵药方。

"无功",指能够超脱世俗功利,就是不"以物为事",只有"无功",才能处理好人和自然的关系。打破物我的对立。如同日夜、寒暑、水火一样,本无所谓是,无所谓非;如果顺应了自然规律,无所不是,违背了自然规律,无所谓非。庄子主张:"无为谋府,无为事任"(《庄子·应帝王》),"不与物交,淡之至也"(《庄子·刻意》)。取消了物欲,人就可以摆脱"物累",一切顺应自然,外物就不会牵累于人,人与物才能和谐相处。"有机心者必有机事,有机事者必有机心。机心存于胸中,则纯白不备;纯白不备,则神生不定;神生不定者,道之所不载也。"(《庄子·天地》)。这段话生动而形象地说明,如果"以物为事",精神就会失去平衡,心神不定,为物所牵累,就不会为道所载。藐姑射山的神人

---

① 李泽厚:《华夏美学》,天津社会科学院出版社2001年版,第130页。

"其神凝,使物不疵疠而年谷熟""磅礴万物,以为一世蕲乎乱,孰弊弊焉,以天下为事",神人追求精神的超越性,万物混同为一体,精神专注守一,让万物是其所是,不强加于万物,才使得万物免受灾害。"神人"具有特异的功能:"大浸稽天而不溺,大旱金石流、土山焦而不热",能不受外物的纷扰,保持纯真的本性。庄子在《齐物论》中提出:"天地与我并生,而万物与我为一。"这里庄子的"并生""为一"并不是宇宙论层面上的"我"与万物共生、同在,而是与精神世界的形成和构建相联系:"我"把天地万物看作或理解为与"我"合一的存在,由此获得独特的意义视域,而这种意义视域的形成过程,同时伴随着精神世界的建构。以"我"与天地万物的合一为内容,外部世界收摄于个体的意义之域,二者相互融合,展示了统一的精神之境。而在融入天地的过程中,人同时又游于"逍遥之虚"(《庄子·天运》)。物我之间不再横亘界限,与天地万物的融合,将人们引向了自由的精神空间。

"无己",就是遗形去智,同于无用。换言之,是破除自我与自我的对立。庄子提出"无己"之说,从形式上看,"无己"似乎意味着消解自我,然而在逻辑上,没有自我,何来"乘天地之正"的主体？同时,逍遥游也以自我为承担者,当自己不复存在时,逍遥之境又如何落实？这里的关键是对"己"的理解。庄子在《齐物论》中提出:"吾丧我",前一个"吾"是合于自然(天)的"我",后一个"我"指的是同于世俗的、礼乐文明所塑造的"我"。"无己""丧我"就是使精神得到彻底的解脱。庄子反对礼乐文明对人的外在束缚和抑制,在礼乐文明的形式下,人往往失去本真的存在形态(导向非人化);唯有消除礼乐文明对人的限定,才能使人的存在形式由非人化走向人化。在这里,庄子并不是单纯地消极地反对礼乐文明,他是从保持人的天然本性出发,反对礼乐文明对人的本性的束缚甚至扭曲。庄子说:"忘己之人,是之谓入于天。"(《庄子·天地》)

以保持人的"本真"状态为指向,庄子回应了惠施的讽刺。惠施以大树的无所取用讽刺庄子之言的无用,庄子曰:"今子有大树,患其无用,何不树之于无何有之乡,广莫之野,彷徨乎无为其侧,逍遥乎寝卧其下;不夭斤斧,物无害者,无所可用,安所困苦哉！""无何有之乡""广莫之野"是指"寂绝无人之地,宽广无人之处"[1],代表了一种天然存在的自然状态,可以看作是超越境界的隐喻。在这样的浑朴自然的环境中,至人(得道之人)任意地悠游于树旁,怡然自得地躺卧在树下,多么安闲自适,怡情畅性,这是庄子对逍遥之境的形象描述。"无何有之乡,广莫之野"暗示了逍遥之境本身的超越性。此种超越在庄子那里不同于佛教的走向彼岸:庄子提倡"与万物为一",注重的是人的本体存在,"无何有之乡,广莫之野"并不是与现实相对的另一个世界。从实质的层面看,庄子的超越更多地表现为理想的存在形态:相对于有所待、受限定的现实处境,"无何有之乡"无疑呈现了理想的性质,是在现实生存下人的一种更高层次的超越性的精神追求。

---

[1] [清]郭庆藩:《庄子集释》,王孝鱼点校,中华书局1982年版,第17页。

由"乘天地之正"而达到"无名、无功、无己",摆脱名缰利锁,获得"御六气之变,以游于无穷"的逍遥境界,是庄子在当时社会现实下全身远害,安身立命,保持人格独立和精神自由的心理药方。"无名、无功、无己"三方面,"无己"是最为重要的、至人所达到的最高境界。

(三)逍遥境界的当代价值

当代社会科技飞速发展,人们的物质生活极为丰富,可以享受的精神文化产品层出不穷。物质丰富的当代人,在科技日新月异、知识快速增长的时代,却感觉到极大的生存压力,特别是实用主义思潮泛滥的当下,人们几乎沦为各种外物的附属品,人的主体意识在一定程度上受到削弱。再者,功利主义的盛行使当代人的精神在现代文明的氛围中反而显得有点浮躁和荒芜,人性所应具有的素朴、纯真等美好的一面受到一定程度的挤压和遮蔽。如何化解当代人的生存困境和精神危机?庄子提出的"乘天地之正"的"无名、无功、无己"的逍遥境界对我们当代人精神解困具有启示价值。

接受"无名"的理念,应洗刷内心过重的功名利禄之念,要能够摆脱过多的名缰利锁,享受精神的自由和安宁,要有如老子所说"为而不恃"的精神境界。

接受"无功"理念,要有不被现实事物所遮蔽的反省力,能顺应事物规律,遵从事物天然之性,要有超越性的至上精神追求。

接受"无己"的理念,要突破过于浓重的实用主义思维模式,放眼长远,能够从现实境遇中解放出来,获得精神的相对自由;要有"无用为大用"的前瞻性眼光,不只汲汲于当下。

总之,庄子所说的"乘物以游心"的精神内核是"心斋""坐忘","一是消解由生理而来的欲望,使欲望不给心以奴役,另一是不让由知识而来的是非判断给心以烦扰"[1]。这种精神不是闭上眼睛不去看世界一切矛盾就会烟消云散了,"心斋""坐忘""游心"也不是纯然在"虚幻"中寻求解脱。它是现实境遇下超越性的精神追求。这种精神"是心理治疗的清凉剂,是科学认识的清道夫"[2]。作为清凉剂,是说人生的喜怒哀乐,固然和个人的遭际有关,但人主观的"成心"的确是人自苦其苦、自寻烦恼的意识根源。人沉溺于"小我"之见,沉溺于主观的是非之中,就不能豁达、宽容、平等地对待别人,往往被自己所不能把握的事情搞得心烦意乱。这种精神追求是科学认识的清道夫。它能打破知性遮蔽,使人体味到事物之间的普遍联系和物极必反、相互转化的道理,有利于人们客观地看待矛盾、认识矛盾,把握规律。这种精神也可以使人高尚其志,道德完美。一言以蔽之,庄子逍遥境界是对独立人格的追求,是知识分子的气节之歌。当代人需要这一清凉剂,使自己在物质社会中保持清醒,不至于迷茫。

---

[1] 徐复观:《中国艺术精神》,广西师范大学出版社2007年版,第54页。
[2] 王凯:《逍遥游——庄子美学的现代阐释》,武汉大学出版社2003年版,第60页。

二、法天贵真,复归于朴:庄子的美学思想

(一) 以自然为美

道家思想重在"自然"。从老子开始就有崇尚自然的意思。老子主张"无为",即顺应自然规律、自然而然地做事。庄子进一步发展了老子"无为""自然"的思想,主张"以自然为宗"。《庄子·渔父》叙述孔子向渔父请教什么是"真":

> 孔子愀然曰:"请问何为真?"客曰:"真者,精诚之至也。不精不诚,不能动人。故强哭者,虽悲不哀;强怒者,虽严不威;强亲者,虽笑不和。真悲无声而哀,真怒未发而威,真亲未笑而和。真在内者,神动于外,是所以贵真也……故圣人法天贵真,不拘于俗……"

"法天贵真,不拘于俗",就是主张要效法自然规律,遵守自然法则,保持纯真本性,崇尚真实、自然、本真的状态,不做作、不假饰,不受世俗的人为约束。

《庄子·山木》提出了"复归于朴"的思想:

> 北宫奢为卫灵公赋敛以为钟,为坛乎郭门之外。三月而成上下之县。王子庆忌见而问焉,曰:"子何术之设?"奢曰:"一之间,无敢设也。奢闻之:'既雕既琢,复归于朴。'侗乎其无识,傥乎其怠疑……"

北宫奢所说的"既雕既琢,复归于朴"意思是,雕琢已失去本性,复之以其性,主张事物保持天然状态才是真,才是美。

庄子这种以"自然为宗"的思想,并不能直接认为就是崇尚自然的美学思想,但它对后世"崇尚自然"美学思想的形成产生了直接的影响。庄子以"自然为宗"的思想,蕴含有三层意思:一是恬淡无为,安时处顺;二是反对人为约束,恢复纯真自然本性;三是向往"小国寡民"的原始社会和"混茫"世界。这在《庄子》其他篇章,如《骈拇》《天地》《天道》《缮性》《秋水》也有体现。

(二) 以内德为美

庄子认为,人的贵与贱,并不能以其地位的高低来划分,而应当以其行为的美丑为标准来划分。《庄子·盗跖》篇叙述子张与满苟的对话,就提出了人的美丑标准:

> 子张曰:"昔者桀、纣贵为天子,富有天下。今谓臧聚曰:'汝行如桀、纣。'则有怍色,有不服之心者,小人所贱也。仲尼、墨翟,穷为匹夫,今谓宰相曰:'子行如仲尼、墨翟。'则变容易色,称不足者,士诚贵也。故势为天子,未必贵

也;穷为匹夫,未必贱也。贵贱之分,在行之美恶。"

"贵贱之分,在行之美恶",不在于地位高低。庄子强调的是人的内在之美。庄子注重人的内德之美,认为即使外形极为丑陋之人,只要内德充美,也是极美之人。《庄子·人间世》和《德充符》中,分别塑造了七个形体残缺不全的丑陋怪人,虽然形象可怖,但他们的德行才智超过了常人,是天下最受人欢迎与爱戴的人。《人间世》塑造了支离疏这样一个极丑之人:

> 支离疏者,颐隐于脐,肩高于顶,会撮指天,五管在上,两髀为胁。挫针治繲,足以糊口;鼓筴播精,足以食十人。上征武士,则支离攘臂而游于其间;上有大役,则支离以有常疾不受功;上与病者粟,则受三钟与十束薪,夫支离其形者,犹足以养其身,终其天年,又况支离其德者乎!

支离疏作为奇丑无比之人,却能终其天年,不受征战徭役之苦,有受恩抚恤之利。庄子塑造这样一个人物,是要说明外在的丑怪往往却是一种长处。同样,《庄子·德充符》凭空撰出五个形体残缺不全的畸形丑怪之人,表达了一种形残而德高的道德观和美学观,兹举例如下:

> 闉跂支离无脤说卫灵公,灵公悦之;而视全人,其脰肩肩。瓮㼜大瘿说齐桓公,桓公悦之;而视全人,其脰肩肩。故德有所长,而形有所忘。人不忘其所忘,而忘其所不忘,此谓诚忘。

这几句话大意是说:有一个跛脚、伛偻,又无嘴唇的人游说卫灵公,卫灵公十分喜欢他;再看到正常人,反而觉得他们的脖子太细长了。有一个脖子长着大如瓮盎的瘤子的人游说齐桓公,齐桓公十分喜欢他;再看正常人,反而觉得他们的脖子太细长了。所以,一个人德行充实过人,形体的丑陋就会被人遗忘。世人不遗忘应当遗忘的形骸,却遗忘不应当遗忘的德行,这才是真正的遗忘。可见,庄子所重视的是人内在德行,以内德为美。

(三)以意会为美

老子认为"道可道,非常道""名可名,非常名","道"和"名"这两样东西只可意会,不可言传。庄子继承了老子道体至虚、只可意会、不可言传的思想。庄子认为"大道不称,大辩不言"(《齐物论》),"可以言传者,物之粗也;可以意致者,物之精也"(《秋水》)。庄子在《养生主》用庖丁解牛的故事说明"神会"的重要性:

> 庖丁为文惠君解牛,手之所解,肩之所倚,足之所履,膝之所踦,砉然响然,

奏刀騞然，莫不中音，合于《桑林》之舞，乃中《经首》之会。

全是形容一出神入化的妙境。庖丁再自述其宰牛的体会说：

臣之所好者道也，进乎技矣。始臣之解牛时，所见无非牛者；三年之后，未尝见全牛也。方今之时，臣以神遇而不以目视，官知止而神欲行，依乎天理，批大郤，导大窾，因其固然；技经肯綮之未尝，而况大軱乎！良庖岁更刀，割也。族庖月更刀，折也。今臣之刀十九年矣，所解数千牛矣；而刀刃若新发于硎。彼节者有间，而刀刃者无厚，以无厚入有间，恢恢乎其于游刃必有余地矣。是以十九的而刀刃若新发于硎。

庖丁所述解牛经验，已达到神会、意会而不以目视的境界。这种境界对于后世的文艺创作和审美体验产生了很大影响，即文艺创造和审美追求一种"只可意会，不可言传"的美。

《天道》篇对神会、意会的经验做了更充分的阐述：

世之所贵道者，书也。书不过语，语有贵也；语之所以贵者，意也。意有所随；意之所随者，不可以言传也。而世因贵言传书，世虽贵之，我犹不足贵也。为其贵非其贵也。故视而可见者，形与色也，听而可闻者，名与声也。悲夫！世人以形色名声为足以得彼之情。夫形色名声，果不足以得彼之情，则知者不言，言者不知，而世岂识之哉？

庄子认为，世俗所珍贵的大道，全靠书籍的记载，而书籍的记载还要通过语言文字。语言文字的可贵之处就在于它深邃的外在含义。语言文字的外在含义是"只可意会，不可言传"的。庄子进而用轮扁斫轮的故事，生动地说明"只可意会，不可言传"在技艺上的表现：

桓公读书于堂上。轮扁斫轮于堂下，释椎凿而上，问桓公曰："敢问公之所读者何言耶？"公曰："圣人之言也。"曰："圣人在乎？"公曰："已死矣。"曰："然则君之所读者，古人之糟魄已夫！"桓公曰："寡人读书，轮人安得议乎？有说则可，无说则死！"轮扁曰："臣也，以臣之事观之：斫轮，徐则甘而不固，疾则苦而不入；不徐不疾，得之于手而应于心，口不能言，有数存焉于其间；臣不能以喻臣之子，臣之子亦不能受之于臣，是以行年七十而老斫轮。古之人与其不可传也死矣，然则君之所读者，古人之糟魄已夫！"

轮扁得心应手的高超斫轮技艺不能传给子孙,是因为此种绝技,只可意会,不可言传。庄子在《天道》篇中用以上两则故事是要说明:语言文字只能表达"形名声色"等迹象,而不能表达"意之所随"的道。事物的精微之处,只能意会,不可言传。庄子这种类似神秘主义的审美思想,对后世文学及审美颇有影响。古典诗歌创作及鉴赏中讲究"言外之意""文外之致""弦外之音""言有尽而意无穷"等美学思想,就深受庄子的影响。

第三节 《庄子》的艺术世界

一、意出尘外,怪生笔端:《庄子》的想象与虚构

《庄子》是先秦说理文中最有文学价值的散文。《庄子》中自称其创作方法是"以卮言为曼衍,以重言为真,以寓言为广"(《天下》)。卮言即出自无心、自然流露之语言,这种语言层出不穷,散漫流衍地把道理传播开来,并能无穷无尽,永远流传下去。重言即借长者、尊者、名人言语,为使自己的道理被他人接受,托己说于长者、尊者之言以自重。寓言即虚拟地寄寓于他人他物的语言。人们习惯于以"我"为是非标准,为避免主观片面,把道理讲清楚,取信于人,必须"藉外论之"(《寓言》)。在这"三言"之中,"寓言十九"(《寓言》)。清代的刘熙载在《艺概·文概》中评价《庄子》说:"'意出尘外,怪生笔端',庄子之文,可以是评之。其根极则《天下》篇已自道矣,曰:'充实不可以已。'"①《庄子》一书寓言众多,全书仿佛是一部寓言故事集,这些寓言还表现出超常的想象力,构成了奇特的形象世界,具有典型的浪漫特征。《庄子》的这种"意出尘外,怪生笔端"的浪漫想象,表现在其篇章有的雄奇壮观,有的恢诡谲怪。

先看《庄子》的雄奇壮观浪漫想象。《庄子》的想象虚构,往往超越时空的局限和物我分别,恢诡谲怪,奇幻异常,气势磅礴,具有浪漫主义的精神,给人留下深刻印象。如《逍遥游》写鲲鹏展翅九万里的寓言:

> 北冥有鱼,其名为鲲。鲲之大,不知其几千里也;化而为鸟,其名为鹏,鹏之背,不知其几千里也;怒而飞,其翼若垂天之云。是鸟也,海运则将徙于南冥。南冥者,天池也。
> 《齐谐》者,志怪者也。《谐》之言曰:"鹏之徙于南冥也,水击三千里,抟扶摇而上者九万里,去以六月息者也。"

庄子写鲲鹏迁徙的场景,想象之丰富,场面之雄奇,千古少有,赢得不少评论家的称

---

① [清]刘熙载:《艺概·文概》,上海古籍出版社1978年版,第7页。

叹。晋代的阮修曾作《大鹏赞》,曰:"苍苍大鹏,诞之北溟。假精灵鳞,神化以生。如云之翼,如山之形。海运水击,扶摇上征。翕然层举,北负太清。志存天地,不屑唐庭。莺鸠仰笑,尺鷃所轻。超然高逝,莫知其情。"①阮修把庄子描写鲲鹏硕大无比、击水三千、扶摇直上九万里的磅礴气势、勇猛精神,逼真地再现了出来。这种雄奇壮阔的意境、宏伟浩瀚的景象,是庄子的卓然建树,给人以"志存高远、雄飞万里"的难得艺术享受。清代刘熙载评论说:"文之神妙,莫过于能飞。庄子之言鹏曰'怒而飞',今观其文,无端而来,无端而去,殆得'飞'之机者。乌知非鹏之学周耶?"②

再如《外物》篇中写任公子垂钓大鱼的场景:

> 任公子为大钩巨缁,五十犗以为饵,蹲乎会稽,投竿东海,旦旦而钓,期年不得鱼。已而大鱼食之,牵巨钩陷没而下,惊扬而奋鬐,白波若山,海水震荡,声侔鬼神,惮赫千里。任公子得若鱼,离而腊之,自浙河以东,苍梧以北,莫不厌若鱼者。

庄子把钓鱼的场景写得如此宏伟壮观、惊心动魄,写尽玄大之妙。

庄子文章笔法的神奇雄伟、豪放洒脱,对李白、苏轼、辛弃疾等豪放派诗(词)人产生了很大影响,他们的创作得力于庄子,在庄子那里汲取的丰富营养,使他们在诗词文赋方面取得了伟大的艺术成就。李白创作《大鹏赋》,赞叹说:"南华老仙,发天机于漆园,吐峥嵘之高论,开浩荡之奇言,徵至怪于齐谐,谈北溟之有鱼。吾不知其几千里,其名曰鲲,化成大鹏……一鼓一舞,烟朦沙昏,五岳为之震荡,百川为灾害崩奔……吾亦不测其神怪之若此,盖乃造化之所为,岂比夫蓬莱之黄鹄。"③李白在《大鹏赋》中化用《逍遥游》中鲲鹏高飞之意,行文也是汪洋恣肆,雄飞高举,想象超迈,可见受庄子影响之深。苏轼对庄子佩服得五体投地,据《宋史·苏轼传》记载,苏轼读《庄子》时赞叹说:"吾昔有见,口未能言,今见是书,得吾心矣。"④辛弃疾也深受庄子的影响,他不但读《庄子》《老子》,而且在诗词创作中常常征引庄子的语言,化用庄子思想,如他在《感皇恩·读〈庄子〉闻朱晦庵即世》中写道:"案上数编书,非庄即老,会说忘言始知道。万言千句,不自能忘堪笑。朝来梅雨霁,青青好。一壑一丘,轻衫短帽,白发多时故人少。子云何在,应有玄经遗草。江河流日夜,何时了。"⑤从这几例可以看出,庄子雄奇的想象对后世浪漫主义文学的创作起到了积极哺育的作用。

---

① [唐]房玄龄撰:《晋书·阮籍传》,卷四十九,清乾隆武英殿刊本。
② [清]刘熙载:《艺概·文概》,上海古籍出版社 1978 年版,第 7 页。
③ [唐]李白:《李翰林全集·卷一·大鹏赋》,明万历四十年刘世教刊本。
④ 《宋史·卷三百三十八·列传第九十七·苏轼(子过)传》,中华书局 1985 年版。
⑤ [宋]辛弃疾:《稼轩长短句》卷之七,元大德三年铅山广信书院刊本。

再看《庄子》恢诡谲怪的浪漫想象。其表现之一是幻想极小之物,如《逍遥游》中写杯水芥舟,朝菌蟪蛄;《则阳》篇写蜗角蛮触,曲尽小之情状:"有国于蜗之左角者,曰触氏;有国于蜗之右角者,曰蛮氏。时相与争地而战,伏尸数万,逐北旬有五日而后反。"想象之丰富,非同一般。表现之二是人与物之间,物物之间,梦幻与现实之间,万物齐同,毫无界限,想象奇特恣纵,伟大丰富。如《至乐》篇写庄子与骷髅论道:

> 庄子之楚,见空骷髅,髐然有形。撽以马捶,因而问之,曰:"夫子贪生失理而为此乎?将子有亡国之事,斧钺之诛而为此乎?将子有不善之行,愧遗父母妻子之丑而为此乎?将子有冻馁之患而为此乎?将子之春秋故及此乎?"于是语卒,援骷髅,枕而卧。
>
> 夜半,骷髅见梦曰:"子之谈者似辩士,视子所言,皆生人之累也,死则无此矣。子欲闻死之说乎?"庄子曰:"然。"骷髅曰:"死,无君于上,无臣于下,亦无四时之事,从然以天地为春秋,虽南面王乐,不能过也。"庄子不信,曰:"吾使司命复生子形,为子骨肉肌肤,反子父母、妻子、闾里、知识,子欲之乎?"骷髅深矉蹙頞曰:"吾安能弃南面王乐而复为人间之劳乎!"

庄子与骷髅之间的对话,打破了人鬼界限,想象可谓奇特谲怪。

再如《齐物论》篇写罔两问影、庄周梦蝶,更是想象超群,恢诡谲怪:

> 罔两问景曰:"曩子行,今子止;曩子坐,今子起。何其无特操与?"
> 景曰:"吾有待而然者邪?吾所待又有待而然者邪?吾待蛇蚹蜩翼邪?恶识所以然?恶识所以不然。"
>
> 昔者庄周梦为胡蝶,栩栩然胡蝶也。自喻适志与,不知周也。俄然觉,则蘧蘧然周也。不知周之梦为胡蝶与?胡蝶之梦为周与?周与胡蝶则必有分矣。此之谓物化。

罔两与影子是物与物之间的对话,庄周梦蝶已打破了现实与梦幻的界限。在庄子的眼中,已无物我之分,人物之间,物物之间,天地万物与精神世界的交流可以毫无限制,任何事物都有思想、有灵性,可以将抽象的哲理表达得生动有趣。这种漫无涯际的想象与广阔无垠的视野,使庄子散文能够超越时空局限,呈现出宏大雄奇的气魄与汪洋恣肆的浪漫主义色彩。所以,鲁迅评论《庄子》的文章说:"然文辞之美富者,实惟道家……今存者有《庄子》。庄子名周,宋之蒙人,盖稍后于孟子,尝为蒙漆园吏。著书十余万言,大抵寓言,人物土地,皆空言无事实,而其文则汪洋辟阖,仪态万方,晚周诸子之作,莫能先也。"①

二、嬉笑怒骂,皆成文章:《庄子》的讽刺与幽默

《庄子》大都是寓言故事,《寓言》篇说:"寓言十九,重言十七,卮言日出,和以天倪。"寓言故事占了《庄子》大部分篇幅,庄子用大量的寓言故事"寓真于诞,寓实于玄"②,通过寓言来表达庄子的哲学思想,反映他对现实社会的认识,充满批判精神和幽默色彩。

《庄子》辛辣冷峻的讽刺表现之一,是批评当时的社会现实。庄子为人正直不阿,不取媚权贵,不屈于势利,蔑视鄙弃功名富贵。他对当时社会上的许多丑恶现象,都能用辛辣的文字给予无情的揭露和抨击。上面所举《则阳》篇写蜗角之中,触氏和蛮氏相与争地,伏尸数万,旬有五日而后返。表面看是虚构与想象,想象夸张之奇,令人难以置信,但这正是庄子所生活的战国中期诸侯争霸、战争纷起、百姓遭殃的写照。孟子与庄子是同时代人,《孟子·离娄上》中写当时社会现状:"争地以战,杀人盈野;争城以战,杀人盈城,此所谓率土地而食人肉,罪不容于死。"③

《庄子》辛辣冷峻的讽刺表现之二,是嘲讽那种为利益不择手段的小人。庄子一生不慕富贵,不追逐势利,甘愿过贫困的生活。《秋水》篇写了两则庄子鄙弃功名富贵的事。一则写庄子在濮水钓鱼,楚王派大夫二人前去请庄子到楚国做官。庄子问两个大夫,神龟是愿意死去留下它的壳显示贵重呢,还是愿意活着在泥水中摆尾巴。两大夫说龟愿意活着。庄子说,你们回去吧,我将要在泥水里摆尾巴,明确拒绝了楚国官位。另一则写庄子和惠子谈梁(魏)国相位的故事。有人告诉惠子,庄子来到了梁国,想代替惠子的梁国相位。惠子在梁国都城中搜拿庄子,庄子前去见惠子,给惠子讲了个鹓雏和腐鼠的故事。庄子说鹓雏"非梧桐不止,非练实不食,非醴泉不饮",鸱得一只腐鼠,鹓雏从空中飞过时,鸱仰头对着鹓雏吓唬道:"嚇!"现在,你惠子想用你的梁国相位吓唬我吗?庄子与惠子是好友,这个故事的真实性暂且不说,庄子借用鹓雏与鸱的寓言故事是要表达自己鄙弃富贵的想法,同时,辛辣嘲讽了那种以小人之心度君子之腹的"鄙夫"的阴暗心理,可谓将之揭露得淋漓尽致。所以,刘凤苞评价说:"惠子非真是此事,特庄子寓言以醒世耳","腐鼠一喻,极隽极毒,所谓嬉笑怒骂者,皆成文章也"④。

庄子不追逐势利、不慕官位、甘愿清贫,他对那种为了荣华富贵、高官厚禄而不择手段、阿谀奉承的小人极尽嘲讽。如《列御寇》篇用"破痈舐痔"的寓言讽刺宋国人曹商:

---

① 鲁迅:《汉文学史纲要》,春风文艺出版社 2014 年版,第 14 页。
② [清]刘熙载:《艺概·文概》,上海古籍出版社 1978 年版,第 8 页。
③ 杨伯峻:《孟子译注》,中华书局 2005 年版,第 176 页。
④ [清]刘凤苞:《南华雪心编》,庄勇注解,中华书局 2013 年版,第 216 页。

> 宋人有曹商者,为宋王使秦。其往也,得车数乘。王说之,益车百乘。反于宋,见庄子曰:"夫处穷闾陋巷,困窘织屦,槁项黄馘者,商之所短也;一悟万乘之主而从车百乘者,商之所长也。"
>
> 庄子曰:"秦王有病召医,破痈溃痤者得车一乘,舐痔者得车五乘,所治愈下,得车愈多。子岂治其痔邪?何得车之多也?子行矣!"

这则故事刻画了为谋取利禄、追求荣华富贵不择手段的小人嘴脸。曹商使秦,得车百乘后得意忘形了,在庄子面前炫耀自己的"所短""所长",暗讽庄子是一个"处穷闾陋巷,困窘织屦,槁项黄馘者"的穷人。庄子本就鄙弃富贵,再看到曹商如此的炫耀,更加不屑。于是,庄子毫不客气地说是给秦王破痈舐痔才得车百乘,对于像曹商这样的小人给予了最为辛辣尖刻的讽刺,以比今之阿谀苟容、窃取权势者。

儒家和道家在庄子所处的战国时期各呈其说。以孟子为代表的儒家宣扬仁爱,宣扬仁、义、礼、智四端,积极入世。以庄子为代表的道家追求个人精神自由,顺应自然,遁世修身。可以说,道家学说与儒家学说在许多方面是相抵牾的。《史记·老子韩非列传》说:"世之学老子者则绌儒学,儒学则绌老子。'道不同不相为谋',岂谓是邪?李耳无为自化,清静自正……(庄子)然善属书离辞,指事类情,用剽剥儒、墨,虽当世宿学不能自解免也。"在司马迁看来,道家与儒家在思想主张上是不相同的,甚至相抵触的。《庄子·外物》篇用《儒以〈诗〉〈礼〉发冢》,对那些挂羊头卖狗肉、欺世盗名的儒者给予尖刻辛辣的讽刺:

> 儒以《诗》《礼》发冢,大儒胪传曰:"东方作矣,事之何若?"小儒曰:"未解裙襦,口中有珠。""《诗》固有之,曰:'青青之麦,生于陵陂。生不布施,死何含珠为?'接其鬓,压其顪,而以金椎控其颐,徐别其颊,无伤口中珠。"

此则寓言写大儒和小儒合伙盗墓中死人口中珠,还要用《诗》中的句子为自己发冢盗珠的行为寻找借口,讽刺极为尖刻。明代的陆西星评论此篇说:"儒以《诗》《礼》名家,而所以教其弟子者,不过日夜剽窃古人之余绪,斯不谓之盗儒乎?"[1]清代的刘凤苞评论说:"《诗》《礼》是儒者之所务,发冢乃盗贼之所为。托名诗礼,而济其盗贼之行,奇事奇文,读之使人失笑。"[2]他们的评论点出了这则寓言的真谛。《盗跖》篇中写孔子与盗跖论辩,盗跖斥责孔子"不耕而食,不织而衣,摇唇鼓舌,擅生是非,以迷天下之主,使天下学生不反其本,妄作孝弟,而侥幸于封侯富贵者也",孔子无言以对,连连下拜,"目芒然无

---

① [明]陆西星:《南华真经副墨》,蒋门马点校,中华书局2010年版,第168页。
② [清]刘凤苞:《南华雪心编》,庄勇注解,中华书局2013年版,第126页。

见,色若死灰,据轼低头,不能出气",真是对儒者极尽讽刺挖苦之能事。刘熙载对《庄子》善用寓言进行讽刺评价道:"《庄子》文看似胡说乱说,骨里却尽有分数。彼固自谓'猖狂妄行而蹈乎大方'也,学者何不从'蹈大方'处求之?"①

幽默是《庄子》的又一特点。人生、社会、生活现象纷繁复杂。三教九流,你方唱罢我登场,纷纷扬扬,热闹非常;人生的悲欢离合、酸甜苦辣,在所难免;社会中的冷暖炎凉、真善美丑,应有尽有。庄子面对人生和社会中纷繁复杂的现实,总能以一种诙谐幽默的态度面对。《庄子》中就有许多幽默的成分。如生死是自然之事,也是一个严肃的哲学问题。面对死亡,人们都是悲痛难忍,但《至乐》篇却写庄子在妻子死去时鼓盆而歌:

> 庄子妻死,惠子吊之,庄子则方箕踞鼓盆而歌。惠子曰:"与人居,长子、老、身死,不哭,亦足矣,又鼓盆而歌,不亦甚乎!"庄子曰:"不然。是其始死也,我独何能无概然!察其始而本无生;非徒无生也,而本无形;非徒无形也,而本无气。杂乎芒芴之间,变而有气,气变而有形,形变而有生。今又变而之死,是相与为春秋冬夏四时行也。人且偃然寝于巨室,而我嗷嗷然随而哭之,自以为不通乎命,故止也。"

庄子认为人之生死犹如四季运行,是自然规律。既然是顺应规律之事,在妻子死后痛哭,是不懂得命,所以鼓盆而歌。妻死鼓盆而歌,与常人表现迥异,庄子以一种诙谐幽默、近乎荒诞的方式表现他面对生死时的旷达超脱。在一般人看来,庄子此种言行举止,有点滑稽,也显得有点不近人情。所以,晋代的孙楚就批评庄子"矫情":"妻亡不哭,亦何所欢?慢吊鼓缶,放此诞言。殆矫其情,近失自然。"至明代,陈荣选对孙楚批评庄子表示反对:"庄子鼓盆,似不近人情,不知此种无情学问,究竟性命者要紧,得力正在于此。"②

庄子在面对自己的死亡时,也是以豁达超然的态度处之,置生死于度外,谈笑风生,幽默诙谐。《列御寇》写道:

> 庄子将死,弟子欲厚葬之。庄子曰:"吾以天地为棺椁,以日月为连璧,星辰为珠玑,万物为赍送。吾葬具岂不备邪?何以加此!"弟子曰:"吾恐乌鸢之食夫子也。"庄子曰:"在上为乌鸢食,在下为蝼蚁食,夺彼与此,何其偏也?"

这一则寓言表现了庄子超脱生死而顺应自然的旷达思想。刘凤苞评论说:"人生于无而

---

① [清]刘熙载:《艺概·文概》,上海古籍出版社1978年版,第7页。
② 引自方勇、陆永品:《庄子诠评》,巴蜀书社2007年版,序。

返于无,无之中自有真我,形骸原不相涉,生不能据之以长存,死后则魂魄已离,岂复恋此躯壳!譬如旅店邮亭,偶然栖止,便觉身在此中,过去顿忘之矣。而梦梦者一犯人形,生前百种营谋以奉其身,死后与草木同腐,乌鸢蝼蚁之食,皆其所不能自知也……非了悟生死者,谁能具此天眼!"①

《庄子》的幽默常与讽刺相随,讽刺伴随着诙谐幽默。如《外物》篇写庄子家贫,向监河侯借贷,监河侯以"我将得邑金,将贷子三百金"空许诺搪塞之。庄子给监河侯讲了一个鲋鱼求救的寓言故事,以谈笑的方式讽刺监河侯的势利吝啬,讽刺了生活中的势利之交,不讲情谊之徒。其他如上述所举《庄子》讽刺艺术的例子也是讽刺中有幽默。

第四节 《离骚》的文化渊源及艺术特质

《离骚》作为屈原遭贬放逐之时忧国忧民的心灵书写,是用血泪凝成的生命挽歌,刘勰评之为"气往铄古,辞来切今,惊彩绝艳,难于并能"②。它反映了屈原丰富而复杂的斗争生活,坚贞而炽热的爱国情感,忧时忧民的赤子情怀,成为冠绝千古的名篇。它塑造了抒情主人公灵均的光辉形象,其刚直峻洁之精神,上下求索之品格,折射出屈原人格的伟大与崇高,抒情主人公灵均是楚地巫觋文化和北方史官文化融合下屈原生命的呐喊,艺术上表现出神性的浪漫和人性的觉醒。本文拟就《离骚》文化渊源及艺术特质加以探析。

一、文化渊源

《离骚》是根植于楚文化的肥沃土壤,受溉于中原文化的甘甜雨露,有赖于伟大诗人屈原的辛勤培植,萌芽开花而结出的奇艳而丰美的文学果实。楚文化的特征是隆鬼神、重祭祀,谲怪奇幻,巫风盛行。中原史官文化特征是理性睿智,关注现实。楚文化和中原文化的交融进而孕育了《离骚》的诞生。

楚地瑰丽奇伟、光怪陆离的山川风物是《离骚》产生的环境因素。楚国地处长江中下游,风光瑰丽,水流交错,高山逶迤,物产丰富。楚人在青山绿水中吸天地灵气,吮草木雨露,神思飞扬,遐想无穷。刘勰在《文心雕龙·物色》中指出:"若乃山林皋壤,实文思之奥府,略语则阙,详说则繁,然屈平能洞鉴《风》《骚》之情者,抑亦江山之助乎?"③点出了楚地环境风物对屈原创作状态的影响。屈原在荆湘大地登览山川,泛舟湘江水,楚地草木花鸟都是他熟悉并且热爱的,故在《离骚》中多辛夷、荷花、蕙草、秋兰等香花美草

---

① [清]刘凤苞:《南华雪心编》,庄勇注解,中华书局2013年版,第416页。
② [梁]刘勰:《文心雕龙·辨骚》,范文澜注,人民文学出版社1958年版,第47页。
③ [梁]刘勰:《文心雕龙·物色》,范文澜注,人民文学出版社1958年版,第96页。

和鸾凤、鹜鸟、鸠等善鸟恶禽,借种种意象以纾愤遣怀。

楚地人神杂糅,巫风盛行的民俗风情是《离骚》产生的文化因素。楚人本殷商后裔,其祖先熊绎在西周成王时被封在荆湘大地,筚路蓝缕建立楚国。楚地在当时与中原大地较为阻隔,文化的发展上有一定的独立性,"殷人尊神,帅民以事神,先鬼而后祀"①楚人长期避居荆湘,因而保留了殷商巫风的原始性,事神崇巫,盛行自然崇拜和多神崇拜。《离骚》中抒情主人公灵均披花戴草,"制芰荷以为衣兮,集芙蓉以为裳"就是自然崇拜的反映,上天漫游时驭玉虬乘鸾凤就是多神崇拜的体现。鸾凤是上古时期南方的鸟图腾崇拜。传说中,楚人祖先祝融是一只凤鸟,班固《白虎通·五行》中记载:"祝融者,其精为鸟,离为鸾。"楚地保留的殷商巫文化传统,到勃兴鼎盛期,又对周边蛮夷巫祭文化进行了广泛的吸收,形成了独具特色的楚文化。原始宗教迷信在上至宫廷、下至平民中有广泛的影响,民间祭祀活动频繁。祭坛上女巫装扮诸神,衣服鲜丽,佩饰庄严,载歌载舞,很像戏剧的场面。这种原始宗教和巫风对屈原的直接影响,就是《离骚》主人公披花戴草,高冠长佩、荷衣蕙带,制芰荷为衣、集芙蓉为裳的超俗不凡的形象。

楚地较完整地保留下来的殷商时期的神话传说是《离骚》产生的丰富营养。神话传说作为丰富的养料,活跃在楚地民间口头文学中。楚人降神娱神时,巫觋装扮靓丽,上演着活生生人神交往的歌舞剧目,吟唱着祈神驱鬼、乘龙御凤的娱神之歌。这些为《离骚》的孕育诞生提供了肥沃的土壤。屈原在楚国耳濡目染,熟悉民间的神话题材和祭祀仪式,在民间祭祀歌基础上创作了《九歌》。自然,《离骚》中主人公上天远游,充满神性人物的浪漫,正是原始神话思维和巫祭文化的反映,屈原借助神话形式表现自己的理想和激情。

风韵独特的楚声楚歌,为《离骚》的产生提供了丰富的语言养料。如《越人歌》《子文歌》《沧浪歌》等都是楚国较早的民间文学。《沧浪歌》中"沧浪之水清兮,可以濯吾缨,沧浪之水浊兮,可以濯吾足",《越人歌》中"今夕何夕,搴舟中流;今日何日兮,得与王子同舟?蒙羞被好兮,不訾诟耻;心几顽而不绝兮,得知王子。山有木兮木有枝,心悦君兮君不知"等歌词每隔一句的末尾用一个"兮""思"之类的语助词,与《诗经》整齐的四言及多用实字有所不同。屈原含濡浸润于其中,汲取楚声楚歌的语言营养,创作出惊采绝艳、奇幻奔放的句尾带"兮"的骚体诗《离骚》。

中原文化对《离骚》的产生具有重要作用,尤其以《诗经》为显著。中原文化的特征是重视礼乐,富有理性思辨精神,积极关怀现实,不语怪力乱神。自春秋以来,楚国与北方各诸侯国频繁接触,在政治、经济和文化上多有交流,楚文化自然受到中原文化的影响,其中尤以《诗经》对楚文化影响最大。鲁迅指出:"楚虽蛮夷,久为大国,春秋之世,已能赋诗,风雅之教,宁所未习,辛其固有文化,尚未沦亡,交错为文,遂生壮彩。"②准确地

---

① 林剑鸣:《秦国发展史》,陕西人民出版社1981年版,第1页。
② 鲁迅:《汉文学史纲要》,春风文艺出版社2014年版,第23页。

指出了楚辞对《诗经》的汲取。《左传》中也记载有楚国君臣在宴饮、酬答、外交中赋《诗》的事例。《史记》记载荀子曾两次入楚被楚国春申君任命为兰陵令,在楚国宣扬儒家学说,被楚人尊为天下贤人。以上这些,都说明北方文化在楚地产生了广泛影响。在楚国和中原各国交往中,屈原曾担任过重要的角色,他曾在楚怀王朝任左徒一职,"明于治乱,娴于辞令。入则与王图议国事,以出号令;出则接遇宾客,应对诸侯"①。为联齐抗秦,屈原两次出使齐国。在参与政治外交活动过程中,屈原对以《诗经》为代表的中原文化特别熟悉,他吸取了《诗经》的比兴手法,继承了《诗经》的怨刺精神,在自己遭贬放逐壮志不能实现、才华不能施展之际,发奋抒情创作了《离骚》。王逸说:"《离骚》之文,依诗取兴,引类比喻。故善鸟香草,以配忠贞;恶禽臭物,以比谗佞;灵修美人,以媲于君;宓妃佚女,以譬贤臣;虬龙鸾凤,以托君子;飘风云霓,以为小人。"②对《离骚》继承《诗经》比兴手法给予了充分说明。司马迁说"《国风》好色而不淫,《小雅》怨诽而不乱,若《离骚》者,可谓兼之矣。"③准确指出了《离骚》对《诗经》的继承。

战国时代的游说之风对《离骚》的形成也有一定影响。战国时期,"士"这个阶层崛起,游走各个诸侯国,建言献策,博取名位,若一言相投,立取高官。为了游说取得成功,策士们极力驰骋言辞,展示才华,非常注意言辞打动人心的力量,追求辞藻的华美流利。这种风气影响到当时的文风,在散文上就是气势磅礴、汪洋恣肆,如《孟子》散文善用排比句,有如大河之水奔流不息;《庄子》散文喜用比喻,"寓言十九",有如高山流云变幻无穷;而诗歌上就是《离骚》中抒情主人公灵均重华呈辞、向灵氛占卜时的滔滔不绝,明显带有战国策士纵横言辞的风气。

要之,《离骚》是楚文化和中原文化共同哺育下结出的奇艳丰美的文学果实。近人刘师培在《南北文学不同论》中指出:"北方之民,多尚实际,南方之民,多尚虚无。民崇实际,故所著之文,或为记事、析理二端;民尚虚无,故所著之文,或为言情、抒志之体。"屈原以巫文化为载体,融合了北方史官文化,创造出光耀千古的诗篇《离骚》,塑造出了这乘龙御凤、翱翔天地的人物灵均,演绎出了一曲追求高远、不被世俗理解的孤独者的人生悲剧。《离骚》以其对个体灵魂的尽情放飞,表现出一种奇异奔放的壮美感。

二、艺术特质

诗歌,特别是抒情诗,作为一种以抒发情感为主的文学样式,强调的是表现的深刻。黑格尔在其《美学》一书中说:"抒情诗的关键,一方面在于精神要从凝聚幽禁的状态中解放出来,而获得自己表达的能力;另一方面这种精神还应扩展到包含各种思想、情感、情况和冲突的丰富多彩的世界,把人心所能掌握的一切在心中加以思索玩味,整理安

---

① [汉]司马迁:《史记·屈原贾生列传》,中华书局2009年版,第509页。
② [宋]洪兴祖:《楚辞补注》,中华书局1983年版,第2页。
③ [汉]司马迁:《史记·屈原贾生列传》,中华书局2009年版,第508页。

排,把它作为精神的产品表现出来和传达出去,全部抒情诗必须尽诗所能及的最大限度以诗的方式把全部内心生活表达出来。"[1]屈原在《离骚》中就通过抒情主人公灵均表达了自己全部精神世界,表现为神性的浪漫和人性的清醒。

《离骚》继承了神话的浪漫主义,塑造了峻洁伟岸的抒情主人公灵均。理想的崇高、人格的峻洁、感情的强烈使灵均形象远远高出于流俗之上,具有浪漫的神性因素。灵均是神话传说、历史人物、自然现象的融合体。他的出身是非凡高贵的——"帝高阳之苗裔兮,朕皇考曰伯庸"。"高阳"是上古五帝之一,《史记·五帝本纪》记载:"高阳氏,颛顼。"他的服饰是华美艳丽的——"扈江离与辟芷兮,纫秋兰以为佩""制芰荷以为衣兮,集芙蓉以为裳"。披花戴草是楚地巫祭之风的表现。楚地祭祀活动中,为了降神娱神,巫觋将自己打扮得花枝招展以求与神沟通。《九歌》中"披薜荔兮带女萝"的山鬼,"荷衣兮蕙带"的少司命,都以鲜花装扮自己。《离骚》主人公灵均装饰打扮与山鬼、少司命多么相似。他的精神是纯洁高尚的:"朝食木兰之坠露兮,夕餐秋菊之落英。"灵均的出身非凡、服饰华丽、精神高洁是浪漫的神性的鲜明体现。

主人公灵均的神性浪漫也体现在上下求女和升天远游的场面上。为了寻求志同道合者,为了自己理想的实现,灵均驱龙驭凤,挥斥云霓,朝发苍梧,夕至玄圃,日神望舒开路,月神飞廉跟随,何等畅快淋漓,简直就是一位尊贵的神在神游四方。灵均在天地间的纵横遨游是屈原借神话的形式宣泄内心的矛盾冲突。灵均和先秦诸子散文中的神话人物不同。先秦诸子散文中的神话传说和神话人物,如《庄子·逍遥游》中凌虚御风的神人也是遨游天地之间,"藐姑射之山,有神人居焉,肌肤若冰雪,绰约若处子,不食五谷,吸风饮露;乘云气,御飞龙,游乎四海之外",[2]无所凭借,仙风道骨,飘然来去。这个神人是庄子为阐发精神自由而虚构的人物,是先有理念后有想象,是庄子心中理念的外化。在《离骚》中,抒情主人公灵均和屈原是合二而一的,融入了屈原的悲欢忧思,渗入了屈原"虽九死其犹未悔"的炽热感情,浸透了屈原的忧愁欢愉。屈原借神话形式自觉不自觉地表现出了南方原始宗教的某种狂热,体现出了楚地以巫文化为特质的文化心理结构。

《离骚》主人公灵均也具有强烈的怨刺精神和关注现实的积极入世精神,特别是《诗经》所具有的怨刺精神。他的精神表现在对楚国佞臣小人毫不留情的抨击上,痛斥贵族群小"竞进以贪婪""兴心而嫉妒",为了自己的私利竞相奔逐,蝇营狗苟地纠结在一起,把国家引向危亡境地;他怨恨楚王的"荃不察余之中情兮,反信谗而齌怒"的昏庸与不辨忠奸;他大胆指责楚王的反复无常:"余既不难夫离别兮,伤灵修之数化";他深深地叹惋人才的腐朽变质:"何昔日之芳草兮,今直为此萧艾也?"他批评时俗的黑白颠倒与乖张:"固时俗之工巧兮,偭规矩而改错"。现实违背人意,但灵均绝不妥协,也绝不从俗变节,

---

[1] 朱光潜:《朱光潜全集·黑格尔美学》,第十六卷,安徽教育出版社1990年版,第191、192页。

[2] 陈鼓应:《庄子今注今译》,中华书局1990年版,第25页。

以"宁溘死以流亡兮,余不忍为此态也"的崇高人格来表明心志,以"既莫足为美政兮,余将从彭咸之所居"的行动为理想殉身。我们看到了一个富有清醒人性的灵均,也看到了一个忧国忧民的政治家屈原,"信而见疑,忠而被谤,能无怨乎?屈原之作《离骚》,盖自怨生也"①。司马迁准确地指出了抒情主人公灵均的精神实质。

灵均的清醒人性和怨刺精神也表现在对美政理想的向往上,即明君贤臣同治楚国。国君要有高尚的品德,才能享有国家;选才用人上要"举贤授能",罢黜奸佞小人;治理国家时要"法先王"。灵均的这种向往在当时只是一种美好的理想,难有实现的可能,但他仍以效仿上古贤王治国理政作为当时拯救楚国的途径,鲜明凸显出追求理想的坚忍执着和"虽九死其犹未悔"的鲜明个性。他注重内在美与外在美的双修:"纷吾既有此内美兮,又重之以修能。扈江离与辟芷兮,纫秋兰以为佩""朝饮木兰坠露兮,昔餐秋菊落英"。他愿意为理想坚持不懈,即使不能实现,也绝不苟且偷生:"服清白以死直","虽体解吾犹未变",体现出具有强烈的关注现实的精神。

怨刺精神、美政理想和高洁人格,使《离骚》抒情主人公灵均成为一个义无反顾的精神斗士,他尖锐地抨击造成是世乱民瘼的奸佞党人,大胆地将矛头指向昏庸的君王,艺术地表达出屈原对宗国命运的焦灼关怀和睿智预见。

总之,对千古奇文《离骚》,应从楚文化和中原文化相交融的视角,从抒情主人公灵均神性浪漫和人性清醒兼备的特质去解读,将有助于揭示《离骚》深刻的思想内涵和独特的艺术特质。《离骚》"把最为新鲜生动、只有在原始神话中才能出现的无机而浪漫的想象,与最为炽热深沉、只有在理性觉醒时才能有的个体人格和情操,完满地融化成了有机整体"②,在抒情诗歌王国里树立了一座丰碑,为诗歌艺苑里增添了一朵艺术奇葩,它将永远熠熠生辉。

第五节 《离骚》的文化精神

以《离骚》为代表的楚辞是战国时期南方楚文化的代表。楚辞的创作群体最主要的人物是屈原,此外,楚国的宋玉、唐勒在屈原后继作。《史记·屈原贾生列传》云:"屈原既死之后,楚有宋玉、唐勒、景差之徒者,皆好辞而以赋见称。然皆祖屈原之从容辞令,终莫敢直谏。"班固《汉书·艺文志》云:"屈原离谗忧国,皆作赋以风,咸有恻隐古诗之义。其后宋玉,唐勒,汉兴,枚乘、司马相如,下及扬子云,竞为侈丽闳衍之词,没其风谕之义。"③从司马迁和班固所述可以看出,楚辞这一文体是以屈原为首,历经战国、秦、西

---

① [汉]司马迁:《史记·屈原贾生列传》,中华书局2009年版,第510页。
② 李泽厚:《美的历程》,天津社会科学出版社2006年版,第68页。
③ [汉]班固:《汉书》,卷三十,《艺文志》,[唐]颜师古注,中华书局2005年版,第1384页。

汉而形成的。"楚"表明这类作品具有鲜明的地方特色,宋人黄伯思在《东观余论·校定楚辞序》中说:"盖屈、宋诸骚,皆书楚语,作楚声,纪楚地,名楚物,故可谓之'楚辞'。"①"辞",是先秦及汉代在很长一段时间内连篇属文之泛称。"楚辞"二字连用最初还没有文体之意,仅是指具有楚地特色的文学作品。直到西汉刘向将屈原、宋玉诸人作品集而称为《楚辞》后,"楚辞"才从一个泛称变为专称,特指以屈原作品为核心的辞赋。

屈原是楚辞的灵魂人物,他创作的《离骚》又是楚辞的灵魂诗篇,体悟《离骚》的深韵和意味是理解楚辞和屈骚精神的入门之钥。清代金圣叹把《庄子》、《离骚》、《史记》、杜甫诗、《西游记》、《西厢记》并称为"六才子书"。《庄子》《离骚》分列"六才子书"的前两位,可见这两书对后世影响之大。《庄子》《离骚》都是战国时期南方文化的代表。王国维在《屈子文学之精神》中提出春秋战国时期文学南方学派和北方学派的观点,认为"《诗》三百大抵表北方学派之思想者","诗歌的文学,则为北方学派所专有","南人想象力之伟大丰富,胜于北人远甚","南方之文不发达较后于北方,则南人之富于想象亦自然之势也","大诗歌之出,必须俟北方人之感情与南方人之想象合而为一,即必通南北之驿而后可,斯即屈子其人也"②。融饱满感情与丰富想象为一体的《离骚》正是屈原精神的展示。《离骚》的文化精神集中表现在至死不渝的爱国精神、锐意图强的美政理想、注重内美的高洁人格与独立精神、不畏艰险的上下求索精神等。

一、至死不渝的爱国精神

《离骚》全文大致可分为前后两大部分。第一部分从开头到"岂余心之可惩"。这一部分中,屈原自述家世,认为自己是"帝高阳之苗裔",出身高贵,因此具有内美。他勤勉地辅佐楚王治国理政,但蒙受冤屈。在理想和现实的强烈冲突中,"虽体解其犹未变兮,岂余心之可惩",显示了他坚贞的情操。后一部分从"女媭之婵媛兮"开始至结尾,其中屈原"周流上下""浮游求女",想表白心迹,但都不遂其愿。在最后一次的飞翔中,由于眷念宗国而再次流连难行,突出了屈原对宗国的挚爱之情。一般认为,《离骚》的主旨是忠君和爱国。司马迁在《史记·屈原贾生列传》中说:"屈平疾王听之不聪也,谗谄之蔽明也,邪曲之害公也,方正之不容也,故忧愁幽思而作《离骚》……屈平既嫉之,虽放流,眷顾楚国,系心怀王,不忘欲反,冀幸君之一悟,俗之一改也。其存君兴国而欲反覆之,一篇之中三致志焉。"在《离骚》中,有不少心系怀王的诗句,如"惟草木之零落兮,恐美人之迟暮""指九天心为正兮,夫唯灵修之故也"等。诗中也运用了一些婚姻爱情的比喻,如"曰黄昏以为期兮,羌中道而改路。初既与余成言兮,后悔遁而有他"等,用男女之间感情的不谐比喻君臣的疏远。国君是国家的象征,屈原的忠君是爱国思想的一部分。

---

① 转引自林家骊译注:《楚辞》,中华书局2015年版,前言。
② 王国维:《屈子文学精神》,梁启超、王国维:《楚辞二十讲》,春风文艺出版社2016年版,第1—3页。

屈原的爱国精神更表现在对现实的高度关切上。他从希望楚国富强出发,反复劝诫楚王要向先代的圣贤学习,要汲取历代君王荒淫误国的教训,不要只图眼前的享乐,而不顾严重的后果,如:

> 启《九辩》与《九歌》兮,夏康娱以自纵。不顾难以图后兮,五子用失乎家巷。羿淫游以佚畋兮,又好射夫封狐。固乱流其鲜终兮,浞又贪夫厥家。浇身被服强圉兮,纵欲而不忍。日康娱而自忘兮,厥首用夫颠陨。夏桀之常违兮,乃遂焉而逢殃。后辛之菹醢兮,殷宗用而不长。

屈原用这些"康娱自忘"而遭到"颠陨"命运的例子劝谏楚王。同时,屈原对楚国那些误国的奸佞小人极为痛恨,对君昏佞臣导致楚国处境岌岌可危十分担忧,发而为一种严正的批判:"椒专佞以慢慆兮,樧又欲充夫佩帏。既干进而务入兮,又何芳之能祗?"

二、锐意图强的美政理想

屈原在《离骚》感慨道:"既莫足与为美政兮,吾将从彭咸之所居。"表示将用生命来为自己的"美政"理想殉道。屈原的美政理想表现在包括《离骚》在内的所有作品中,在《离骚》表现为明君贤臣共兴楚国。首先,国君应该具有高尚的品德,才能享有国家。"皇天无私阿兮,览民德焉错辅。夫维圣哲以茂行兮,苟得用此下土。"其次,国君要选贤举能,罢黜奸佞,《离骚》列举历史上明君贤臣相谐和的例子,劝谏国君要"举贤才而授能兮,循绳墨而不颇",用"汤禹严而求合兮,挚咎繇而能调。苟中情其好修兮,又何必用夫行媒?说操筑于傅岩兮,武丁用而不疑。吕望之鼓刀兮,遭周文而得举。宁戚之讴歌兮,齐桓闻以该辅"这些例证,来说明贤臣只要得遇明君,国家就会获得人才,借以讽谏楚王。另外,屈原在《离骚》中对违背"美政"理想的现实进行了猛烈批评:"固时俗之工巧兮,偭规矩而改错。背绳墨以追曲兮,竞周容以为度。"所谓"规矩""绳墨"就是法令制度,屈原希望楚王能重视法令,修明制度,这也是屈原美政理想之一。屈原念念不忘君明臣贤、君臣两美必合、和谐共济,也与他的身世之感有关。司马迁在《屈原贾生列传》中说:"屈平正道直行,竭忠尽智以事其君,谗人间之,可谓穷矣。信而见疑,忠而被谤,能无怨乎?"楚王的不信任和佞臣的离间,导致君臣乖违,事功不成,这是屈原悲惨人生的症结所在。所以,屈原在《离骚》中反复地咏叹明君贤臣,既是对楚国现实政治的尖锐批评,更是对自己不幸身世的哀叹,其中饱含着浓浓的悲愤之情。

三、注重内美的高洁品质与独立人格

屈原十分注重自身的修行,内心保持着美好的品质。他在《离骚》中塑造了一个坚贞高洁的抒情主人公形象。这个主人公披香草,滋兰树蕙,饮坠露,餐秋菊,不断追求内美:

>　　余既滋兰之九畹兮,又树蕙之百亩。畦留夷与揭车兮,杂杜衡与芳芷。冀树叶之峻茂兮,愿俟时乎吾将刈……老冉冉其将至兮,恐修名之不立。朝饮木兰之坠露兮,夕餐秋菊之落英。
>
>　　…………
>
>　　进不入以离尤兮,退将复修吾初服。制芰荷以为衣兮,集芙蓉以为裳。不吾知其亦已矣,苟余情其信芳。高余冠之岌岌兮,长余佩之陆离。芳与泽其杂糅兮,唯昭质其犹未亏……佩缤纷其繁饰兮,芳菲菲其弥章。

从这些叙述和描写中,我们可以看到屈原一方面"滋兰树蕙",辛勤培养人才,另一方面注重内修,奋发自励,"苏世独立"。《离骚》最引人注目的就是它的两类意象:香草、美人。香草作为一种独立的象征物,一方面譬喻品德和人格的高洁,另一方面和恶草相对,象征着政治斗争。《离骚》所写的香草十分丰富,有兰、蕙、留夷、杜衡、芳芷、木兰、秋菊、芰荷、芙蓉、薜荔等,诗中的抒情主人公用这些香草或装饰,或食用,以此象征诗人自己注重内在修养,不断提升内美的努力,表现诗人的高洁品质。

与注重内美的高洁品质相应,《离骚》中的抒情主人公有绝不与世俗同流合污的独立人格:

>　　謇吾法夫前修兮,非世俗之所服。虽不周于今之人兮,愿依彭咸之遗则。
>
>　　…………
>
>　　背绳墨以追曲兮,竞周容以为度。忳郁邑余侘傺兮,吾独穷困乎此时也。宁溘死以流亡兮,余不忍为此态也。鸷鸟之不群兮,自前世而固然……伏清白以死直兮,固前圣之所厚。
>
>　　…………
>
>　　民生各有所乐兮,余独好修以为常。虽体解吾犹未变兮,岂余心之可惩。

诗中的抒情主人公要向前贤学习,为了不被世俗所污染,愿像彭咸那样去死,为了保持清白独立人格,"虽体解吾犹未变"。屈原的高洁品质和独立人格,确实令人敬仰。

四、不畏艰险的上下求索精神

《离骚》对于屈原的上下求索有出色的描写,写了屈原的两次远逝。第一次远逝历经多处神界,最后受阻于帝阍。第二次远逝,由于目睹故国而不忍离去。诗人在远逝中上下飞腾,场面十分壮观:

>　　朝发轫于苍梧兮,夕余至乎县圃。欲少留此灵琐兮,日忽忽其将暮。吾令

羲和弭节兮,望崦嵫而勿迫。路曼曼其修远兮,吾将上下而求索……前望舒使先驱兮,后飞廉使奔属。鸾皇为余先戒兮,雷师告余以未具。吾令凤鸟飞腾兮,继之以日夜。飘风屯其相离兮,帅云霓而来御。纷总总其离合兮,斑陆离其上下。吾令帝阍开关兮,倚阊阖而望予。时暧暧其将罢兮,结幽兰而延伫。世溷浊而不分兮,好蔽美而嫉妒。

…………

朝发轫于天津兮,夕余至乎西极。凤皇翼其承旗兮,高翱翔之翼翼。忽吾行此流沙兮,遵赤水而容与。麾蛟龙使梁津兮,诏西皇使涉予。路修远以多艰兮,腾众车使径侍……陟升皇之赫戏兮,忽临睨夫旧乡。仆夫悲余马怀兮,蜷局顾而不行。

在这两次远逝中,望舒先飞,凤凰承旗,蛟龙为梁,在这些神圣形象的支持下,屈原伟岸的人格也更加光辉,显示出了屈原对信念的执着,表现了对世俗的蔑视。

在两次远逝中,《离骚》中也写了屈原的几次求女经历:"忽反顾以流涕兮,哀高丘之无女","吾令丰隆乘云兮,求宓妃之所在","望瑶台之偃蹇兮,见有娀之佚女。吾令鸩为媒兮,鸩告余以不好","及少康之未家兮,留有虞之二姚"。为了求得心中理想的女子,屈原马不停蹄、夜以继日地赶路。他不断地求女,但每次总由于各种原因而求非所人,每一次都令屈原痛苦万分,而他又不曾气馁,如夸父逐日般不断求索,"路曼曼其修远兮,吾将上下而求索",再苦再难,他也要追寻下去。求女失败后,灵氛用"两美必合"鼓励屈原往别处寻觅。一次次求女不遂,是屈原的现实遭遇在诗中的投影,求女在诗中象征着对明君贤臣的向往,也表现了屈原虽在绝望之中,但绝不放弃对自己政治理想的孜孜不倦的追求,即使再难,也要坚持真理,毫无畏惧地求索下去。

第四章

《牡丹亭》与中华优秀传统文化

第一节 汤显祖的生平与戏曲创作

一、汤显祖的生平

汤显祖(1550年—1616年),江西临川人,明代文学家、戏曲家,字义仍,号海若、若士,别署清远道人。生而颖异不群,身体修长,眉目清秀。五岁能属对,试之即应,乡人啧啧称赞。十三岁即补邑弟子员。汤显祖少有文名,二十岁参加乡试,取得江西省第八名举人。1577年,汤显祖二十七岁,赴北京参加会试,因与宣城沈懋学有文名,当时的权相张居正欲其二子张嗣修科举及第,并定为科举鼎甲,收罗海内名士以为其子张之,使人结交汤显祖、沈懋学,诱汤显祖以巍甲之名,汤显祖不应,沈懋学则随之。科考结果,汤显祖落榜,张居正的二子张嗣修、沈懋学皆进士及第,沈懋学为状元,张嗣修为一甲第二名。1580年,张居正的长子张敬修、三子张懋修欲参加科考,张居正再次派人笼络汤显祖,汤显祖拒绝。科考结果,汤显祖又落榜,张懋修为状元,张敬修进士及第。张居正逝后的次年,是万历十一年,也即1583年,三十三岁的汤显祖才进士及第。当时一同及第的还有宰相张维、申时行之子。二相使人招汤显祖来门下,汤显祖也不往。最终被授予南京太常博士,后迁为礼部主事。万历十八年,汤显祖上《论辅臣科臣疏》,论万历皇帝为政"三可惜",触怒龙颜,被贬为广东徐闻典史。后来,迁为浙江遂昌知县。在遂昌任上,汤显祖体恤民间疾苦,心系百姓冷暖。为百姓灭虎。放囚犯回家与家人团圆,并限时而还。汤显祖在遂昌知县任上,甚得百姓爱戴。万历二十六年,即1598年,汤显祖上计,辞官归家。1601年,朝廷考评官员,汤显祖被正式免官。

汤显祖家居十七年,年六十余,丧其父母。葬父母后的第二年,也即万历四十四年(1616年),汤显祖病故,年六十七岁。

二、汤显祖的戏曲创作

汤显祖少有文名,名盛当时。个性耿直,颇有狂狷之风,不愿附和权贵。致使科场蹭蹬,仕途波折。由于在科场和官场上屡受挫折,汤显祖官余便一心读书为文。邹迪光在《临川汤先生传》中写到汤显祖在南京太常博士任上,"以乐留都山川,乞得南太常博士。至则闭门距跃,绝不怀半刺津上。掷书万卷,作蠹鱼其中。每至丙夜,声琅琅不辍。

家人笑之：'老博士何以为?'曰：'吾读吾书，不问博士与不博士也。'"①读书勤奋如此。汤显祖辞官归家后，"所居玉茗堂，文史狼藉，宾朋杂坐。鸡埘豕圈，接迹庭户。萧闲咏歌，俯仰自得"②。

汤显祖的创作，有诗文，有书信，有戏曲，以戏曲为代表。汤显祖四部戏曲分别是《紫钗记》《牡丹亭》《南柯记》《邯郸记》，合称为"临川四梦"，以《牡丹亭》的成就最高。

《紫钗记》最初名叫《紫箫记》，为汤显祖"临川四梦"之先声。此记以唐人蒋防的传奇《霍小玉传》为依据写成，但基本情节却与小说大不相同，可以说仅假借《霍小玉传》之名创作而成。而汤显祖后来在南京太常博士任上重写了《紫箫记》，并改名作《紫钗记》，基本情节与《霍小玉传》相同，甚至戏文中大量采用了《霍小玉传》的文字。《紫钗记》写唐代诗人李益与烟花女子霍小玉之间的爱情故事。两人的爱情历经波折，李益科考及第后，卢太尉强迫李益为婿，李益坚决不从。在黄衫客的帮助下，霍小玉与李益终于团聚。此剧既提倡了至性之爱，又批判了当时官场的黑暗。

《牡丹亭》是汤显祖第二部戏曲创作，也是最成功、影响最大的一部剧作。此剧作于万历二十六年（1598年）作者离遂昌知县任归家后。汤显祖在《牡丹亭》第一出【标目】中说："忙处抛人闲处住，百计思量，没个为欢处。白日消磨断肠句，世间只情难诉。玉茗堂前朝复暮，红烛迎人，俊得江山助。但是相思莫相负，牡丹亭上三生路。""忙处抛人"，即指作者离开官场。"闲处住"，指归家闲居。汤显祖于玉茗堂中，从朝到暮，呕心沥血地创作《牡丹亭》。

《南柯记》是汤显祖依据唐代李公佐的传奇《南柯太守传》创作而成，共四十四出。《南柯太守传》在《太平广记》卷四七五题为《淳于梦》。汤显祖的《南柯记》作于万历二十八年（1600年）在家闲居时，时年汤显祖五十岁。该剧基本剧情是：男子淳于棼所居之处有一大槐树。槐树里有一槐安国，乃是一群蚁族。淳于棼酒醉入梦，被槐安国派来的使者迎接入国，招为槐安国王的驸马，与槐安国王的女儿金枝公主瑶芳成婚。檀萝国侵犯槐安国南柯郡，淳于棼被授南柯郡太守，携金枝公主一同前往南柯郡御边守政，击退檀萝侵扰，颇有政绩。金枝公主病死，淳于棼被召还朝。遭右相段功排挤，失势。最终被槐安国王派人送回。淳于棼酒醒，原是南柯一梦。《南柯记》是汤显祖由《牡丹亭》主情主题过渡到政治批判主题的代表作，嘲讽了当时官僚的腐败，讽刺了宫廷的荒淫，表达了对安和乐利的社会的期盼。

《邯郸记》是汤显祖根据唐人小说沈既济的《枕中记》敷写而成，共三十出。创作于明万历二十九年（1601年），时年汤显祖五十一岁。此剧的大致情节是：邯郸人卢生年已三十，家有田产。但卢生认为大丈夫生当建功树名，出将入相，列鼎而食，选声而听。

---

① ［明］汤显祖：《汤显祖集全编》（六），徐朔方笺校，上海古籍出版社2016年版，第3138页。
② ［明］钱谦益：《汤遂昌显祖传》，《汤显祖集全编》（六），徐朔方笺校，上海古籍出版社2016年版，第3138页。

自己如今仍行走田间,乃是苟活。仙界吕洞宾要度人升仙,来到邯郸。卢生、吕洞宾在客店相遇、交谈。吕洞宾了解了卢生的志向。在卢生瞌睡之际,拿出自己的磁枕让卢生枕眠。卢生入睡后,发现磁枕两端有孔,枕中有亮光。卢生从磁枕孔中跳入,来到清河县富户崔氏家。卢生娶崔氏女为妻。在崔氏银两、人脉的支持下,卢生参加科考得中状元,几经官场沉浮,出将入相,极富极贵,夫妻年过八十,五子十孙,享尽人间至乐,寿终而亡。卢生梦醒,发现还在客店之中。由此参透人生,随吕洞宾升仙。此剧主题讽刺了官僚的腐败,批判了当时的科举制度,也有一点人世浮生的思想。

第二节 《牡丹亭》剧情及本事探源

一、《牡丹亭》剧情概述

《牡丹亭》全书共五十五出。基本剧情分为三部分。第一出至第二十出是第一部分,写杜丽娘因春感情而逝。第二十一出至三十五出是第二部分,写杜丽娘死而复生。第三十六出至第五十五出是第三部分,写杜丽娘与柳梦梅终结缘。大致剧情如下:

南宋时,柳梦梅是河东旧族柳宗元之后,留家岭南。二十过头,志慧聪明,三场得手,未遭时势参加科考举。因梦到在一园中梅花树下与一美人相会而改名柳梦梅。西蜀名儒杜宝是杜甫之后,年过五旬,任南安太守。夫人甄氏,生有一女,名叫丽娘,才貌端妍,年方二八,未议婚配。一日,杜宝公务方罢,宽坐后堂。丽娘为父亲上三爵之觞。杜宝问丽娘的侍女春香,女儿终日绣房,有何生活。春香答以绣后打眠。杜宝训女:"白日眠睡,是何道理。假如刺绣之余,有架上图书,可以寓目。他日到人家,知书知礼。"并责以夫人教女不严。杜宝为教育丽娘,请来了老书生陈最良。陈最良科举不第,乃一腐儒。来到杜府,教授丽娘。陈最良授丽娘《诗经》,只会依经解诗,遭侍女春香抢白。侍女春香淘气,授课间向陈最良请出恭,乘机到后花园玩耍。回来告诉丽娘,南安府后花园甚为好玩,被陈最良听见,要责罚春香读书偷懒。春香与陈最良起冲突,杜丽娘假责罚春香为安。杜丽娘将春香之言记在心间,适杜宝去乡间劝农,杜丽娘吩咐春香,命人打扫好后花园。

春和景明之日,杜丽娘精心梳妆打扮一番,与春香到后花园赏春。看见花园里"原来姹紫嫣红开遍,似这般都付与断井颓垣",如此美好春景无人欣赏,杜丽娘甚为叹息,"观之不足由他缱,便赏遍了十二亭台是枉然"。回转闺房,自思:"吾生于宦族,长在名门。年已及笄,不得早成佳配,诚为虚度青春,光阴如过隙耳。可惜妾身颜色如花,岂料命如一叶乎!"杜丽娘困倦,依几而眠。梦见一小生手持柳枝出现身边,让丽娘作诗以赏柳。接着,小生牵丽娘来到后花园芍药栏前,紧靠着湖山石边,展温存,共云雨。后小生将丽娘送回闺房。丽娘之母来到女儿闺房,唤醒女儿。丽娘惊醒,答母后花园赏花困倦,昼寝隐几而眠。第二天,丽娘独自重游后花园寻梦。睹物忆梦,好不伤感。来至梅花树下,梅花暗香清远,伞儿般盖得周全,依依可人,发出"我杜丽娘若死后,得葬于此,幸矣"的感叹。

　　杜丽娘因思成病,一日,镜前一照,往日艳冶轻盈,一瘦至十分容貌怕不上九分瞧。心思:"一旦无常,谁知西蜀杜丽娘有如此之美貌乎?"便命春香取素绢、丹青,对镜自画,并吩咐春香唤花郎将自画像向行家裱。丽娘病日沉重,其母得知,责问春香。春香告以游园之事。丽娘母认为女儿"怕腰身触污了柳精灵"。请女巫石道姑驱邪,又请陈最良医治,皆不见效。此时,叛贼李全受金人收买,在淮扬一带骚扰,边事紧急。朝廷征调杜宝往淮扬前线御敌。时值中秋之日,丽娘病重。知不久于世,嘱咐春香:"我那春容,题诗在上,外观不雅。葬我之后,盛着紫檀匣儿,藏在太湖石底。"嘱咐母亲,死后将她葬于后花园梅树之下。中秋月圆,杜丽娘一命而亡,举家痛哭。适逢朝廷征调,杜宝安葬好女儿,嘱陈最良、石道姑看守后花园,遂携家眷启程前往淮扬御敌。

　　柳梦梅为求仕进,听说钦差苗舜宾三年任满,离任前在寺庙中祭宝,托词进见打秋风,结识了苗舜宾,获得苗舜宾银两资助,上临安赶考。经过南安府时,大感风寒,幸得杜丽娘之师陈最良救助。陈最良引柳梦梅在南安府后花园梅花观暂住养病。杜丽娘死后,在阎罗殿上逢十殿阎罗发付人犯。听闻杜丽娘是因慕色而亡,乃是梦中之罪,如晓风残月,可以耽饶。在婚姻簿上查得杜丽娘与柳梦梅有姻缘之分,放杜丽娘出了枉死城,随风游戏,跟寻柳梦梅。

　　柳梦梅经陈最良医治,病势渐愈。一日,柳梦梅为解闷,来至后花园游玩散心。在后花园湖山石畔边一座小山子,发现就里一个小匣儿。细看是一个檀木匣。开匣一看,里面装一轴小画,画上是一幅观世音喜相。柳梦梅携匣到梅花观住处。趁天气晴和,将画挂在墙上观赏。看画上美人似嫦娥、如观音,人间少有。画首之上有题诗几行,有"他年得傍蟾宫客,不在梅边在柳边"之句,乃悟此画是一幅人间女子行乐图。柳梦梅心动,乃在画上步韵一首:"丹青妙处却天然,不是天仙是地仙。欲傍蟾宫人近远,恰些春在柳梅边。"对着画像"美人、美人,姐姐、姐姐"地呼唤。

　　杜丽娘魂魄出了枉死城,随风游荡,来到南安府后花园。看见石道姑领着小道姑在梅花庵祭奠自己。在后花园魂游几晚,听见东房之内,一个书生高声低叫"俺的姐姐,俺的美人",声音哀楚,动人心魂。悄然入房中,见高挂一轴小画,细看,乃是自己遗下的春容。画上和诗一首,观其名字,则是岭南柳梦梅。"梅边柳边,小生乃是前定姻缘。"杜丽娘便告过了冥府判君,趁着月明风细,来到后花园与柳梦梅相会。听见柳梦梅在房内吟画上题诗,一声声"姐姐",如念咒,似说法。杜丽娘悲不自胜,敲门进入,两人相会,柳梦梅喜不自胜。丽娘叮嘱柳生:"妾千金之躯,一旦付于郎矣,勿负奴心。每夜得共枕席,平生之愿足矣……未至鸡鸣,放奴回去,秀才休送,以避晓风。"柳梦梅领命。

　　杜丽娘与柳梦梅在后花园屋内相会。石道姑听得柳秀才半夜开门,不住地唧哝,以为是小道姑与柳生讲话。石道姑问询小道姑,两人争吵。当日漏下三更,柳生等杜丽娘来后,两人相会间,石道姑与小道姑来至柳生房外,听见房内有女人之声。敲门,柳生惊慌。开门,两道姑进入,杜丽娘魂影儿躲在画后,两道姑寻人不见,退出。

再晚,杜丽娘魂魄来到后花园,心思:"奴家虽登鬼录,未损人身……阳禄将回,阴数已尽。今宵不说,只管人鬼混缠到甚时节?"丽娘与柳生相会,与柳生述说家世,又怕惊了柳生,欲言又止。柳生催问,丽娘曰:"俺则怕聘则为妻,奔则妾,受了盟香说。"柳生与丽娘拈香盟誓,定为正妻。丽娘方向柳生吐露身世,提及梦中后花园相会之事,柳生方悟眼前鬼魂曾是梦中相会之人。野外鸡鸣,杜丽娘行前叮嘱柳生:"你既以俺为妻,可急视之,不宜自误。如或不然,妾事已露,不敢再来相陪。愿郎留心。勿使可惜。妾若不得复生,必痛恨君于九泉之下矣。"

柳梦梅受命,找石道姑密议掘坟开棺事。石道姑应允,从陈最良处讨来还魂药。石道姑找来自己侄子癞头鼋,与柳生一起,趁晚上时分,在后花园掘开杜丽娘之墓,开棺,丽娘复醒。将棺材丢入湖水中,众人扶丽娘在牡丹亭内服了还魂丹,引丽娘入梅花观歇息。

当晚,陈最良来柳生住处探望,闻屋内有女儿之声,叩门,丽娘躲避。柳生开门相见,陈最良问柳生里面妇女声息,柳生答以老姑姑在内。陈最良与柳生约定,明日带小盒儿一同往丽娘坟上,告辞而去。三人怕事情被发现,有损名声。石道姑出主意,柳生前往临安应考,不如连夜寻船启程。当此取酒,让柳梦梅与杜丽娘拜告天地,玉成夫妻。万事具,石道姑侄子癞头鼋当夜寻好船只,柳、杜二人推携石道姑上了船只,向临安进发。

杜宝在女儿死后因朝廷调遣在淮扬一带统军御敌。陈最良按照前夜约定,第二日寻柳梦梅一同去给杜丽娘上坟。来至梅花观,叫门不应,见门不关,进入屋内,冷清清空无一人。陈最良来至后花园杜丽娘坟处,旧坟不见。惊看,小姐坟被劫。寻见草窝里朱漆板头,望见池塘里浮着棺材,认为是柳生劫了坟,将小姐尸骨抛入水中,大骂柳生"狠心的贼子"。先去禀了南安府缉拿,星夜赶往淮安报知杜宝。

杜丽娘、柳梦梅、石道姑三人来至临安,寻客店住下。柳生温习诗书,准备应考。一日,柳梦梅向店家打听应考时间,试已过期。柳梦梅急迫,来至考试院求试。主考官乃是资助银两的钦差苗舜宾,得以补试,等待放榜。

恰逢淮扬前线战事吃紧,朝廷处理军机要务,无暇他顾,放榜延期。柳梦梅回到店中,向丽娘述说应试,并说淮扬战事吃紧。丽娘心念父亲,当即遣柳梦梅启程前往淮扬前线,一为报信,二为探望。因淮扬战事吃紧,杜宝派侍女春香随同夫人前往临安躲避。春香随夫人来至临安,想寻一客店住宿。恰好来到杜丽娘、石道姑所住客店,母女相认,悲喜交加。

陈最良来至淮扬,被叛贼捉住。叛贼让陈最良前往杜宝营中送信,让杜宝投降。陈最良见到杜宝,告知柳生劫坟一事,并呈上叛贼书信。杜宝将计就计,让陈最良送回信,许以朝廷封高官、赐重金招降了叛贼,淮扬围解。杜宝大设宴席庆贺,恰逢柳生寻至,让门人报以女婿来见杜参政。杜宝以为来人是打秋风,女儿已死,何来女婿。柳梦梅几次难进,硬闯宴席,以杜丽娘春容画相见杜宝。杜宝方知是柳生到此,大怒,让差人将柳梦梅捆起,发往临安等待发落。

淮扬战事已平,杜宝还朝。朝廷放榜,柳梦梅得中状元。皇帝要亲见状元,奈何寻人不见。杜宝因劫坟一事,正在府中拷打柳梦梅。柳梦梅在岭南的老仆也来到临安寻找他,闻知柳梦梅已中状元,与朝廷差人一起寻找,闻听杜府中有柳梦梅被拷打叫声。老仆与差人闯入杜府,救出柳梦梅,面见皇帝。杜宝也随后在朝堂,以柳梦梅劫坟,应当治罪。柳梦梅当廷争辩,向皇帝讲述丽娘一事。杜宝不认柳梦梅,并认为女儿复生,乃是妖邪,要皇帝下令将女儿打死。皇帝辨明事实,下旨让柳梦梅与丽娘成婚。杜宝依旧不认柳梦梅,柳梦梅记被拷打之事,翁婿不肯相认,丽娘从中调和,众人终得团聚。

二、《牡丹亭》本事探源

汤显祖创作《牡丹亭》时,并不是空无依傍、完全自由构想剧情。他在《牡丹亭题序》中说:"传杜太守事者,仿佛晋武都守李仲文、广州守冯孝将儿女事。予稍为更而演之。至于杜太守收拷柳生,亦如汉睢阳王收拷谈生者也。"① 李仲文故事今见于《太平广记》卷三一九《张子长》条,全文内容如下:

> 晋时,武都太守李仲文,在郡丧女,年十八,权假葬郡城北。有张世之代为郡。世之男,字子长,年二十,侍从在廨中。梦一女,年可十七八,颜色不常。自言:前府君女,不幸早亡,会今当更生,心相爱乐,故来相见就。如此五六夕,忽然昼见,衣服薰香殊绝,遂为夫妇。寝息,衣皆有污,如处女焉。后仲文遣婢视女墓,因过世之妇相问。入廨中,见此女一只履,在子长床下,取之啼泣,呼言发冢。持履归,以示仲文。仲文惊愕,遣问世之:"君儿何由得亡女履邪?"世之呼问,儿具陈本末。李、张并谓可怪,发棺示之,女体已生肉,颜姿如故,唯右脚有履尔。子长梦女曰:"我比得生,今为所发,自尔之后,遂死肉烂,不得生矣,万恨之心,当复何言。"泣涕而别。②

冯孝将的故事,今见于《太平广记》卷二七六《冯孝将》条,全文内容如下:

> 广平太守冯孝将男马子,梦一女人,年十八九,言:"我乃前太守徐玄方之女,不幸早亡。亡来四年,为鬼所枉杀。按生箓,乃寿至八十余。今听我更生,

---

① [明]汤显祖:《牡丹亭》,徐朔方、杨笑梅校注,人民文学出版社1991年版,作者题词。
② [宋]李昉等编:《太平广记》(二),中华书局2020年版,第1508页。

还为君妻,能见聘否?"马子掘开棺视之,其女已活,遂为夫妇。

谈生的故事,今见于《太平广记》卷三一六《谈生》条,全文内容如下:

> 谈生者,年四十,无妇,常感激读书。忽夜半,有女子,可年十五六,姿颜服饰,天下无双,来就生为夫妇。自言:"我与人不同,勿以火照我也,三年之后,方可照。"为夫妻,生一儿,已二岁,不能忍,夜视其寝后,盗照视之。其腰以上生肉如人,腰下但有枯骨。妇觉,遂言曰:"君负我,我垂生矣,何不能忍一岁而竟相照也?"生辞谢,涕泣不可复止,云:"与君虽大义永离,然顾念我儿,若贫不能自偕活者,暂随我去,当遣君物。"生随之去,入华堂,室宇器物不凡。以一珠袍与之曰:"可以自给。"裂取生衣裾,留之而去。后生持袍诣市,睢阳王家买之,得钱千万。王识之曰:"是我女袍,此必发墓。"乃收拷之。生具以实对,王犹不信,乃视女冢,冢完如故。发视之,果棺盖下得衣裾。呼其儿,正类王女。王乃信之。即礼谈生,以为王婿,表其儿为侍中。

这三个故事有一个共同的特征,都是青年女子死后鬼魂与青年男子相遇,白骨生肉乃至生还。《牡丹亭》中杜丽娘死后鬼魂与柳梦梅在后花园相会,与上述三个故事情节大致相合。但上述三个故事仅仅是在人鬼相会这一情节上与《牡丹亭》有相似之处,并不足以概括《牡丹亭》复杂的情节、多样的人物。汤显祖创作《牡丹亭》真正的蓝本是话本小说《杜丽娘慕色还魂》。话本内容较长,概述如下:

南宋光宗年间,广东南雄府尹杜宝,进士出身,年五十岁。夫人甄氏,年四十二,生一男一女。女年十六,小字丽娘。男年十二,名唤兴文。姐弟二人俱生得美貌清秀。杜宝到任半载,请个教读于府中书院内教姐弟二人,读书学礼。丽娘聪明伶俐,不过半年,无书不览,无史不通。琴棋书画、女工针指,靡不精晓。府中人称为女秀才。

忽一日,正值春三月,景色融和。杜丽娘带一侍婢,名叫春香,同往府中后花园游赏。花园内假山真水,翠竹奇花,粉蝶穿花,蜻蜓点水,瑞草奇葩。丽娘观之不足,忽然触景伤情,心中不乐。急回香阁,独坐沉吟:"春色恼人,信有之乎?常观诗词乐府,古之女子,因春感情,遇秋成恨,诚不谬矣。吾今年已二八,未逢折桂之夫。感慕春景,怎得蟾宫之客?嗟乎,吾生于宦族,长在名门,年已及笄,不得早成佳配,诚为虚度青春。光阴如过隙耳。可惜妾身颜色如花,岂料命如一叶耶!"遂凭几昼眠。

方才合眼,忽见一书生,年方弱冠,丰姿俊秀,于园内折柳一枝,笑谓丽娘曰:"姐姐既通书史,可作诗以赏之乎?"丽娘欲答,不敢轻言。心中自忖,这生素昧平生,不知姓名,何敢辄入于此?正如此思间,只见那书生向前将丽娘抱去牡丹亭畔,芍药栏边,共成云雨之欢,两情和合。忽值母亲至房中唤醒,丽娘一身冷汗,乃是南柯一梦。丽娘忙起身参见母亲。母问:"我儿何不做些针指,或观玩书史消遣亦可,因何昼寝于此?"丽娘答曰:"儿适花园中闲玩,忽值春暄恼人,故此回房,不觉困倦少息,有失迎接。"母嘱曰:"这花园中冷静,少去闲行。"丽娘口中答应。母去。丽娘心内思想梦中之事,未尝放怀,行坐不宁,自觉如有所失,泪眼汪汪,至晚不食而睡。

次早饭罢,丽娘独坐后花园中,闲看梦中所遇书生之处,冷静寂寥,杳无人迹。忽见一株大梅树,梅子磊磊可爱。其树矮如伞盖。丽娘走至树下,甚喜而言:"我若死后得葬于此,幸矣。"道罢回房。与小婢春香曰:"我死当葬于梅树下。记之,记之。"

次早丽娘临镜梳妆,自觉容颜清减,命春香取文房四宝,至镜台边自画一小影,宛然如活,心甚喜之。命弟将出去裱背店中,裱成一幅小小行乐图,挂在香房之内,日夕观之。一日偶成诗一绝,自题于画上。诗曰:"近睹分明似俨然,远观自在若飞仙。他年得傍蟾宫客,不在梅边在柳边。"

丽娘慕色之甚,朝暮思之,执迷一性,恹恹成病,时年二十一岁。父母见女患病,求医罔效,问佛无灵。自春害至秋,玉露生凉,秋雨潇潇,转加沉重。丽娘自料不久,令春香请母至床前,痛泣曰:"女不能奉父母养育之恩,今忽夭亡,为天之数也。如长死后,望母埋葬于后花园梅树之下,平生愿足矣。"嘱罢哽咽而卒,时八月十五也。

母大痛,命具棺椁衣衾收敛毕。告知杜宝女儿之言。杜宝依夫人言,葬女于后花园梅树之下。光阴迅速,不觉三年任满,新府尹已到。杜宝收拾行装,与夫人并衙内杜文兴一同下船回京,听其别选。

新府尹姓柳,名思恩。四川成都府人氏。年四十,夫人何氏,年三十六。生一子,年十八岁,名唤柳梦梅,学问渊博,琴棋书画,不笔成文,随父来南雄府。

柳梦梅因收拾后房,于茅草杂纸中获得一幅小画,展开看时,却是一幅美人图,画上女子,宛如嫦娥。柳梦梅大喜,将去挂在书院之中,早晚看之不已。忽一日偶读画上四句诗,上言"不在梅边在柳边",详其备细,此是人家女子行乐图。拈起笔来,亦在画上题绝一首:"貌若嫦娥出自然,不是天仙是地仙。若得降临同一宿,海誓山盟在枕边。"诗罢,叹赏久之,天色已晚。柳梦梅因想画上女子,心中不乐,懒观经史,明烛和衣而睡。翻来覆去,难以入眠。细听谯楼已打三更,自觉房中寒风习习,香烛袭人,披衣而起,忽闻门外有人叩门。梦梅问之而不答。少顷又叩,如此者三。梦梅开门,举灯看时,见一女子,生得清丽可人。女子趋入书院,梦梅急掩门。这女子敛衽向前,深道万福。梦梅惊喜相半,相问:"妆前何氏?原来亥夜至此。"女子答曰:"妾乃府西邻家女也。因慕衙内风采,故奔至此。原与衙内成秦晋之欢,未知肯容纳否?"梦梅喜出望外,遂与女子解衣减烛归于帐内,尽鱼水之欢。云收雨散,女子谓柳生曰:"妾千金之躯,一旦付于郎矣,勿负奴心,每夜得共枕席,平生之愿足矣。"柳生笑而答曰:"贤卿有心恋于小生,小生岂敢忘于贤卿乎?"鸡鸣五更,女子整衣趋出院门。

一夜,柳生与女子共枕,问女子身世。女子笑而不言。柳生再三促迫不过,女子只得含泪而言:"衙内勿惊,妾乃前任杜知府之女杜丽娘也,年十八岁,未曾适人。因慕情色,怀恨而逝。妾在日常所爱者,后园梅树,死葬于树下。今已一年,一灵不散,尸首不坏。"丽娘述生前事毕,嘱咐柳生:"因与郎有姻缘未绝,郎得妾之小影,故不避嫌疑以遂枕席之欢。蒙君见怜,君若不弃,可将妾之衷情告禀二位椿萱,来日可到后院梅树下发棺视之。妾必还魂,与郎共为百年夫妇矣。"柳生应之曰:"来日发棺视之。"五更时分,女子整衣而起,再三叮嘱:"可急视之,请勿自误。如若不然,妾事已露不复再至矣。望郎留心,勿使可惜矣。妾不得复生,必痛恨于九泉之下也。"言讫而去。

柳生至次日饭后,入中堂禀于母。母不信,乃说于柳府尹。柳府尹叫旧吏人问之,果有杜府之女杜丽娘葬于后花园梅树之下,今已一年矣。柳知府听罢惊异,急唤人夫,同去后花园树下掘之,果见棺材,揭开棺板,众人视之,面颜俨然如活。柳知府叫人烧汤,移尸于密室之中,即令丽娘侍婢褪去尸体衣服,用香汤为之沐浴。霎时之间,身体微动,凤眼微开,渐渐苏醒。柳夫人叫取新衣穿了。

丽娘复活,立起身来。众人看时,但见身姿柔软,翠黛低垂,如桃花含宿雨。侍女扶丽娘坐下。良久,取安魂汤、定魄散服之。少顷能言。丽娘起身谢过。柳夫人唤侍女扶小姐去卧房中歇息。夫人安排酒席,于后堂庆喜。杜丽娘喜得再生人世,重整衣妆,出拜于堂下。柳府尹对小姐曰:"今得还魂,真乃是天赐也。明日可差人寻问杜府尹,投下报喜。"夫人曰:"今小姐天赐还魂,可择日与孩儿成亲。"至次日,差人持书报喜。

过了旬日,择吉日,大摆筵席,杜小姐与柳生成亲。

杜宝由南雄府回朝后,授江西省参知政事,带夫人与衙内上任已两载。忽一日,柳府差人投书府下。杜宝取书观之,书上说小姐还魂与柳生成亲一事。看罢大喜,赏了来人酒饭。杜宝将书入后堂,与夫人说知。夫人大喜。杜府尹修回书,付于来人,赏银五两。来人谢,携书而回。

柳生闻知临安府春榜动,选场开,遂拜别父母妻子,将带仆人盘缠,前往临安应举。三场已毕,喜中第一甲进士,除授临安府推官。柳生驰书遣仆报知父母妻子,家中大喜。至年终,柳府尹任满,带夫人并杜小姐回临安府。举家聚会,排筵庆贺。不两月,杜参政带夫人并子回临安相会。柳府尹迎杜参政至柳府中,丽娘与父母相见,喜不尽言。柳梦梅转升临安府尹,杜丽娘生二子,俱为显官,夫荣妻贵,享天年而终。①

三、《牡丹亭》对本事的继承与创造

话本小说《杜丽娘慕色还魂》产生于宋元时期。《太平广记》中所载《张子长》《冯孝将》《谈生》的内容都是唐宋时期作品。从产生的时代上说,它们早于汤显祖创作《牡丹亭》的晚明时期。所以从《牡丹亭》与上面几则故事的比较可以看出,汤显祖创作《牡丹亭》时主要继承了话本小说《杜丽娘慕色还魂》的情节。杜丽娘因春感情,因梦成思,因思成病,因病而逝;逝后鬼魂与柳梦梅相遇,最后复活;柳梦梅高中状元。这些情节在汤

---

① 以上情节依据明朝何大抡所辑《重刻增补燕居笔记》(卷九,北京大学图书馆藏)。

显祖创作《牡丹亭》时都被采纳了。最有力的例证还有,话本小说《杜丽娘慕色还魂记》中丽娘在自画像上题诗"近睹分明似俨然,远观自在若飞仙。他年得傍蟾宫客,不在梅边在柳边",汤显祖在创作《牡丹亭》时完全一字不改予以采用。话本小说中柳生在杜丽娘自画像上的题诗:"貌若嫦娥出自然,不是天仙是地仙。若得降临同一宿,海誓山盟在枕边",汤显祖在创作《牡丹亭》时改动了个别字,变成"丹青妙处却天然,不是天仙是地仙。欲傍蟾宫人近远,恰些春在柳梅边"。所以说,《牡丹亭》的创作是在继承了话本小说《杜丽娘慕色还魂》主要情节基础上的再创造。

汤显祖在《牡丹亭》"作者题词"中还提到了"至于杜太守收拷柳生,亦如汉睢阳王收拷谈生也"。《太平广记》所记谈生与睢阳王女儿鬼魂相遇生子,睢阳王女儿赠谈生珠玉之袍而去。谈生卖衣袍给睢阳王家,被睢阳王误认为是盗墓贼加以拷打。汤显祖创作《牡丹亭》时把这一情节移植到了柳梦梅身上,柳梦梅掘坟开棺使杜丽娘复生,杜宝认为柳生是盗墓贼,收拷柳生。

以上从继承方面说了《牡丹亭》创作时的故事基础。那么《牡丹亭》创造性在什么地方呢?

一是主题的改变与升华。话本小说《杜丽娘慕色还魂》及《太平广记》所载的张子长、冯马子、谈生的故事,都是书生与鬼女相会,而这其中鬼女有复生者,有不复生者。它们共同的主题都在于"猎奇",满足读者阅读新奇故事的好奇感。特别是话本小说《杜丽娘慕色还魂》,丽娘死而复生,丽娘与父母相见,其父万分高兴。柳梦梅也高中状元,被授予临安府推官,后转升临安府尹。杜丽娘生二子,俱为显官,"夫荣妻贵,享天年而终"。话本小说的主题既满足了人们的好奇心理,也迎合了人们对"夫贵妻荣""子孙有为"的生活想象。可以说,话本小说的主题相对平庸。而《牡丹亭》高举"至情"大旗,突出"生而死,死而生"的"至情"。汤显祖在《牡丹亭》"作者题词"中说:"天下女子有情,宁有如杜丽娘者乎?梦其人即病,病即弥连,至手画形容,传于世而后死。死三年矣,复能溟莫中求得其所梦者而生。如丽娘者,乃可谓之有情人耳。情不知所起,一往而深。生者可以死,死可以生。生而不可与死,死而不可复生者,皆非情之至也。"①"至情",是《牡丹亭》突出强化的主题。杜丽娘因情而死、为情复生,不仅仅是一个奇异的故事,更是"至情"理想的一种宣誓。为了"至情",杜丽娘不惜与父亲发生冲突,都要捍卫自己生生死死换来的姻缘。《牡丹亭》的"至情"理想,不但在汤显祖所在的晚明社会有点惊世骇俗,即使放在当今社会也不同凡响。

二是矛盾冲突的增加。话本小说《杜丽娘慕色还魂》并没有矛盾冲突。杜丽娘复生后,报与其父母得知,举家团圆。《牡丹亭》不同,增加了矛盾冲突。第一个是杜宝、陈最良为代表的保守派与杜丽娘、柳梦梅为代表的青春派的冲突。杜宝教女甚严,女儿白天打盹都要斥责,要女儿多习针黹、多观诗书,知书知礼,将来好嫁一个书生。女儿复生,

---

① [明]汤显祖著:《牡丹亭》,徐朔方、杨笑梅校注,人民文学出版社1991年版,作者题词。

杜宝不认,说女儿成了妖邪,要将女儿打死。柳梦梅与杜宝更是互不相让。杜宝上奏柳梦梅系劫坟之贼,不可不诛。柳梦梅数落杜宝"纵女游春""女死不奔丧,私建庵观""嫌贫逐婿,刁打钦赐状元"三宗罪。双方冲突很是激烈。第二个是杜丽娘的"本我"与"自我"性格冲突。杜丽娘的"自我"形象是一个知书达礼、遵守规矩、听父母言的大家闺秀,展现了"守礼"的一面。但"本我"的杜丽娘在梦中、在死后与柳梦梅相会,展现"重情"的一面。杜丽娘在复活后,柳生提出要成婚时,杜丽娘以"无父母之命,媒妁之言"拒之。当柳梦梅提及已经人鬼相会了,不用过多拘泥,杜丽娘则以"鬼可虚情,人虚实礼"的道理拒之。梦中、鬼魂的杜丽娘与活着的杜丽娘矛盾而又统一。

三是人物形象的塑造。话本小说《杜丽娘慕色还魂》重在讲述一个奇异故事,人物都是平面化的,没有突出的个性可言。《牡丹亭》中的人物既多,个性又很鲜明。杜丽娘因情而死、为情复生的"重情"个性,知书达礼、聪慧过人的闺秀气质;柳梦梅的灵活聪慧、痴情守信;杜宝的清正为民,家教严格,守礼遵儒;陈最良的因循守旧,迂腐可笑;春香的机灵活泼,敢于反抗;这一个个戏中人物,个性鲜明,令人印象深刻。

四是戏曲语言的创造。独特的戏曲语言是《牡丹亭》的又一创造。《牡丹亭》的唱词都是优美的诗语,典雅而有文采。道白大多是口语,通俗而平实。优美的唱词与通俗的道白相结合,形成了《牡丹亭》语言典雅中兼通俗的独特戏曲风格。优秀唱词的典型代表是《惊梦》一出:

【绕池游】(旦上)梦回莺转,乱煞年光遍。人立小庭深院。炷尽沉烟,抛残绣线,恁今春关情似去年?

【步步娇】(旦)袅晴丝吹来闲庭院,摇漾春如线。停半晌、整花钿。没揣菱花,偷人半面,迤逗的彩云偏。步香闺怎便把全身现?

【皂罗袍】原来姹紫嫣红开遍,似这般都付与断井颓垣。良辰美景奈何天,赏心乐事谁家院……朝飞暮卷,云霞翠轩;雨丝风片,烟波画船。锦屏人忒看的这韶光贱!

这些都是杜丽娘的唱词,都是诗一般的优秀唱词。《牡丹亭》中像柳梦梅、杜宝的唱词,大都是优秀典雅的语句。《牡丹亭》语言的独特创造代表了汤显祖戏曲的特色,对后来的戏曲创作者形成了很大影响。当时有许多戏曲作者追随汤显祖的戏曲语言风格,形成了戏曲创作中的"临川派",也称"玉茗堂派",与当时以沈璟为代表的"吴江派"互相争胜。

第三节 《牡丹亭》的至情理想及社会批判

一、《牡丹亭》的至情理想

汤显祖在《牡丹亭》"作者题词"中说:"如丽娘者,乃可谓之有情人也。情不知所起,一往而深。生者可以死,死又复生。生而不可于死,死又不可复生者,皆非情之至也。"汤氏认为,为情而死,又为情复生,这才是情的最高境界,才是至情。《牡丹亭》所述杜丽娘的至情并不是一蹴而成的,它在杜丽娘出生入死、起死回生的悲喜故事中经历了以下三重境界。

(一)自然之欲

杜丽娘的至情是从梦中情缘开始的。梦中情缘是杜丽娘作为一个青春女子的白日梦。它揭示的是杜丽娘的心理真实,展示的是杜丽娘的潜意识。这个心理真实或者说潜意识就是人作为自然存在所具有的自然欲望。杜丽娘生活在规范极严的家庭中,她白日打盹都要受父亲的斥责,父亲要她"假如刺绣余闲,有架上图书,可以寓目。他日到人家,知书知礼,父母光辉"。杜宝的目标是把女儿培养成知书知礼的贤妻良母型女子,"多晓诗书。他日嫁一书生,不枉了谈吐相称"。杜宝是爱女的,但并不知女,他要按自己的目标培养女儿。生活在这样的环境中,杜丽娘"一生儿爱好是天然"的个性如同一棵幼苗被压在石头缝之中,不能正常绽放。游园赏春让杜丽娘发现了闺阁之外更美的自然,她"一生儿爱好是天然"的天性和生命意识被唤醒了。面对烂漫春花,杜丽娘感叹:"原来姹紫嫣红开遍,都这般付与了断井颓垣。良辰美景奈何天,赏心乐事谁家院。"她进而感叹:"吾生于宦族,长在名门。年已及笄,不得早成佳配,诚为虚度青春,光阴如过隙耳。可惜妾身颜色如花,岂料命如一叶乎。"春花付与了断井颓垣,杜丽娘也难逢意中人而虚度青春,难逢的原因是"则为俺生小婵娟,拣名门一例里、一例里神仙眷。甚良缘,把青春抛得远",父母要为她挑一个良缘耽误了她的青春。杜丽娘早成佳配的希望,在现实中没有条件实现,只有去梦里寻找了。

《惊梦》从本质上说是写心,写潜意识。《惊梦》写杜丽娘的梦中情缘,展示了至情的第一重境界:生命之欲。人作为自然存在,生命之欲是自然而正常的。孟子说:"食色,性也。"汤显祖写杜丽娘的梦中情缘,从本质上说是表现人作为自然存在的自然属性,表现人的原始生命欲望,但汤显祖在描写杜丽娘的梦境时,写得很唯美浪漫。梦境中,先是柳生邀请杜丽娘作诗赏柳:"恰好花园内,折取垂柳半枝。姐姐,你既淹通史书,可作诗以赏此柳乎?"接下来是邀请杜丽娘去后花园相会:"则为你如花美眷,似水流年,是答儿闲寻遍。在幽闺自怜……转过这芍药栏前,紧靠着湖山石边。和你把领扣松,衣带宽,袖梢儿揾着牙儿苫也,则待你忍耐温存一晌眠。是哪处曾相见?相看俨然,早难道这好处相逢无一言","见了你紧相偎,慢厮连,恨不得肉儿般团成了片也,逗得个日下胭脂雨上鲜"。在写杜柳相会时,汤显祖加入花神这一角色来保护杜、柳相会:"单则是混阳蒸变,看他似虫儿般蠢动把风情扇。一般儿娇凝翠绽魂儿颤。这是景上缘,想内成,因中见。呀,淫邪展污了花台殿。"

　　从以上可以看出,汤显祖写杜丽娘梦中相会是较为直露的,甚至带有一点情色描写的成分,比作为《牡丹亭》蓝本的《杜丽娘慕色还魂记》描写更细腻。《杜丽娘慕色还魂记》话本是这样写的:"只见那生向前将小姐搂抱去牡丹亭畔,芍药栏边,共成云雨之娱,两情和合。"话本是概括性的叙述和粗线条的勾勒,相会场景不鲜明,也缺少语言、神情描写及心理刻画。汤显祖在继承话本叙述基础上,通过语言描写、场面刻画等把梦中相会场景展现得更直接鲜明。梦魂即真。"梦是一种有意义的心理活动。它是一种具有充分价值的精神现象,而且确实是一种欲望的满足","梦的内容在于愿望的达成,其动机在于某种愿望"①。梦是帮助人从被禁锢的状态中解脱出来的一把钥匙,杜丽娘早成佳配的愿望通过梦境实现了。汤显祖细腻地描写梦境,是正面细致地刻绘杜丽娘慕色怀春之情,是以幻境写真境。这个真境就是汤显祖所认为的"人生而有情,思欢怒愁,感于幽微,流乎啸歌,形诸动摇"②。

　　汤显祖的"至情"思想受晚明尚情思潮的影响。在泰州学派的鼓荡下,肯定人的私欲,追求个性自由,张扬世俗享乐,形成明中后期一股思想解放的文化思潮,如狂飙突起,弥漫于整个社会。颜钧认为:"平时只是率性所行,纯任自然,便谓之道"③;何心隐主张:"性而味,性而色,性而声,性而安适,性也"④;李贽宣称:"穿衣吃饭,即人伦物理,除却穿衣吃饭,无伦物矣。世间种种皆衣物类耳,故举衣与饭,而世间种种自然在其中,非衣食之外更有种种绝与百姓不相同者"⑤,"盖声色之来,发乎情性,由乎自然"⑥;袁宏道提出:"夫世果有不好色之人哉"⑦;陈确提出:"盖天理皆从人欲中见,人欲正当处,即

---

① [奥]弗洛伊德:《梦的解析》,孙名之译,商务印书馆2020年版,第25页。
② [明]汤显祖:《宜黄县戏神清源师庙记》,徐朔方笺校:《汤显祖集全编》,上海古籍出版社2016年版,第1596页。
③ [清]黄宗羲:《明儒学案》卷三二,载《黄宗羲全集》(第七册),浙江古籍出版社1992年版,第822页。
④ [明]何心隐:《何心隐集》,卷二,《寡欲》,中华书局1981年版,第40页。
⑤ [明]李贽:《焚书》卷一《答邓石阳》,载李贽:《焚书续焚书》,夏剑钦校点,岳麓书社1990年版,第4页。
⑥ [明]李贽:《焚书》卷三《读律肤说》,载李贽:《焚书续焚书》,岳麓书社1990年版,第132页。
⑦ [明]袁宏道:《袁宏道集笺校·解脱集·兰亭记》,钱伯城笺注,上海古籍出版社1981年版,第444页。

是理,无欲奈何理乎"①。晚明的心学思潮对当时的社会风习、社会心理产生了巨大影响。"明人吕祖曾感慨当时的文人雅士对声色之津津乐道,恬不知耻,说'尝见读书才士,与一切伶俐俊少,谈及淫秽私情,必多方揣摩,一唱百和,每因言者津津,遂使听者跃跃。'"②

与社会心理、社会风习和哲学思想相适应,晚明时期一股"主情"的文艺思潮席卷文坛。在主情思潮的推动下,晚明剧坛上掀起一股"近情动俗"的传奇创作热潮。清顺治年间,高奕在《新传奇品序》中说:"传奇至于今,亦盛矣。作者以不羁之才,写当场之景,惟欲新人耳目,不拘文理,不知格局,不按宫商,不循声韵,但能便于搬演,发人歌泣,启人艳慕,近情动俗,描写活现,逞奇争巧,即可演行,不一而足。其于前贤关风化劝惩之旨,悖焉相左;欲求合于今,亦已寥寥矣。"③在晚明"尚情"的文艺思潮影响下,汤显祖在《牡丹亭》中写杜丽娘梦中情缘,肯定人的天性,表现正常的人伦物理,表现人作为自然存在的生命之欲,是再正常不过的。俞平伯论《牡丹亭》时说:"夫仁者人也,正者正也,尽人之性,尽物之性,此正而不可乱,常而不可易者也,内圣外王之法也,而犹未是也,直自然之本然耳。何谓之自然之本然?'虫儿般蠢动'是也,此物之性,即人之性也,此人道也(读如未通人道之人道),即人之道也,谓为秽亵非也,谓为神圣亦非也,此自然之本然,'直'观之而已矣。"④也就说,《牡丹亭》写杜、柳的梦中情缘,是"自然之本然",是物之性、人之性,是人道,它既不高尚,也不下流,是正常不过的事情。"人欲即情,即人与生俱来的自然本性。"⑤

(二)生死之情

人作为有思想、有感情的高级动物,是自然属性与社会属性的统一体,爱情作为人类的高级精神活动,也是自然属性和社会属性的统一。爱情是一种完整的生理、心理、美感和道德的情感体验,它的社会属性表现在受道德、观念、社会地位等诸多方面影响,但爱情最主要的特征就是渴望对方成为自己终身伴侣的强烈的、稳定的、专一的感情。马克思和恩格斯曾引用傅立叶的话说:"在女人和男人、女性和男性的关系中,最鲜明不过地表现出人性对兽性的胜利","表现出人的本质在何种程度上对人来说成了自然,或

---

① [明]陈确:《陈确集·别集·与刘伯绳书》,中华书局1979年版,第468页。
② [清]黄正元:《欲海慈航·闲邪正论》,转引自王利器辑录:《元明清三代禁毁小说戏曲史料》,上海古籍出版社1981年,第238页。
③ [清]高奕:《新传奇品序》,见中国戏曲研究院编《中国古典戏曲论著集成》(第六册),中国戏剧出版社1959年版,第269页。按:高奕,字晋音,一字太初,浙江会稽(今绍兴)人,约清顺治年间在世。他批评的当即晚明传奇创作。
④ 俞平伯:《牡丹亭赞》,载毛效同:《汤显祖研究资料汇编》,上海古籍出版社1986年版,第986页。
⑤ 徐朔方、孙克秋:《明代文学史》,浙江大学出版社2006年版,第359页。

者自然在何种程度上成了人具有的人的本质。因而这种关系就可以判断人的整个发展过程"①。马克思说:"人和人之间的直接的、自然的、必然的关系是男女之间的关系……从这种关系的性质就可以看出,人在何种程度上成为并且把自己理解为类存在物、人。"②作为"类存在物",男女之间的关系,首先是人类的自身生产、自身存在、自己的延续和发展,在自身的延续中进行物质文明的生产,增进人类的文明程度。如果说,杜丽娘的梦中情缘是情的自然属性更多的话,那么,由情的自然属性走向情的社会属性,也即情的精神层面就成为必然,否则的话,人和其他生物就没有区别。

汤显祖通过《寻梦》《画真》《闹殇》三个关键性场次表现了杜丽娘至情的转变。杜丽娘的转变从《寻梦》开始。杜丽娘独自来到后花园,先是睹物忆梦:"那一答可是湖山石边? 这一答似牡丹亭畔。嵌雕栏,芍药芽儿浅,一丝丝垂杨线,一丢丢榆荚钱","他倚太湖石,立着咱玉婵娟。待把俺玉山推倒,便日暖玉生烟。挨过雕栏,转过秋千,掯着裙花展。敢席着地,怕天瞧见",接后,杜丽娘对着园中大梅树感叹:"罢了,这梅树依依可人,我杜丽娘若死后,得葬于此,幸矣","偶然间心似缱,花梅树边。似这般花花草草由人恋,生生死死随人愿,便酸酸楚楚无人怨。待打并香魂一片,阴雨梅天,守得个梅根相见"。杜丽娘这时追求的是爱的自由和生命的自由。只要自己能做主,就算过得再苦也不在乎,就是死了以后,魂都要在梅树边等着梦中人来。杜丽娘因为梦中情缘,"一点幽情动早","往日艳冶轻盈,顿成消瘦","十分容貌怕不上九分瞧"。她怕自己"一旦无常,谁知西蜀杜丽娘有如此美貌乎",便自描画像,并在画像上题诗:"近睹分明似俨然,远观自在若飞仙。他年得傍蟾宫客,不在梅边在柳边。"(《写真》)梦境虽属虚幻,但因梦境产生的追求爱情的愿望却是真实的。在《闹殇》中,杜丽娘在中秋之夜死去。中秋本是团圆之日,但杜丽娘却病势加重,她望月吟诗:"轮时盼节想中秋,人到中秋不自由。奴命不中孤月照,残生今夜雨中休。"这是杜丽娘的绝命诗,在时间与事实的强烈对比中,杜丽娘为情而病、为情而死,使戏剧笼罩上了浓烈的悲剧气氛。她临死前嘱咐母亲,要母亲把她葬在后花园的梅树下;她又嘱咐春香将所描画的画像,"盛着紫檀匣儿,藏在太湖石底","有心灵翰墨春容,傥直那人知重"。杜丽娘渴望梦中之人成为自己终身伴侣的感情,是多么强烈、稳定与专一。所以明代的王思任在《批点玉茗堂牡丹亭词叙》中评论说:"杜丽娘隽过言鸟,触似羚羊,月可沉,天可瘦,泉台可瞑,獠牙判发可狎而处,而'梅''柳'二字,一灵咬住,必不肯使劫灰烧失。"③杜丽娘为了意中人,为了情,月可以沉,天可以瘦,即使死去化成了灰也在所不惜,王思任的评点指出了杜丽娘至情的真挚动人与可贵。

---

① 《马克思恩格斯选集》,人民出版社 1971 年版,第 72 页。
② 马克思:《1844 年经济学哲学手稿》,人民出版社 1985 年版,第 76 页。
③ [明]王思任:《〈批点玉茗堂牡丹亭〉序》,载蔡毅:《中国古典戏曲序跋汇编》,齐鲁书社 1989 年版,第 1228 页。

杜丽娘为情而死,一方面显示了情之力量伟大;另一方面,也反映出在当时"理"的钳制下追求爱情与婚姻的不易。汤显祖所写的杜丽娘虽是南宋时人,实则反映了明代的社会现实。"在当时的社会里,要实现正常的爱情理想,要实现个性的自由解放,几乎是没有实现可能的。然而天地间毕竟存在着一种超越生死的至情,存在着一种违背理学的人性要求;这种至情和人性要求,应该也可以冲破禁锢人性的黑暗现实。"①杜丽娘"不是死于爱情的被破坏,而是死于对爱情的徒然渴望"②。所以,汤显祖通过《寻梦》《写真》《闹殇》这几出戏,如实地展示了杜丽娘为了情而出生入死,表现了杜丽娘实现至情过程的痛苦和艰难,用杜丽娘在寻梦时的一句话概括就是:"世间何物似情浓?整一片断魂心痛。"(《寻梦》)

杜丽娘与《西厢记》里的崔莺莺相比,两者在情的表现上有一点不同的地方:"莺莺对于张生,是由情到欲;杜丽娘对于柳梦梅,却是由欲到情。"③崔莺莺与张生在普救寺一见倾心,互相爱慕,后来月夜相会。崔、张的婚姻虽遭到崔母的百般阻挠,但最终有情人终成眷属。杜丽娘因家教很严,整天待在闺阁之内,没有接触外面世界的机会。所以,她只能在梦里寻找自己的幸福。虽然梦中之情更多的是出于人的自然之欲,但是后来,杜丽娘的寻梦、写真、闹殇,都是出于对梦中书生的一片痴情,为了此一片痴情,不惜以生命为代价。杜丽娘的情已超越了单纯的自然之欲,走向情的更高阶段:渴望对方成为自己终身伴侣的强烈的、稳定的、专一的感情。

(三)精诚之志

世间能殉情者多矣。如果杜丽娘是仅能为情而死,那这个故事不会比世间其他殉情女子故事多出什么,《牡丹亭》留给读者和观众的也只是一些无尽的伤感与叹息罢了。它的深刻之处就在于揭示了至情的最高境界——精诚之志。这种精诚之志,可以让不可能发生的事发生,可以超越生死,弥合阴阳,生死人而肉白骨,《牡丹亭》主要通过《冥判》《幽媾》《冥誓》《回生》《圆驾》诸出展现精诚之志。

《冥判》是《牡丹亭》全剧的转折点。胡判官是有情判官,他本来要把杜丽娘贬入莺燕队里去,听花神说杜丽娘系感梦而亡,而且是知府杜宝之女,便"看在杜老先生份上,奏过天庭,再行议处"。胡判官应杜丽娘要求,查了断肠簿和婚姻簿,知道杜丽娘"阳数还长在,阴司数未该"(《冥判》),与柳梦梅有夫妻之分,便放杜丽娘出了枉死城,"随风游戏,跟寻此人",嘱咐花神保护杜丽娘,"休坏了她的肉身",无胡判官,杜、柳之姻缘不可能成功。杜丽娘"身似残梅样,有水无根,尚作余香想"(《魂游》),魂魄出了枉死城,回到南安府后花园。她魂游时,得知在花园梅花观夜中吟诵题画诗的人正是梦中所遇书生,便告过胡判官,鬼魂与柳梦梅相会。杜丽娘告诉柳梦梅:"俺三光不灭,鬼胡由,还

---

① 郭英德:《明清传奇史》,人民文学出版社 2012 年版,第 191 页。
② 徐朔方、孙克秋:《明代文学史》,浙江大学出版社 2006 年版,第 359 页。
③ 章培恒、骆玉明:《中国文学史》(下册),复旦大学出版社 2004 年版,第 353 页。

动迭，一灵未歇。泼残生，堪转折"(《冥誓》)，并嘱咐柳梦梅掘坟开棺。柳梦梅也是痴情之人。他梦中与杜丽娘相会，便把名字改为梦梅；在后花园拾得杜丽娘画像，"玩真叫画"，感动得杜丽娘鬼魂与之相会；得知与之相会的杜丽娘是鬼时，并无害怕之色，却称赞杜丽娘"直恁的志诚亲姐姐""叹书生何幸遇仙提揭，比人间更志诚亲切"(《冥誓》)；不辜负杜丽娘所托，掘坟开棺，让杜丽娘复活，两人得以结成良缘。王思任评论道："杜丽娘之妖也，柳梦梅之痴也，老夫人之软也，杜安抚之古执也，陈最良之雾也，春香之贼牢也。无不从筋节窍髓，以探其七情生动之微也……柳生见鬼见神，痛叫顽纸，满心满意，只要插花。"①无柳生之痴，也就无杜丽娘之复生。

杜、柳的精诚之志，在《婚走》中杜丽娘有明确自述。当石道姑询问杜丽娘在泉台下怎么能记得前生事，杜丽娘答曰："虽则尘埋，把耳轮儿热坏。感一片志诚无奈，死淋侵走上阳台，活森沙走出这泉台。""把耳轮儿热坏"，是杜丽娘说自己虽死，但对梦中人的那一片热心丝毫不减；"感一片志诚无奈"，有两种解释：一种是杜丽娘的"志诚"感动了胡判官，最后判杜丽娘出了枉死城；另一种是柳生的"志诚"感动了杜丽娘，与柳生人鬼相会，最后得以复生。"志诚"，可以说是杜、柳至情的最高境界。俞平伯评论杜、柳"至情"时说："人间女子伤春之诚有如杜丽娘者乎？春游而感之，感春而梦之，梦春寻之，寻之而竟殉之矣。丈夫惊艳之诚亦有如柳梦梅者乎？无非拾得一画耳，而玩之叫之矣，不足而见之矣，见之而不知其为鬼也，及知其为鬼也，犹不足，遂掘墓而发棺矣。此理之所必无也，情之所必有也……爱欲之私，人与一切众生类也，二子之与吾侪亦类也，出乎其类拔乎其萃，神明通之矣。积一念之诚，辄颠倒死生之弹丸乃耳。"②此"一念之诚"就是杜、柳的"志诚"精神，这是至情的最高境界，也是《牡丹亭》不同于元明时代其他言情戏的地方。古代同类题材戏剧，如《西厢记》等，往往强调男女主人公与封建专制家长之间的斗争，表现男女主人公追求爱情的勇敢精神。《牡丹亭》却在男女主人公为情颠倒、至诚和专贞上下功夫，情可以超越生死，可以消除阴阳阻隔，可以变换时空，因而杜丽娘死后三年复活时仍是死前的二八之年，歌颂情的坚贞、专一和超越理的巨大力量，这是《牡丹亭》不同于其他言情剧作的最大特点，也是它的最大贡献。所以近人吴梅评论《牡丹亭》道："此记肯綮，在生死之际……其中搜抉灵根，掀翻情窟，为从来填词家屐齿所未及，遂能雄踞词坛，历劫不磨也。"③

杜、柳的精诚之志，在《圆驾》中得到了充分表现。杜丽娘与柳梦梅的婚事闹到了皇帝面前。杜宝为了自己的官位和颜面，要皇帝"愿吾皇向金阶一打，立见妖魔"。皇帝赐

---

① [明]王思任：《批点玉茗堂牡丹亭序》，蔡毅编著：《中国古典戏曲序跋汇编》，齐鲁书社 1989 年版，第 1228 页。

② 俞平伯：《牡丹亭赞》，见毛效同编：《汤显祖研究资料汇编》，上海古籍出版社 1986 年版，第 989 页。

③ 吴梅：《吴梅全集·中国戏曲概论·明人传奇》，河北教育出版社 2002 年版，第 283 页。

婚后,杜宝要杜丽娘"离异了柳梦梅,回去认你"。杜丽娘为维护出生入死追寻来的幸福,对于父亲的逼迫予以坚决反抗:"叫俺回杜家,赸了柳衙。便作你杜鹃花,也叫不转子规红泪洒"(《圆驾》),表现出强烈的反抗精神,勇敢、坚决而执着。柳生也是痴情志诚之人,知杜丽娘为鬼而仍与之相会,不负所托掘坟开棺使杜丽娘复活,丽娘赞之为"柳郎真信人也"。在金銮殿,面对杜宝的责难,柳生也敢于直面应对,毫不妥协,最终维护了自己的幸福。杜、柳二人都表现出了对情的坚贞、专一、执着。

杜、柳的志诚精神,也是汤显祖志诚精神的体现。王季思评价汤显祖说:"'他人言性我言情',为若士对当时一般腐儒之绝好讽刺,而若士所谓情,实即'精诚所至、金石为开'之精诚。其自序《还魂记》曰:'凡人之情,不知所起,一往而深,生者可以死,死者可以生。生而不可死,死而不可复生者,皆非情之至也',既已明揭作意,而'身似残梅样,有水无根,尚作余香想'及'一灵未歇,泼残生堪转折'等曲,皆极写'海枯石烂,此以不死'之至情。杜丽娘还魂,即为'死者可以复生'举一实例,此在现实世界自为理不可通。然情之至者可以超生死,亦惟有超生死者乃确能得大解脱,得大自由。古今志士仁人之舍生取义,求仁得仁,亦即此一念所使然。若士特就儿女之情,为举一浅近之例耳……若士本至性至情,孤高特立之士。记中杜丽娘,盖不啻为其自身写照……关于此点,蒋士铨《临川梦》中曾假俞二姑之言为之说明:'他写杜丽娘痴情,至死不变,正是借以自况,所谓其愚不可及也。'可谓别具惠只眼。"①汤显祖通过对爱情的歌颂,对如花美眷、似水流年的青春美好年华的珍惜、追求和留恋,真正体现了对人性的终极关怀。

综上所述,《牡丹亭》以杜丽娘因春感情、因情成梦着力摹写杜丽娘慕色怀春之情,表现了人作为"类存在物"的自然之欲;又以杜丽娘因梦而病、为情而死表现了情的无穷魅力;复以杜柳人鬼相会、杜丽娘复活表现了"精诚所至,金石为开"的志诚精神,展现了情对于理的超越,也体现了汤显祖"世界是有情之世界,天下是情之天下"的人文情怀。

二、《牡丹亭》对晚明社会的讽刺与批判

《牡丹亭》的主题是肯定为情而死、为情复生的至情。它"生生死死为情多"的故事情节、凄婉缠绵的意境、典雅优美的辞曲,往往令读者和观众为之击节叹赏,甚至明代沈德符评论道:"牡丹亭梦一出,家传户诵,几令西厢减价"②,但汤显祖除在《牡丹亭》中表现至情主旨之外,还以插科打诨或者以幽默的方式融入了对晚明社会现实的讽刺与批判。

(一)讽刺晚明的科场与官场

《牡丹亭》第六出《怅眺》,汤显祖借柳梦梅与韩子才自述身世遭遇来批评晚明科场。柳梦梅与韩子才分别是柳宗元、韩愈后裔,二人相遇,柳梦梅因不得中科,言谈间有

---

① 王季思:《牡丹亭略说》,《王季思全集》(第二卷),河北教育出版社2005年版,第84页。
② [明]沈德符:《万历野获编·词曲·填词名手》,文化艺术出版社1998年版,第687页。

不平无聊之色。韩子才便用韩愈《进学解》中"不患有司之不明,只患文章之不精;不患有司之不公,只患经书之不通"的话安慰柳梦梅。柳梦梅则用韩愈因《谏迎佛骨表》遭贬潮州、柳宗元与王叔文下棋惊了圣驾被贬柳州之事回应,并说:"这长远的事休提了。假如俺和你论如常,难道便应这等寒落。因何俺公公造下一篇《乞巧文》,到俺二十八代元孙,再不曾乞得一些巧来?便是你公公《送穷文》,到老兄二十几辈了,还不曾送的个穷去?算来都则为时运二字。"①汤显祖写柳梦梅高中状元的过程也充满了戏剧性。柳梦梅因境遇蹭蹬,通过打秋风结识了钦差识宝使苗舜宾。苗舜宾资助银两让柳梦梅赴京赶考。柳梦梅耽误了科考时间,但主考官恰是苗舜宾,才得以"姑备收考,一视同仁",后来能够高中状元(《耽试》)。汤显祖所写的剧情背景虽是南宋时期,剧中人物所谈的柳宗元、韩愈遭贬是唐代的事情,人物自身的遭遇也是南宋时的事情,但汤显祖实则是借戏中人物之口,讽刺批判了晚明科场的腐败,有借戏曲人物之口浇自己胸中块垒之意。

汤显祖生于明世宗嘉靖二十九年(1550年)。明穆宗隆庆四年(1570年),二十一岁的汤显祖在秋试中以第八名中举,名闻乡里,但在随后隔三年一次的春试中,连续两次不第。明神宗万历五年(1577年),二十七岁的汤显祖第三次参加春试。此时的首相张居正欲其次子张嗣修及第,便招罗海内名士以张之,"张居正欲其子及第,罗海内名士以张之。闻显祖及沈懋学名,命诸子延致。显祖弗往,懋学遂与居正子嗣修偕及第"②。结果沈懋学高中状元,张居正次子张嗣修中第二名。清代的焦循在《剧说》中对此事也有记载:"又相传:张江陵欲以鼎甲畀其子,罗海内名士以张之,令诸郎因其叔延致汤、沈两生。汤临川独不往,而宣城沈君典遂与江陵子懋修偕及第。《邯郸梦》中宇文,即指江陵也。两梦中《吊打》《钦定》诸剧,皆极诋讪。至云'状元能值几文米',愤怅极矣。蒋心余太史本此诸事,作《临川梦》传奇。"③焦循此记载中的张江陵即指张居正,沈君典即汤显祖的好友沈懋学,江陵子嗣修即指张居正次子张嗣修。万历八年(1580年),三十岁的汤显祖第四次参加春试,因不与张居正三子张懋修交游,春试又不第,张居正三子张懋修以第一名高中状元,长子敬修以第十三名进士及第。明代沈德符在《万历野获编》卷十四《关节状元》中记载了张居正之子中状元的过程:"今上庚辰科状元张懋修为首揆江陵公子,人谓乃父手撰策问,因以进呈。后被劾削籍,人皆云然。"④张居正利用权势为其子谋取科举,拉拢汤显祖等有名士人,汤显祖屡次拒绝权贵的诱惑,不愿与张居正之子结交,并且义正词严地说:"吾不敢从处女子失身也。"⑤汤显祖的刚直不阿,给他带来

---

① [明]汤显祖著:《汤显祖集全编》(五),徐朔方笺校,上海古籍出版社2016年版,第2624页。
② 徐朔方著:《汤显祖年谱》(修订本),上海古籍出版社1980年版,第32页。
③ [清]焦循:《剧说》,中国戏曲研究院编:《中国古典戏曲论著集成》(第八集),中国戏剧出版社1959年版,第116页。
④ [明]沈德符:《万历野获编·科场·关节状元》,文化艺术出版社1998版,第405页。
⑤ 徐朔方著:《汤显祖年谱》(修订本),上海古籍出版社1980年版,第44页。

了很高的声誉,"公虽一老孝廉乎,而名益鹊起,海内之人益以望见汤先生为幸"①。但是,汤显祖不肯攀炎附势,他的刚直不阿让他科场蹭蹬,屡次以失败而归。直到万历十一年(1583年),即做了十年首辅大臣的张居正退位病故后的第二年,三十四岁的汤显祖第五次参加春试,才得以第三甲第二百一十一名赐同进士出身。后来,张居正被抄家,"诸所为席宠灵、附熏炙者,骎且澌没矣。公乃自叹曰:'假令余心依附起,不似依附败乎?'"②在张居正死后,首相张四维、申时行的儿子也先后凭借权势高中进士,引起人们的怀疑和议论。汤显祖的友人丁此吕、魏允中等人上书揭发科场舞弊,但受到打压,遭贬。汤显祖本人是科场舞弊的受害者,也目睹了友人丁此吕、魏允中因揭发科场舞弊案遭贬的现实,这给他以很大的心理冲击。他对权贵在科场中借势舞弊的现象犹为憎恨。所以,汤显祖在《牡丹亭》中借柳梦梅、韩子才述自身遭遇讽刺了晚明的科场弊端,表达了对科场舞弊的不满。汤显祖刚直不阿的个性,不愿依附权贵的独立人格非同一般。

汤显祖除在《牡丹亭》中讽刺批判晚明的科场之外,还用《牡丹亭》讽刺批判了晚明官场的尔虞我诈及酷烈。对晚明官场的种种丑行,汤显祖所见所闻甚多。汤显祖中进士后,权臣张四维、申时行先后当了宰相,以翰林之位许诺汤显祖,拉拢汤显祖入幕效力。汤显祖不为所动,依然拒绝,他说:"余方木强,故无柔曼之骨。"由于不肯阿附权贵,汤显祖很长时间都在任一些微不足道的闲职。他于万历十一年(1583年)先在北京礼部任观政进士,相当于实习期的小官,第二年秋,汤显祖南下到南京任太常博士,后迁任南京礼部主事,都是一些闲散之职。汤显祖虽然官职微小,但他关心国事、经世济民的思想并没有减弱。万历十九年(1591年),太湖遭灾,朝廷派杨文举赈灾抚民。杨文举却乘机侵吞救灾款,收受贿赂,大肆卖官鬻爵,还因赈灾被申时行晋官加爵。汤显祖上《论辅臣科臣书》,指摘时弊,触怒权贵,被贬到广东徐闻做典史。在徐闻任典史一年后,汤显祖调任浙江遂昌知县,直到五年后挂官而去。

汤显祖中进士后的任官经历,让他深刻体会到了晚明官场的尔虞我诈与污浊。所以在创作《牡丹亭》时,汤显祖见缝插针式地讽刺与批判了晚明的官场。如在《冥判》中,他写十殿阎罗胡判官审理案件时,笔干了要润笔费,"要润笔,十锭金、十贯钞,纸陌钱财";审案的手段是"止不过发落簿判、烧、舂、磨一灵儿",动用酷刑;听见隔壁九殿下拷鬼,说是"肉鼓吹听神啼鬼哭""毛钳刀笔汉乔才",就像汉代那些酷吏审案一样。阴间的审案,"比着阳世那金州判、银府判、铜司判、铁院判,白虎临官,一样价打贴刑名催伍作"。州、府、司、院,审判级别越来越高,对应的判案收入是金、银、铜、铁,审案回报却越来越低,无论哪一级审案,都要打点刑名作作等判案人员。汤显祖写的虽是阴世间,却完全是明代现实的反映。在《圆驾》中,杜丽娘被宣上金銮大殿,面驾敷陈返魂复活一

---

① 徐朔方著:《汤显祖年谱》(修订本),上海古籍出版社1980年版,第44页。
② 徐朔方著:《汤显祖年谱》(修订本),上海古籍出版社1980年版,第53页。

事,见当值的卫士吆喝:"甚得妇人冲上御阶,拿了!"杜丽娘甚为害怕:"似这般狰狞汉,叫喳喳。在阎浮殿见了些青面獠牙,也不似今番怕。"阴世间的青面獠牙比不上人世间金銮大殿的卫士可怕,轻轻一语借杜丽娘之口说出,却道出了汤显祖对晚明社会官府欺压百姓作威作福的现实。所以,汤显祖借杜丽娘之口,写出了对当时酷吏为害百姓的讽刺与批判。

(二)批判朝廷的贪婪与搜刮

《牡丹亭》第二十一出《谒遇》,写钦差识宝使苗舜宾三年任满,将要离任,按例在多宝寺祭赛多宝菩萨。柳梦梅打秋风拜谒苗舜宾。苗舜宾向柳梦梅介绍宝物的话点明珍宝种类之多和难得。苗舜宾向柳梦梅介绍祭赛多宝菩萨所陈列的宝物:"这是星汉神砂,这是煮海金丹和铁树花。少什么猫眼精光射,母碌(绿)通明差。嗏,这是鞑鞨柳金芽,这是温凉玉斝,这是吸月的蟾蜍,和阳隧冰盘化……径寸明珠等让他,便是几尺珊瑚碎了他"(《谒遇》)。宝物来历是,"天地精华,偏出在番回到帝子家""有远三万里的,至少也有一万多程""都因朝廷重价购求,自来贡献""他重价高悬下,那市舶能奸诈,嗏,浪把宝船划"①(《谒遇》)。第四十一出《耽试》中,苗舜宾因"圣上因俺香山能辨番回宝色,钦取来京典礼",做了主科官,说自己"想起来看宝易,看文字难。为什么来?俺的眼睛,原是猫儿睛,和碧绿琉璃水晶无二。因此一见真宝,眼睛火出。说起文字,俺眼里从来没有"②。

苗舜宾虽是剧中人物,表面也是南宋官员,汤显祖实则借此批判明神宗及一众贪官搜刮盘剥、聚敛财宝,导致海内困敝的现实。明神宗朱翊钧执政48年(1573年—1620年),是明代诸帝中最为著名的贪财皇帝。"(万历)二十年,宁夏用兵,费帑金二百余万。其冬,朝鲜用兵,首尾八年,费帑金七百余万。二十七年,播州用兵,又费帑金二三百万。三大征踵接,国用大匮。而二十四年,乾清、坤宁两宫灾。二十五年,皇极、建极、中极三殿灾。营建乏资,计臣束手,矿税由此大兴矣。"③明神宗以筹备军饷和修建宫殿为名,大肆征税,搜刮民财。万历二十四年(1596年)秋七月乙酉,"始遣中官开矿于畿内。未几,河南、山东、山西、浙江、陕西,悉令开采。中官领之。群臣屡谏,不听"④,二十四年冬十月乙酉,"始命中官榷税通州。是后,各省皆设税使。群臣屡谏。不听"⑤,"明神宗要维持自己的奢华生活,面对入不敷出的窘境,以修建宫殿为名,陆续派出大批太监为矿监、税使,到各地开矿征税。明朝历史上为期近二十年的矿税使之祸由此开

---

① [明]汤显祖:《汤显祖集全编》(五),徐朔方笺校,上海古籍出版社2016年版,第2680页。
② [明]汤显祖:《汤显祖集全编》(五),徐朔方笺校,上海古籍出版社2016年版,第2755页。
③ [清]张廷玉:《明史》,卷三百五,《宦官传二》,岳麓书社1996年版,第4442页。
④ [清]张廷玉:《明史》,本纪二十,《神宗一》,岳麓书社1996年版,第141页。
⑤ [清]张廷玉:《明史》,本纪二十,《神宗一》,岳麓书社1996年版,第141页。

始"①。这些矿税使由皇帝直接派遣宦官担任,"中官遍天下,非领税即领矿,驱胁官吏,务朘削焉"②。这些税使的权力不受地方制约,随心所欲,横征暴敛,"通都大邑皆有税监,两淮则有盐监,广东则有珠监,或专遣,或兼摄。大珰小监纵横绎骚,吸髓饮血,以供进奉。大率入公帑者不及什一,而天下萧然,生灵涂炭矣"③。征税手段也多种多样:有督民开采,坐地分成;有重叠征税;有强取豪夺。"水陆行数十里,即树旗建厂。视商贾懦者,肆为攘夺,没其全资。负戴行李,亦被搜索。又立土商名目,穷乡僻坞,米盐鸡豕,皆令输税"④,"中涓群小,横敛侵渔。民多逐末,田卒污莱。吏不能拊循,而覆侵刻之。海内困敝"⑤。明神宗派矿税使"穷天极地,搜刮靡遗",造成了"上下交征、官民并困"的严峻局面,民苦不堪言。"(万历)二十八年,是年,两畿各省灾伤,民饥盗起。内外群臣交章请罢矿税诸监,皆不听"⑥,"金银珠宝,貂皮名马,杂然进陈,帝以为能"⑦。除设矿监税使巧立名目搜刮民脂民膏外,万历皇帝还利用在福建、宁波、广州设立的"市舶司",把海外贸易严密控制在官府垄断之下,"明初,海外诸国入贡,附载方物,与中国贸易,因设市舶司,置提举官以领之,所以通夷情,抑奸商,俾法禁有所施,因以消其衅隙也"⑧。海外贡使带来物品分进贡方物、使臣自进物。对进贡方物,出于政治因素,给以重赏,亏损较大。对自进物,给价收买,然后再卖出。掌管市舶司的官员就利用赏赐使臣和收买进物从中渔利。"(万历)二十七年春二月壬子,分遣中官领浙江、福建、广东市舶司"⑨,委以征收舶税的权力。这些太监恣意肆财,引起商民极大不满,"鼓噪为变,声言欲杀之,缚其参随,至海中沈之"⑩。

汤显祖曾被贬到广东徐闻任典史之职,后又到浙江任遂昌县令。他目睹了朝廷横征暴敛,民怨沸腾,百姓受苦的现状,对此很是不满。他写《感事》⑪诗以表达批评与愤慨之情:

中涓凿空山河尽,圣主求金日夜劳。
赖是年来稀骏骨,黄金应与筑台高。

---

① 白寿彝:《中国通史》(第七卷),上海人民出版社1989年版,第798页。
② [清]张廷玉:《明史·食货五》,岳麓书社1996年版,第855页。
③ [清]张廷玉:《明史·宦官传二》,岳麓书社1996年版,第4442页。
④ [清]张廷玉:《明史·食货五》,岳麓书社1996年版,第855页。
⑤ [清]张廷玉:《明史·食货一》,岳麓书社1996年版,第1103页。
⑥ [清]张廷玉:《明史·本纪二十一·神宗二》,岳麓书社1996年版,第143页。
⑦ [清]张廷玉:《明史·食货五》,岳麓书社1996年版,第855页。
⑧ [清]张廷玉:《明史·食货五》,岳麓书社1996年版,第856页。
⑨ [清]张廷玉:《明史·食货一》,岳麓书社1996年版,第1103页。
⑩ [清]张廷玉:《明史·宦官传二》,岳麓书社1996年版,第4445页。
⑪ [明]汤显祖:《汤显祖集全编》(二),徐朔方笺校,上海古籍出版社2016年版,第743页。

汤显祖作此诗或于万历二十五年(1597年)在浙江遂昌知县任上,时年四十八岁,是他写作《牡丹亭》的前一年。他在给友人的信《寄吴汝则郡丞》中说:"搜山使者如何,地无一以宁,将恐裂。时有矿使至。"①朝廷的大肆搜刮给国家和百姓带来了严重伤害,所以汤显祖在创作《牡丹亭》时,以插科打诨的方式,借戏中人物苗舜宾之口,辛辣地讽刺了晚明贪官的贪婪本性,犀利地鞭挞了万历皇帝借各种名号肆意敛财、榨取民脂民膏的丑恶一面,在插科打诨、幽默风趣中传达出鞭入骨髓的批判力量。

(三) 批评晚明的安边政策

《牡丹亭》在杜丽娘为情而死、为情复生的主要情节之中,插入了杜宝淮扬前线御敌的战争戏。杜丽娘在第三十五出《回生》复活后,汤显祖用八出戏写杜宝淮扬御敌。虽然从戏剧情节上有些芜蔓,插入战争戏有两个作用:一是调节奏,在缠绵幽怨的文场戏中插入战争打斗的武戏,锣鼓喧天的武场戏可以增加热闹氛围,吸引观众兴趣,丰富戏剧情节,调节演出气氛,也可以调剂角色劳逸;二是用杜宝以金银和官位收买叛贼李全之事暗讽明晚明抵御外来侵扰的不力。戏中杜宝在淮扬御敌,对李全作乱没有办法,只有贿赂李全的妻子,封官许愿、重金收买,封李全为溜金王,李全的妻子为讨金娘娘,才招降了他。杜宝因此立了大功,升为同平章事,官居宰辅。这使人联想到首辅张居正竭力支持王崇古、吴兑、方逢时利用三娘子招降俺答汗事件。在明神宗万历年间,北方的俺答部落常常举兵犯明,在山西、河北一带侵扰不断,横冲直撞,如入无人之境。戏曲中陈最良对李全的"娘子"说:"受了封诰后,但是娘娘要金子,都来宋朝取用",还答应做一副金子做的头盔送去(《围释》)。汤显祖这样写并不是空穴来风,《明史·吴兑传》记载了招降三娘子之事:"三娘子有盛宠于俺答……三娘子入贡,宿兑军中,诉其事,兑赠以八宝冠、百凤云衣、红骨朵云裙,三娘子以此为兑尽力。"②对于边塞俺答部落的侵入,首辅申时行只是虚报战绩,一味求和。汤显祖的同乡万国钦却因主战受到处分。汤显祖支持友人的主张,写了《朔塞歌》二首③,明确表示他对当政者处理边塞政策的不满:

其一

白道徐流过五重,青春绣甲隐蒙茸。
归骢莫缓游乡口,噪鹊长看小喜峰。

其二

独上偏头笑一回,娘娘滩上绣旗开。

---

① [明]汤显祖:《汤显祖集全编》(四),徐朔方笺校,上海古籍出版社2016年版,第1813页。
② [清]张廷玉:《明史·吴兑传》,岳麓书社1996年版,第3887页。
③ [明]汤显祖:《汤显祖集全编》(一),徐朔方笺校,上海古籍出版社2016年版,第499页。

金珠不施从军妇,顺义夫人眼里来。

据《明史纪事本末》记载,明穆宗隆庆五年(1571年)三月己丑,明廷封俺答汗为顺义王。此诗中的顺义夫人,当指其妻三娘子。万历十五年(1587年)秋七月,三娘子被封为忠顺夫人。所以,汤显祖借用戏中人物暗讽了晚明抵御外敌侵扰的不力。同书记载:"吴兑代为总督。各部俱贡市无失期。而三娘子切切慕华,不时款塞,常诣兑,兑儿女畜之,情甚昵。或三娘子致手书索金珠翠钿,兑随市给予,以敦和好。"

而明朝西北一带,有火落赤部落不断骚扰青海、甘肃。万历十六年(1588年)九月,"青海部长他不囊犯西宁。杀副将李魁",十八年(1590年)六月,"青海部长火落赤犯旧洮州,副总兵李联芳败没","秋七月,火落赤再犯河州、临洮,总兵官刘承嗣败绩","八月癸酉,停扯力克市赏"。十九年(1591年)冬十月癸丑,"河套部敌犯榆林、延绥,总兵官杜桐败之"[①]。对于副总兵李联芳败没,汤显祖写有《吊西宁帅》[②]一诗:

峡石千兵死战场,将军不敢治金疮。
筹边自有和戎使,阁道无劳问破羌。

此诗对西宁前线将士的伤亡表示痛心,对朝廷的和戎政策和大臣的不作为表示强烈愤慨、讽刺与批评。对总兵刘承嗣败绩,汤显祖作《胡姬抄骑过通渭》[③]以吊之:

渭南兵火照城山,十八盘西探马还。
似倚燕支好颜色,秋风欲向妙娥关。

此诗讽刺朝廷讨好三娘子,欲通过收买三娘子来平息火落赤部对边地的侵犯。汤显祖写以上两首诗时在南京礼部祠祭司主事任,时年四十一岁。所以,汤显祖在对国事的关心是早已为之。在四十九岁写成《牡丹亭》时,就把他以前所关心的国事融入《牡丹亭》的创作中,委婉地表达对当时国政的批评。

第四十一出《耽试》中,柳梦梅考试时的题目是南宋与金兵"和战守三者孰便"。柳梦梅答以"可战可守而后能和",苗舜宾称赞道:"似你呵,三分话点破帝王忧,万言策拣尽乾坤漏。"这虽是插科打诨之语,却正是晚明主和派心满意得的自我画像。明神宗万历十九年(1591年)起,日本丰臣秀吉掌权,多次侵犯朝鲜,明朝出兵支援朝鲜抗倭,战

---

① [清]张廷玉:《明史·本纪第二十·神宗一》,岳麓书社1996年版,第139—140页。
② [明]汤显祖:《汤显祖集全编》(一),徐朔方笺校,上海古籍出版社2016年版,第495页。
③ [明]汤显祖:《汤显祖集全编》(一),徐朔方笺校,上海古籍出版社2016年版,第494页。

事不利,"游击史儒等帅师至平壤,战死。副总兵祖承训统兵渡鸭绿江,兵败,仅以身免"①。明朝先后以李如松为东征提督和兵部尚书顾养谦总督蓟、辽,抗击倭寇。万历二十二年(1594年),礼部郎中何乔远上书说,派去朝鲜抗倭的沈惟敬"与倭交通,不云和亲,辄曰乞降",万历帝下诏兵部商议,当时廷臣上奏,皆以"罢封贡,议战守为言",②直至万历二十五年(1597年),丰臣秀吉病死,战争才宣告结束。《明史》总结道:"自倭乱朝鲜七载,丧师数万,糜饷数百万。"③明朝的腐败无能可见一斑。汤显祖在《耽试》中通过柳梦梅科考时对策战守和,反映晚明时局。汤显祖"对明朝政治失望而不抱幻想,这是作者思想上值得重视的演变,它为《南柯记》和《邯郸记》的创作奠定了思想基础"④。

总之,汤显祖以过人的才华,除通过《牡丹亭》宣扬至情理想之外,又在《牡丹亭》中通过插科打诨和战争戏的方式,融入了对晚明社会现实的讽刺与批判。汤显祖不但是一个"为情作使,劬于伎剧"⑤的理想主义者,同时,又是一个关注国事和现实的清醒的现实主义者,体现了儒家入世的一面。

第四节 《牡丹亭》艺术特征论

一、《牡丹亭》的结构艺术

戏曲以结构为第一,明清戏曲理论家多有论述。明代祁彪佳指出:"作南传奇者,构局为难,曲白次之。"⑥清代李渔认为:"填词首重音律,而予独先结构者,以音律有书可考,其理彰明较著……至于'结构'二字,则在引商刻羽之先,拈韵抽毫之始,如造物之赋形,当其精血初凝,胞胎未就,先为定制全形,使点血而具五官百骸之势。倘无成局,而由顶及踵,逐段滋生,则人之一身,当有无数断续之痕,而气血为之中阻矣。"⑦

《牡丹亭》作为汤显祖传奇代表作,一写出来就轰动当时文坛,"家传户颂,几令《西

---

① [清]张廷玉:《明史·外国一·朝鲜》,岳麓书社1996年版,第5425。
② [清]张廷玉:《明史·外国一·朝鲜》,岳麓书社1996年版,第5426页。
③ [清]张廷玉:《明史·外国一·朝鲜》,岳麓书社1996年版,第5430页。
④ 徐朔方:《汤显祖评传》,南京大学出版社1993年,第147页。
⑤ [明]汤显祖:《汤显祖集全编》(三),徐朔方笺校,上海古籍出版社2016年版,第1368—1369页。
⑥ [明]祁彪佳:《远山堂曲品》,《中国古典戏曲论著集成》(六),中国戏剧出版社1959年版,第102页。
⑦ [清]李渔:《闲情偶寄》,《中国古典戏曲论著集成》(七),中国戏剧出版社1959年版,第11页。

厢》减价"①。它优美的曲词、繁富的文采被时人大加称赏。明代张琦评论说"临川学士旗鼓词坛,今玉茗堂诸曲,脍炙人口,其最者,《杜丽娘》一剧,上薄《风》《骚》,下夺屈宋,可与实甫《西厢》交胜"②;凌濛初评论说"清远翻抽于元剧,故遗词俊"③。《牡丹亭》也打动了众多青年女子的心。相传娄江女子俞二娘,酷嗜《牡丹亭》曲,断肠而死,汤显祖作诗以哀之,诗云"画烛摇金阁,真珠泣秀窗。如何伤此曲,偏只在娄江"④;遭遇不幸的青年女子冯小青在读了《牡丹亭》后写下诗句"冷雨幽窗不可听,挑灯闲看《牡丹亭》;人间亦有痴于我,岂独伤心是小青"⑤。《牡丹亭》不仅以文采取胜,在结构上也精心结撰。它继承了宋元南戏的创作体制,人物多,故事情节曲折,表现的社会内容复杂,精心结撰戏剧结构以表现创作主旨成为包括汤显祖在内的明代传奇剧作家们面临的新课题。

(一) 通过真幻交织的叙事时空表现至情

《牡丹亭》在结构上表现之一是"立主脑",用真幻交织的叙事时空表现杜丽娘的"至情"。清代李渔指出,"作传奇者,不宜卒急拈毫。袖手于前,始能疾书于后。有奇事,方有奇文,未有命题不佳,而能出其锦心、扬为绣口者也"⑥。《牡丹亭》的奇事来源于话本小说《杜丽娘慕色还魂》(见明何大抡辑《重刻增补燕居笔记》卷九)。话本小说中杜丽娘因梦柳梦梅而亡,柳梦梅在南安府拾得杜丽娘画像,杜、柳人鬼相会,柳梦梅掘坟开棺,杜丽娘复活,驰书报喜杜宝,杜、柳二人成亲,享尽荣华富贵。《牡丹亭》中杜丽娘慕色而亡又死而复生的情节主干与话本小说基本相同,但话本小说讲述的是一件离奇的世所罕闻的青年男女风流事,杜、柳二人既没有受什么礼教干涉,也没有进行什么努力就顺顺当当结为夫妻,夫贵妻荣,享天年而终。《牡丹亭》只借用了话本小说的故事躯壳,在精神意蕴上却自出机杼。它通过杜丽娘生死离合之事,而要表现汤显祖在《牡丹亭题词》中所说的至情:"如丽娘者,乃可谓之有情人耳。情不知所起,一往而深,生者可以死,死者可以生。生而不可与死,死而不可复生者,皆非情之至也",寓有张扬人的个性的内涵。《牡丹亭》表现至情的方法就是"立主脑",构建真幻相生的叙事时空。李渔提出,"古人作文一篇,定有一篇之主脑。主脑非他,即作者立言之本意也。传奇亦然。一本戏中,有无数人名,究竟俱属陪宾,原其初心,止为一人而设。即此一人之身,

---

① [明]沈德符:《万历野获编》,中华书局1959年版,第643页。
② [明]张琦:《衡曲麈谭》,《中国古典戏曲论著集成》(四),中华戏剧出版社1959年版,第270页。
③ [明]王骥德:《谭曲杂札》,《中国古典戏曲论著集成》(六),中国戏剧出版社1959版,第259页。
④ [清]焦循:《剧说》,《中国古曲戏曲论著集成》(八),中国戏曲出版社1959年版,第114页。
⑤ [明]汤显祖:《牡丹亭》,徐朔方、杨笑梅校注,人民文学出版社1963年版,序言。
⑥ [清]李渔:《闲情偶寄》,《中国古典戏曲论著集成》(七),中国戏剧出版社1959年版,第11页。

自始至终,离合悲欢,中具无限情由、无穷关目,究竟俱属衍文,原其初心,又止为一事而设。此一人一事,即作传奇之主脑也"①。从人物来说,《牡丹亭》人物众多,有柳梦梅、杜宝夫妇、丫鬟春香、老学究陈最良、石道姑、郭驼橐、叛贼李全、金兵等各色人等,这些人物都以杜丽娘为中心,为杜丽娘而设;从事件来说,《牡丹亭》事件丰富,但都以杜丽娘为中心敷衍剧情。柳梦梅打秋风、滞留南安府、科场考试、淮扬寻亲、受拷,杜宝训女、乡间劝农、淮扬御敌,陈最良教学、为丽娘诊病、淮扬报信,春香闹学、石道姑诊祟、李全骚扰淮扬,这诸多事件都围绕杜丽娘因情而死、为情复生展开,将杜丽娘所经历的人间真境、梦中幻境、阴间冥境以时间为序组织串连起来,用真幻交织叙事时空展现杜丽娘为追求爱情而所经历的曲折历程,反映现实与理想、外在与内心之间的冲突在杜丽娘内心激起的惊涛骇浪。

　　首先是人间真境。杜丽娘在人世间里处处受束缚,事事不自由。父亲杜宝不许杜丽娘白天闲眠,要求她"假如刺绣余闲,有架上图书,可以寓目。他日到人家,知书知礼,父母光辉"(《训女》);老师陈最良授课时只会依注解诗,"诗三百,一言以蔽之,没多些,只无邪两字"(《闺塾》),也不懂男女之情,"从不晓得伤个春,从不曾游个花园""但如常,著甚春伤,要甚春游?"(《肃苑》),母亲甄氏也不理解杜丽娘的内心世界,杜丽娘得病,认为是"怕腰身触污了柳精灵,虚嚣侧犯了花神圣",杜宝也认为"则是些日炙风吹,伤寒流转""女儿点点年纪,知道个什么儿"(《诘病》)。可以说,杜丽娘在人世间就像笼中小鸟一样被拘束着,内心无人理解,感受到的只有忧愁和苦闷。

　　其次是梦境。梦是人潜意识的一种活动状态。梦境作为理想境界,人心向往之。《惊梦》是全剧关键的一出,"丽娘一梦,《还魂》皆活"②。梦将杜丽娘与柳梦梅这两个相隔甚远的青年人连接起来。杜丽娘在现实世界中得不到理解,从梦中找到了自己的情感寄托。"为诗章讲动情肠"的杜丽娘精心梳妆打扮游赏花园,面对"原来姹紫嫣红开遍,似这般都付与断井颓垣"的烂漫春花,勾起了内心对自身命运的无限感叹,"吾生于宦族,长在名门。年已及笄,不得早成佳配,诚为虚度青春,光阴如过隙耳。(泪介)可惜妾身颜色如花,岂料命如一叶乎!"在潜意识驱使下,杜丽娘在梦中与柳梦梅不受干扰、无拘无束地相会,日暖莺歌、落花流水、牡丹亭畔、芍药栏前、湖山石边,环境的美衬托着人情的美、有情世界的美,连花神都来保护杜、柳二人。现实世界的愁,在梦中可以消散了,人世间无法实现的愿望,在梦中如愿以偿了。汤显祖"以虚幻的形式真实典型地展现青年人爱情萌动的心态,显示人性中的潜意识。他的笔触,发掘到人物的灵魂深处"③。

---

①　[清]李渔:《闲情偶寄》,《中国古典戏曲论著集成》(七),中国戏剧出版社1959年版,第14页。
②　吴梅:《中国戏曲概论·顾曲麈谈》,吉林人民出版社2013年版,第183页。
③　黄天骥:《论〈牡丹亭〉的创新精神》,《文艺研究》,2016年第7期,第85—93页。

最后是阴间冥境。《冥判》《魂游》《幽媾》《冥誓》等表现的是幽冥世界。《冥判》是全剧之转折点。胡判官得知杜丽娘因慕色而亡,并从婚姻簿上查到杜丽娘与柳梦梅有夫妻之缘,理解、同情并支持杜丽娘对爱情的追求,判决杜丽娘出枉死城,"且留得青山在,不可被雨打风吹日晒。则许你傍月依星将天地拜,一任你魂魄来回"(《冥判》),嘱咐花神要保护杜丽娘肉身不坏,以待还阳复生。《幽媾》一出,杜丽娘鬼魂在梅花观与柳梦梅相会,"牡丹亭,娇恰恰;湖山畔,羞答答;读书窗,渐喇喇。良夜省陪茶,清风明知无价"(《幽媾》),昔日梦境以人鬼相会的形式重现。人鬼相会终不长久,《冥誓》中杜丽娘在柳梦梅拈香盟誓后吐露真情,说自己可以回生,"俺三光不灭。鬼胡由,还动迭,一灵未歇。泼残生,堪转折"(《冥誓》),嘱托柳梦梅开坟。为了追求真正有情的人世幸福生活,复活后的杜丽娘与父亲展开了正面的抗争,最终奉旨成婚,终成心愿。

杜丽娘从生到死、从死到生的过程,从时间上经历了生—死—生的轮回;从空间上经历了人间—阴司—人间的依次转换,汤显祖用真幻交织的叙事时空表现了所提倡的至情,所以明代吕天成评价《牡丹亭》说:"杜丽娘事甚奇,而着意发挥怀春慕色之情,惊心动魄,且巧妙迭出,无境不新,真堪千古矣。"①

(二)主线副线交叉,推动剧情发展

《牡丹亭》在结构上的表现之二是摆脱窠臼、用主线与副线交叉的多线索推动情节发展,表现更为丰富的内容。关于传奇之叙事,明人王骥德提出:"作曲,犹造宫室然……前后、左右、高低、远近,尺寸无不了然胸中,而后可施斤斫。作曲者,亦必先分数段,以何意起,何意接,何意作中段敷衍,何意作后段收煞,整整在目,而后可施结构。"②明清传奇继承南宋、元南戏的体制,角色增多、情节曲折。有"传奇之祖"之称的《琵琶记》确立了生、旦双线的叙事结构后,以生、旦为叙事中心的双线叙事结构成为传奇结构的常态。《牡丹亭》在汲取南戏生、旦离合的双线叙事结构的基础上,加入了杜宝一线,用多线索叙事将五十五出串联起来,展现丰富的社会内容。第一条线是杜丽娘慕色而死、死后复生一事;第二条线是柳梦梅赴京赶考、途经南安府与杜丽娘相遇、最后得中状元一事;第三条线是金兵南侵、李全骚乱、杜宝淮扬抗金平叛一事。三条线索交织推进、以线串点,演绎了一出回肠荡气、凄婉动人的故事。《牡丹亭》按情节分为引子、开端、承接、转折、收尾五个部分。

第一至六出是全剧引子,也是所谓的开场戏。其主要作用在于介绍剧情梗概、出角色。《标目》介绍剧情;《言怀》柳梦梅出场;《训女》杜丽娘、丫鬟春香及杜宝夫妇出场;《腐叹》《延师》陈最良出场;《怅眺》柳梦梅谈身世际遇,为后面柳梦梅打秋风张本。

第七至二十出是全剧开端,以杜丽娘为主角,叙杜丽娘慕色而亡。写杜丽娘的重点场次有《闺塾》《惊梦》《寻梦》《写真》《闹殇》。杜宝一线的场次有《劝农》《虏谍》《牝

---

① [明]吕天成:《曲品》,《中国古典戏曲论著集成》(六),中国戏曲出版社 1959 年版,第 124 页。
② [明]王骥德:《曲律》,《中国古典戏曲论著集成》(四),中国戏曲出版社 1959 年版,第 123 页。

贼》,叙杜宝南安府任职及金主完颜亮南侵,为杜丽娘事提供社会背景。柳梦梅一线的场次有《诀谒》,叙柳梦梅干谒苗舜宾,为以后赴京赶考做伏笔。《肃苑》《慈戒》《诘病》《道觋》《诊祟》等出是小的过场戏,调节舞台气氛和角色劳逸。

第二十一至三十五出是全剧承接。这部分生、旦并重,以柳梦梅的剧情为主,叙柳梦梅赴临安途中得病寄宿南安府梅花观,与杜丽娘人鬼相会,最终杜丽娘死而复生。生、旦双线由离到合,是全剧精华。表现柳梦梅的场次有《谒遇》《旅寄》《拾画》《玩真》,表现杜丽娘的场次有《魂游》《幽媾》《冥誓》《回生》,在生、旦双线叙述的同时,插入叙杜宝夫妇一线的《忆女》《缮备》两出。前者写甄氏忆女,后者写杜宝淮扬平定李全骚乱。这样安排以示不忘杜宝一线,也调剂了角色戏份的轻重。此外,插入的《旁疑》《秘议》《诇药》是三出连接剧情的过场戏,但对推动剧情发展又必不可少。开端与承接两部分,是全剧之精华。洪昇指出,《牡丹亭》"肯綮在死生之际。记中《惊梦》《寻梦》《诊祟》《写真》《悼殇》五折,自生而之死;《魂游》《幽媾》《欢挠》《冥誓》《回生》五折,自死而之生。其中搜抉灵根,掀翻情窟,为从来填词家屐齿所未及,遂能雄踞词坛,历劫不磨也。①"

第三十六至四十八出是全剧转折。这部分以叙杜宝淮扬御敌一事为主,叙柳梦梅和杜丽娘事,生、旦双线与杜宝副线交错推进。生、旦双线的场次有《婚走》《骇变》《如杭》《耽试》《遇母》,叙杜丽娘复活、与柳梦梅成亲后一同上京赶考。杜宝御敌的场次有《淮警》《移镇》《御淮》《急难》《寇间》《折寇》,叙李全骚乱,杜宝淮扬御敌。李全骚乱、杜宝淮扬御敌是原来话本小说所没有的,这是汤显祖的独创。《骇变》一出,是全剧情节发展的一个转折。陈最良发现杜丽娘坟被掘,大为惊骇,星夜前往淮扬禀报,柳梦梅也上京赴试、淮扬探亲。这样安排使南安一线与淮扬一线合二为一。《遇母》一出,叙杜丽娘在临安客舍与母亲、春香相遇。这样安排,丽娘一线与杜母一线又合二为一,为最终的大团圆做准备。

第四十九至五十五出是全剧的高潮和收尾。这部分围绕婚事,柳梦梅、杜丽娘与杜宝展开正面冲突。《淮泊》《闹宴》是柳梦梅与杜宝的第一次正面冲突;《硬拷》是柳梦梅与杜宝的第二次正面冲突;《榜下》《索元》《闻喜》是小的过场戏,为最后的聚会做准备;《圆驾》一出,是全剧之高潮,也是收尾,杜丽娘、柳梦梅、杜宝夫妇、陈最良、郭驼橐等人齐聚金銮殿,杜宝坚决不承认女儿的婚事,为了面子,请求皇帝"愿吾皇向金阶一打,立见妖魔",将女儿打死;柳梦梅据理力争,数落杜宝的三大罪过;杜丽娘当众陈情,感动皇帝。一连串的事件让矛盾越来越尖锐,剧情越来越引人,最后走向高潮,然后迅速结束,戛然而止。《牡丹亭》杜宝一线的加入增加了《牡丹亭》剧情的复杂程度,似乎不符合李渔提出的传奇创作"减头绪"的要求。李渔认为:"头绪繁多,传奇之大病也。《荆》《刘》《拜》《杀》之得传于后,只为一线到底,并无旁见侧出之情……作传奇者,能以'头绪忌

---

① 吴梅:《中国戏曲概论·顾曲麈谈》,吉林人民出版社2013年版,第290页。

繁'四字刻刻关心,则思路不分,文情专一,其为词也,如孤桐劲竹,直上无枝,虽难保必传,然亦有《荆》《刘》《拜》《杀》之势矣。"①

杜宝淮扬御敌一事,在《牡丹亭》全剧五十五出中占了十出,特别是自第三十五出《回生》以后,连续有《淮警》《移镇》《御淮》《急难》《寇间》《折寇》《围释》七出叙杜宝御敌一事。这样安排似乎有与杜、柳二人的爱情主线相脱离之嫌,所以日本人青木正儿评价说,《牡丹亭》"针线绵密,事件开展自然处,唯稍可非难者,下卷丽娘再生以后事,关目往往有散漫处"②。与汤显祖同时代的臧懋循就将《牡丹亭》改为三十六出,冯梦龙改为三十七出的《风流梦》以便于演出。其实,杜宝一线的加入是汤显祖的独创,对《牡丹亭》全剧有重要作用。一是扩展了《牡丹亭》内容的广度。全剧写杜、柳二人的爱情时,让生、旦活动范围不再限于花园、闺阁之间,而是与国事变化等更广的社会生活相联系。汤显祖加入杜宝御敌这一副线可以说是受到《西厢记》在写崔莺莺与张生的爱情时加入判将孙飞虎围普救寺这一剧情的启发。战争因素的加入让《西厢记》情节波澜迭起,《牡丹亭》加入金兵南侵、杜宝御敌情节也有如此效果。二是调节了角色劳逸。《牡丹亭》第七出《闺塾》至二十出《闹殇》以杜丽娘表演为主,第二十一出《谒遇》至三十五《回生》以柳梦梅表演为主。《回生》以后增加了杜宝一线的戏份,调剂了生、旦角色的劳逸。诚如吴梅所说,"填词者,当知优伶之劳逸。如上一折以生为主脚,则下一折再不可用生脚矣。上一折以旦为主脚,则下一折亦不可用旦脚矣。他脚色亦然"③。三是调节了舞台气氛。《牡丹亭》舞台演出中,在进展缓慢、丝竹悠扬的爱情戏中加入激烈打斗、锣鼓喧天的武打戏,这样的场次安排很能调节剧场冷热,调动观者兴趣。

(三)关目注意照应埋伏,场次动静搭配

《牡丹亭》在结构上表现之三是关目安排上注意照应埋伏和文场与武场、静场与闹场的搭配。对戏曲关目安排,吴梅提出,传奇"数十出中,一出不能删,一出不可加,关目虽多,线索自晰,斯为美也"④。《牡丹亭》在关目上虽然达不到此种理想地步,但汤显祖在关目安排中注意了场面的照应埋伏和文场与武场、静场与闹场的交错搭配。

首先,《牡丹亭》注意出与出之间的照应埋伏。清代李渔认为戏曲关目安排要"密针线":"编戏有如缝衣,其初则以完整者剪碎,其后又以剪碎者凑成。剪碎易,凑成难。凑成之功,全在针线紧密。一节偶疏,全篇之破绽出矣。每编一折,必须前顾数折,后顾数折。顾前者,欲其照应;顾后者,便于埋伏。照应、埋伏,不止照应一人,埋伏一事,凡此剧中有名之人、共涉之事,与前此后此所说之话,节节俱要想到。宁使想到而不用,勿使

---

① [清]李渔:《闲情偶寄》,《中国古典戏曲论著集成》(七),中国戏曲出版社1959年版,第18页。
② [日]青木正儿:《中国近世戏曲史》(上册),王古鲁译,作家出版社1958年版,第124页。
③ 吴梅:《中国戏曲概论·顾曲麈谈》,吉林人民出版社2013年版,第189页。
④ 吴梅:《中国戏曲概论·顾曲麈谈》,吉林人民出版社2013年版,第183页。

有用而忽之。"①《牡丹亭》关目安排之照应,如《惊梦》《寻梦》《魂游》《幽媾》等出。《惊梦》中杜丽娘游园前精心打扮,"翠生生出落的裙衫儿茜,艳晶晶花簪八宝填""不提防沉鱼落雁鸟惊喧,则怕的羞花闭月花愁颤",何其浓艳;杜丽娘与柳梦梅梦中的景象浓烈而又温馨,"这一霎天留人便,草藉花眠""是那处曾相见,相看俨然,早难道这好处相逢无一言"。在《寻梦》一出,仅仅是相隔一天,杜丽娘便"睡起无滋味,茶饭怎生咽",粗于梳洗、茶饭不思;杜丽娘来到后花园,梦中场景仍历历在目,"这般花花草草由人恋,生生死死随人愿,便酸酸楚楚无人怨。凄凉冷落,待打并香魂一片,阴雨梅天,守的个梅根相见",面对花园美景心生无限怅惘悲伤,现实的心情低沉而又凄楚。《惊梦》写杜丽娘潜意识中对爱的追寻,《寻梦》写杜丽娘有意识对爱的追寻;《惊梦》直写杜、柳二人欢会,《寻梦》重温二人欢会。前后两出一幻一真,对照鲜明。《魂游》与《寻梦》相照应。《魂游》是杜丽娘死寻,《寻梦》是生寻,死死生生,两相照应,表现了杜丽娘对理想的热烈追求。《幽媾》又与《惊梦》相照应。《幽媾》写杜丽娘与柳梦梅在阴间的冥会,《惊梦》是杜丽娘与柳梦梅梦中的相会,二者幻幻相生,杜丽娘死而不已的至情表露无遗。

《牡丹亭》关目安排又善于设伏。《写真》为《拾画》《玩真》设伏。《写真》中杜丽娘手画形容并题诗句"近睹分明似俨然,远观自在若飞仙。他年得傍蟾宫客,不在梅边在柳边";在《玩真》中,柳梦梅在后花园发现了杜丽娘画像后,不确定画中女子是何人时,最后由画上题诗才确定是人间女子行乐图,且意识到画上题诗似乎与自己有关。《冥判》为《幽媾》《回生》设伏。《冥判》中胡判在婚姻簿上看到杜丽娘与柳梦梅有夫妻之缘后,放杜丽娘魂魄出了枉死城游荡,为《幽媾》《回生》埋下伏笔,所以日本人青木正儿评价道:"《冥判》一出,实为一剧之关键,令丽娘再生入世,使人一见已绝望之局面,忽然打开,手段最高。"②

其次,《牡丹亭》关目注意文场与武场、静场与闹场的交错搭配,调节剧场气氛和角色之劳逸。"中国的观曲,有文有武,表演形式,唱、做、念、打"③,《牡丹亭》也是唱、做、念、打样样俱全,关目安排做到了文武相兼、静闹交错。表现有四:

一是文场与武场相间。《牡丹亭》主线是杜、柳的爱情故事,文场戏占多数。《惊梦》《寻梦》《写真》《闹殇》《拾画》《玩真》《幽媾》《回生》等关键性场次,都是文戏,以演员的唱、念为主,表演时轻檀慢板、箫管悠扬,节奏舒缓。但一味地舒缓,容易使观者产生疲劳感。为调节节奏,《牡丹亭》的处理方法是加入战争戏。杜宝淮扬前线御敌一事,基本是武戏,共十二出,始于第十五出《虏谍》,终于第四十七出《围释》,占了全剧五十五出的五分之一。武场戏的加入,在"唱、念"为主的基础上,增加了"做"和"打"的戏

---

① [清]李渔:《闲情偶寄》,《中国古典戏曲论著集成》(七),中国戏曲出版社1959年版,第17页。
② [日]青木正儿:《中国近世戏曲史》(上册),王古鲁译,作家出版社1958年版,第241页。
③ 陈瘦竹:《陈瘦竹谈牡丹亭》,江西省文学艺术所编:《汤显祖纪念集1616—1982》,中国戏剧出版社1983版,第54页。

份。文场的爱情戏与武场的战争戏交错出演,剧情在一弛一张之间转换。如《惊梦》是文场戏,场面娴静幽雅、丝竹悠扬、轻檀慢板,而随后的《虏谍》《牝贼》却是武场戏,锣鼓喧天、急管繁弦。《欢挠》是文场戏,爱情场面悲切酸楚,而随后的《缮备》是武场戏,杜宝淮扬前线御敌,战争场面刀光剑影。《回生》是悲喜交集的文场戏,随后的《骇变》《淮警》《移镇》《御淮》《寇间》《折寇》《围释》又是扣人心弦的武场。这样文场与武场相间,一会儿是花园亭台,一会儿在战场前线,一会儿是轻歌曼舞,一会儿又鼓角争鸣,既拓展了舞台空间,又调动了观赏兴趣,调节了剧场气氛与角色之劳逸。

二是静场与闹场、愁场与欢场相间。《闺塾》《惊梦》是静场戏,中间设置《劝农》一出,是典型的闹场戏。杜宝在开春时节到乡间巡行,劝农稼穑,公人们扛抬着清酒、手提着鲜花来到乡间官亭。扮净的田夫、扮丑的牧童、扮旦的采桑妇女、采茶姑娘轮番上场,在舞台上做着担粪、鞭牛、摘桑、采茶的动作,轮番接受公人们的赏酒赠花,场面无比热闹。《劝农》场景是乡间田野,《闺塾》《惊梦》场景在学堂和深闺;《劝农》场面清新自然质朴,《惊梦》场面高洁雅致,这样的场面安排,"既用以调节事件之急速展开,同时又使深闺与田园、雅与野互相对照,又点出春日情景,以示丽娘之父善政,颇有务,点缀妙用,使人拍案"。《闹殇》是愁场戏,杜丽娘在中秋月夜离世,杜宝夫妇、春香、陈最良、石道姑等人悲伤不已,痛哭流涕,场面无限伤感,令人落泪;而后面的《冥判》一出却是典型的闹场戏,小鬼捧笔,胡判官耍笔,两个一问一答,言语戏谑,台后鬼哭令人悚然。胡判官审鬼时近似胡闹,生、末、外、老四个鬼犯依次上场,被判转生蝴蝶、蜜蜂、燕子、黄莺,舞台上蝶飞燕舞,场面有趣。胡判官与花神对话,一问一答,四十种花色一一数出,极其生动。《冥判》中这些看似闲笔的内容,汤显祖却浓墨重彩,充分调动了舞台的欢乐因素,正如明代吕天成提出的,凡南戏"要善敷衍,淡处做得浓,闲处做得热"①。

三是雅场与俗场相间。《肃苑》一出,春香与花郎调笑戏谑,插科打诨,极其地俗;后面的《惊梦》一出,杜丽娘吐词高雅、仪态安娴,又极其地雅。这样一俗一雅的关目安排,对比强烈,很能调动观众的情绪。《道觋》一出,老道姑上场后自报家门,长篇千字文的形式令人忍俊不禁,虽然内容有秽亵之嫌,但从表演角度看,却是戏谑热闹,很好地调节了剧场气氛,正如王骥德所说:"插科打诨,须作得巧,又下得好。如善说笑者,不动声色,而令人绝倒,方妙。大略曲冷不得闹场处,得净丑插一科,可博人哄堂,亦是戏剧眼目。"②

四是静戏动做。《闺塾》是迂腐先生陈最良给杜丽娘讲《诗经》,本是静戏,但戏中却安排了春香抢白陈最良、背书时捣乱、故意刁难陈最良学斑鸠叫、夺荆条与陈最良对打等情节。整出戏是静中有动、一闹到底,陈最良的迂腐、春香的机灵淘气、杜丽娘的内敛,三人的性格在鲜明的对比中勾画无遗,很能吸引观众兴趣。

---

① [明]吕天成:《曲品》,《中国古典戏曲论著集成》(六),中国戏曲出版社1959年版,第123页。
② [明]王骥德:《曲律》,《中国古典戏曲论著集成》(四),中国戏曲出版社1959年版,第141页。

总之,《牡丹亭》作为明传奇的经典剧作,不仅从词采上是值得玩味的案头之物,而且在结构角度方面,汤显祖也是精心结撰,使之成为长演不衰、具有无穷艺术魅力、动人心魄的场上之曲。

二、《牡丹亭·惊梦》诗意论

《牡丹亭》以杜丽娘"为情而死,为情复生"的奇幻情节和蕴藉典雅的曲词、富有意境的场面获得了诗剧的美称。《惊梦》作为牡丹亭的关键性场次,用诗意化的言情方式刻画杜丽娘的心理,叙述她的梦中情缘,既呈现了杜丽娘的心理真实,也达到艺术真实的要求,言情的诗意化让《惊梦》显得唯美动人。

(一)庭院春色与青春萌动

情景关系是文学创作中永远绕不开的话题。南北朝时的刘勰谈情景关系时说:"春秋代序,阴阳惨舒,物色之动,心亦摇焉。盖阳气萌而玄驹步,阴律凝而丹鸟羞,微虫犹或入感,四时之动物深矣。"①刘勰认为,外界客观景物变化最易触动人的内心情感,连玄驹、丹鸟也因物的变化而受触动,何况人呢?人的感情也会因外物变化而变化:"是以'献岁发春',悦豫之情畅;'滔滔孟夏',郁陶之心凝;天高气清,阴沉之志远;霰雪无垠,矜肃之虑深。岁有其物,物有其容,情以物迁,辞以情发。"②刘勰所谈的虽然是创作者从事创作时与外物之关系,但他提示了一个共同的现象:无论是创作者还是其他人,都会有"物色之动,心亦摇焉"的情形发生。《牡丹亭》叙述杜丽娘"因春感情而做梦""遇秋成恨而死去"的故事,恰是杜丽娘在"物色之动,心亦摇焉"的情形下发生的,从而演绎了一出出生入死、起死回生的浪漫故事。在《惊梦》中,汤显祖充分调动情景关系,用诗意化的方式刻画杜丽娘的心理,表现杜丽娘的至情。

杜丽娘游园前,她的生活圈子主要在闺阁,她日常接触的人是丫鬟、父母。父亲杜宝认为女儿生得"才貌端妍""精巧过人",也很重视对女儿的教育。他要把女儿培养成知书达礼、持家有方的贤妻良母,但他并不能关注到女儿内心的变化。母亲甄氏察觉到了女儿刺绣的变化,"怪他裙衩上,花鸟绣双双",但她并没有意识到女儿长大了。丫鬟春香每日与杜丽娘相伴,也并不了解杜丽娘的心思。请来的老师陈最良只会依注解书。所以说,衣食无忧的杜丽娘在精神上是孤独的,她很渴望知音。

杜丽娘寻找知音的方式是游园赏春。杜丽娘对第一次游后花园极为重视。游园前,她特意查阅历书,选了个"小游神吉期",并嘱咐打扫花径。游园的当天,杜丽娘起了个大早,来不及梳洗打扮,顶着残妆在小院独立,凭栏凝望:

【绕地游】(旦上)梦回莺啭,乱煞年光遍。人立小庭深院。(贴)炷尽沉

---

① [梁]刘勰:《文心雕龙》,郭晋稀注译,甘肃人民出版社1982年版,第477页。
② [梁]刘勰:《文心雕龙》,郭晋稀注译,甘肃人民出版社1982年版,第478页。

烟,抛残绣线,恁今春关情似去年?

【乌夜啼】(旦)晓来望断梅关,宿妆残。(贴)你侧着宜春髻子,恰凭栏。(旦)剪不断,理还乱,闷无端。(贴)已吩咐催花莺燕借春看。

杜丽娘听见处处莺语婉转,她想到又是一年春光到了,但今年的春天似乎与去年不同。今年的春光让杜丽娘产生"剪不断,理还乱,闷无端"的愁绪。这种愁绪非关离情,不是别绪,那是什么呢?请看杜丽娘接下来的表现:

【步步娇】(旦)袅晴丝吹来闲庭院,摇漾春如线。停半晌、整花钿。没揣菱花,偷人半面,迤逗的彩云偏。(行介)步香闺怎便把全身现!(贴)今日穿插得好。

在春风的吹拂下,庭院里飞丝飘飘荡荡。杜丽娘驻足凝望,以致忘记了梳洗打扮。她回过神来对镜梳妆,猛然瞧见镜子里自己美丽如花,羞答答地把浓密的发髻也弄偏了。这支曲子,含蓄典雅、凝练优美,既描写了庭院春色,又刻画了杜丽娘面对春景时的心理、动作与神态,优美的曲辞又很符合杜丽娘大家闺秀的身份。但清初戏曲评论家李渔认为此曲有晦涩之嫌:"《惊梦》首句云:'袅晴丝吹来闲庭院,摇漾春如线',以游丝一缕,逗起情思,发端一语,即费如许深心,可谓惨淡经营矣。然听歌《牡丹亭》者,百人之中有一二人解出此意否?若谓制曲初心并不在此,不过所见以起兴,则瞥见游丝,不妨直说,何须曲而又曲,由晴丝而说及春,由春与晴丝而悟其如线也?若云作此原有深心,则恐索解人不易得矣。索解人既不易得,又何必奏之歌筵,俾雅人俗子同闻而共见乎?"①从舞台欣赏的角度看,李渔的批评的确切中其弊,但从汤显祖"凡文以意、趣、声、色为主"②的创作思想来看,含蓄典雅的曲辞,既符合杜丽娘读书女子的身份,也能表达杜丽娘心中飘忽不定的思绪。正如有论者指出:"杜丽娘的浪漫情思,本来就难以明言,似浅似深,若有若无,朦朦胧胧,如雾中之花、水中之月。这种情感,可以感受,却不能解释,可以意会,却难以言传。不用典雅蕴藉的语言,又怎么能表达这种情感呢?"③

梳妆打扮好的杜丽娘美丽异常:

---

① [清]李渔:《闲情偶寄》,《中国古典戏曲论著集成》(第七册),中国戏剧出版社1959年版,第23页。

② [明]汤显祖:《汤显祖集全编·玉茗堂尺牍·答吕姜山》,徐朔方笺校上海古籍出版社2016年版,第1735—1736页。

③ 郭英德:《明清传奇史》,人民文学出版社2012年版,第195页。

【醉扶归】你道翠生生出落的裙衫儿茜,艳晶晶花簪八宝钿,可知我一生儿爱好是天然?恰三春好处无人见,不提防沉鱼落雁鸟惊喧,则怕的羞花闭月花愁颤。

这是杜丽娘的自赏自叹。杜丽娘穿上艳丽的茜红色裙子,插上亮晶晶的簪子。她自我赞叹,赞叹自己的沉鱼落雁、羞花闭月之美,连花儿见了都要发愁打颤。爱美是她的天性,可惜她的美貌无人瞧见。这时的杜丽娘有对自身美丽的自信喜悦,也有爱美天性得不到展现的淡淡哀伤。有论者评论道:"《牡丹亭》一曲,最为人传诵者,为《惊梦》《寻梦》二折,而其所以特为过去少女所爱者亦正在此,以其确能写出当时在旧礼教束缚下,大家闺秀之苦闷心情也……而感人最深者,尤为'可知我常一生儿爱好是天然,恰三春好处无人见'二语,为古今无数天才女子之被埋没,下悲天悯人之泪;同时予主张'女子无才便是德'之无数腐儒以强烈的反抗。试思吾人而身为旧时代女子,有爱好文学、爱好艺术之天性,而幽闭终身,丝毫不得表现,读此曲时,有不惊心动魄,肠断魂消者乎?"①

(二)游园赏春与情爱意识

杜丽娘精心梳妆打扮后迈出了闺阁,来到后花园。她看到花园春景,心中油然生出惜春爱春之意,便吟诗道:"画廊金粉半零星,池馆苍苔一片青。踏草怕泥新绣袜,惜花疼煞小金铃","不到园林,怎知春色如许"。杜丽娘对春日南安府后花园充满了新鲜和新奇:

【皂罗袍】原来姹紫嫣红开遍,似这般都付与断井颓垣。良辰美景奈何天,赏心乐事谁家院。恁般景致,我老爷和奶奶再不提起。(合)朝飞暮卷,云霞翠轩;雨丝风片,烟波画船。锦屏人忒看得这韶光贱!(贴)是花都放了,那牡丹还早。

【好姐姐】遍青山啼红了杜鹃,荼蘼外烟丝醉软。春香呵,牡丹虽好,他春归怎占的先!(贴)成对儿莺燕呵。(合)闲凝眄,生生燕语明如翦,呖呖莺歌溜的圆。(旦)去罢。(贴)这园子委是观之不足也。(旦)提他怎的!(行介)

"原来姹紫嫣红开遍,似这般都付与断井颓垣",是总写春景。"朝飞暮卷,云霞翠轩;雨丝风片,烟波画船",化用了唐代王勃《滕王阁诗》中"画栋朝飞南浦云,珠帘暮卷西山雨"句意,描绘了花园里烟雨迷蒙、云霞缭绕、画船荡漾、翠轩耸立的山水美景,这是花园近景;"遍青山啼红了杜鹃,荼蘼外烟丝醉软"写花园远景;"成对儿莺燕呵。闲凝

---

① 王季思:《王季思全集·古典戏曲论文集·牡丹亭略说》,河北教育出版社2005年版,第83—84页。

晱,生生燕语明如翦,呖呖莺歌溜的圆",则是从听觉写景。

汤显祖从多角度写花园春景,可谓浓墨重彩。但他不是为写景而写景,而是以杜丽娘眼前春景表达杜丽娘心中情爱意识的觉醒,正如清初的王夫子所说:"情、景名为二,而实不可离""不能作景语,又何能作情语耶?以写景之心理言情,则身心独喻之微,轻安拈出"①。杜丽娘欣赏花园春景,面对如火如荼的绚烂花园,产生了非愁非怨、非恨非嗔的感时伤春之情。她先是感叹"原来姹紫嫣红开遍,似这般都付与断井颓垣""恁般景致,我老爷和奶奶再不提起",接着感叹"锦屏人忒看得这韶光贱"。花园这么好但乏人欣赏,生长在富贵中的锦屏人是不会注意这么好的韶光的,空辜负了大自然的馈赠。此时的杜丽娘,对花园的喜爱和花好无人欣赏的遗憾相交织。童伯章对汤显祖这种以景语传情的写法大加赞赏,他评《皂罗袍》《好姐姐》两支曲子道:"深闭幽闺之女孩,偶然涉迹园林,花花草草,莺莺燕燕,都非常见之物,新感触,旧幽郁,相混而发,乃有一种无可名言之情绪,氤氲其中。此情绪,非愁非怨,非恨非嗔,而一切罪孽魔障,皆由此为动因。此情绪,虽以善剖心理之佛祖,以相宗百法例之,将无可归纳,却被之于心灵手巧之文人,轻轻描出。然又一无痕迹,只是隐约流露于声中言外,诚妙文也,善治情者,即时照见此无可名状之情绪而对治之,此曲情之旖旎妩媚也。"②

杜丽娘游园后,回转闺房。她自思自叹:

> 【隔尾】吾今年已二八,未逢折桂之夫;忽慕春情,怎得蟾宫之客……(长叹介)吾生于宦族,长在名门。年已及笄,不得早成佳配,诚为虚度青春,光阴如过隙耳。(泪介)可惜妾身颜色如花,岂料命如一叶乎!

游园后的杜丽娘,她的情爱意识被激活了,对颜色如花的年纪不能早成佳配的苦恼、对幸福的渴望、对青春易逝的焦虑、对美好年华虚度的遗憾……种种复杂情绪,让杜丽娘幽怨伤感:

> 【山坡羊】没乱里春情难遣,蓦地里怀人幽怨。则为俺生小婵娟,拣名门一例、一例里神仙眷。甚良缘,把青春抛得远!俺的睡情谁见?

杜丽娘是接受了儒家传统教育的。在父亲杜宝的督责之下,杜丽娘"男、女四书,都成诵了"(《延师》)。"男四书"指《大学》《中庸》《论语》《孟子》,"女四书"指《女诫》《内训》《女论语》《女范捷录》。但是,父亲的正统教育、陈最良的依注解书并没有挡住杜丽娘阅读其他书籍的兴趣。她阅读了《莺莺传》《崔徽传》等写才子佳人小说,也阅读

---

① [清]王夫之:《姜斋诗话》,戴鸿森笺注,上海古籍出版社2012年版,第72页。
② 卢冀野:《中国戏剧概论》,上海三联书店2014年版,第173页。

了许多诗词乐府。才子佳人小说中前以密约偷期后得皆成秦晋的爱情故事,诗词乐府中写女子因春感情、遇秋成恨的诗句,让杜丽娘多情易感。游园后,杜丽娘多情易感的个性因游园赏春而彻底激活,"此时的杜丽娘,心中充满了一种紧迫感,她要珍惜年华,满足情感,享受青春。她希望自己的如花美貌能早成佳配,青春才不虚度。她害怕自己像后花园中如火如荼的春光无人欣赏一样,自己的宝贵青春也被虚度、被耽误"①。

杜丽娘因游园赏春而产生的早成佳配的愿望,没有实现的可能性。她身处深闺,没有接触外面世界的机会;母亲甄氏从春香口中得知女儿游园得病了,认为是女儿着鬼中邪了,"怕腰身触污了柳精灵,虚嚣侧犯了花神圣"(《诘病》);父亲杜宝听说后,认为女儿得病"则是些日炙风吹,伤寒流感",并且说"古者男子三十而娶,女子二十而嫁。女儿点点年纪,知道个什么呢?"(《诘病》);老师陈最良从春香处听说杜丽娘要游园,说:"你师父靠天也六十来岁,从不晓得个伤春,从不曾游个花园"(《肃苑》);春香也不能体察杜丽娘的心思。所以说,杜丽娘生活的环境,没人懂她的心思,她早成佳配的愿望,在现实中不能实现。怎么办呢? 只有到梦中去寻找了。

(三)梦中情缘与心理真实

"人在梦中的愿望往往是在清醒状态下不允许被表达出来的潜意识,这些潜意识大多是一些非理性的欲望。这些欲望由于受理性、意识、道德原则等的控制与压抑,当人处于清醒状态时并不表现出来,但也并不会因此被消除。当人处于睡眠状态时,由于人的自控能力和意识监督能力的减弱,受到压抑的非理性欲望便乘虚而入,重新复活,潜意识便活跃起来,于是出现做梦现象。"②杜丽娘梦中与书生相会恰是受到压抑的潜意识中的愿望在梦中的释放。汤显祖自述个人戏曲创作是"因情成梦,因梦成戏"③,《惊梦》就是杜丽娘因情成梦。汤显祖写杜丽娘梦中情缘,是把她早成佳配的潜意识显性化了。在梦里,杜丽娘早成佳配的愿望摆脱了社会理性、道德的控制与压抑,变得活跃起来。梦中情缘看似虚幻,实则是心理真实。所以《惊梦》似虚而实,它写的是杜丽娘的潜意识,从这个意义上而言,《牡丹亭》是写潜意识的心理剧。

杜丽娘的梦中情缘可以说是一段奇缘。梦中的男子果有其人,而且两人有姻缘之分,此奇之一。柳梦梅的名字中有梅、柳二字,恰与在梦境中作诗赏柳、梅花树下相会暗合,此奇之二。杜丽娘的画像葬在梅花树下恰被柳梦梅拾取,此奇之三。柳梦梅玩真叫画能叫出杜丽娘的鬼魂,人鬼幽会,此奇之四。掘坟开棺后杜丽娘能复活,此奇之五。柳梦梅最后高中状元,应验了杜丽娘在梦中所说的"遇俺方有姻缘之分,发迹这期",此奇之六。这样奇幻的事情人世间是绝无仅有的。人人都知道为情而死、为情复生是奇

---

① 郭英德:《明清传奇史》,人民文学出版社 2012 年版,第 196 页。
② [奥]弗洛伊德:《梦的解析》,孙名之译,商务印书馆 2020 年版,第 25 页。
③ [明]汤显祖:《汤显祖集全编·诗文》,卷四七,《复甘义麓》,上海古籍出版社 2016 年版,第 1941 页。

幻之事,但都为《牡丹亭》叹赏不已,甚至有俞二娘因读《牡丹亭》悲伤而死,杭州女伶演出《牡丹亭》时伤心而倒在台上而死去。①不幸女子冯小青读《牡丹亭》发出"冷雨幽窗不可听,挑灯闲看牡丹亭。人间亦有痴于我,不独伤心是小青"②的感叹。

写梦中情缘不仅展示了杜丽娘的潜意识,也写出了人绝假纯真的童心,传达了汤显祖追求"真人""真品"的理念。汤显祖受同时代李贽、达观禅师等人思想的影响。他在《答管东溟》的信中说:"不佞且从明德先生(指罗汝芳)游……如明德先生者,时在吾眼中矣。见以可上人(指达观禅师)之雄,听以李百泉(指李贽)之杰。寻其吐属,如获美剑。方将借彼永割攀缘。"③这封信里,汤显祖提到了对他影响颇深的三个人:罗汝芳、达观禅师、李贽。他在《寄石楚阳苏州》的信中说:"有李百泉先生者,见其《焚书》,畸人也。肯为求其书寄我骀荡否?"④在《寄董思白》中说:"卓达二老,乃至难中解去。开之、长卿、石浦、子声,转眼而尽。"⑤可见,汤显祖对李贽是极为推崇的,他关注李贽一直到李贽离世,也很受李贽思想影响。李贽思想的核心是提倡"童心":"夫童心者,绝假纯真,最初一念之本心也。若失却童心,便失却真心;失却真心,便失却真人。人而非真,全不有初矣。"⑥李贽的童心就是人"最初一念之本心",是人的赤子之心。受李贽思想影响,汤显祖一生也以"真人""真品"自勉:"仆不敢自谓圣地中人,亦几乎真者也"⑦,"第吾属真人,为世道出,即多奇伟,并属寻常"⑧,"人自有真品,世自有公论"⑨。汤显祖追求的真人、真品,表现在他为官敢于说真话,戏曲创作敢于写人的真情真性。"食色,性也",杜丽娘梦中与书生相会,因梦而亡,人鬼相会,看似荒诞不经,却正表现了人的真情真性和人的赤子之心,所以汤显祖在《牡丹亭》"作者题词"中说:"梦中之情,何必非真?天下岂少梦中之人耶!必因荐枕面成亲,待挂冠而为密者,皆形骸之论也。"⑩梦中情缘,正是他一生所坚持的"真人""真品"理想的折射,"他在《牡丹亭》中所刻画的执着追求爱情和幸福的美丽少女杜丽娘的形象正是对李贽'童心说'的生动而具体的艺术表现"⑪。

---

① [清]焦循:《剧说》,《中国古典戏曲论著集成》(第八册),中国戏剧出版社1959年版,第197页。
② [明]汤显祖:《牡丹亭》,徐朔方、杨笑梅校注,人民文学出版社1963年版,序言。
③ [明]汤显祖:《答管东溟》,《汤显祖集全编》(二),上海古籍出版社2016年版,第1727页。
④ [明]汤显祖:《寄石楚阳苏州》,《汤显祖集全编》(二),上海古籍出版社2016年版,第1765页。
⑤ [明]汤显祖:《寄董思白》,《汤显祖集全编》(二),上海古籍出版社2016年版,第1911页。
⑥ [明]李贽:《童心说》,李贽《焚书续焚书》,夏剑钦校点,岳麓书社1990年版,第97页。
⑦ [明]汤显祖:《汤显祖集全编·玉茗堂尺牍·答王宇泰太史》,上海古籍出版社2016年版,第1740页。
⑧ [明]汤显祖:《汤显祖集全编·玉茗堂尺牍·复滕侯赵仲一》,上海古籍出版社2016年版,第1807页。
⑨ [明]汤显祖:《汤显祖集全编·玉茗堂尺牍·寄汤霍林》,第1835页。
⑩ [明]汤显祖:《牡丹亭·题词》,徐朔方、杨笑梅校注,人民文学出版社1963年版,作者题词。
⑪ 邹自振:《汤显祖:李贽"童心说"的铁杆粉丝》,《福建日报》,2020年4月20日第12版。

杜丽娘梦中与书生相会,因涉及性的内容,稍有不慎,易流入秽亵。汤显祖通过场景转换、科介动作、花园意象等手法,将杜丽娘的梦表现得浪漫而富有诗意美。

一是以场景转换交代相会过程。先是闺房相见。柳梦梅手持柳枝,一路找寻杜丽娘来到闺房,邀请杜丽娘作诗赏柳:"恰好花园内,折取垂柳半枝。姐姐既淹通诗书,可作诗以赏此柳乎?""小姐,咱爱杀你哩""则为你如花美眷,似水流年,是答儿闲寻遍,在幽闺自怜",一连串地对杜丽娘表达爱慕之意。接着是后花园相会,柳梦梅拉着杜丽娘,"转过这芍药栏前,紧靠着湖山石边。和你把领扣松,衣带宽,袖梢儿揾著牙儿苫也,则待你忍耐温存一晌眠"。最后是闺房相别,杜、柳二人回到闺房,柳梦梅道别:"这一霎天留人便,草藉花眠。则把云鬟点,红松翠偏。见了你紧相偎,慢厮连,恨不得肉儿般团成片也,逗得个日下胭脂雨上鲜。是那处曾相见,相看俨然,早难道这好处相逢无一言?"三个相会场景依次递进,把杜、柳梦中情景表现得浪漫,富有诗意。

二是以细腻的科介动作表现人物心理。如柳梦梅初见杜丽娘,"旦作惊起介""相见介""旦作斜视不语介",三个连续性动作刻画了杜丽娘的娇羞。柳梦梅邀杜丽娘赏柳作诗,"旦作惊喜,欲言又止介""(背想)这生素昧平生,何因到此",神态表情和内心独白表现了惊喜、害羞又疑惑的心理。花园相会,"旦作含笑不行""生作牵衣介","旦低问""生低答""旦作羞","生前抱""旦推介",一连串科介动作刻画了杜丽娘娇羞喜悦的心理,细腻传神。科介动作的运用,以简驭繁,于无声处胜有声,不着一字而情态毕现,通过人物的一颦一笑表现出梦中相会的浪漫唯美。

三是用花园意象烘托,增加诗情画意。春日花园是杜丽娘蓬勃生命的象征,花神更是杜、柳梦中情缘的见证者。杜、柳相会于牡丹亭畔、芍药栏前、湖山石边,相会地点本身就富有诗情画意。牡丹代表着美丽和幸福。在古代诗人的题咏中,牡丹是花中之王,永远独领风骚、艳压群芳。如唐代皮日休的《牡丹》诗曰:"落尽残红始吐芳,佳名唤作百花王。竞夸天下无双艳,独立人间第一香。"唐代李正封《牡丹诗》咏道:"国色朝酣酒,天香夜染衣。丹景春醉容,明月问归期。"刘禹锡《赏牡丹》诗曰:"庭前芍药妖无格,池上芙蕖净少情。唯有牡丹真国色,花开时节动京城。"所以,《牡丹亭》命名本身,就传达出诗意的浪漫。芍药自古以来就是男女相悦的馈赠之物。在《诗经》时代,男女相会就有以芍药相赠的习俗。仲春时节,官民有去郊外春游时在水边以香草进行祓禊的习俗,乘此时节,那些适婚的青年男女,借此机会可以自由相会,并以芍药相赠。在东汉时,仲春祓禊的习俗依然盛行。《后汉书》记载,汉明帝永平二年三月,"是月上巳,官民皆洁于东流之上,日洗濯祓除去宿垢疢为大洁"①。所以说,汤显祖设置杜丽娘梦境发生于牡丹亭、芍药栏,本身就有丰富的隐喻性和象征意义。花神的角色功能是,从侧面烘托,虚写相会场景。花神出场时的唱段是:

---

① [南朝·宋]范晔:《后汉书》,[唐]李贤等注,中华书局1965年版,第3110页。

【鲍老催】(末)单则是混阳蒸变,看他似虫儿般蠢动把风情煽。一般儿娇凝翠绽魂儿颤。这是景上缘,想内成,因中见。呀,淫邪展污了花台殿。咱特拈片落花儿惊醒他。(向鬼门丢花介)他梦酣春透了怎留连?拈花闪碎的红如片。

以花神出场来烘托相会场景,这种以虚写实的手法,很有诗歌含蓄蕴藉的特点,把杜、柳的相会写得含蓄而美好,给人留下丰富的想象空间。

综上所述,汤显祖坚持"凡文以意趣神色为主"的创作理念,在《惊梦》中通过庭院春色来展现杜丽娘的青春萌动,通过游园赏春表现情爱意识,用梦中情缘展现潜意识,以情景交融的场景、丰富奇幻的想象、浪漫唯美的梦中情缘、蕴藉典雅的曲词,使《惊梦》既有强烈的抒情性,又有浓烈的诗意美。正如有的学者评价的那样:"《牡丹亭》是一部美丽的诗剧。它的抒情气氛极为浓厚。"①诗意美和抒情性使《惊梦》成为《牡丹亭》的经典场次,永远光耀剧坛。

第五节 《才子牡丹亭》评点论析

《才子牡丹亭》为清代康熙、雍正年间吴震生、程琼(阿傍)夫妇所作的评点《牡丹亭》的专著,主要评点工作当由程琼完成,吴震生参评其中。程琼在《批才子牡丹亭序》中讲述批点的原因时说:"作者当年'绣出鸳鸯从君看',批者'今日又把金针度与人'矣。"②也就是说,她评点《牡丹亭》是要教给人们读《牡丹亭》的方法与门径,给予读者阅读《牡丹亭》的绣花之"金针"。

一、批判昔氏贤文,认同《牡丹亭》的以情抗理

《牡丹亭》要表现"理之所必无,情之所必有"的至情观。汤显祖在《牡丹亭题词》中说:"如丽娘者,乃可谓之有情人也。情不知所起,一往而深。生者可以死,死可以生。生而不可与死,死而不可复生者,皆非情之至也。梦中之情,何必非真……人世之事,非人世所可尽。自非通人,恒以理相格耳!第云理之所必无,安知情之所必有邪!"③《题词》是汤显祖以"情"抗"理"的宣言:杜丽娘的梦中之情是真情,为情而死、为情复生之事是真事。此事以"理"为标准衡量,是必无之事,以"情"为标准衡量,是必有之事。"情"有超越"理"、对抗"理"的强大功能。

---

① 章培恒、骆玉明:《中国文学史》下册,复旦大学出版 2004 年版,第 353 页。
② 蔡毅编著:《中国古典戏曲序跋汇编》(第 2 册),齐鲁书社 1989 年版,第 1236 页。
③ [明]汤显祖:《牡丹亭》,徐朔方、杨笑梅校注,人民文学出版社 1963 年版,第 1 页。

《才子牡丹亭》对汤显祖的"情"胜"理"作了肯定。程琼在评点《牡丹亭题词》时道：

> 只一序已含蕴无穷，毫无瘢痕，便示人以放重笔用轻笔之法。世尊三昧迦叶，不知迦叶三昧，阿难不知狸奴白牯三昧，诸佛不知玉茗三昧，今此忽知，是一奇也。昔氏禁，故情难诉；情难诉，故有断肠句。玉茗此心，全在此一序。此即其断肠句也，此即其难诉情也，此即其以'死'处其身，但思不负之定计也……自此序一出，玉茗一军遂与贤文永作敌国，如阿修罗之战天，犹云山河器界，原是众生妄情自造，倘必以'理'格之，除是已归无余寂灭，其躬与婚觌者所造之文所能禁。①

程琼认为，"玉茗三昧"连诸佛都不知道，今天她忽然知道了。这个"三昧"就是，由于"昔氏贤文"对"情"的禁锢，汤显祖才写出了《牡丹亭》这样的断肠句，《题词》是汤显祖向以"昔氏贤文"为代表的"理"的宣战，是讨伐"理"对"情"的禁锢的檄文，"自此序一出，玉茗一军遂与贤文永作敌国"。对于"理"禁"情"的效果，程琼说："殊不知仅禁其形骸，不能禁其梦。梦中之恣肆尽情，固百倍于形骸。"对于"情"，程琼认为它具有超越生死而永存、历经万劫而不腐的强大能量："若一灵咬住，断无退悔，则刀锯虽终无情，阎罗必恕轻罪。虽经万劫，犹双双兽（注：寿），三生有路，岂相迕哉！"

"昔氏贤文"，是《牡丹亭·闺塾》中春香的唱词："昔氏贤文，把人禁杀，恁时节则好教鹦歌唤茶"。《才子牡丹亭》的评点者针对此句，大加发挥，予以评点，以表明评点者否定"理"而肯定"情"的评点主旨：

> 圣贤之号，足以文奸。学问之途，易于增伪。丽娘肯轻轻吐出"贤文禁杀"四字，还是好人……"把人禁杀"，是若士借丽娘口，自道其心语，单指"理所必无，情所必有"而言，与后折《回生》折"人间天上，道理都难讲""一点色情难坏"等句，为通部之枢纽。故意用"教鹦鹉"三字遮掩之，令人不觉。②

评点者认为，"贤文""学问"都是"文奸""增伪"之具，只能禁杀人情。人世之事，不是用"理"能够说得清楚的，汤显祖用"贤文禁杀"之语，是要表明"理所必无，情所必有"的"至情"。"昔氏贤文"具体指哪些？评点者说："孔门是古今来第一'贤文'。其于色情，初不用'禁杀'语。以禁愈强而止愈少也。"③既然孔门之文是"第一"贤文，那么，"第二""第三"贤文就绰绰有余了。孔门后的宋明理学，在评点者的思想中，肯定在列。评

---

① ［清］吴震生、程琼：《才子牡丹亭》，小仓山房藏板，中国国家图书馆藏，第1页。
② 同①，第31页。
③ 同①，第32页。

点者对孔门"贤文"对"色情"之态度,用了"初不用'禁杀'语",言外之意,孔门以后的"贤文"和其他"贤文",对"情"采用了"禁杀"的态度。所以,评点者对"昔氏贤文"抨击道:"'贤文'牙间余臭,岂能易仙树甜桃哉。"①"仙树甜桃"指"情",作为"牙间余臭"的"贤文"不能易作为"仙树甜桃"的"情",展现了评点者否定"理"而肯定"情"的鲜明态度。

二、从自然人性论角度,以情色解读《牡丹亭》

评点者虽然肯定了《牡丹亭》的"情",但对"情"的含义却作出了不一样的解读评点。《牡丹亭》的"情"是指"生可以死,死可以生"的"至情",这种情能够超越生死界限,弥合阴阳阻隔,连花神、鬼判都为之动容,为之提供帮助,杜丽娘的梦中之情仅仅是"至情"的一部分。《才子牡丹亭》的评点者把"情"解读为"色情""情色"。"情色难坏",是评点者解读"至情"的重点。在对《牡丹亭》每一出曲辞的评点中,评点者都首先从"情色"的角度去解释曲辞的意思,如解释柳梦梅之"柳"为"杨柳倒看乃似男根",解释杜丽娘为"肚里娘""肚中有花,岂不丽乎"②。除人名外,评点者还对《惊梦》《寻梦》《回生》等的出名也从情色的角度作了阐释。如此种种,在《才子牡丹亭》中比比皆是。从"情色"角度解读牡丹亭的"情",评点者往往曲为比附,评点内容有时与《牡丹亭》曲辞原意相差千里。所以,吴梅评价《才子牡丹亭》说:"是书将若士原文一一比附秽亵事,可云荒谬绝伦。"③以"情色"解读评点《牡丹亭》,使《才子牡丹亭》的评点文字中有很多近于秽亵之语。正因此,该书在清代曾被列为禁书,"此本乾隆时曾被禁毁"④。

评点者为何在评点时要大倡"情色",以"情色"来解释《牡丹亭》呢?我们可以从程琼在《批才子牡丹亭·序》中窥端倪于一二。程琼在《序》中表明评点的出发点时说:

> 率夜一折,分五色书之,不止昔人满卷胭脂字也。灯昏据案,神悴欲眠则已。即多拾渖攗遗,要由暗解神悟,方知穷情写物,自有幽思显词。虽为玉茗才人,取诸国土,庄严此土,信笔所至,可成自书,正不必尽与作者肤貌相属。⑤

程琼想通过自己的"暗解神悟",用"幽思显词"来"穷情写物","信笔所至",只要作出的评点能够自圆其说,"可成自书",即使与《牡丹亭》原作在意思上有出入,也未尝不

---

① [清]吴震生、程琼:《才子牡丹亭》,小仓山房藏板,中国国家图书馆藏,第33页。
② [清]吴震生、程琼:《才子牡丹亭》,小仓山房藏板,中国国家图书馆藏,第9页。
③ 吴梅:《才子牡丹亭封面跋》,[清]吴震生、程琼:《才子牡丹亭》,小仓山房藏板,中国国家图书馆藏。
④ 傅惜华:《明代传奇全目》,人民文出版社1959年版,第65页。
⑤ [清]吴震生、程琼:《才子牡丹亭》,小仓山房藏板,中国国家图书馆藏,序。

可,即"正不必与作者肤貌相同"。基于这样的评点理念,评点者在继承汤显祖"至情"观的基础上,对"情"作出了属于自己的理解。可以说,《才子牡丹亭》以"情色"解释"至情",给读者理解《牡丹亭》提供了不同于其他评点的新视角。

以"情色"为视角的评点,反映了评点者的自然人性论思想。评点者在《牡丹亭题词》的评点中说:"此书大指,大概言色情一事。若非阳法谓辱,则阴谴亦不必及,而归其罪于天公开花。天公既已开花,则其不罪若辈可知。"①评点者认为,色情一事,如果阳世与阴间都不算什么错的话,那就只能归罪于"天公开花"。"开花"乃是自然之本性,无可厚非。情色也是自然之本性。"天公"既然允许"开花",那么,作为自然之本性的"色情一事",天公也不会怪罪的。这就是评点者的自然人性论思想,也是《才子牡丹亭》评点时大倡情色的思想基础。在《冥判》一出的评点中,评点者更进一步申述了情色是"天公开花"的自然人性论思想。《冥判》中,花神说:"这花色花样,都是天公定下来的。小神不过遵奉钦依,岂有故意勾人之理?"评点者道:

> 山河大地,荣光繁艳,安知非天地之情种所结想而成者。所谓众生不可思议业因,缘出是也。"花色花样,俱是天公定下",一语便将众生情妄结为根尘之说,寻出一分谤共主。使天真不欲此,何难令天下肉身之物,皆有鳞介芒刺,则他之肉身,无可近己之肉身,又可憎男女从此无罪矣。使天真不欲此,何难不分男女,使吸日精,从胁而生,乃必如此方育?又不与羽毛,而与裸腻,使极显其亵状。似有偏干人,正恐人无所贪,不复为彼作生育之具耶。②

评点者认为,自然界的荣光繁艳是天地之情种积想而成,众生不可思议之"情"源于天地之情。"花色花样俱是天公定下",道出了众生之情是"根尘",即自然存在的。假如天真想消灭众生之情,那么让众生肉身生长鳞介芒刺,从此就不会有男女之情;或者让男女都从肠而生,人也不会成为生育之具了。这就是《才子牡丹亭》评点者对自然人性论思想的进一步阐述。基于这一思想基础,评点者以"情色难坏"之主旨阐释《牡丹亭》之至情。

评点者从"情色"角度解读牡丹亭时,虽然有过度比附之嫌,但并不是一味地露骨比附"情色"。在情与色的关系上,评点者以辩证的态度进行了阐释。程琼在《批才子牡丹亭序》中说:

> 情为好色而不全起于色,情为得欲而不全起于欲。"情不知所起,一往而深"乎哉!天若识情由,怕不和天瘦。即如来先须以欲勾牵,而贤文几乎无用,

---

① [清]吴震生、程琼:《才子牡丹亭》,小仓山房藏板,中国国家图书馆藏,第1页。
② 同①,第109页。

盖有夙世业因焉。拘男女相及差别,智者亦形骸之论耳。才人皆交以心,唯蠢类乃交以骸。知心交者,骸交不足数也,但骸交者,虽交犹不交耳。

评点者认为,情中有色、欲的成分存在,但情并不全是色、欲,真正的情应是心灵的相通,即"知心交",能"交以心"的人是真正懂情的人,是"才人"。如果"无色可好,无情可感,而蠢动如畜,以辱人名者,则有谴耳"。对于《惊梦》"可知我一生儿爱好是天然",评点者更进一步申述了情色之辩证关系:

  "爱好"是人兽关。"爱好天然",则只要才貌能标致,不得复问其为谁……情欲使非由"爱好",则人面而兽情者,几欲转生为兽悉,无耻而无讥词,亦以状丑谳污,故畏轮回耳。兽无灵心以辨"好否",随所感触,任意速发,其所为是礼非礼,不但不得已,亦且不自知。①

"爱好"即爱美,它属于"情"的范围,是人与动物相区别的关键。评点者认为,欲犹如天公开花,是人兽皆有的自然之性。但人与兽的区别,在于是否"爱好",是否有"灵心"来辨别"好"与"不好"。如果欲不是出于"爱好"而发,那只能算是人面而兽情。兽无灵心以辨别"好否",只是"随所感触,任意速发","不但不得已,亦且不自知"。

三、广征博引,以丰富的史料文献论曲

  《才子牡丹亭》是一部具有丰富知识内涵和鲜明的以史料文献论曲为特点的文学评点之作。评点者淹通书史,所以在评点时广征博引,举凡史百家、佛道文献、诗词曲集、稗官小说、佛经医药等,无所不用,以丰富的史料文献来阐释《牡丹亭》曲词曲意。如对《惊梦·绕池游》曲评点道:

  "绿窗绣户,只有春知处"是"年光遍"。"帘栊开处,照眼动心,便是一片精魂",故曰"乱煞"。刘禹锡"长安白日照春空,发色流芳绣户中"是"乱煞年光遍"。岑参"春风日日闭长门,移荡春心自梦魂"是"人立小庭深院"。云定具得其女太子,勇妃明珠络帷,贻宇文述,可谓悦目之至。倘若"小庭深院年光遍"时,虽明珠洛帷不与易。石湖云"此时天地皆忻合",所以关情。俞君宣"惺惺不似糊涂好,几时春到莫与侬",知道春到,而不知则已,知则岂能不关情耶?②

---

① [清]吴震生、程琼:《才子牡丹亭》,小仓山房藏板,中国国家图书馆藏,第38页。
② 同①,第37页。

"绿窗绣户,只有春知处",合用了唐代刘方平的诗句"今夜偏知春气暖,虫声新透绿窗纱"和宋代吴文英《如梦令·春在绿窗杨》词中用"春在绿窗杨柳,人与流莺俱瘦"来解释"年光遍",引用刘禹锡、岑参的诗解释"人立小庭深院"。用南宋诗人范成大和俞君宣的诗来阐释"恁今春关情似去年时"。

以上所举以丰富史料阐释曲意,在《才子牡丹亭》中仅是九牛一毛。评点者为什么在评点中要广征博引子史百家、诗词小说、医药佛经等内容来评点呢?程琼在《批才子牡丹亭序》中说出了广征博引进行评点的原因:

> 崔浩所云:闺人筐箧中物。盖闺人必有石榴新样,即无不用一书为夹袋者,剪样之余,即无不愿看《牡丹亭》者。闺人恨聪不经妙,明不逮奇,看《牡丹亭》,即无不欲淹通史书、观诗词乐府者。然知识甚欲其广,卷帙又必甚畏其多,即无不欲得缩地术,将亘古以来有意趣事、有思路语,聚于盈尺一编者。我请借《牡丹亭》上方,合中国所有之子史百家、诗词小说为糜,以饷之。①

此序说明了两点:一是《牡丹亭》广受当时女性欢迎。既是当时女性夹刺绣新样的夹样书,也是女性刺绣之余消遣解闷之书。二是闺人看《牡丹亭》时有"淹通史书"、了解更多知识的阅读需求,也即程琼所说"无不欲得缩地术,将亘古以来有意趣事、有思路语,聚于盈尺一编者"。基于这两点,程琼就借评点《牡丹亭》,"以中国所有之子史百家、诗词小说为糜",满足当时女性的阅读需求。

吴震生、程琼本身具有广征博引进行评点的条件。吴震生,字长公,号可堂,别署祚荣、弱翁等,安徽歙县人,出生于书香世家。早年为贡生,屡试不第,入资为刑部主事,后辞官。吴震生家中藏书颇富,"聚诸子内典数千卷"。他不但精通二十一史、宋明理学、佛老之学,而且工诗词、善戏曲、通音律。程琼,字飞仙,号转华、安定君,别署阿傍,安徽休宁率溪人。自幼聪颖,博闻强记。嫁于同郡吴震生为妻后,夫妻俩皆好吟咏,常一起赋诗、论剧以自娱。吴震生、程琼有很高的文化修养,加上为满足当时读《牡丹亭》人们想了解更多相关知识的现实需求,才使他们评点时的旁征博引成为可能。

总之,《才子牡丹亭》是一部带有强烈个性色彩的评点本。它在认同《牡丹亭》以情反理的基础上,以情色为视角评点至情,同时运用丰富的文献史料解释曲词之意,在《牡丹亭》评点史上独树一帜,既具有较高的文献价值,也为人们理解《牡丹亭》提供了别样视角。

---

① [清]吴震生、程琼:《才子牡丹亭》,小仓山房藏板,中国国家图书馆藏,序。

第六节 《牡丹亭》在明清女性中的接受与传播

《牡丹亭》作为晚明传奇的巅峰之作，甫一问世，便广泛流传，文人学士争相传阅、评点、改编和演出。明人沈德符回忆说："汤义仍《牡丹亭》梦一出，家传户诵，几令《西厢》减价。"① 清代女性林以宁在《吴吴山三女合评牡丹亭序》中描述《牡丹亭》在明清的阅读情况时说："书初出时，文人学士案头无不置一册。"② 可见《牡丹亭》在当时受欢迎的程度。在《牡丹亭》的阅读、评点、演出中，有一类群体不可忽视，这就是明清女性。

一、明清女性对《牡丹亭》的阅读

《牡丹亭》是明清两代的畅销书，受到广泛关注并被阅读鉴赏，在当时已然成为一种社会风气。在其众多的阅读群体中，女性占有相当大的比重，顾姒在《吴吴山三妇评本牡丹亭跋》说："百余年来，诵此书者如俞娘、小青，闺阁中多有解人。"③《牡丹亭》的"闺阁解人"中，当以晚明的娄江女子俞二娘和杭州女子冯小青最为著名。娄江女子俞娘之事，明人张大复在《梅花草堂集》（卷七）、清人焦循在《剧说》④、朱尊彝在《静志居诗话》⑤都有记载，三者所记内容大体相同，以张大复所记为最早。所不同者，张大复在《梅花草堂集》中所记为"俞三娘"⑥：

> 娄江俞娘，丽人也，行三，幼婉慧。体弱常不胜衣，迎风辄顿。十三，疝苦左胁，弥连数月；小差，而神愈不支，婉媚之容，不可逼视。年十七，夭。当俞娘之在床褥也，好观文史，父怜而授。且读且疏，多父所未解。一日，授《还魂记》，凝睇良久，情色黯然，曰："书以达意，古来作者，多不尽意而出，如生不可死，死不可生，皆非情之至。斯真达意之作矣！"饱研丹砂，密圈旁注，往往自写

---

① ［明］沈德符：《万历野获编·词曲·填词名手》，文化艺术出版社1998年版，第687页。
② ［清］林以宁：《牡丹亭吴吴山三女合评本序》，《中国古典戏曲序跋汇编》（第一册），齐鲁书社1989年版，第1240页。
③ ［清］顾姒：《吴吴山三妇评本牡丹亭跋》，《中国古典戏曲序跋汇编》（第一册），齐鲁书社1989年版，第1251页。
④ ［清］焦循：《剧说》，《中国古典戏曲论著集成》（第八集），中国戏剧出版社1959年版，第113页。
⑤ ［清］朱尊彝：《静志居诗话·汤显祖》，俞为民、孙蓉蓉编：《历代曲话汇编：新编中国古典戏曲论著集成》（清代编第一集），黄山书社2008年版，第627页。
⑥ ［明］张大复：《梅花草堂集卷七·俞娘条》，蒋瑞藻编：《小说考证·拾遗》，古典文学出版社1957年版，第541—542页。

所见，出人意表。如《感梦》一出注云："吾每喜睡，睡必有梦。梦则耳目未经涉者皆能及之。杜女故先我著鞭耳。"如斯俊语，络绎连篇。顾其手迹，遒媚可喜。

张大复还记录了他就俞娘之事与汤显祖的交流："某尝受册其（俞娘）母，请秘为草堂玩之。母不许……急急令倩录一副本而去……吾家所录副本，将上汤先生。谢耳伯愿为邮，不果上。先生尝以书抵某：'闻太仓公酷爱《牡丹亭》，未必至此。得数语入梅花草堂，并刻批记，幸甚！'"同时，汤显祖在了解到俞娘读《牡丹亭》的故事后大为感动，并作诗《哭娄江女子二首》以记之："画烛摇金阁，真珠泣绣窗。如何伤此曲，偏只在娄江？""何自为情死？悲伤必有神。一时文字业，天下有心人。"汤显祖诗序中说："吴士张元长、许子洽来言，娄江女子俞二娘秀慧能文辞，未有所适。酷嗜《牡丹亭》传奇，蝇头细字，批注其侧。幽思苦韵，有痛于本词者。十七惋愤而终。元长得其别本寄谢耳伯，来示伤之。"①

俞二娘之外，《牡丹亭》的另一位著名读者是杭州女子冯小青，其事迹见于明代冯梦龙的《情史类略》②、张潮的《虞初新志》③、张岱的《西湖梦寻》④、清初古吴墨浪子的《西湖佳话》等书。记载最早的当为戈戈居士（支如僧）的《小青传》。晚明人卓珂（人月）在《小青》杂剧序中说："传小青事者，始于戈戈居士。居士之文，淋漓宛转，已属妙手。"⑤戈戈居士的《小青传》，据徐扶明考证作于明万历四十年（1612年）⑥。潘光旦在《冯小青性心理变态揭秘》一书中对冯小青故事的来龙去脉作了详细考证。⑦

据戈戈居士《小青传》记载，冯小青，扬州人氏，名元元，字小青。幼时聪慧，过目成诵。母本女塾师，小青随母就学，十六岁嫁于武林（杭州）冯生为姬。冯生正妻奇妒，因不满小青对她的讽刺，移小青到西湖的孤山别室，令冯生不得与小青相见。小青孤苦度日，性好书，向冯生索取不得。有杨夫人与小青交好，小青遂从杨夫人处借书以观，偶尔赋诗词消遣；对佳山水有得，辄作小画。后小青郁郁成疾，令画师图画其形容。画成，小青焚香设梨酒奠之，泪下如雨，一恸而绝，时年十八岁。小青逝去后，

---

① ［明］汤显祖：《汤显祖集全编》（二），徐朔方笺校，上海古籍出版社2016年版，第998页。
② ［明］冯梦龙：《情史类略》，岳麓书社1984年版，第132页。
③ ［清］张潮辑：《虞初新志·小青传》，王根林校点，上海古籍出版社2012年版，第30页。
④ ［明］张岱：《陶庵梦忆·西湖梦寻·小青佛舍》，张立敏译，中州古籍出版社2017年版，第310—311页。
⑤ ［清］焦循：《剧说》，《中国古典戏曲论著集成》（第八集），中国戏剧出版社1959年版，第126页。
⑥ 徐扶明：《元明清戏曲探索》，浙江古籍出版社1986年版，第118页。
⑦ 潘光旦：《冯小青性心理变态揭秘》，祯祥、柏石诠注，文化艺术出版社1990年版，第3—4页。

其生前所作诗词和画稿大部分被冯生正妻索去焚之,只留得九绝句、一古诗、一词,并所寄杨夫人信,共十二篇。"冷雨幽窗不可听,挑灯闲看《牡丹亭》。人间亦有痴于我,岂独伤心是小青",便是冯小青在读《牡丹亭》后所写的表达孤独凄凉心迹之诗,广为流传。清初的古吴墨浪子在《西湖佳话·梅屿恨迹》中在叙述小青故事后哀悼曰:"哀哉!人美如玉,命薄如云,瑶蕊优昙,人间一瞬。欲求如杜丽娘牡丹亭畔重生,安可得哉?"①冯小青故事的凄婉动人,明人吴炳的《疗妒羹》、来集之的《挑灯剧》、朱京藩的《风流院》、清人徐士俊(野君)的《春波影》等剧都以冯小青故事为原型创作而流传之。

俞二娘、冯小青而外,明清时期阅读《牡丹亭》的有名女子还有叶小鸾、金凤钿等。

明代叶小鸾,吴江人,年十七未嫁而夭,有《题杜丽娘像》诗三首传世:

其一
凌波不动怯春寒,觑久还如佩欲珊。
只恐飞归广寒去,却愁不得细相看。

其二
若使能回纸上春,何辞终日唤真真。
真真有意何人省,毕竟来时花鸟嗔。

其三
红深翠浅最芳年,闲倚晴空破绮烟。
何似美人肠断处,海棠和雨晚风前。

叶小鸾的父亲叶绍袁评论女儿诗作说:"'只恐飞归广寒去,却愁不得细相看',何尝题画,自写真耳,一恸欲绝。"②

金凤钿,扬州人氏,清末邹弢在《三借庐笔谈》中记述了金凤钿阅读《牡丹亭》的故事:"扬州有女史金凤钿,父母皆故,弟年尚幼。家素业盐,遗赀甚厚。凤钿幼慧,喜翰墨,尤爱词曲。时《牡丹亭》书方出,因读而成癖,至于日夕把卷,吟玩不辍。"金凤钿愿意

---

① [清]古吴墨浪子:《西湖佳话卷十四·梅屿恨迹》记载有此事。全书共十六卷,每卷一篇,共十六篇短篇小说,题"古吴墨浪子搜辑",成书于清康熙十二年(1673年)。以西湖名胜为背景,叙述葛洪、白居易、苏轼、骆宾王、林逋、苏小小、岳飞、于谦、济颠、远公、文世高、钱镠、圆泽、冯小青、白娘子、莲池的故事。

② [明]叶绍袁编:《午梦堂集》,冀勤辑校,中华书局2015版,第317—318页。

以未字之身嫁于汤显祖,惜未能如愿,她临死时嘱咐身边侍女"以《牡丹亭》曲殉"①。

此外,还有明代内江女子读《牡丹亭》的故事,清人焦循在《剧说》中记载道:"内江一女子,自矜才色,不轻许人,读《还魂》而悦之,径造西湖访焉,愿奉箕帚,汤若士以年老辞,女不信。一日,若士湖上宴客,女往观之,见若士皤然一翁,伛偻扶杖而行,女叹曰:'吾生平慕才,将托终身,今老丑若此,命也!'因投于水。"②金凤钿和内江女子因读《牡丹亭》而对作者产生倾慕之心,未能称愿而死,故事的真实性如何,无从考证,但故事反映出《牡丹亭》在明清时期确实获得了不少女性读者的青睐。明清时期,闺中妇女针线刺绣之余,常以阅读《牡丹亭》为消遣,这在前文提到的《才子牡丹亭》中多有反映。

从以上所列可以看出,明清时期阅读《牡丹亭》的女性,多为江南女性,她们多有不幸的遭遇,她们把深刻的生命体验、不幸的遭遇融入了对《牡丹亭》的阅读之中,为之感叹、流泪,乃至殒命,正所谓"《牡丹亭》唱彻秋闺,惹多少好儿女拚为他伤心到死"③。也有妇女看了《牡丹亭》之后,对之持批评的态度。如晚明女性浦映渌的《牡丹亭》诗写道:"情生情死亦寻常,最是无端杜丽娘,亏杀临川点缀好,阿翁古怪婿荒唐。"④对《牡丹亭》的情节、人物作了否定性评价,但这也从反面说明了《牡丹亭》在明清女性中所受到的高度关注。

二、明清女性对《牡丹亭》的评点

明清时期对《牡丹亭》的评点,既有男性,也有女性。男性评点者如晚明有茅元仪、茅映、陈继儒、沈际飞、王思任等,清代有袁枚、李渔、杨葆光、刘世珩、胡介祉等。女性评点者,从文献记载来看,明代有俞二娘、冯小青等,清代有陈同、谈则、钱宜、程琼、林以宁、冯娴、顾姒、洪之则、李淑等⑤,但保存下来的评点本并不多,正如清代女性李淑所说:"夫自有临川此记,闺人评跋,不知凡几,大都如风花波月,飘泪无存。"⑥女性评点本完整保存并流传下来的是《吴吴山三妇合评〈牡丹亭〉》和《才子牡丹亭》。

《吴吴山三妇合评〈牡丹亭〉》的评点者是陈同、谈则、钱宜。吴吴山,浙江钱塘人,名人,号舒凫,因居吴山草堂,又号吴山,清初诗人。陈同,吴人的未婚妻,黄山人,名次

---

① [清]邹弢:《三借庐笔谈》,蒋瑞藻编《小说考证》,古典文学出版社1957年版,第90页。
② [清]焦循:《剧说》,《中国古典戏曲论著集成》(第八集),中国戏剧出版社1959年版,第116页。
③ [清]俞用济《醒石缘题词》,转引自徐扶明:《元明清戏曲探索》,浙江古籍出版社1986年版,第104页。
④ [清]浦映渌:《牡丹亭诗》,[清]刘云份撰:《中国文学珍本丛书·名媛诗选》(第一辑),贝叶山房张氏藏版。
⑤ 蔡毅编著:《中国古典戏曲序跋汇编》(第二册),齐鲁书社1989年版,第1221—1262页。
⑥ [清]李淑:《吴吴山三妇合评牡丹亭跋》,蔡毅编:《中国古典戏曲序跋汇编》(第二册),齐鲁书社1989年版,第1252页。

令,未过门而早夭,因与婆母同名,故讳称同。陈同评点《牡丹亭》是吴人从陈同的乳娘邵媪处得知:"同病中,犹好观览书籍,终夜不寝,母忧其苶也,悉索箧书烧之,仅遗枕函一册,媪匿去,为小女儿夹花样本,今尚存也。人许一金相购,媪忻然携至,是同所评点《牡丹亭还魂记》上卷,密行细字,涂改略多,纸光冏冏,若有泪迹。评语亦痴亦黠,亦玄亦禅,即其神解,可自为书,不必作者之意果然也。"① 陈同谈了批点《牡丹亭》的缘起:"坊刻《牡丹亭还魂记》,标'玉茗堂原本'者,予初见四册,皆有讹字,宾白互异,评语俚陋可笑。又见三本三册,唯山阴王本有序,颇隽永,而无评语。又吕、臧、沈、冯本四册,则临川所讥'割蕉加梅,冬则冬矣,非王摩诘冬景也'。后从嫂氏赵家得一本,无评语,而字句增损与俗刻迥殊,斯殆玉茗原本矣。爽然对玩,不能离手,偶有意会,辄濡毫疏注数言。冬钉夏簟,聊遣余闲,非必求合古人也。"② 谈则是吴人的正妻,浙江清溪人,"雅耽文墨,镜奁之侧,必安书簏。见同所评,爱玩不能释……暇日,仿同意补评下卷,其杪芒微会,若出一手,弗辨谁同谈则"③。谈则补评完成后,不想以闺阁之名声闻于外,将评点本交给其姊之女沈归陈阅看,并说是吴人评点。沈归陈与友人徐士俊谈经时,徐士俊看了谈则的评点本,也认为是吴人所作,为之作序贻人,"于时远近闻者,转相传访,皆云吴吴山评《牡丹亭》也"。谈则殁后十三年,吴人续娶,浙江古荡钱氏女钱宜为继妻。钱宜最初仅识《毛诗》字,后跟随吴人的表妹昆山李淑学习《文选》《草堂诗余》《唐诗品汇》等,三年而卒业。钱宜从家中箱子中得到了陈同、谈则评点的《牡丹亭》,"怡然解会,如则见同本时。夜分灯炧,尝欹枕把读。"钱宜有感于陈同的评点"已逸其半"、谈则的续评被埋没名声太久,便卖掉自己的金钗为锲板资,刊刻陈、谈的评点本,此举得到丈夫吴人的支持。经过钱宜的努力,《三妇合评〈牡丹亭〉》在清康熙甲戌(1694年)冬暮刻成,刻成之后,钱宜在"元夜月上"时"置净几于庭,装褫一册,供之上方,设杜小姐(丽娘)位,折红梅一枝,贮瓶胆中,燃灯、陈酒果为奠"④。

《三妇合评〈牡丹亭〉》刊刻时,与三妇有同乡或亲戚关系的女性林以宁、冯娴、顾姒、洪之则、李淑先后为之作序或跋,大力推介。林以宁(洪昇表兄钱肇修妻,钱塘人)作序道:"今得吴氏三夫人本读之,妙解入神,虽起玉茗主人于九原,不能自写至此,异人异书,使我惊绝……自古才媛不世出,而三夫人以杰出之姿,问钟之英,萃于一门,相继成此不朽之大业,自今以往,宇宙虽远,其为文人学士,欲参会禅理,讲求文诀者,竟无以易

---

① [清]吴舒凫:《吴吴山三妇合评牡丹亭序》,《中国古典戏曲序跋汇编》(第二册),齐鲁书社1989年版,第1240页。
② [清]陈同:《吴吴山三妇合评牡丹亭序》,《中国古典戏曲序跋汇编》(第二册),齐鲁书社1989年版,第1242页。
③ [清]浦映渌:《牡丹亭诗》,[清]刘云份撰:《中国文学珍本丛书·名媛诗选》(第一辑),贝叶山房张氏藏版。
④ [清]钱宜:《吴吴山三女合评牡丹亭跋》,《中国古典戏曲序跋汇编》(第二册),第1250页。

乎。闺阁之三人,何其异哉! 何其异哉!"①顾姒作跋评价曰:"今得吴氏三夫人合评,使书中文情毕出,无纤毫遗憾,引而伸之,转在行墨之外,岂非是书之大幸耶?"②李淑(吴人表妹)作跋评价曰:"合评中诠疏文义,解脱名理,足使幽客启疑,枯禅生悟。恨古人不及见之,洵古人之不幸耳。"一众女性的大力推崇让三妇合评本在刊刻后终于火了起来,流布甚广。当然,也有评论者从辩证的角度对三妇合评本作了评价,如快雨堂在《冰丝馆重刻清晖阁批点〈牡丹亭〉凡例》中说:"近世又有三妇评本,识陋学肤,妄自矜诩,具眼者谅能别白。但其中校订字句纰缪处固多,可采处亦间有""集唐诗注出作者姓名,三妇本颇为有功,今采补之"③;近人吴梅在《三女合评〈还魂记〉跋》中批评道:"细读数过,所评仅文律上有中綮语,于曲中毫无关涉,无怪冰丝本时加讥讽也。"④

三妇合评本在评点时从女性立场出发,维护"情"与"爱",如"儿女、英雄,同一情也""情不独儿女也,惟儿女之情最难告人,故千古记情之人必于此处看破""世境本空,凡事多从爱起"(《标目》批语)。此外,与其他评点者单纯关注杜丽娘不同,三妇合评本注意了对柳梦梅的评价:"此记奇不在丽娘,反在柳生。天下情痴女子如丽娘之梦而死者不乏,但不复活耳。若柳生者卧丽娘于纸上,而玩之、叫之、拜之。既与情鬼魂交,以为有精有血而不疑;又谋诸石姑开棺负尸而不骇;及走淮扬道上苦认妇翁,吃尽痛棒而不悔,斯洵奇也"(《硬拷》批语)。三妇既关注杜丽娘,也关注柳生之情痴与志诚,"可能是由于评论者系妇女,故而特别注意对男子的观察,并通过她们对剧中一个痴心男子的评论,寄托她们对男子忠于爱情的期望"⑤。三妇的体悟式评点给我们呈现了女性眼中的带有强烈情感彩的《牡丹亭》。

三、明清女性对《牡丹亭》的搬演

《牡丹亭》不但是案头之书,也是场上之曲。在明清两代,有诸多家班和职业戏班就搬演过《牡丹亭》,这些戏班中有许多女伶。明代万历年间有名的家班有王锡爵家班、钱岱家班、吴越石家班、沈璟家班、邹迪光家班、申时行家班、张岱家班等。这些家班经常演出各种剧目以为文人墨客之娱,其中就有《牡丹亭》。钱岱家班在当时较为有名。钱岱是张居正的门生、钱谦益的族兄,因与张居正的关系,一段时间内声势煊赫。他告归乡里后,利用搜刮来的钱财建起了连云甲第,置备了女乐。据梧子的《笔梦》记载,钱岱所蓄女乐戏班有十三名女伶,演出的剧目主要是《牡丹亭》《西厢记》《琵琶记》《荆钗记》

---

① [清]林以宁:《吴吴山三女合评牡丹亭序》,中国古典戏曲序跋汇编(第二册),第1240页。
② [清]顾姒:《吴吴山三女合评牡丹亭跋》,中国古典戏曲序跋汇编(第二册),第1251页。
③ [清]快雨堂:《冰丝馆重刻清晖阁批点〈牡丹亭〉凡例》,《中国古典戏曲序跋汇编》(第二册),齐鲁书社1989年版,第1230页。
④ 吴梅:《三妇合评本〈还魂记〉跋》,《中国古典戏曲序跋汇编》(第2册),第1253页。
⑤ 叶长海:《中国戏剧学史稿》,上海文艺出版社1986年版,第290页。

《浣纱记》等十部戏剧中的折子戏。为了提高女伶的表演水平,钱岱请"沈娘娘""薛太太"两位女教师教习演唱,如"冯素霞之《训女》《开眼》《上路》等尤为独擅"①。

吴越石家班中也有女伶表演《牡丹亭》。程琼在《才子牡丹亭·原序》中也说:"族先辈吴越石家伶,妖丽极吴越之选。其演此剧,独先以名士训义,次以名工正韵,后以名优协律。"②明人潘之恒在《亘史》《鸾啸小品》中记载了观吴越石家班演出《牡丹亭》的情形:"余友临川汤若士,尝作《牡丹亭还魂记》,是能生死、死生,而别通一窦于灵明之境,以游戏于翰墨之场。同社吴越石,家有歌儿,令演是记,能飘飘忽忽,另翻一局于缥缈之余,以凄怆于声调之外。一字不遗,无微不至。"可见吴越石家班演出《牡丹亭》之精细传神深得潘之恒称赏。为了提高家班女伶搬演《牡丹亭》的水平,吴越石"先以名士训其义,继以词士合其调,复以通士标其式",经过精心训练,江孺、昌孺两位女伶表演该剧时"珠喉宛转如串,美度绰约之仙""虽天下致情,无有当于此者"。江孺扮演的杜丽娘、昌孺扮演的柳梦梅,"各具情痴,而为幻,为荡,若莫知其所以然者"。潘之恒自述观演效果曰:"不慧抱恙一冬,五观《牡丹亭记》,觉有起色。信观涛之不余欺,而梦鹿之足以觉世也。遂书以授两孺,亦令进于技,稍为情痴者吐气。"③潘之恒对江孺、昌孺两女伶分别写诗以赞叹。《观演杜丽娘赠阿蘅江孺》诗写道:"本是情深者,冥然会此情。难逢醒若梦,原向死求生。化蝶飘无影,啼鹃怨有声。柳狂飞似絮,终与浪花平。"在《观演柳梦梅赠阿荃昌孺》诗写道:"不谓情痴绝,痴来转自怜。幽婚冥府牒,禁脔丈人权。雀舞开屏暗,鸾欢照影全。吴侬心总慧,似得董狐传。"④这两首诗,肯定了江孺扮演杜丽娘"情深"的效果和昌孺扮演柳梦梅"情痴"的表现。清初李明睿家班也有女伶演出《牡丹亭》的记载:"有女乐一部,皆吴姬极选……公尝于亭上演《牡丹亭》及新翻《秣陵春》二曲,名流毕集。"⑤

明清时期的职业戏班中也有不少女伶演出《牡丹亭》者,最著名的当属明末清初杭州女伶商小玲。焦循在《剧说》中引用《磵房蛾术堂闲笔》的记载,道:"杭有女伶商小玲者,以色艺称,于《还魂记》尤为擅场,尝有所属意,而势不得通,遂郁郁成疾。每作杜丽娘《寻梦》《闹殇》诸剧,真若身其事者,缠绵凄婉,泪痕盈目。一日演《寻梦》,唱至'待打并香魂一片,阴雨梅天,守得个梅根相见',盈盈界面,随声倚地。春香上视之,已气绝

---

① 陆树崙、李平:《研究明代戏曲的一份珍贵史料——读据梧子《笔梦》》,《复旦学报》(社会科学版)1983年第3期,第40—45页。
② [清]吴震生、程琼:《才子牡丹亭·原序》,小中国国家图书馆藏。
③ [明]潘之恒:《亘史·情痴——观演牡丹亭还魂记书赠二孺》,俞为民、孙蓉蓉编:《历代曲话汇编:新编中国古典戏曲论著集成·明代编》(第二集),黄山书社2009年版,第185—186页。
④ [明]潘之恒:《鸾啸小品》,《历代曲话汇编:新编中国古典戏曲论著集成》(第二集),黄山书社2009年版,第216页。
⑤ 裘君弘:《西江诗话》,《四库禁毁丛刊》(138册),北京出版社1998年版,第207页。

矣。临川寓言,乃有小玲实有其事也。"①焦循所引述的故事之真假已无从考证,但此故事从一个侧面说明,《牡丹亭》在明清时期的女性中影响之深,正如有论者指出:"如果把商小玲的'歌死'看作是《还魂记》在妇女群众间所起影响的一个形象的注脚,也未始不可。明末,在南京,凡所谓名妓大都善歌《玉茗堂四梦》。"②

清代职业戏班中女伶演《牡丹亭》者也不少。李斗作为清代乾隆、嘉庆年间人,在《扬州画舫录》中记载了他当时所见的戏曲演出情形,其《小秦淮录》(卷九)记载曰:"顾阿姨,吴门人,征女子为昆腔,名双清班,延师教之……喜官《寻梦》一出,即金德辉唱口……小玉为喜官之妹。喜官作崔莺莺,小玉辄为红娘。喜官作杜丽娘,小玉辄为春香。"③所谓"金德辉唱口"中的金德辉,即当时的著名男伶金德辉,"演《牡丹亭·寻梦》《疗妒羹·题曲》,如春蚕欲死"(《扬州画舫录》卷五)。

除女伶外,明清时期也有女伎擅演《牡丹亭》者,明末清初的秦淮名妓李香君即其一。侯方域在《答田中丞书》中讲述他与李香君的交往过程,记载了李香君唱"玉茗堂四梦":"仆之来金陵也,太仓张西铭偶语仆曰:'金陵有女妓,李姓,能歌玉茗堂词,尤落落有风调。'仆因与相识,间作小诗赠之。"④明末清初人余怀在《板桥杂记》中也有记载:"香年十三,亦侠而慧,从吴人周如松受歌,'玉茗堂四梦'皆能妙其音节,尤工琵琶,与雪苑侯朝宗善。"⑤此外,珠泉居士在《续板桥杂记》中也有女伎演《牡丹亭》的记载:"周四,又称梁四,苏州人。年逾三十,风韵犹存,善弹琵琶,名著青溪桃叶间……同时小女伶有周玲,乳名姐官,字瑟瑟,苏州人……鉴湖邵子升岩尝语余云:'周玲之《寻梦》《题曲》,四喜之《拾画》《叫画》,含态腾芳,传神阿堵,能使观者感心娇目,回肠荡气,虽老伎师,自叹弗如也。'"⑥

概括而言,以上所述明清时期阅读、评点、搬演《牡丹亭》的女性有几个共同特点:一是地域上大多在江浙一带,二是文化上大都有较高的文化素养,三是际遇上大多有不幸的遭遇,四是阅读、评点和搬演时大都融入了个人生命的独特体验。这些足以说明明清时期,《牡丹亭》在江浙一带经济文化发达之地的女性中所获得的认同。

---

① [清]焦循:《剧说》,中国戏曲研究院编:《中国古典戏曲论著集成》(第八集),中国戏剧出版社1959年,第197页。
② 陆萼庭:《昆剧演出史稿》,上海文艺出版社1980年版,第60页。
③ [清]李斗:《扬州画舫录》卷九,《历代曲话汇编:新编中国古典戏曲论著集成·明代编》(第三集),第684页。
④ [清]侯方域:《侯方域集校笺·壮悔堂文集》,王树林校笺,中州古籍出版社1992年版,第52页。
⑤ [清]余怀:《板桥杂记》,李金堂校注,上海古籍出版社2000年版,第96页。
⑥ [清]珠泉居士:《续板桥杂记·丽品》,卷中,故宫出版社2020年版,第75页。

后 记

  这本小书是我多年累积的成果。古代文学浩如烟海，中华优秀传统文化更是广博无穷，要完成古代文学经典与中华优秀传统文化这样一个题目很大的书，非我个人能力所及。于是，我从诸多经典中选取了平时研究的《诗经》《庄子》《离骚》《牡丹亭》四部经典作品，从优秀传统文化的角度予以解读。说实在话，解读古代文学经典，那是古代文学研究大家才敢做的事，对我这样研究古代文学的无名小卒来说，真有点赶鸭子上架的味道，书中的内容只能让人发一笑耳。但无论怎样，书的内容都是我平时研读了许许多多资料，做了许许多多笔记，然后慢慢地写来的，也算是我辛苦劳作的成果，对我而言，只能敝帚自珍。四部经典中，《牡丹亭》是我用力最多、最勤的一部。

  研究古代文学，首先要解决资料的问题。俗语说，"巧妇难为无米之炊"。最初，我手头的资料少得可怜，连有些最基本的资料都很缺乏，研究起来非常困难。为了解决资料的问题，我在网上寻找、下载电子书，在旧书摊上淘旧书，日积月累，手头积累了很多资料，特别是很多古籍的电子文档，为研究带来了极大的方便，才有了今天这个成果。

  写作是件很辛苦的差事。从搜寻查阅资料到研读资料，从构思到写作，每项工作都不轻松。为此我经常熬夜，连平时休息、散步时脑子里都在想写作的思路。思路有了，马上坐在电脑前写，思路不畅了，在房子里又边踱步边想，脑子一直闲不下来。这也许是我生性愚笨所致，但日积月累，聚沙成塔，终于有了现在的成果，也算是对我自己辛苦劳作的回报。是为记。

张进科

2024 年 7 月 28 日